Parcours interactifs

Bac Pro 2de
Tome unique

FAMILLE DES MÉTIERS de la Gestion Administrative, du Transport et de la Logistique

Natacha Faraga
Inspectrice de l'Éducation nationale, académie de Dijon

David Lallement
Inspecteur de l'Éducation nationale, académie de Poitiers

Yannick Boulo
Professeur de lycée professionnel, académie de Paris

Cédric Chartier
Professeur de lycée professionnel, académie de Poitiers

Élodie Garnier
Professeure de lycée professionnel, académie de Dijon

Claude Jaulin
Professeure de lycée professionnel, académie de Poitiers

Bouchra Khazrouki
Professeure certifiée, académie de Poitiers

Sylvie Le Verger
Professeure honoraire de lycée professionnel, académie de Paris

Norovola Mouni
Professeure de lycée professionnel, académie de Poitiers

Peggy Sega
Professeure de lycée professionnel, académie de Poitiers

FOUCHER

Sommaire

La découverte de l'environnement professionnel

ISBN 978-2-216-17193-4

La gestion des relations interpersonnelles

L'organisation des activités

Le processus d'achat

Le processus de vente

SCÉNARIOS

INTERVIEWS MÉTIER

Mes ressources numériques

Tout au long de l'ouvrage, des QR codes à flasher vous donnent accès à de nombreuses ressources en accès gratuit.

22 QCM interactifs
pour vérifier les acquis du chapitre

QCM
foucherconnect.fr/24ago06

22 synthèses rédigées

SYNTHÈSE RÉDIGÉE
foucherconnect.fr/24ago05

Des ressources complémentaires
(audio, vidéo, tuto, site internet)
pour enrichir l'apprentissage.

VIDÉO
foucherconnect.fr/24ago43

22 organigrammes

ORGANIGRAMME
foucherconnect.fr/24ago73

Des fichiers bureautiques et des PGI
pour travailler
sur poste informatique.

Les fiches PFMP, supports de l'élève avant, pendant et après sa période de stage

La formation dans le monde professionnel est une **expérience très riche** tant pour vous que pour la structure d'accueil.

Vous allez pouvoir mettre en application des concepts étudiés en classe, découvrir de nouvelles thématiques, développer de nouvelles compétences et enrichir votre vocabulaire professionnel.

Cette expérience va également vous apporter une **aide** pour affiner votre parcours personnel (poursuite d'études / orientation / insertion professionnelle) et vous permettre de faire des choix : *« ce que je veux, ce que je ne veux pas ».*

1

Pour que votre parcours soit réussi, vous devez d'abord préparer votre arrivée en PFMP.

→ Fiche PFMP 1 :

Je prépare mon arrivée en PFMP

FICHE 1 — foucherconnect.fr 24ago102

2

Pour mettre à profit sa formation en milieu professionnel, il faut avant tout être curieux(se) !

Identifiez quelques thématiques en lien avec les compétences acquises en classe :

- observer un document de communication ;
- observer un métier ;
- participer à une activité.

→ Fiche PFMP 2 :

Je suis acteur(trice) de ma formation en milieu professionnel

FICHE 2 — foucherconnect.fr 24ago103

3

Après votre PFMP, vous ferez peut-être une restitution de cette expérience à la classe.

→ Fiche PFMP 3 :

Je reviens de PFMP et je partage avec mes camarades

FICHE 3 — foucherconnect.fr 24ago104

4

Afin de gérer et organiser vos idées, un outil performant existe : la carte mentale.

Cette fiche vous guidera dans la construction progressive de votre carte mentale

→ Fiche PFMP 4 :

La carte mentale, ou comment garder une trace synthétique de ma PFMP

FICHE 4 — foucherconnect.fr 24ago105

1 Découvrir les contextes métiers

Compétence
> CC1 Gérer des relations interpersonnelles

Nidec Leroy Somer

- Nidec Leroy Somer est une entreprise industrielle spécialisée dans la conception et la fabrication de moteurs électriques pour l'industrie et d'alternateurs pour la production d'énergie.
- Créée en 1919 et rachetée en 2017 par le groupe japonais Nidec, l'entreprise est leader mondial dans le domaine des alternateurs basse, moyenne et haute tension.
- Le siège social de ce grand groupe mondial se trouve à Angoulême en Charente. Différentes usines sont implantées à l'étranger, en Hongrie, Pologne, Inde, Chine, Mexique et Roumanie pour être au plus près des clients.
- Leroy-Somer investit aussi dans des technologies d'avenir avec de nombreux projets en recherche et développement (R&D), notamment la voiture électrique.

Vos missions

Vous venez d'intégrer une classe de seconde professionnelle dans la famille des métiers de la gestion administrative, du transport et de la logistique. Vous effectuez votre première période de formation en milieu professionnel au sein de l'entreprise Nidec Leroy Somer.
À votre arrivée, vous êtes accueilli(e) par Cécile Renaud, la responsable des ressources humaines, votre tutrice.
Pour faciliter votre intégration et vous permettre de découvrir l'entreprise et les métiers en lien avec votre formation, elle a prévu de vous confier deux missions.

Mission 1 **Découvrir l'entreprise et son organisation**

Mission 2 **Découvrir les métiers de l'assistance à la gestion, du transport et de la logistique**

Organigramme

foucherconnect.fr/24ago04

Également disponible en p. 19 du dossier 2.

Chiffres-clés

7 000 salariés à travers le monde

12 usines et plus de **20 bureaux** répartis sur les 5 continents.

Missions

Mission 1 Découvrir l'entreprise et son organisation

1. Découvrir les caractéristiques de l'entreprise

Pour vous permettre de vous familiariser avec l'environnement de l'entreprise, votre tutrice, Cécile Renaud, vous remet le livret d'accueil. Une visite des différents services est prévue par la suite.

1 **Identifiez les caractéristiques juridiques de l'entreprise en complétant sa fiche d'identité (Doc 1, Annexe 1).**

Doc 1 **Extrait du livret d'accueil chez Nidec Leroy Somer**

SOMMAIRE

1. Mot d'accueil du PDG
2. Présentation de l'entreprise
3. Règlement intérieur
4. Cadre de vie au travail
5. Vie pratique
6. Santé au travail – Sécurité – Environnement

Mot d'accueil du PDG

Nous sommes heureux de vous accueillir au sein de notre entreprise.

• Vous venez d'intégrer Nidec Leroy Somer, leader mondial dans la fabrication de machines électriques, forte de ses 100 ans d'expérience.

• Ce livret a été conçu pour vous aider et faciliter votre intégration. Il contient des informations utiles dans votre nouvel environnement professionnel.

Nous vous souhaitons une agréable lecture et une bonne intégration parmi nous !

Page 1

• Nidec Leroy Somer est une société par actions simplifiée (SAS) au capital de 65 800 512 €. Le siège social est situé au 2 boulevard Marcellin Leroy 16000 Angoulême.

• Le code APE/NAF* correspondant à notre activité est le 2711Z : Fabrication de moteurs, génératrices et transformateurs électriques.

• Vous trouverez dans l'organigramme les différentes fonctions et les services de l'entreprise.

Page 2

* Code APE (activité principale exercée)/NAF (nomenclature des activités françaises) : code attribué lors de la création de l'entreprise, qui permet de classer les entreprises selon leur secteur d'activité et à l'Insee de réaliser des statistiques sur la situation économique du pays.

Annexe 1 **La fiche d'identité de l'entreprise**

Caractéristiques juridiques	Identification
Dénomination sociale	....
Siège social	....
Forme juridique	....
Code NAF	....
Capital social	....
Activité de l'entreprise	....
Nom du groupe auquel Leroy Somer appartient	....
Clientèle	....

2. Identifier les différents services

Cécile Renaud vous fait visiter l'entreprise et ses différents services afin de vous présenter au personnel. Vous êtes curieux(se) de découvrir la structure de l'entreprise et les spécificités de chaque service. Vous allez à la rencontre des salariés pour comprendre la nature de leurs métiers.

2 **Identifiez le service dans lequel travaille chacun des salariés rencontrés (Organigramme, Docs 2 et 4, Annexe 3).**

3 **Précisez la fonction de chaque salarié (Organigramme, Docs 2 et 4, Annexe 3).**

4 **Attribuez chaque tâche au bon salarié, en les reliant par une flèche (Organigramme, Docs 2 et 4, Annexe 3).**

5 **Complétez l'organigramme de l'entreprise en ajoutant les noms des différents collaborateurs (Doc 4, Annexe 3, Organigramme).**

6 **Identifiez les liens qui existent entre les salariés (Organigramme, Doc 3, Annexe 2).**

Doc 2 La structure de l'entreprise

Comme vous avez pu le constater dans le livret d'accueil, il existe différentes fonctions (appelées aussi directions) et différents services au sein de Nidec Leroy Somer, qui assurent tous des missions spécifiques.
L'ensemble de ces services, leur organisation et les relations qui existent entre eux constituent la structure de l'entreprise que vous pouvez identifier sur l'organigramme.

Doc 3 L'intérêt de l'organigramme de structure

L'organigramme de structure permet de visualiser les différents postes, les liens et les niveaux hiérarchiques entre les membres du personnel.

Ces liens peuvent être hiérarchiques ou fonctionnels.
Un lien hiérarchique représente un rapport d'autorité entre les subordonnés et leur supérieur. L'employé ne reçoit d'ordres que d'un seul supérieur hiérarchique.

Un lien fonctionnel représente le rapport du salarié avec les autres membres du personnel, sans lien hiérarchique dans l'exécution de certaines tâches. L'employé reçoit des ordres ou des conseils des différents collaborateurs selon leur fonction.

Annexe 2 La lecture de l'organigramme de l'entreprise

Salariés	Type de lien
David Rossi et Jade, assistante commerciale	....
Maxime Artaud et Christophe Isle	....
Irène Respect et le PDG	....
Mathilde Anande et Kenza Bachir	....

Doc 4 Mes échanges avec les salariés

Je conçois les différents outils de communication, brochures, fiches techniques, etc., je m'occupe de la relation presse, des achats d'espaces publicitaires dans la presse et les sites spécialisés.

Guy Caunes

Nous sommes 15 personnes à travailler dans ce service. Nos missions consistent à enregistrer des factures fournisseurs et procéder aux règlements, enregistrer des encaissements clients, des mouvements bancaires et bien évidemment nous faisons de la comptabilité générale.

Claire Thibaud

L'équipe est composée de 3 commerciaux et 5 assistantes commerciales. Nos missions consistent à prospecter et visiter les clients, négocier des offres, gérer la relation client, réaliser des rapports d'activité et de vente, faire les présentations commerciales des produits et de la technologie utilisée.

David Rossi

Mes missions consistent à assister le PDG, organiser des réunions et des séminaires avec les partenaires locaux et étrangers, rédiger les comptes rendus des réunions, préparer les déplacements, gérer l'agenda du PDG.

Irène Respect

Les missions au sein de mon service sont liées à la gestion des marchandises, depuis la réception des matières premières jusqu'à l'expédition des produits finis. Il y a la planification des commandes, la gestion des approvisionnements et des stocks, le conditionnement, la préparation des livraisons.

Christophe Isle

Mes principales missions consistent à organiser les tournées des chauffeurs et optimiser le transport des marchandises en m'assurant de respecter le délai de livraison dans un moindre coût et en choisissant le véhicule adapté. Je prépare les documents de transport, j'assure un suivi et traite le litige s'il y a lieu.

Maxime Artaud

J'effectue différentes tâches administratives, de la saisie, de la mise en forme et vérification de documents… Je m'occupe également de la gestion des courriers, de l'archivage…

Kenza Bachir

Je travaille dans ce service depuis une quinzaine d'années. Je suis chargée de l'accueil physique et téléphonique, j'informe, je conseille et j'oriente les visiteurs.

Mathilde Anande

Mes missions sont diverses et variées, comme traiter les non-conformités et cibler les axes d'amélioration, piloter la qualité et m'assurer de la garantie conformité avec la norme ISO 9001.

François Constant

Dans mon service, mes principales missions s'articulent autour de 4 grands axes, le recrutement, la rémunération, la gestion prévisionnelle de l'emploi et des compétences de nos personnels et l'amélioration de leurs conditions de travail.

Cécile Renaud

Annexe 3 Les services et les tâches

Salarié	Service	Fonction	Tâches
Guy Caunes	Communication	Marketing et communication	Préparer la participation à un salon à Dubai.
Claire Thibaud	....	....	Réceptionner les composants nécessaires à la fabrication d'un alternateur.
David Rossi	....	....	Régler Les Tôles SARL, fournisseur de tôles pour la fabrication des alternateurs.
Christophe Isle	....	....	Archiver les différents documents reçus de SDMO, un client français situé en Bretagne.
Kenza Bachir	....	....	Rechercher des prospects en Afrique pour améliorer la part de marché de l'entreprise.
Cécile Renaud	....	....	Organiser les formations écoconduite à destination des chauffeurs et le recyclage CACES* pour les caristes.
François Constant	....	....	Rédiger le compte rendu de la réunion avec les partenaires japonais.
Mathilde Anande	....	....	Vérifier le respect des normes ISO 9001 sur tout le processus de fabrication.
Irène Respect	....	....	Trouver un véhicule adapté à la commande de DEIF Mediterranea, un des plus gros clients de l'entreprise.
Maxime Artaud	....	....	Accueillir et orienter M. Marcino, fournisseur de tôles pour la fabrication des alternateurs.

* CACES (Certificat d'aptitude à la conduite en sécurité) : attestation permettant au cariste de conduire les chariots de manutention, accompagnée d'une autorisation de conduite délivrée et établie par le chef d'entreprise. Il existe différents types de CACES, un cariste passe le CACES R489.

Mission 2

Découvrir les métiers de l'assistance à la gestion, du transport et de la logistique

1. Découvrir les métiers de l'assistance à la gestion des activités

La visite et les échanges avec les membres du personnel vous ont conforté(e) dans votre choix de formation, car les missions sont diverses et variées. Puisque c'est votre première PFMP, Cécile Renaud vous propose de découvrir les spécificités de chaque métier ayant un lien avec votre formation. Dans un premier temps, vous découvrez les métiers administratifs.

7 Identifiez pour chaque métier les compétences et les qualités requises, en les reliant à l'aide de flèches (Doc 5, Annexe 4).

Doc 5 Les métiers de la gestion administrative

Un(e) gestionnaire administratif(ve) peut travailler dans tout type d'organisation : entreprise, administration publique, association… Ses missions consistent à prendre en charge les différentes dimensions administratives des activités de gestion, commerciales, de communication, de gestion du personnel, de production ainsi que celles associées à la mise en œuvre de projets au sein de l'entreprise.
Il existe ainsi des gestionnaires administratifs(ves) accueil, des gestionnaires administratifs(ves) ressources humaines, des gestionnaires administratifs(ves) ventes, des gestionnaires administratifs(ves) achats.

Annexe 4 Les compétences et les qualités de chaque métier

Métier	Compétences	Qualités
Gestionnaire administratif(ve) accueil	Accueillir Informer Conseiller Orienter	Organisé(e) Méthodique Réactif(ve)
Gestionnaire administratif(ve) ventes	Gérer les commandes Respecter les délais de livraison	À l'aise à l'oral Souriant(e) Bonne présentation
Gestionnaire administratif(ve) ressources humaines	Négocier avec les fournisseurs Trouver les meilleurs prix	Organisé(e) À l'écoute Bon sens du relationnel
Gestionnaire administratif(ve) achats	Réaliser le suivi administratif de la gestion du personnel Maîtriser le logiciel de paie Gérer la formation	Rigoureux(se) Précis(e) dans les calculs

2. Découvrir les métiers du transport et de la logistique

Après la découverte des métiers liés à la gestion administrative, vous découvrez à présent les métiers du transport et de la logistique. Vous êtes accueilli(e) par Christophe Isle, responsable logistique.

8 **Identifiez le type de logistique ainsi que les flux gérés correspondant aux photographies (Doc 6, Annexe 5).**

Doc 6 À la découverte de la logistique

Bienvenue dans mon service. Je suis le responsable logistique et j'ai sous ma responsabilité deux caristes, deux préparateurs de commandes, un gestionnaire des stocks.
Chez Nidec Leroy Somer, nous effectuons une « logistique industrielle » et pas une logistique de distribution. La logistique industrielle, c'est la gestion des flux (circulation des entrées et sorties) des matières pour les besoins de la fabrication et la planification des ressources de production, puis la livraison des produits finis, contrairement à la logistique de distribution.
La logistique de distribution concerne la gestion des flux de marchandises. Elle consiste donc à organiser et à réaliser l'acheminement des marchandises depuis le lieu de prélèvement jusqu'au lieu de consommation finale.

Annexe 5 Les types de logistique

	Type de logistique	Flux gérés
	....	....
	....	....

9 **Attribuez les tâches et les qualités correspondant à chaque métier évoqué par Christophe Isle dans sa présentation, à l'aide des fiches qu'il vous a fournies (Interviews métier 8, 9 et 10 en fin d'ouvrage, Annexe 6).**

Annexe 6 Mon analyse des métiers de la logistique

Tâches	Métiers		
	Magasinier cariste	Préparateur de commandes	Gestionnaire de stocks
Préparer les commandes, référencer les produits.	☐	☐	☐
Organiser la chaîne d'approvisionnement.	☐	☐	☐
Réaliser les opérations de manutention des marchandises.	☐	☐	☐
Organiser l'espace de stockage.	☐	☐	☐
Créer des adresses pour les nouveaux produits.	☐	☐	☐
Élaborer le planning de livraison.	☐	☐	☐
Réceptionner et contrôler la conformité des marchandises transportées.	☐	☐	☐
Qualités	....	....	....

Vous êtes à la dernière semaine de votre PFMP, affecté(e) au service transport. Vous êtes accueilli(e) par Maxime Artaud. Vous lui posez quelques questions sur son parcours et son métier.

10 **Identifiez les compétences pour ce poste, en les surlignant en rose, et les qualités en orange (Doc 7).**

Doc 7 L'avis du responsable transport

Je suis titulaire d'un BTS Gestion des transports et logistique associée et d'une licence professionnelle en logistique et transport que j'ai effectuée en alternance chez Nidec Leroy Somer.

Pour exercer ce métier, il faut avoir une bonne connaissance de la réglementation transport et du droit du travail, une aptitude à la négociation et une bonne maîtrise de l'outil informatique. Je dois être à l'écoute et réactif. C'est un métier qui me passionne, je suis dans mon bureau, mais je reste en contact direct avec les clients, les fournisseurs et les transporteurs, les journées ne se ressemblent pas.

Maxime Artaud vous explique qu'avant d'arriver chez Nidec Leroy Somer, il a travaillé dans d'autres entreprises comme affréteur, agent de transit et déclarant en douane. Il vous décrit ces différents métiers pour vous aider à mieux les comprendre.

11 **Retrouvez le métier correspondant à chacune des situations décrites par Maxime Artaud (Interviews métier 5, 6 et 7 en fin d'ouvrage, Doc 8, Annexe 7).**

12 **Citez d'autres tâches relatives à chaque métier (Interviews métier 5, 6 et 7 en fin d'ouvrage, Annexe 7).**

Doc 8 Un métier qui bouge

J'ai travaillé dans la société Zanut Transports, je me suis occupé de la recherche d'un véhicule adapté pour mes clients.

Un jour, les marchandises d'un de nos plus grands clients se sont retrouvées bloquées au port du Havre, il a fallu que je trouve une solution rapide.

Je me suis également occupé d'un client chinois pour lui trouver et lui proposer le meilleur tarif en vue d'une exportation en France.

Annexe 7 Des missions dans le domaine du transport

Missions effectuées par Maxime Artaud	Métier concerné	Autres tâches
Mission 1 	....	....
Mission 2 	....	....
Mission 3 	....	....

Les contextes métiers

Synthèse

Synthèse rédigée — foucherconnect.fr/24ago05

QCM — foucherconnect.fr/24ago06

1 La découverte de l'entreprise et de son organisation

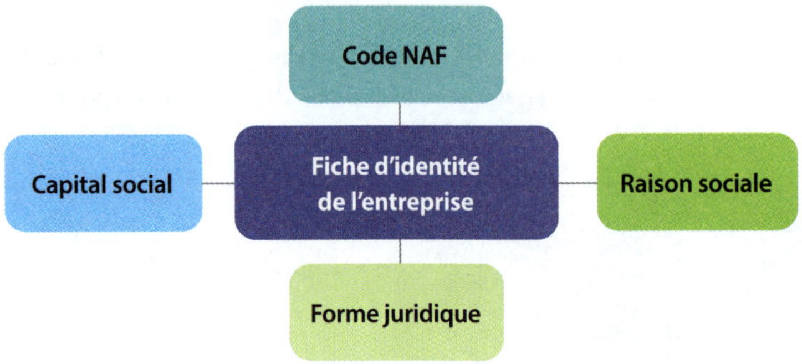

La structure de l'entreprise est représentée par un organigramme représentant sous forme schématique les fonctions (ou directions) et les services.

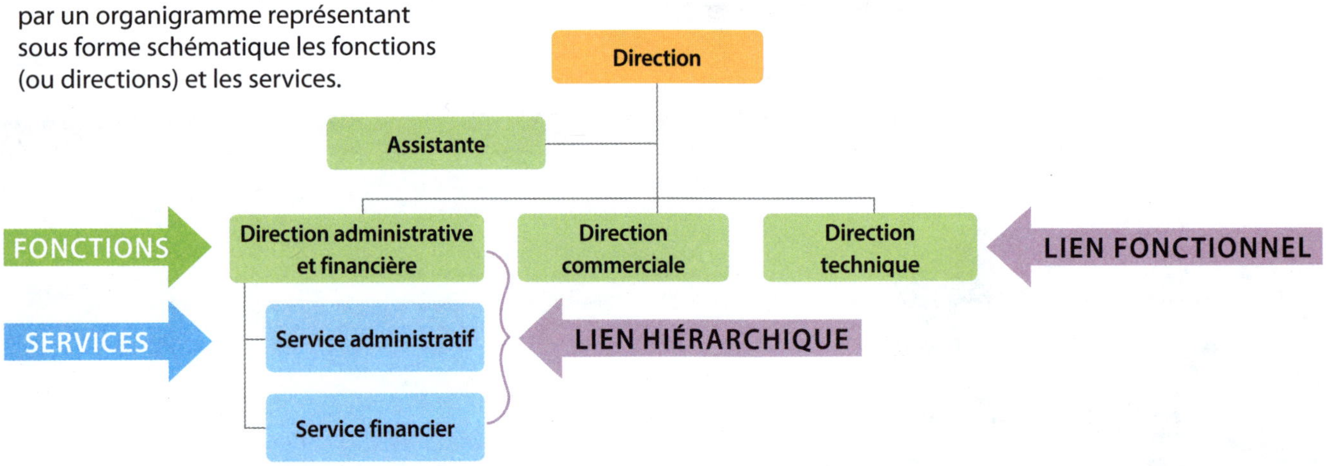

2 Les métiers de l'assistance à la gestion, du transport et de la logistique

Les métiers de l'assistance à la gestion → Gestionnaire administratif accueil, achats, ressources humaines, ventes

Les métiers de la logistique → Cariste, préparateur de commandes, gestionnaire de stocks, responsable logistique

Les métiers du transport → Affréteur, agent de transit, déclarant en douane, responsable de transport

Pour exercer un métier, il faut :
- une formation
- des compétences
- des qualités

Appli 1 Découvrir un métier

Vous êtes assistant(e) administratif(ve) au service des ressources humaines des Transporteurs Breger à Vars, en Charente. L'entreprise souhaite recruter un agent d'exploitation transport, vous avez pour missions de définir la fiche de poste et d'identifier le candidat à sélectionner parmi les candidatures reçues après la publication de l'offre d'emploi.

1. **Identifiez les caractéristiques du métier (Doc, Annexe 1).**
2. **Choisissez le profil le mieux adapté au poste. Justifiez votre réponse (Annexe 1, Annexe 2).**

Doc Les caractéristiques d'un(e) agent(e) d'exploitation

VIDÉO foucherconnect.fr/24ago07

Annexe 1 Le métier d'agent d'exploitation transport

Contenu de la fiche de poste	Profil recherché
Tâches réalisées	....
Formation préconisée	....
Qualités nécessaires	....
Compétences nécessaires	....

Annexe 2 La bonne candidature

Thomas Allan	Marine Thénard	Fatia Rahsami
Expérience dans le domaine du transport : non. **Formation :** bac pro Commerce. **Qualités :** souriant, organisé, ponctuel. **Maîtrise d'une langue étrangère :** anglais niveau scolaire.	**Expérience dans le domaine du transport :** oui (1 an). **Formation :** bac pro Gestion-Administration. **Qualités :** rigoureuse, ordonnée, souriante. **Maîtrise d'une langue étrangère :** anglais courant.	**Expérience dans le domaine du transport :** oui (2 ans). **Formation :** bac pro Transport. **Qualités :** rigoureuse, organisée. **Maîtrise d'une langue étrangère :** anglais courant et espagnol courant.
Mon choix		
☐	☐	☐

Justification

....

Appli 2 Présenter un métier

Vous préparez la journée
Portes ouvertes de votre lycée.

pix Mes compétences numériques
1.1. Mener une recherche et une veille d'informations
Niv. 4 Construire une stratégie de recherche en fonction de ses besoins et de ses centres d'intérêts
2.1. Interagir
Niv. 2 Utiliser un outil ou un service numérique pour communiquer

S'informer, informer
CO-INTERVENTION
• Français

À l'aide des Interviews métier et des recherches sur le site de l'Onisep, concevez un diaporama de présentation d'un métier que vous exposerez oralement pendant cette journée (Doc).

Doc Le contenu du support attendu

Diapo 1
Logo du lycée
Métier présenté *(en gras)*
Illustrer l'environnement de travail par une image.

Diapo 2
Titre : **LES TÂCHES**
À présenter sous forme d'énumération.
•
•

Diapo 3
Titre : **LES FORMATIONS**
Lister les principales formations.
Expliquer entre parenthèses le sigle des diplômes.

Diapo 4
Titre : **LES COMPÉTENCES ET LES QUALITÉS NÉCESSAIRES**
À présenter sous forme d'énumération.
•
•

Diapo 5
Titre : **LIEU D'EXERCICE**
Lister les différents lieux d'exercice.

Diapo 6
Titre : **LES ÉVOLUTIONS POSSIBLES**
À présenter sous forme d'énumération.
•
•

Diapo 7
MERCI DE VOTRE ATTENTION

Consignes supplémentaires :
- Centrer tous les titres ;
- Insérer un numéro de diapositive ;
- Mentionner en pied de page, sauf sur la première diapo, vos nom, prénom et classe.

Auto-évaluation des compétences

Dans le cadre de la découverte des contextes métiers, je suis capable de…	Compétence non maîtrisée	Compétence insuffisamment maîtrisée	Compétence maîtrisée	Compétence bien maîtrisée
→ Je sais renseigner la fiche d'identité d'une entreprise.	Je ne connais aucune caractéristique juridique des entreprises. ☐	J'identifie quelques caractéristiques juridiques des entreprises. ☐	Je connais les principales caractéristiques juridiques des entreprises (dénomination, forme juridique, activité). ☐	Je connais toutes les caractéristiques juridiques des entreprises (dénomination, forme juridique, activité, code NAF, capital social). ☐
→ Je sais identifier les différents services et les postes de membres du personnel dans l'organigramme.	Je ne connais aucun service ni poste dans l'organigramme. ☐	Je connais quelques services et postes dans l'organigramme. ☐	Je connais les tâches des différents services. ☐	Je connais les spécificités de chaque service et chaque poste dans l'organigramme (tâches, fonction). ☐
→ Je sais identifier les métiers de l'assistance à la gestion, du transport et de la logistique.	Je ne connais ni les métiers, ni leurs spécificités. ☐	Je peux encore confondre certains métiers. ☐	Je connais la plupart des métiers et leurs spécificités. ☐	Je sais identifier clairement les métiers de l'assistance à la gestion, du transport et de la logistique. ☐

2 Découvrir les activités de gestion administrative

Compétence
> Découvrir les activités d'assistance à la gestion des organisations (ou d'assistance administrative)

Vos missions

Vous êtes toujours en PFMP dans l'entreprise Nidec Leroy Somer. Cécile Renaud, votre tutrice, vous informe que vous allez intégrer différents services afin de découvrir la dimension transversale de la gestion administrative auprès des salariés qui vous présenteront les activités qui leur sont confiées.

Mission 1 Découvrir la diversité des activités de gestion administrative

Mission 2 Découvrir la dimension transversale de la gestion administrative

L'organigramme de Nidec Leroy Somer

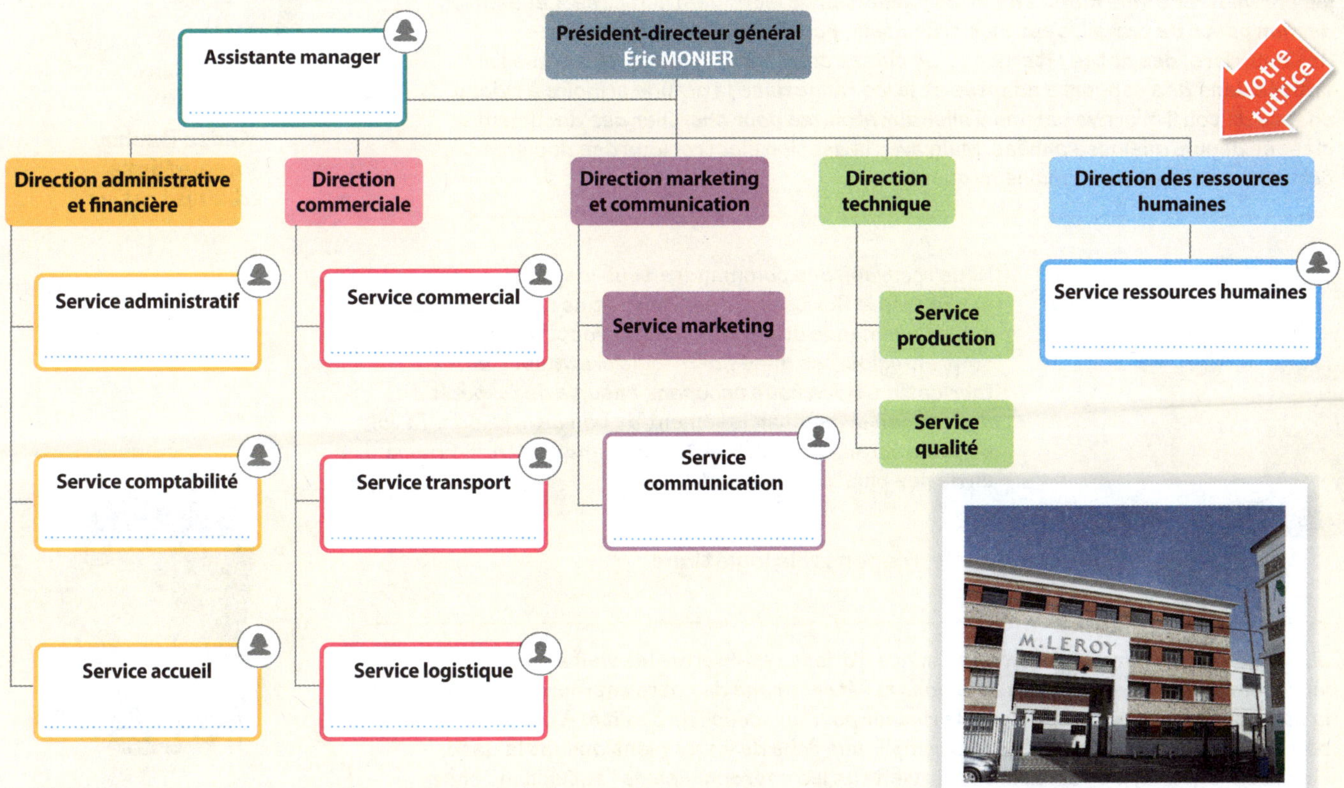

NB. Vous pouvez compléter cet organigramme à partir des informations de la page 7.

Missions

Mission 1 Découvrir la diversité des activités de gestion administrative

Vous faites une immersion dans différents services de l'entreprise et découvrez ainsi la diversité des tâches administratives.

1 Listez les principales activités d'un(e) assistant(e) administratif(ve) énoncées lors des échanges avec les salariés (Doc 1).

....

....

2 Repérez, en les surlignant, les tâches relatives à la gestion des courriers entrants (Doc 1).

3 Identifiez les activités de gestion administrative et le service concerné (Doc 1, Organigramme, Annexe 1).

4 Associez chaque salarié rencontré à son activité et sa principale mission (Doc 1, Annexe 2).

Doc 1 Mes échanges avec les salariés

Je suis en contact permanent avec les clients, les fournisseurs, les sous-traitants, les banques, l'État. La comptabilité, ce n'est pas que des chiffres, je gère également une partie administrative importante. Là, je suis en train de procéder au règlement de notre fournisseur Tôles SARL. Je m'occupe également de la facturation des clients.

Marine Canton, assistante comptable

Le matin, je consulte d'abord ma boîte mail puis je réponds aux messages et transmets les informations reçues au personnel. Là, je gère les courriers entrants, c'est-à-dire les courriers que ma collègue Mathilde a réceptionnés. Je vais les trier, les enregistrer et les mettre dans les bannettes de leurs destinataires. L'essentiel de mon poste de travail, c'est mon ordinateur, pour la saisie des documents, des courriers, des notes internes… Je classe ensuite tous les dossiers que j'ai traités dans des supports adaptés et je les range dans la grande armoire à rideau en face de toi. Il m'arrive parfois d'aller aux archives pour chercher des documents classés depuis quelques années. Mais avec la gestion électronique des documents, cela devient de moins en moins fréquent.

Kenza Bachir, assistante administrative

Nous recevons des commandes tous les jours, nous appliquons le flux tendu, c'est-à-dire que nous fabriquons selon la demande et les besoins du client. Les commandes sont enregistrées dans notre logiciel et mises en fabrication. Nous nous occupons ensuite de l'expédition des produits, de l'établissement du bon de livraison. Tu vois sur mon écran, c'est un bon de commande de DEIF France, un de nos plus grands clients.

Christophe Isle, responsable logistique

J'assure l'accueil physique et téléphonique, j'oriente et informe les visiteurs. Je suis leur première interlocutrice, je dois donc refléter l'image de notre entreprise. Le sourire, la courtoisie, la disponibilité sont de rigueur pour un accueil de qualité. À chaque visiteur, pour des raisons de sécurité, je fais remplir une fiche de visite mentionnant la date, l'heure de la visite, les coordonnées du visiteur, les coordonnées de l'accueillant chez Nidec Leroy Somer. J'établis également une liste des visites journalières.

Mathilde Anande, chargée d'accueil

Annexe 1 Des activités diverses dans les services

Mission	Activités	Service
Contrôler et traiter les factures	Règlement des fournisseurs Facturation des clients	Comptabilité
Gérer des flux de courriers		
Produire des d'informations structurées		
Organiser et mettre à disposition des informations		
Gérer des flux d'appels téléphoniques		
Traiter des commandes (avec les clients)		
Orienter et informer les visiteurs		

Annexe 2 À chacun ses missions

Activités	Membre du personnel	Mission principale
Accueillir M. Saito, un partenaire japonais qui se présente à l'accueil et qui a rendez-vous avec Guy Caunes, le directeur commercial.		Accueillir et orienter les visiteurs
Donner des informations par téléphone à un stagiaire qui souhaite se rendre dans l'entreprise.		Produire des informations structurées
Ranger dans un classeur le complément de dossier du fournisseur de cuivres, Mettalic Flex.		Gérer des flux d'appels téléphoniques
Saisir une note d'information sur la mise en place d'un projet « Bien-être, santé et sécurité au travail ».		Organiser les informations

5 **Identifiez, pour chacune des situations observées, l'activité de gestion administrative du personnel à réaliser par le service ressources humaines (Doc 2, Annexe 3).**

Doc 2 Mon échange avec Cécile Renaud

Dans mon service, nous nous occupons de la gestion administrative des relations avec le personnel, c'est-à-dire de la tenue et du suivi des dossiers des salariés, de la formation, de la préparation de la paie, de la gestion du temps de travail, de la préparation des déclarations sociales, de la mise en place d'activités sociales et culturelles, de la production de supports associés aux procédures santé et sécurité… Nous nous occupons également du recrutement des nouveaux salariés et de la préparation de leur accueil et de leur intégration lors de l'embauche.

Pour toutes ces activités, nous sommes en relation permanente avec des partenaires externes, l'État, des entreprises, des associations, des organismes de formation. Ce que tu vois sur mon écran d'ordinateur, c'est un plan de développement des compétences qui rassemble les actions de formation que nous avons retenues pour les salariés.

Annexe 3 La gestion administrative du personnel

Situations observées	Activités de gestion administrative du personnel
Yohann Redon, cariste, s'absente pour trois jours ; il a envoyé son arrêt maladie.	
Jean-Pierre Favre, ingénieur en recherche et développement, part à la retraite ; un remplaçant doit être embauché.	
Romain Legrand vient d'être recruté comme ingénieur en recherche et développement, il commence la semaine prochaine.	
Jade Lenoir, assistante commerciale, souhaite connaître le nombre de jours de congés qu'il lui reste à prendre.	
Johann Palic, assistant ressources humaines, travaille en étroite collaboration avec le comité social et économique (CSE) pour l'organisation d'une sortie au parc du Futuroscope.	
Justine Menet, assistante ressources humaines, réunit les documents préparatoires à la déclaration des impôts sur la société.	

Mission 2 Découvrir la dimension transversale de la gestion administrative

Vous passez une journée avec Irène Respect, assistante manager, afin de découvrir sa « journée type ».

6 **Complétez le déroulement d'une journée type d'un(e) assistant(e) manager (Doc 4, Annexe 4).**

7 **Identifiez les activités à partir des visuels et indiquez s'il s'agit d'une activité de gestion administrative interne ou externe (Docs 3 et 4, Annexe 5).**

Doc 3 Un moment avec Irène Respect

Je souhaiterais découvrir vos différentes activités en tant qu'assistante manager. Je sais que vos missions sont diverses et variées, mais j'aimerais en savoir davantage, avec des explications de votre part.

Avec plaisir ! Comme tu l'as dit, mes missions sont diverses et variées et les journées ne se ressemblent pas ! C'est ce qui me motive et c'est passionnant. J'épaule le PDG et l'équipe de direction, je sers de relais au niveau interne, au sein de l'entreprise, et externe, avec les clients et les partenaires. J'organise les agendas, je prends des rendez-vous, je gère le planning de l'équipe de direction, j'organise des réunions, je rédige des comptes rendus, je prépare les déplacements… C'est un poste multifonction !
Je communique beaucoup aussi, au téléphone, par mail, par visioconférence notamment via WebEx, un outil qui permet d'organiser des réunions ou des conférences à distance. On peut partager des fichiers, des vidéos, de l'audio, des présentations.

Doc 4 Une journée comme les autres

J'arrive le matin, je consulte ma boîte mail, je réponds aux messages… le téléphone sonne : c'est Hamzi Dabou de Jubaili Bros LLC, un des plus gros clients de l'entreprise installée à Dubaï. Il souhaite l'organisation d'une réunion en urgence avec des responsables de service par rapport à sa dernière commande. Je regarde l'agenda des collaborateurs pour voir à quel moment de la journée je pourrais placer la réunion, je leur propose le créneau par mail et je mets à jour l'agenda partagé. J'informe le client par la suite de l'heure de la réunion. Je m'occupe de l'organisation logistique de cette réunion qui se fera via WebEx.

La réunion a lieu le même jour à 15 h. Durant la réunion, je prends des notes et je saisis ensuite le compte rendu qui sera diffusé aux services concernés. Il a été décidé que David Rossi ira à Dubaï. Je vais donc préparer son déplacement, le transport et l'hôtel.

Annexe 4 Une journée d'assistant(e) manager

S'il existe des messages reçus

Consultation de l'agenda des collaborateurs et proposition de créneaux aux collaborateurs et au client

Avant la réunion

Pendant la réunion

Après la réunion

Annexe 5 L'assistant(e) manager, relais à l'interne et à l'externe

Activité de gestion administrative	Interne	Externe
COMPTE RENDU DE RÉUNION Objet de la réunion .... Date .... Présents .... Excusés .... Ordre du jour .... Point soulevé | Décision ou action | Qui | Quand Prochaine réunion Date et lieu .... Ordre du jour	☐	☐
	☐	☐
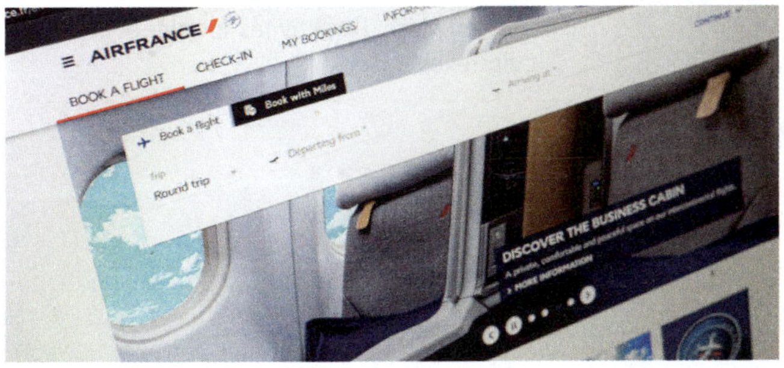	☐	☐
	☐	☐
	☐	☐

2 Les activités de gestion administrative

Synthèse

SYNTHÈSE RÉDIGÉE foucherconnect.fr/24ago08

QCM foucherconnect.fr/24ago09

1 La diversité des activités de gestion administrative

Des activités très variées

Les activités administratives

- Organisation et mise à disposition des informations (ex. : classement des dossiers)
- Gestion des flux d'appels téléphoniques (ex. : accueil téléphonique)
- Traitement des commandes (ex. : établissement d'un bon de livraison)
- Contrôle et traitement des factures (ex. : règlement des fournisseurs)
- Orientation et informations des visiteurs (ex. : accueil physique)
- Gestion des flux des courriers (ex : tri des courriers)

La gestion administrative du personnel

- Tenue et suivi des dossiers des salariés
- Recrutement
- Préparation de l'accueil et de l'intégration des nouveaux salariés
- Mise en place des activités sociales et culturelles

2 La dimension transversale de la gestion administrative

Communication externe (partenaires externes : clients, fournisseurs, État, banque…)

– Rédaction de courriers, courriels
– Appels téléphoniques
– Échanges par visioconférence
– Préparation d'événements
– Organisation de déplacements

Communication interne (collaborateurs)

– Organisation de réunions
– Rédaction de notes d'information
– Rédaction de courriers, courriels
– Prise de notes
– Saisie de comptes rendus de réunions
– Gestion de l'agenda de la direction

Appli 1 Identifier les activités de gestion administrative

Vous êtes en PFMP chez Temporis, une agence d'intérim située à Toulouse, sous la responsabilité de Marc Hamont, directeur d'agence. Il vous informe que l'une des entreprises clientes, La Source SARL, a besoin d'un(e) assistant(e) de direction et d'un(e) chargé(e) d'accueil. Il vous demande de déterminer les différentes missions en vue du recrutement.

1. **Déterminez, dans le document de travail de Temporis, les différentes activités qui pourront être confiées aux deux intérimaires (Annexe 1).**
2. **Complétez les fiches de poste pour le recrutement (Annexe 1 et 2).**

Annexe 1 Une liste d'activités

Client : ....
....

Temporis CDI - Intérim www.temporis.fr

Recensement des besoins en vue du recrutement de :

....

- ☐ Accueillir et orienter les visiteurs
- ☐ Prendre des notes
- ☐ Gérer les appels téléphoniques
- ☐ Assurer la facturation
- ☐ Gérer les agendas
- ☐ Suivre les règlements
- ☐ Rédiger des comptes rendus de réunions
- ☐ Conduire un chariot élévateur
- ☐ Classer des dossiers
- ☐ Décharger un camion
- ☐ Mettre en rayon les produits
- ☐ Charger un camion
- ☐ Filmer une palette
- ☐ Saisir des documents
- ☐ Gérer les courriers électroniques
- ☐ Gérer les stocks
- ☐ Renseigner une liste de visites

Annexe 2 Extraits des fiches de poste

Temporis CDI - Intérim www.temporis.fr

*Nous recrutons un(e) **chargé(e) d'accueil***

Le poste est basé à Tournefeuille (31170)

Les principales missions sont :

....
....
....
....
....
....

Temporis CDI - Intérim www.temporis.fr

*Nous recrutons un(e) **assistant(e) de direction***

Le poste est basé à Tournefeuille (31170)

Les principales missions sont :

....
....
....
....
....
....
....

Appli 2 Préparer les activités de PFMP

Dans le cadre de la préparation de votre première PFMP, vos enseignant(e)s vous demandent de préparer une liste des différentes activités que vous pourriez réaliser en entreprise. Celle-ci vous sera utile lorsque vous vous présenterez à un(e) éventuel(le) futur(e) tuteur(rice).

S'informer, informer

CO-INTERVENTION
• Français

Proposez des exemples d'activités que vous pourrez réaliser en PFMP pour chaque thématique (Doc, Annexe).

Doc Les compétences travaillées au lycée

Lorsque vous partirez en entreprise en janvier, nous aurons déjà bien avancé sur 3 dossiers, la gestion des relations interpersonnelles, les processus administratifs et l'organisation de l'activité. N'hésitez pas à reprendre vos cours et votre plan de formation que je vous ai remis en début d'année pour élaborer cette liste d'activités que vous pourrez réaliser pendant le stage.

Annexe Une liste d'activités réalisables

Auto-évaluation des compétences

Dans le cadre de la découverte des activités de gestion administrative…	Compétence non maîtrisée	Compétence insuffisamment maîtrisée	Compétence maîtrisée	Compétence bien maîtrisée
→ Je sais identifier la diversité des activités de gestion administrative.	Je n'identifie aucune activité de gestion administrative dans les services. ☐	J'identifie quelques activités de gestion administratives dans les services. ☐	J'identifie toutes les activités de gestion administrative dans les services avec un rappel. ☐	J'identifie sans aucune difficulté toutes les activités de gestion administrative dans les services. ☐
→ Je sais identifier la dimension transversale de la gestion administrative.	Je ne connais pas les activités de gestion administrative relatives à un poste. ☐	Je connais seulement quelques activités de gestion administrative relatives à un poste. ☐	Je connais avec un rappel la diversité des activités de gestion administrative relatives à un poste. ☐	Je connais parfaitement la diversité des activités de gestion administrative relatives à un poste. ☐

3 Organiser son poste de travail

Compétence
> CC2 Organiser et planifier l'activité

Cémoi

- Basé à Perpignan, le groupe Cémoi est le n°1 du chocolat en France avec 3 200 collaborateurs à travers le monde, dont 2 200 en France.
- Cémoi vend chaque année 200 000 tonnes de chocolats et de confiserie, pour un chiffre d'affaires de 750 millions d'euros par an.
- Les bonbons chocolatés sont une spécialité de Cémoi. L'authentique Petit Ourson guimauve est l'un des produits phares du groupe. Cette friandise est fabriquée dans la chocolaterie du groupe située à Villeneuve d'Ascq, dans le Nord. Avec son cœur guimauve bien moelleux recouverte d'une couche de chocolat au lait, cette gourmandise vous fait retomber en enfance.

GROUPE CÉMOI
2980 avenue Julien-Panchot • 66000 Perpignan
Tél. : 04 68 56 35 35 • contact@cemoi.com

Vos missions

Vous intégrez le siège du groupe Cémoi à Perpignan pour effectuer votre période de formation en milieu professionnel (PFMP). Votre tutrice, Aurélie Ferrant, responsable des ressources humaines, souhaite mettre en place un projet intitulé « Bien-être au travail, sécurité, poste de travail idéal ». Ce projet a pour objectif d'améliorer la santé, la sécurité et le bien-être au travail des salariés. Elle vous associe à sa préparation, qui nécessite de recueillir des informations sur les outils et les équipements utilisés dans les différents services, en vous confiant la réalisation de cette tâche pour les services administratifs et logistique.

Mission 1 **Découvrir le poste de travail et les principes ergonomiques**

Mission 2 **Participer à l'aménagement d'un espace de travail**

Organigramme

foucherconnect.fr 24ago10

Chiffres-clés

1814
Création de la chocolaterie

1940
Implantation à Perpignan, dans les Pyrénées-Orientales

1996
Première usine en Côte d'Ivoire

2010
Développement hors d'Europe (États-Unis et Asie notamment)

Missions

Mission 1 Découvrir le poste de travail et les principes ergonomiques

1. Comprendre l'ergonomie du poste de travail

Afin de mener à bien vos missions, Aurélie Ferrant vous remet une documentation pour vous aider à mieux comprendre les différents éléments qui constituent le poste de travail et les principes ergonomiques qui favorisent le bien-être des salariés.

1 **Repérez les différents éléments qui composent le poste de travail (Doc 1).**

....

....

2 **Relevez, en le soulignant, l'intérêt d'avoir un poste de travail ergonomique (Doc 1).**

3 **Identifiez chaque outil et reliez-le à la règle ergonomique recommandée (Doc 2, Annexe 1).**

4 **Repérez, en les surlignant, les différents outils qui contribueront au « bien-être » du personnel en entrepôt (Doc 3).**

5 **Proposez à chaque salarié rencontré, après avoir identifié son poste de travail, une solution pour en améliorer l'ergonomie (Doc 3, Annexe 2).**

Doc 1 Poste de travail et ergonomie

Le poste de travail est l'endroit où une personne dispose des ressources matérielles lui permettant d'effectuer les tâches qui lui sont confiées (mobilier, matériels, logiciels, équipements).

Pour le bien-être du salarié qui l'occupe, il doit être confortable, fonctionnel et aménagé de façon à réduire les risques liés à la santé et la sécurité : fatigue récurrente, problème de vision, troubles musculo-squelettiques (TMS), blessures, chutes…

Pour cela, des règles et des principes ergonomiques doivent être respectés. L'ergonomie consiste à adapter l'environnement de travail aux besoins de l'utilisateur. En favorisant le bien-être des salariés et leur motivation, elle permet de réduire l'absentéisme et les accidents du travail et contribue à une meilleure productivité du personnel.

Doc 2 Les principes ergonomiques du travail sur écran

- **Fauteuil :** dossier, assise et accoudoirs réglables, rembourrage ferme, tissu de revêtement poreux permettant une circulation de l'air, pivotant, 5 branches à roulettes.
- **Repose-pieds :** antidérapant.
- **Écran :** luminosité et contraste réglables, placé au niveau des yeux à 50-70 cm du visage.
- **Clavier et souris :** 10 à 15 cm du bord du bureau. La taille et la forme de la souris doivent être adaptées à celle de la main. Main en ligne droite avec l'avant-bras pour l'utilisation du clavier et de la souris.
- **Porte-documents :** mobile et réglable, placé à une hauteur et une profondeur qui minimise la fatigue de la nuque.
- **Lampe d'appoint :** mobile et réglable.
- **Fenêtre :** stores vénitiens pour éviter les reflets et les éblouissements provoqués par l'éclairage naturel.

INSERM, « Guide pratique du travail sur écran » et INRS, *Travail sur écran*.

Annexe 1 À chaque outil ses recommandations

	....	● ●	Mobile et réglable
	....	● ●	Écran à hauteur des yeux, clavier et souris ergonomiques
	....	● ●	Cinq branches à roulettes, dossier et assises réglables

Doc 3 L'ergonomie à l'entrepôt

Dans un entrepôt, la majeure partie du travail consiste à soulever une charge. Il existe de **bonnes pratiques** pour réduire la pénibilité au travail des préparateurs de commandes ainsi que les TMS, maladie professionnelle qui touche les articulations, les muscles, les tendons, les nerfs et affecte principalement le dos, le cou, les épaules et les poignets :

– **optimiser le poste d'emballage :** mettre à disposition des préparateurs de commandes une table ergonomique et réglable, un tapis anti-fatigue pour réduire la pénibilité de la posture debout. Tous les éléments nécessaires à la préparation des commandes doivent être à proximité et faciles à attraper (carton, outil de calage, adhésif...). Pour le filmage des palettes, l'utilisation d'une filmeuse automatique minimise les risques de douleur ;

– **utiliser des outils adaptés et ergonomiques :** pour les caristes, utiliser des tire-palettes à haute levée pour éviter de se pencher et limiter les douleurs de dos, des épaules et des membres supérieurs, et des transpalettes électriques pour éviter les efforts de type tirer-pousser. Choisir un chariot à hauteur variable conçu spécifiquement pour la mise en rayon, le picking[1] ou les produits lourds.

1. Picking : prélèvement ordonné des produits commandés par un client dans leur lieu de stockage, puis regroupement avant la mise en colis.

Annexe 2 Un poste de travail ergonomique

Échanges avec les salariés	Poste concerné	Solutions apportées
« Un sac de cacao pèse environ 60 kg, j'en soulève plusieurs fois par jour, je ressens souvent de la douleur au niveau des épaules et du cou en rentrant chez moi le soir. »	....	....
« Nous n'avons que des transpalettes manuels, il faut de la force pour les tirer et les pousser, j'ai souvent mal au dos et aux épaules. Pourtant j'ai mes CACES[2]. »	....	....
« Je filme toujours les palettes que j'ai préparées à la main, car nous n'avons pas d'outil électrique, je perds du temps et j'ai souvent mal au dos et aux épaules. »	....	....

2. CACES (certificat d'aptitude à la conduite en sécurité) : attestation permettant au cariste de conduire les chariots de manutention, accompagnée d'une autorisation de conduite délivrée et établie par le chef d'entreprise. Il existe différents types de CACES, un cariste passe le CACES R489.

2. Analyser le poste de travail en entrepôt

Vous allez à la rencontre du personnel du service logistique. Vous vous équipez, car les équipements de protection individuelle (ÉPI) sont obligatoires pour circuler dans certains endroits de l'entreprise. Vous continuez votre mission destinée à identifier les différents outils et équipements utilisés.

6 **Repérez, en le surlignant, le principe qui justifie l'obligation du port des ÉPI pour les salariés (Doc 4).**

7 **Identifiez l'obligation de protection signalée par chaque pictogramme rencontré dans l'entrepôt (Doc 4, Annexe 3).**

8 **Précisez l'équipement de protection à porter en réponse à chacune de ces obligations (Doc 4, Annexe 3).**

Doc 4 Les équipements de protection individuelle

Je suis Tony, responsable sécurité.

Tu t'interroges sur les ÉPI ? Ce sont des dispositifs ou des moyens destinés à être portés par une personne en vue de la protéger contre un ou plusieurs risques susceptibles de menacer sa santé ou sa sécurité sur son lieu de travail. Il en existe différents types : les casques et lunettes de protection, les bouchons d'oreille, les gants et les vêtements de travail, les chaussures de sécurité. Tous servent à protéger le salarié, c'est pour cela qu'ils sont fournis par l'entreprise et qu'il a l'obligation de les porter. Le port des ÉPI est également obligatoire pour toute personne présente sur le poste de travail, comme toi !

Annexe 3 Les ÉPI en entrepôt

Pictogrammes		Parties du corps à protéger	Équipements adaptés
1			
2			
3			
4			
5			

9 **Déterminez l'intérêt du port des ÉPI dans chacune des situations rencontrées, puis indiquez le pictogramme qu'il conviendrait d'afficher (Doc 4, Annexes 3 et 4).**

10 **Précisez les signalétiques à mettre en place pour la sécurité (Doc 5, Annexe 5).**

Annexe 4 L'importance des ÉPI

Situation en entrepôt
« Il m'est arrivé une fois, en soulevant un carton, de le renverser et de faire tomber des appareils pour la fabrication du chocolat qui pesaient lourd sur mes pieds. »
« En ouvrant un carton, je me suis blessé avec un cutter, c'est vrai que ce jour-là, j'avais oublié mes gants. »
« Je me suis cogné la tête contre un palettier* en préparant une commande, mon casque a été abîmé et je n'ai pas eu le temps d'aller en chercher un autre. »

Intérêt des ÉPI	Pictogramme n°
Protège des chutes d'objet ou de chocs.	....
Protège contre les chutes et les chutes d'objet.	....
Protège contre les coupures et les contacts avec les produits dangereux.	....

* Palletier : étagère métallique dédiée à l'entreposage des palettes.

Doc 5 L'importance de la signalétique

Durant notre visite, tu as pu voir différentes signalétiques comme les panneaux d'affichage, les adhésifs murs ou sol, les plaques de porte… Certains affichages sont obligatoires, quand le sol est glissant par exemple. D'autres servent juste à informer, comme les numéros des allées dans les entrepôts, pour que les préparateurs s'y retrouvent facilement ! Là tu vois, il en manque un !

J'ai été interpellé en début de semaine par les préparateurs de commandes. Ils signalent que l'affichage de la présence de différents produits chimiques n'est toujours pas fait. Et je sais qu'il faut remplacer plusieurs panneaux de limitation qui ont été cassés.

Annexe 5 Mon décryptage de la signalétique

Signalétique	Signification	Emplacement

Une affiche incitant les salariés à passer les CACES vous interpelle. Vous questionnez Éric, le cariste, pour en savoir davantage.

11 **Identifiez les outils et les équipements appropriés pour chaque situation (Doc 6, Annexe 3, Annexe 6).**

Doc 6 Les chariots de manutention

Le chariot de manutention est un équipement incontournable en logistique. Il désigne tout véhicule à roues conçu pour transporter, tracter, pousser, élever, gerber (ou superposer) différentes charges. Pour pouvoir le conduire, il faut avoir une autorisation de conduite établie et délivrée par le chef d'entreprise. Il est également recommandé, en entreprise, d'avoir l'un de ces certificats d'aptitude à la conduite en sécurité des chariots (CACES).

LES DIFFÉRENTES CATÉGORIES DE CACES R489

CATÉGORIE 1
Chariots transpalettes à conducteur porté et préparateur de commandes au sol, de levée inférieure ou égale à 1 m.
Ils sont utilisés pour charger et décharger des camions et pour transporter des charges palettisées sur de courtes distances.

CATÉGORIE 3
Chariot élévateur en porte à faux, de capacité inférieure ou égale à 6000 kg.
Ils sont utilisés pour déplacer, transporter et gerber des charges, sauf si le sol nécessite un engin de chantier.

CATÉGORIE 5
Ils sont utilisés dans les magasins et les entrepôts pour gerber des charges dans des rayonnages métalliques de grande hauteur.

Annexe 6 Les outils et les équipements appropriés

Situations rencontrées par Éric	Chariot choisi	ÉPI imposés
Lorsqu'un camion de livraison de cacao arrive en quai, je les décharge.	....	....
Je range les cartons de chocolats fabriqués dans les palettiers avant leur expédition. La hauteur des palettiers est de 5 mètres.	....	....
Je décharge une palette de moules pour la fabrication des chocolats constitués de plusieurs petits cartons.	....	....

Mission 2 Participer à l'aménagement d'un espace de travail

1. Identifier les différents outils et équipements dans un bureau administratif

Votre étude des postes de travail des entrepôts terminée, vous retrouvez Aurélie, votre tutrice, au service administratif. Elle vous informe qu'il a été décidé de réorganiser le poste de travail administratif. Vous participez à son nouvel agencement.

12 **Proposez des dispositifs et des équipements permettant d'améliorer les conditions de travail d'Ingrid Kanty, assistante administrative (Doc 7).**

....

....

13 **Identifiez les outils de classement et équipements de rangement cités par elle comme facilitant la gestion des dossiers administratifs (Doc 7, Annexe 7).**

Doc 7 Le constat d'Ingrid Kanty

De :	ingrid.kanty@cemoi.fr
À :	thierry.buisson@cemoi.fr
Objet :	Constat sur mon poste de travail
P. J. :	

Bonjour monsieur Buisson,

Deux collègues ont été recrutés il y a quatre mois. Depuis, nous sommes à l'étroit dans ce bureau.
Mon repose-pieds est cassé et je trouve que mon siège n'est plus assez confortable, j'ai souvent des douleurs au niveau des épaules, du dos... De plus, il n'y a pas assez de lumière naturelle ; certes, j'ai ma lampe de bureau, mais parfois nous sommes obligés d'allumer toute la journée. Et puis, je souhaiterais avoir un casque comme ma collègue de l'accueil, pour traiter les appels téléphoniques...
J'ai suffisamment d'outils de classement (chemises à rabats, classeurs à levier, boîtes à archives en carton), mais je ne peux plus déplacer mon caisson à roulettes, car celles-ci sont cassées. L'accès à l'armoire du fond (où je range les dossiers suspendus et les classeurs à levier) est très compliqué, car le bureau de mon collègue a été installé juste devant.
Mon ordinateur fonctionne bien, il est à la bonne hauteur et j'en suis ravie ! Cependant, le bruit de l'imprimante devient insupportable à longueur de journée. En effet, il n'y a qu'une seule imprimante pour tous les services de l'étage.

Cordialement,

Ingrid Kanty

Annexe 7 Les outils de classement et de rangement utiles

	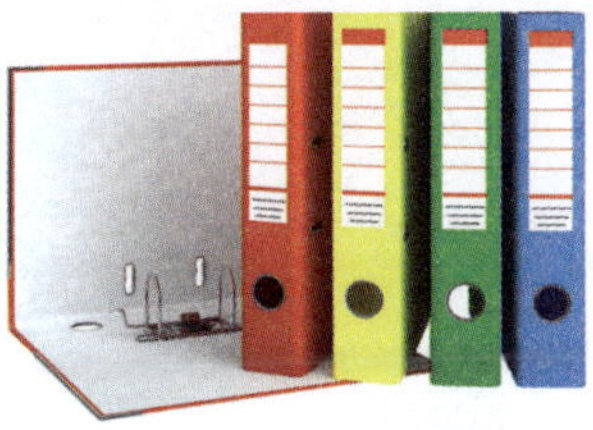	 ....
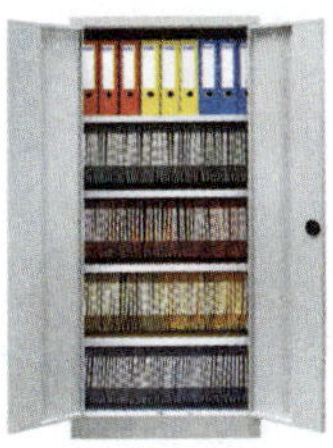		 ....

2. Choisir les outils et équipements d'un espace de travail

Vous participez à l'aménagement du nouvel espace de travail du service administratif décidé lors de la réunion entre Thierry Buisson, responsable administratif et financier, Aurélie Ferrant, responsable des ressources humaines et le personnel du service administratif, afin d'améliorer les conditions de travail du personnel.

14 **Choisissez dans le catalogue les équipements pour le nouveau bureau du service administratif (Docs 8 et 9, Annexe 9).**

15 **Estimez le coût du projet d'aménagement du nouveau bureau à proposer en réunion de direction (Annexe 8, Annexe 9).**

Doc 8 L'aménagement d'un nouveau bureau

Le personnel ADM occupera le nouveau bureau (+ spacieux et + lumineux).
Sol : carrelage blanc. Plafond : blanc.
Pan de mur : vert (demande du personnel administratif).
→ Équipements à prévoir :
- 3 bureaux (choisir un bureau d'angle avec caisson accroché, longueur 140 cm)
- 3 sièges à roulettes réglables avec accoudoir
- 1 grande armoire à rideau
- 3 lampes réglables avec variateur d'intensité pour le confort des yeux et qui ne consomment pas beaucoup d'énergie.
- 1 imprimante laser, peu bruyante, permettant une impression automatique en recto-verso et la possibilité d'impression depuis un outil nomade.

Doc 9 Un message d'Aurélie Ferrant

Bonjour,

Tu trouveras sur mon bureau l'aménagement proposé suite à la réunion avec le personnel concerné et le responsable de service. Peux-tu choisir dans l'extrait du catalogue du fournisseur BD Mobilier les outils et équipements à installer dans le nouveau bureau ?

PS. Le prix ne sera pas le seul élément déterminant de ton choix, il faudrait aussi prendre en compte les caractéristiques de chaque produit.

Merci.

Aurélie Ferrant

Annexe 8 Mon projet d'aménagement

Aménagement d'un nouveau bureau	Coût unitaire HT	Quantité	Total HT
....	....	....	....
....	....	....	....
....	....	....	....
....	....	....	....
....	....	....	....
Carrelage (carton)	15,00	20	300,00
Peinture blanche (pot de 5 litres)	9,99	2	19,98
Peinture verte (pot de 2,5 litres)	5,40	1	5,40
			....

Annexe 9 **Extrait du catalogue fournisseur BD mobilier**

BUREAUX ET SIÈGES

Bureau droit QUADRA

Dimensions : L 140 cm × P 80 cm × H 75 cm
Coloris : plateau chêne clair, piétement aluminium.
Prix : **170,40 € HT**

☐

Bureau d'angle QUADRA + caisson métal

Dimensions : L 140 cm × P 80 cm × H 75 cm
Coloris : plateau chêne clair, piétement aluminium.
Prix : **379 € HT**

☐

Chaise de bureau RESY avec accoudoir

Design et confortable, recouverte d'un tissu en polyester, assise en mousse. Pied en acier, dossier en résille.
Prix : **51 € HT**

☐

Fauteuil de bureau MOHA

Équipé d'un système basculant, revêtement en croute de cuir pour une assise agréable, accoudoir fixe, hauteur réglable.
Prix : **82 € HT**

☐

ARMOIRES

Armoire à rideau FLAP

Dimensions : H 180 × L 100 × P 40 cm.
4 tablettes en acier Tablettes équipées de rail pour suspendre des dossiers. Couleur gris clair.
Prix : **248,50 € HT**

☐

Armoire de bureau portes battantes en bois

Dimensions : 180 × 80 × 45 cm. Coloris hêtre, composée de trois tablettes en bois mélaminé.
Prix : **227 € HT**

☐

LAMPES

Lampe de bureau

Orientable LINK. H 52 cm. Variateur d'intensité. Économe en énergie. Puissance 20 W.
Prix : **45 € HT**

☐

Lampe de bureau halogène Relax

Variateur d'intensité.
Économe en énergie. 40 W.
Prix : **30 € HT**

☐

IMPRIMANTES

Imprimante laser BROTHER DCP L3550 CDW

Imprime, scanne et copie.
Vitesse d'impression 12 à 22 pages/min.
Recto verso automatique. 1 port USB.
Niveau sonore : 90 dB.
Prix : **199 € HT**

Imprimante laser HP laser jet pro M281 FDW

Imprime, scanne, copie.
Vitesse d'impression 21 pages/min.
Recto verso automatique.
Dispose de la technologie wifi. Possibilité d'imprimer au format A3 directement depuis un smartphone ou un appareil mobile.
2 ports USB.
Niveau sonore en impression : 50 dB
Prix : **259 € HT**

Choix

L'organisation de son poste de travail

Synthèse

SYNTHÈSE RÉDIGÉE foucherconnect.fr/24ago11

QCM foucherconnect.fr/24ago12

1 Le poste de travail et les principes ergonomiques

- Confort et efficacité pour l'utilisateur
- Endroit adapté à l'exécution des tâches

Ergonomie : adaptation du poste au besoin de l'utilisateur

- Prévention des douleurs musculaires
- Diminution des blessures et de la fatigue
- Maximum de confort

Ressources matérielles nécessaires

LES PRINCIPES ERGONOMIQUES

Outils adaptés pour éviter les TMS

Travail sur écran
Utiliser un fauteuil réglable à roulettes et pivotant, un repose-pieds, un écran avec une luminosité réglable, un mobilier adapté.

En entrepôt
Utiliser une table ergonomique, un tapis anti-fatigue, un tire-palette à haute levée, un transpalette électrique, un chariot à hauteur variable.

LA SÉCURITÉ

ÉPI ET SIGNALÉTIQUES OBLIGATOIRES

- Protection de la vue
- Protection de la tête
- Protection de l'ouïe
- Protection des pieds
- Protection du corps
- Protection des mains

2 L'aménagement de l'espace de travail

Aménager un espace de travail, c'est :

- Choisir des outils et des équipements adaptés au poste de travail
- Respecter et prendre en compte les principes ergonomiques
- Calculer le coût de l'aménagement

Appli 1 Sélectionner les équipements d'un poste de travail

Vous travaillez en tant qu'assistant(e) au sein de T2M Logistique, une entreprise spécialisée dans l'entreposage et le conditionnement des marchandises, basée à Roullet-Saint-Estèphe. L'activité d'entreposage est en pleine expansion et l'ouverture d'un nouvel entrepôt à 10 km de l'actuel établissement est prévue. Votre tuteur, Émile Amont, responsable logistique, vous demande de sélectionner les équipements et les matériels nécessaires à l'aménagement du nouvel entrepôt.

Complétez la liste des équipements et des matériels nécessaires à l'aménagement de l'entrepôt et du bureau administratif, d'après les consignes de M. Amont (Docs 1 et 2, Annexe).

Doc 1 Les notes de M. Amont

Bonjour,

Je dois m'absenter, peux-tu faire la sélection des matériels et des équipements pour l'entrepôt, mais également pour le bureau administratif ?

– Ne pas oublier les équipements pour la sécurité.

Merci.

É. Amont

Doc 2 Extrait d'un catalogue de fournisseur

MAT PRO : LE PROFESSIONNEL DE VOS OUTILS ET ÉQUIPEMENTS

Une gamme d'outils et d'équipements professionnels adaptée à votre métier

… gants, chaussures de sécurité, vêtements professionnels, gilets fluorescents, chariots élévateurs, transpalettes manuels, transpalettes électriques, filmeuses, extincteurs, panneaux de signalisation, ordinateurs, douchettes, photocopieurs, scanners, imprimantes, balances, chaises, bureaux, tondeuses, congélateurs, cutters, couteaux, casseroles, gazinières, palettiers, rubans adhésifs, bétonnières, lunettes de sécurité, documents de classement (classeurs, chemises)…

Annexe La liste des équipements et matériels nécessaires

Équipements pour l'entrepôt	Équipements pour les bureaux administratifs	Équipements pour la sécurité
– Palettiers	– Chaises	

3

Appli 2 Choisir des outils numériques

pix Mes compétences numériques
3.1. Développer des documents textuels
Niv. 3 Créer des contenus majoritairement textuels à l'aide de différentes applications

S'informer, informer

CO-INTERVENTION
• Français

Vous êtes bénévole dans l'association « La fête de l'âne et du cheval » à Romagne (86). Cette association, qui existe depuis trente ans, est constituée de cinq co-présidents et de nombreux bénévoles, dont l'objectif est d'organiser chaque année des animations et des concours pour les éleveurs de baudet du Poitou.
À votre arrivée, Jean Berto, l'un des présidents, vous informe que votre rôle sera surtout orienté vers la communication, un domaine qu'il juge très important mais que peu de bénévoles maîtrisent dans l'association. Il vous demande de lui proposer des outils de communication et d'échange.

À l'aide de votre texteur, réalisez une fiche de synthèse avec des propositions d'outils pour communiquer, organiser des événements, collaborer à distance, selon la présentation demandée, selon vos connaissances et en vous aidant de recherches sur Internet (Doc).

Doc Les consignes de présentation

Logo de l'entreprise	TITRE : LES OUTILS NUMÉRIQUES DE COMMUNICATION ET D'ÉCHANGE *Police Arial 12, gras, centré*	
POUR COMMUNIQUER ***Centré, en gras***	LES OUTILS *Arial 11, centré, souligné, en gras*	LES FONCTIONNALITÉS *Arial 11, centré, souligné, en gras*
	OUTIL 1 *en gras.* Insérer logo	
	OUTIL 2 *en gras.* Insérer logo	
POUR PLANIFIER OU ORGANISER UN ÉVÉNEMENT ***Centré, en gras***	OUTIL 1 *en gras.* Insérer logo	
	OUTIL 2 *en gras.* Insérer logo	
POUR COLLABORER À DISTANCE ***Centré, en gras***	OUTIL 1 *en gras.* Insérer logo	
	OUTIL 2 *en gras.* Insérer logo	

Auto-évaluation des compétences

Dans le cadre de l'organisation de mon poste de travail…	Compétence non maîtrisée	Compétence insuffisamment maîtrisée	Compétence maîtrisée	Compétence bien maîtrisée
→ Je suis capable d'expliquer le poste de travail et les principes ergonomiques.	Je ne connais pas les principes ergonomiques et les éléments relatifs à la sécurité dans une entreprise. ☐	Je connais partiellement les principes ergonomiques et les éléments relatifs à la sécurité dans une entreprise. ☐	J'identifie et j'applique les principes ergonomiques et les éléments relatifs à la sécurité dans une entreprise avec un rappel. ☐	J'identifie, j'applique et je respecte les principes ergonomiques et les éléments relatifs à la sécurité dans une entreprise. ☐
→ Je sais participer à l'aménagement d'un espace de travail.	Je ne sais pas choisir les outils et équipements, je commets des erreurs pour le calcul du coût de l'aménagement. ☐	Je sais choisir les outils et équipements, je commets des erreurs pour le calcul du coût de l'aménagement. ☐	Je sais choisir les outils et équipements, je sais calculer sous contrôle le coût de l'aménagement. ☐	Je sais choisir les outils et équipements, je sais calculer sans erreur le coût de l'aménagement. ☐

4 Découvrir le processus achat et vente

Compétences
> CC1 Gérer des relations interpersonnelles
> CC3 Mettre en œuvre et contrôler les processus administratifs
> CC4 Traiter les flux physiques en relation avec les données de gestion

Cémoi

- La marque Cémoi est riche de plus de 200 ans de tradition chocolatière à la française.
- Basé à Perpignan, le groupe Cémoi dispose de 11 usines, de 2 entrepôts et de 5 filiales répartis à travers le monde. S'il vend des chocolats sous sa marque, le groupe fournit aussi l'ensemble de l'industrie alimentaire : chocolatiers, pâtissiers, restauration et grande distribution.
- Cémoi s'approvisionne en cacao directement auprès des coopératives agricoles et torréfie ses fèves au plus près des lieux de récolte.
- Depuis 2010, le groupe s'est développé aux États-Unis, dans les Pays de l'Est et en Asie. Une nouvelle chocolaterie a aussi été inaugurée en Côte d'Ivoire en 2015.

GROUPE CÉMOI
2980 avenue Julien-Panchot • 66000 Perpignan
Tél. : 04 68 56 35 35 • contact@cemoi.com

Vos missions

Vous effectuez votre période de formation en milieu professionnel (PFMP) au siège de Cémoi, à Perpignan.
Afin de comprendre le processus achat-vente dans son ensemble, il vous a été proposé une immersion dans les différents services marketing, achats et gestion-finances.
Vous serez, selon le cas, sous la responsabilité de Najib Akhan, Charles Serra ou Marjolaine Truan, afin de participer à la gestion administrative des relations clients et fournisseurs.

Mission 1 **Participer aux activités du processus achat**

Mission 2 **Participer aux activités du processus vente**

Organigramme

foucherconnect.fr/24ago13

Chiffres-clés

80 000 tonnes
de fèves de cacao achetées chaque année

160 000 tonnes
de produits finis vendus chaque année dans le monde

750 millions d'euros
de chiffre d'affaires

Mission 1 Participer aux activités du processus achat

Vous êtes affecté(e) dans un premier temps au service achats. Afin de répondre aux commandes des clients et d'assurer une production suffisante de chocolats et de confiseries, il est régulièrement nécessaire de réapprovisionner les stocks de matières premières (sucre, farine…). Votre tuteur Najib Akhan vous propose de découvrir les différentes étapes liées à l'achat de ces matières premières.

1. Découvrir le processus achat

Najib Akhan vous invite à analyser le schéma du processus achat pour vous permettre d'en comprendre les différentes étapes.

1 Expliquez ce que recouvre le processus achat puis recherchez la définition d'un client et d'un fournisseur (Doc 1).

2 Repérez, en la soulignant, l'étape qui déclenchera la commande auprès du fournisseur (Doc 1).

3 Surlignez l'étape qui permettra d'établir une facture (Doc 1).

Doc 1 Le schéma du processus achat

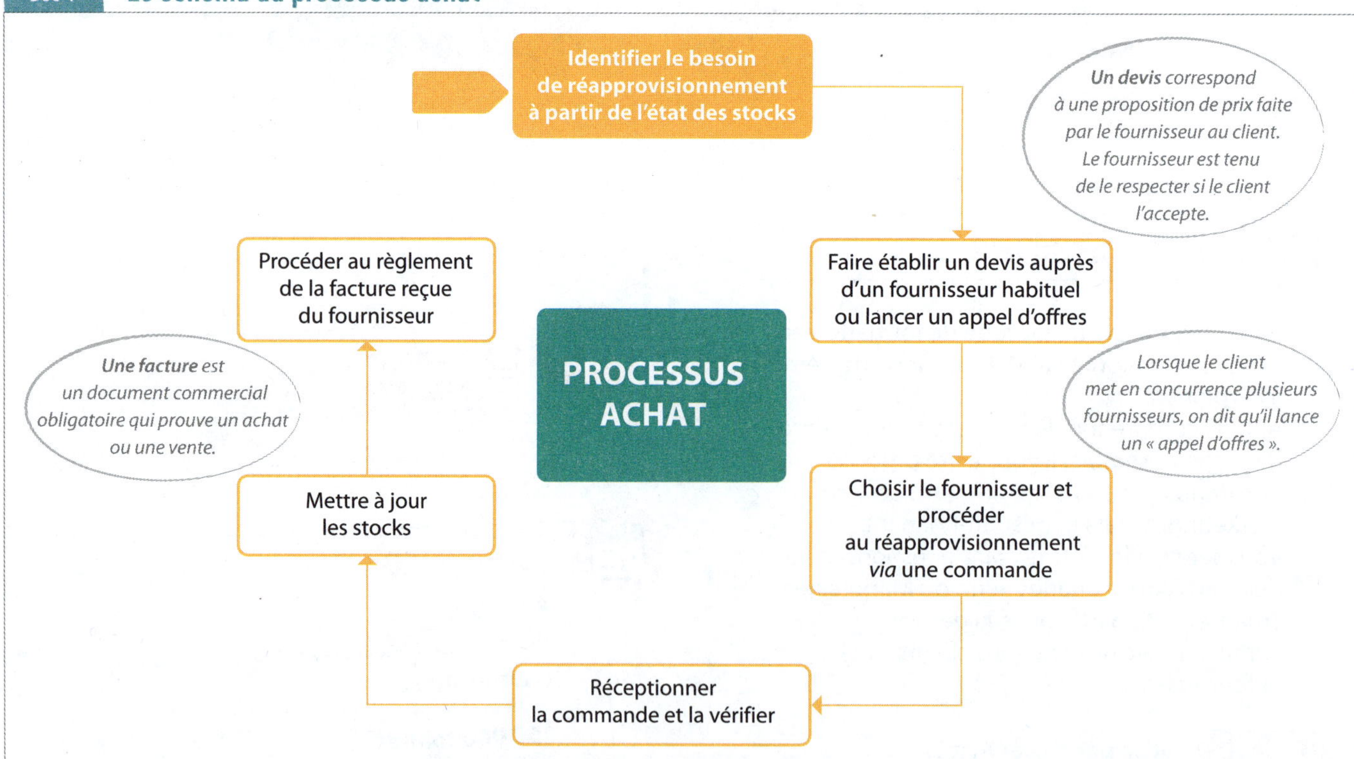

4 Expliquez la raison pour laquelle il est nécessaire de vérifier et de mettre à jour régulièrement les stocks.

2. Analyser un besoin de réapprovisionnement

Afin d'assurer le réapprovisionnement des stocks, une commande doit être passée.
Votre tuteur vous demande de prendre en charge le traitement de cette activité en vérifiant pour quels produits il est nécessaire de passer une commande.

5 **Repérez, en les surlignant, les matières premières pour lesquelles il est nécessaire de procéder à une commande (Doc 2). Justifiez votre réponse.**

....

....

....

6 **Identifiez le service avec lequel le service achat travaille en étroite collaboration pour le stockage de marchandises (entrées et sorties).**

....

....

Doc 2 L'état des stocks

PRODUITS	STOCK MINIMUM	STOCK RÉEL	STOCK MAXIMUM
Farine 10 kg T55	10	8	30
Chocolat noir 3 kg	10	7	30
Chocolat blanc 3 kg	10	12	30
Sucre en poudre 5 kg	10	11	30

Le stock réel correspond au stock restant disponible.

Le stock minimum correspond à la quantité de produits minimum que l'entreprise doit avoir pour répondre à la demande des clients.

Le stock maximum représente la quantité de produits à ne pas dépasser dans son entrepôt (cf. coûts de stockage).

7 **Procédez à l'établissement du bon de commande des matières premières nécessaires pour assurer la continuité de l'activité de l'entreprise (Docs 2 et 3, Annexe 1).**

Doc 3 Le devis adressé par un fournisseur

Messagerie	
De :	toutchoc@contact.com
À :	contact@cemoi.com
Objet :	votre demande de devis
Pièce jointe :	Bon de commande vierge

Bonjour,

Conformément à votre demande, nous vous adressons notre proposition de prix pour votre besoin de réapprovisionnement.

Cinq Farine 10 kg T55 CMX01 à 30 € HT/unité soit 150 € Total HT
Cinq Chocolat noir 3 kg CHOCFORT à 50 € HT/unité soit 250 € Total HT
Montant total HT : 400 €
TVA 5,5 % : 22 €
Montant Total TTC : 422 €

Nous vous offrons la livraison (franco de port) et vous pouvez procéder au règlement sous 30 jours.

Afin de valider cette proposition, il vous suffit de compléter et de nous retourner le bon de commande vierge que vous trouverez en pièce jointe, par retour de mail.

Nous vous en souhaitons bonne réception.

Le service commercial.

Annexe 1 Le bon de commande pour un réapprovisionnement

TOUTCHOC
25 place Monrois
33000 BORDEAUX
05 55 74 89 65
contact@toutchoc.com
N° SIRET 752547100

Identification du vendeur

Le bon de commande est un document commercial où sont précisés tous les articles commandés ainsi que les conditions utiles (livraison, règlement) à la bonne exécution de la commande. Il existe plusieurs modèles de bons de commande.

Identification de l'acheteur

BON DE COMMANDE 25-0026

Désignation	Quantité	PU HT	PRIX TOTAL HT
Livraison		Montant total HT	
		TVA 5,5 %	
Règlement		Montant TTC	

25 place Monrois, 33000 BORDEAUX
05 55 74 89 65
N° SIRET 752547100

8 **Mettez à jour l'état des stocks après réception des marchandises (Docs 1 et 2, Annexe 2).**

Annexe 2 L'état des stocks

PRODUITS	STOCK MINIMUM	STOCK RÉEL	STOCK MAXIMUM
Farine 10 kg T55	10		30
Chocolat noir 3 kg	10		30
Chocolat blanc 3 kg	10		30
Sucre en poudre 5 kg	10		30

Mission 2 Participer aux activités du processus vente

Vous êtes à présent affecté(e) au sein du service marketing. Votre tuteur Charles Serra vous propose de découvrir les différentes étapes liées à la vente des chocolats.

1. Découvrir le processus vente

Charles Serra vous invite à analyser le schéma du processus vente afin d'en vérifier votre compréhension.

9 **Expliquez ce que recouvre le processus vente (Doc 4).**

....

....

10 **Identifiez l'étape qui déclenche le départ du processus vente (Doc 4).**

....

11 **Soulignez l'étape qui déclenche la commande du client (Doc 4).**

12 **Surlignez l'étape qui permet d'établir une facture (Doc 4).**

13 **Expliquez la raison pour laquelle l'entreprise doit vérifier l'état de ses stocks.**

....

....

....

....

Doc 4 Le processus vente

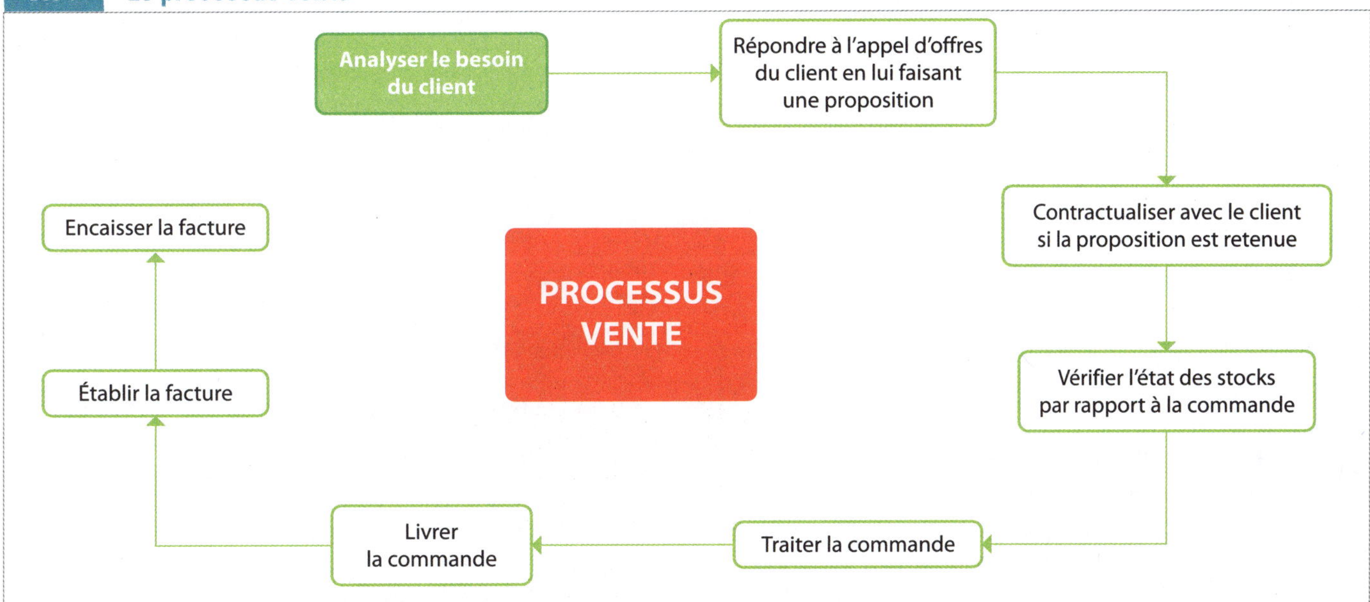

2. Analyser un appel d'offres client

Le service marketing vient de réceptionner l'appel d'offres d'un prospect (client potentiel). Charles Serra souhaite traiter au plus vite cette demande afin d'obtenir le marché.

14 **Analysez l'appel d'offres en complétant les informations clés (Doc 5, Annexe 3).**

Doc 5 La lettre d'appel d'offres

Hôtel Charleston (SARL)
7 rue Mirabeau
69000 LYON
04 59 15 13 92

Groupe Cémoi
2980 avenue Julien Panchot
66000 PERPIGNAN

Lyon, le 18 février N

Objet : appel d'offres

Madame, Monsieur,

Notre établissement accueillera prochainement un groupe international d'entrepreneurs. À cette occasion, nous souhaiterions offrir à chacun d'eux une boîte de chocolats français afin de leur souhaiter la bienvenue.

Vous avez été sélectionné parmi cinq autres chocolatiers pour répondre à notre appel d'offres.
Nous souhaiterions que le contenu des boîtes propose des chocolats de diverses variétés.
Nous vous remercions de nous adresser vos prix pour une éventuelle commande de 250 boîtes individuelles de chocolats, à livrer avant la fin du mois d'avril N.

Nous espérons que vous saurez répondre à notre demande.

Afin d'éviter les délais liés aux envois postaux, nous vous remercions de bien vouloir nous transmettre votre proposition par courriel à l'adresse suivante : contact@charleston.org

Dans l'attente, veuillez agréer, Madame, Monsieur, nos salutations distinguées.

Service commercial
Hôtel Charleston

Annexe 3 Les informations clés de l'appel d'offres

L'émetteur de l'appel d'offres	....
La demande du prospect	....
Les exigences du prospect	....
Nombre de concurrents sollicités	....

15 **Indiquez le moyen choisi par le prospect pour établir son appel d'offres (Doc 5).**

....

....

3. Répondre à un appel d'offres

Charles Serra a répondu à l'appel d'offres de l'hôtel Charleston. Il souhaite proposer un prix susceptible d'être plus intéressant que celui de la concurrence et vous propose de découvrir les conditions octroyées au client.

16 **Surlignez les atouts de cette proposition susceptibles de retenir l'intérêt du prospect (Doc 6).**

Doc 6 La réponse de Charles Serra à l'appel d'offres de l'hôtel Charleston

Messagerie	
De :	marketing@cemoi.com
À :	contact@charleston.org
Objet :	Proposition suite à votre appel d'offres

Madame, Monsieur,

Nous vous remercions de nous avoir choisis pour votre appel d'offres du 18 février N.
Nous vous soumettons ci-dessous une proposition qui pourra nous l'espérons correspondre à vos attentes :

Désignation	Quantité	PU HT	PU TOTAL (€)
Chocolat 3 saveurs – 250 g **Livraison pour le 20 avril N**	250	7,50	1 875,00
		TOTAL HT	1 875,00
		REMISE 10 %	187,50
		TOTAL NET HT	1 687,50
		TVA **5,5 %**	92,81
		TOTAL **TTC**	**1 780,31**

Nos conditions de ventes :

- Frais de livraison : offerts
- Règlement sous 30 jours
- Règlement par chèque/virement

Nous avons le plaisir de consentir une remise de 10 % sur le montant de votre commande.
Cet email fait office de proposition contractuelle : pour l'accepter, il vous suffit de nous le retourner avec la mention **« bon pour accord »** ainsi que **la date d'acceptation** et d'y apposer votre **signature**.
Nous espérons vous compter prochainement parmi nos clients, et restons à votre disposition pour toute information complémentaire.
Bien cordialement,
Charles SERRA – Responsable Marketing Cémoi

Les frais de livraison peuvent être offerts ; dans ce cas, on peut aussi indiquer « livraison franco de port ».

TTC signifie « toutes taxes comprises ». À chaque achat ou vente, l'entreprise doit préciser le prix hors taxes (HT) et le prix TTC. La différence entre les deux prix s'appelle la TVA : taxe sur la valeur ajoutée. Elle est reversée à l'État.

17 **Expliquez avec vos mots la notion de « remise ».**

....

....

18 **Faites une distinction entre le total HT et le total TTC.**

....

....

....

....

19 **Identifiez la démarche que le client devra suivre pour accepter la proposition de Cémoi.**

....

....

....

....

4. Traiter et livrer une commande

Cémoi a décroché l'appel d'offres. Charles Serra s'est donc assuré de la disponibilité des produits commandés par l'hôtel Charleston dans les stocks de l'entreprise. Il n'est pas nécessaire de se réapprovisionner. Il vous propose de l'assister dans la préparation de la commande.

20 **Finissez de compléter le bon de livraison (BL) qui sera joint à la commande du client (Docs 6 et 7, Annexe 4).**

Doc 7 Les consignes de Charles Serra

J'ai commencé à établir le BL. Je voudrais que vous finissiez de le compléter.

Servez-vous de notre proposition faite en réponse à l'appel d'offres.

Notez que nous livrerons 2 colis (2 x 125 boîtes de 250 grammes chacune) pour un poids total de 62,500 kg.

L'unité utilisée est le carton.

Annexe 4 Le bon de livraison n° 352

Groupe CÉMOI
2980 avenue Julien Panchot
66000 PERPIGNAN
SIRET : 564 202 166 00018
APE : 1082Z
SAS au capital de 49 440 €
contact@cemoi.com

Perpignan, le 20/04/N

Chaque entreprise possède un n° de SIRET et/ou SIREN qui correspond à son numéro d'identité.

Le code APE permet de caractériser l'activité principale de l'entreprise.

Hôtel Charleston (SARL)
7 rue Mirabeau
69000 LYON

BON DE LIVRAISON N° 352

Nombre de colis	Poids total	Livraison	Votre commande
....	....	....	Appel d'offres du ....

Réf.	Désignation	Unité	Qté	Obs.
Choc3sav	....	....	1	31,25 kg
Choc3sav	....	....	1	31,25 kg

Cadre réservé au destinataire		
Observations	Livré le .../.../N Signature du livreur	Livraison prise le .../.../N Signature du client

La case « Observations » permet au client d'annoter des remarques sur la livraison, notamment si un colis a été endommagé, ou de refuser la livraison.

5. Établir une facture

Charles Serra vous informe que la livraison a bien été réceptionnée par l'hôtel Charleston. À présent, il est donc possible d'établir la facture. Vous êtes affecté(e) pour la journée au service gestion-finances, sous la responsabilité de Marjolaine Truan, qui vous propose de l'assister.

21 **Complétez la facture à adresser à l'hôtel Charleston (Docs 5, 6 et 8, Annexe 5).**

Doc 8 Les consignes de Marjolaine Truan

Afin de vous permettre de suivre le processus vente dans sa globalité, vous allez pouvoir compléter la facture que nous devons adresser à l'hôtel Charleston. Pour vous aider, servez-vous de la proposition faite par le service marketing pour répondre à l'appel d'offres.

Annexe 5 La facture n° 132/04

Groupe CÉMOI
2980 avenue Julien Panchot
66000 PERPIGNAN
SIRET : 564 202 166 00018
APE : 1082Z
SAS au capital de 49 440 €
contact@cemoi.com

Perpignan, le 26/04/N

Chaque document commercial porte un intitulé avec un numéro.

Hôtel Charleston (SARL)
7 rue Mirabeau
69000 LYON

Réf. Client : Charlest-001

FACTURE N° 132/04

Référence BL	Conditions de livraison	Mode de paiement	Échéance
....	....	....	....

Désignation	Quantité	PU HT (en €)	PHT TOTAL (en €)
Chocolat 3 saveurs – 250 g	250	7,50	1 875,00
		TOTAL HT	1 875,00
		REMISE 10 %	187,50
		TOTAL NET HT	1 687,50
		TVA 5,5 %	92,81
		NET À PAYER	....

Coupon à joindre à votre facture	
Facture N°	Date facture : ....
Réf. client :	Montant : ....

22 **Indiquez l'étape qu'il restera à assurer après l'édition de la facture.**

....

....

4

La découverte du processus achat et vente

Synthèse

SYNTHÈSE RÉDIGÉE
foucherconnect.fr/24ago14

QCM
foucherconnect.fr/24ago15

1 Le processus achat

Le processus achat se compose de plusieurs étapes successives.

1. **Dossier 5** – Identifier le besoin en approvisionnement et vérifier le niveau des stocks
2. **Dossier 17** – Faire établir un devis auprès d'un fournisseur ou lancer un appel d'offres
3. **Dossier 18** – Choisir un fournisseur et procéder au réapprovisionnement *via* une commande
4. **Dossier 18** – Réceptionner la commande et la vérifier
5. **Dossier 5** – Mettre à jour les stocks
6. **Dossier 19** – Régler la facture au fournisseur

2 Le processus vente

Le processus vente se compose de plusieurs étapes successives.

1. **Dossier 20** – Analyser le besoin client
2. **Dossier 21** – Répondre au besoin du client via l'envoi d'un devis
3. **Dossiers 5 et 21** – Vérifier l'état des stocks de l'entreprise. Traiter la commande du client
4. **Dossier 6** – Livrer la commande au client
5. **Dossier 22** – Établir la facture au client puis l'encaisser

On retrouve des documents commerciaux afin de mener ces étapes chronologiquement.

Devis ou appel d'offres → Bon de commande → Bon de livraison → Facture

Application

pix **Mes compétences numériques**
1. Informations et données
Niv. 3 Traiter des données
2. Communication et collaboration
Niv. 1 Interagir

Appli

Vous êtes assistant commercial au sein de l'entreprise Madeleineheart, localisée à Lille, spécialisée dans la commercialisation de madeleines artisanales. Vous êtes affecté(e) au service marketing.
Votre responsable vous sollicite pour assurer la gestion des demandes clients du mois de mai N.

1. **Établissez le devis relatif à la demande de prix de l'entreprise Vistore (Docs 1 et 4, Annexe 1).**
2. **Répondez par mail à la demande de l'entreprise Vistore (Docs 1 et 4).**
3. **Contactez le service transport-logistique de l'entreprise afin de planifier la livraison de la commande client qui fait suite à l'acception du devis (Doc 5, Annexe 2).**
4. **Établissez la facture du client Vistore suite à sa livraison (Doc 6, Annexes 1 et 3).**

Réaliser, calculer
CO-INTERVENTION
• Maths
Réaliser, formuler et rédiger
CO-INTERVENTION
• Français

Doc 1 Les consignes téléphoniques de Louise Baleron, responsable service marketing

Bonjour,
Nous avons reçu une demande de prix de l'entreprise Vistore. Merci de vous en charger.
Renvoyez-leur le devis complété par mail, en me mettant en copie : lbaleron@madeleineheart.com
Le devis portera le numéro 15/05. Merci !

Doc 2 Le mail de l'entreprise Vistore

Messagerie

De : vistore@contact.com
À : contact@madeleineheart.com
Objet : Demande de prix

Bonjour,

Nous souhaiterions obtenir un devis concernant une commande de madeleines.

Ci-dessous les références des produits extraits de votre catalogue, ainsi que la quantité souhaitée.

Madeleines tout choco 500 g	**2**
Madeleines format ours 500 g	**3**
Madeleines 3 saveurs – 750 g	**5**

Par ailleurs, veuillez nous indiquer le délai de livraison et s'il y a des frais de port.

Nous vous remercions pour votre retour.

Bien cordialement,
Céline Dubole

Doc 3 Un extrait de la fiche client Vistore

FICHE CLIENT VISTORE

Réf. client VIST-01
Adresse postale : 30 rue du Moulin Rouge, 44000 Nantes

Conditions de ventes :
– 10 % de remise systématique sur chaque commande
– Livraison garantie sous 5 jours
– Franco de port
– Règlement sous 30 jours, par virement

Doc 4 Un extrait du catalogue de Madeleineheart

Désignation	Grammage	Prix HT	Prix TTC
Madeleines vanille	400 g	11,75	12,39
Madeleines choco-lait	600 g	10,50	11,07
Madeleines tout choco	400 g	10,75	11,34
Madeleines tout choco	500 g	12,50	13,18
Madeleines format ours	500 g	10,00	10,55
Madeleines 3 saveurs	750 g	14,00	14,77

Doc 5 Les consignes écrites de Louise Baleron, responsable service marketing

Le devis n° 15/05 proposé à l'entreprise Vistore a été accepté. Merci d'appeler notre service transport afin de lui demander de programmer la livraison de notre client pour faire suite à sa commande. Précisez qu'il est impératif de le livrer avant la fin du mois et qu'il faut nous confirmer la date de livraison.

Louise

Doc 6 Le courriel de Louise Baleron

Messagerie	
De :	lbaleron@madeleineheart.com
À :	assistant@madeleineheart.com
Objet :	Facture Vistore

Bonjour,

Merci d'établir la facture pour le client cité en objet. Elle portera le n° 21-123.
Ne pas facturer la ligne **Madeleines format ours 500 g**, car nous n'avons pas pu livrer cet article.

N'oubliez pas d'appliquer les conditions de vente que nous leur avons proposées sur le devis.

Cordialement,
Louise.

Annexe 1 Le devis adressé à l'entreprise Vistore

Groupe MADELEINEHEART
123 avenue Mirambeau
59000 LILLE
SIRET : 648 303 661 00120
APE : 1082Z
SAS au capital de 24 780 €
madeleineheart@contact.com

Lille, le 20 mai N

....
....
....

Réf. client : ....

DEVIS N° ....

Conditions de livraison	Mode de paiement	Échéance
....	....	....

Désignation	Quantité	PU HT	PHT TOTAL
....	....	....	....
....	....	....	....
....	....	....	....
		TOTAL HT	....
		REMISE **10 %**	....
		TOTAL NET HT	....
		TVA **5,5 %**	....
		NET À PAYER	....

Si ce devis vous convient, veuillez nous le retourner signé précédé de la mention

« BON POUR ACCORD ET EXÉCUTION DU DEVIS »

Date :   Signature :

Annexe 2 La préparation de l'appel téléphonique

Présentation :

....
....

Objet de l'appel :

....
....
....
....
....
....

Conclusion :

....

Annexe 3 **La facture de l'entreprise VISTORE**

Groupe MADELEINEHEART
123 avenue Mirambeau
59000 LILLE
SIRET : 648 303 661 00120
APE : 1082Z
SAS au capital de 24 780 €
madeleineheart@contact.com

Lille, le 15 juin N

....
....
....

Réf. client : ....

FACTURE N° ....

Conditions de livraison	Mode de paiement	Échéance
....	....	....

Désignation	Quantité	PU HT	PHT TOTAL
....	....	....	....
....	....	....	....
		TOTAL HT	....
		REMISE **10 %**	....
		TOTAL NET HT	....
		TVA **5,5 %**	....
		NET À PAYER	....

Auto-évaluation des compétences

Dans le cadre de la découverte des activités de gestion administrative…	Compétence non maîtrisée	Compétence insuffisamment maîtrisée	Compétence maîtrisée	Compétence bien maîtrisée
→ Participer aux activités du processus achat	Je ne suis pas capable de participer à une activité du processus achat. ☐	Je suis capable de participer à certaines activités du processus achat. ☐	Je suis capable de participer à la majeure partie des activités du processus achat. ☐	Je suis capable de participer sans aucune difficulté aux activités du processus achat. ☐
→ Participer aux activités du processus vente	Je ne suis pas capable de participer à une activité du processus vente. ☐	Je suis capable de participer à certaines activités du processus vente. ☐	Je suis capable de participer à la majeure partie des activités du processus vente. ☐	Je suis capable de participer sans aucune difficulté aux activités du processus vente. ☐

5 Suivre les stocks

Compétence
> CC4 Traiter les flux
> physiques en relation avec les données de gestion

Conforama

- Enseigne spécialisée dans l'aménagement de la maison et la décoration, Conforama a été créée en 1967. La société a connu plusieurs rachats, mais depuis 2011, elle appartient au groupe Steinhoff International.
- Conforama est présente à l'international, avec des magasins en Espagne, Suisse, Italie, Portugal, Luxembourg et Croatie. Elle compte 334 enseignes dans le monde, dont 173 en France.
- Afin de couvrir les besoins logistiques du nord de la France, l'enseigne a créé une plateforme logistique de 200 000 m² en région parisienne. Cette stratégie de centralisation logistique permet de réduire les coûts et les délais.
- Le magasin Conforama de Saint-Malo commercialise trois catégories de produits :
  – le meuble (du salon à la chambre en passant par la cuisine et la salle de bains) ;
  – la décoration (luminaires, miroirs…) ;
  – l'électroménager (gros et petit électroménager) et l'électroloisirs (TV, son, multimédia).
- Ses clients sont essentiellement des particuliers, mais également des entreprises et des associations.

Vos missions

Vous effectuez votre période de formation en milieu professionnel au dépôt du magasin Conforama de Saint-Malo sous la direction du responsable, Jean-Michel Lemoine, en qualité de magasinier stagiaire.
La gestion des stocks et des approvisionnements est une des missions principales des magasiniers. Chaque magasinier prend en charge un univers différent.
Vous vous occupez de l'univers Électroloisirs.
Votre tuteur vous confie plusieurs missions.

Mission 1 Participer à la gestion des stocks

Mission 2 Mettre à jour les fiches de stocks

Mission 3 Connaître l'état des stocks

Organigramme

foucherconnect.fr 24ago60

Chiffres-clés

1967
Ouverture du premier magasin à Lyon

1974
Ouverture du premier magasin à l'étranger (Luxembourg)

1998
Conforama lance son premier site web marchand

2022
Conforama est un des leaders européens de l'équipement de la maison :
- 6 400 collaboratrices et collaborateurs
- Chiffre d'affaires de 1,75 milliard (+ 1,7 %)
- 13,4 % du chiffre d'affaires réalisé sur le web

Missions

Mission 1 Participer à la gestion des stocks

1. Comprendre les enjeux d'une bonne gestion des stocks

Pour gérer les stocks, l'entrepôt est équipé d'un logiciel. Jean-Michel Lemoine souhaite vous sensibiliser à l'intérêt de l'informatisation de la gestion des stocks. Il vous remet un article trouvé sur Internet.

1 **Cochez la cause du dysfonctionnement pour chacune des situations rencontrées par Jean-Michel (Doc 1, Annexe 1).**

Doc 1 La gestion des stocks

[...] **Qu'est-ce que la gestion de stock ?**
La gestion de stock est la maîtrise des flux entrants et sortants des marchandises, pour garantir la disponibilité immédiate d'un produit lors d'une commande et répondre à la demande, sans que cela soit trop coûteux pour l'entreprise et en évitant le maximum de gâchis et de perte [...].
Les entreprises qui ne prêtent pas suffisamment attention à la gestion des stocks [...] courent aussi le risque de voir leur compétitivité sur le marché baisser, au profit de magasins ou d'entrepôts mieux organisés. L'enjeu ici est de trouver l'équilibre en surstockage et sous-stockage en calculant le stock de sécurité.

Les risques liés au surstockage
Cela peut sembler être une bonne idée de prévoir « large » et pallier tout risque de pénurie, mais le surstockage a son lot d'inconvénients :
– il nécessite des espaces de stockage plus étendus et donc plus onéreux ;
– il y a un risque d'obsolescence des stocks et de non-écoulement des marchandises : une référence peut être remplacée par une autre, laissant la plus ancienne sur les bras de l'entreprise.

Les risques liés au sous-stockage
Comme tous les extrêmes, le sous-stockage n'est pas bénéfique non plus :
– si la fabrication d'un produit dépend de la disponibilité d'une pièce, et que celle-ci n'est pas en stock, c'est toute la chaîne de production qui est interrompue ;
– si l'article n'est pas disponible en magasin, c'est une vente manquée, et la satisfaction, voire la fidélité du client, qui est en jeu.

https://www.appvizer.fr, mis à jour le 4 octobre 2022

Annexe 1 Tableau d'analyse des causes du dysfonctionnement

Situations	Cause du dysfonctionnement
Les prévisions de vente pour les fêtes de fin d'année se sont révélées incorrectes. De nombreux téléviseurs n'ont pas été vendus.	☐ Surstockage ☐ Sous-stockage
Un client est intéressé par un téléviseur exposé dans le magasin mais il n'en reste plus dans l'entrepôt.	☐ Surstockage ☐ Sous-stockage
Baisse des ventes des téléviseurs Samsung alors que la demande des clients est forte.	☐ Surstockage ☐ Sous-stockage
Embauche d'un magasinier car les produits s'entassent dans l'entrepôt.	☐ Surstockage ☐ Sous-stockage
Des cartons sont stockés dans le magasin faute de place dans l'entrepôt.	☐ Surstockage ☐ Sous-stockage

Jean-Michel vous présente sur poste informatique le graphique de suivi des stocks du téléviseur Panasonic UHD 4K Oled TX-55FW800E et l'analyse avec vous.

2 **Complétez l'analyse des stocks à partir du graphique de suivi des stocks (Doc 2, Annexe 2).**

Doc 2 Le suivi des stocks de l'article « Téléviseur Panasonic TX-55FW800E »

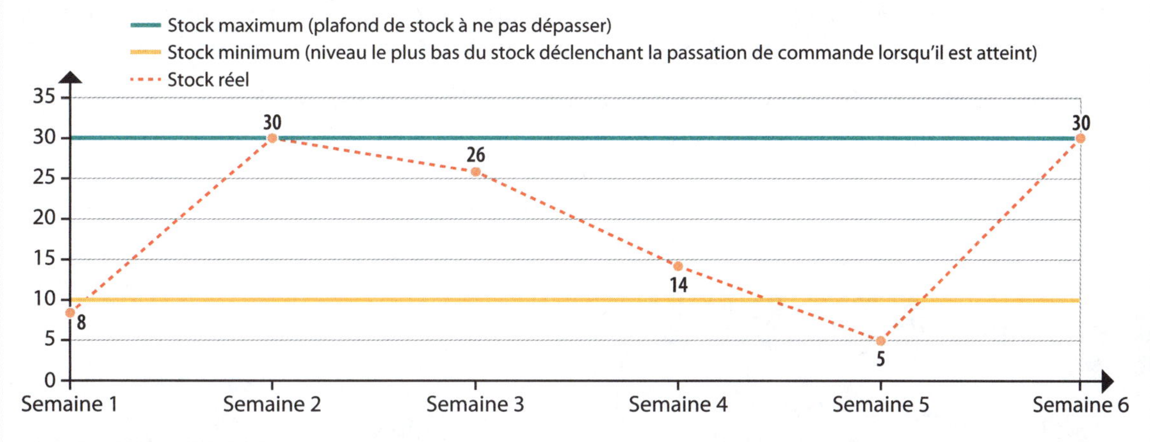

Annexe 2 Tableau d'analyse des stocks du téléviseur Panasonic TX-55FW800E

Semaine	Stock minimum	Stock réel	Stock maximum	État du stock réel	Commande	Quantité commandée *
1	....	....	....	☐ Inférieur au stock minimum ☐ Compris entre stock minimum et stock maximum ☐ Supérieur au stock maximum	☐ Oui ☐ Non	....
2	....	....	....	☐ Inférieur au stock minimum ☐ Compris entre stock minimum et stock maximum ☐ Supérieur au stock maximum	☐ Oui ☐ Non	....
3	....	....	....	☐ Inférieur au stock minimum ☐ Compris entre stock minimum et stock maximum ☐ Supérieur au stock maximum	☐ Oui ☐ Non	....
4	....	....	....	☐ Inférieur au stock minimum ☐ Compris entre stock minimum et stock maximum ☐ Supérieur au stock maximum	☐ Oui ☐ Non	....
5	....	....	....	☐ Inférieur au stock minimum ☐ Compris entre stock minimum et stock maximum ☐ Supérieur au stock maximum	☐ Oui ☐ Non	....
6	....	....	....	☐ Inférieur au stock minimum ☐ Compris entre stock minimum et stock maximum ☐ Supérieur au stock maximum	☐ Oui ☐ Non	....

* Quantité commandée = Stock maximum – Stock réel.

2. Enregistrer les mouvements de stocks

Lorsque le magasin réceptionne les commandes des fournisseurs ou livre les commandes aux clients, le logiciel met à jour les stocks automatiquement. Il arrive cependant que le gestionnaire des stocks doive enregistrer manuellement les mouvements de stocks. C'est le cas lorsque des articles sont détériorés, volés ou retournés par un client. Le gestionnaire doit alors compléter un bon de sortie ou un bon d'entrée.

Le 28 novembre N, Jean-Michel vous demande d'enregistrer les mouvements de stocks de deux téléviseurs dans le logiciel de gestion de stocks utilisé par les magasiniers de l'entreprise.

3 **Complétez les bons d'entrée et de sortie des téléviseurs d'après les consignes de Jean-Michel (Doc 3, Annexe 3).**

Doc 3 Les consignes de Jean-Michel

Merci d'enregistrer les mouvements de stocks des téléviseurs Panasonic 139 cm UHD 4K Oled réf. TX-55FW800E. et Samsung 163 cm UHD 4K, réf. QE65Q67R

Il s'agit de créer :

- *Les bons de sortie : documents qui autorisent le retrait d'un article d'un magasin dans une quantité donnée et à une date donnée.*
- *Les bons d'entrée de l'article : documents qui attestent que les articles sont bien entrés dans le magasin.*

Les motifs de sortie sont variés : vol, détérioration, rebut (sortie d'un bien obsolète, dépassé), demande d'un service, prêt à un magasin, livraison d'un client.

Les motifs d'entrée sont divers : cadeau fournisseur, retour d'un magasin, réception d'une commande fournisseur.

Un justificatif est obligatoire.

Le 27/11
Le téléviseur Samsung QE65Q67R en démonstration dans le magasin est hors service. Il sera mis au rebut.

Le 27/11
Un cambriolage a eu lieu cette nuit. 10 téléviseurs Panasonic (réf. TX-55FW800E) et 15 téléviseurs Samsung (réf. QE65Q67R) ont été volés.

Le 28/11
Le commercial Panasonic nous offre 3 téléviseurs TX-55FW800E.

Le 27/11
Le magasin Conforama de Rennes nous demande de le dépanner de 6 téléviseurs TX-55FW800E.

Le 30/11
Le magasin Conforama de Rennes nous a rapporté les téléviseurs prêtés en début de semaine.

Annexe 3 Les bons de sortie et les bons d'entrée

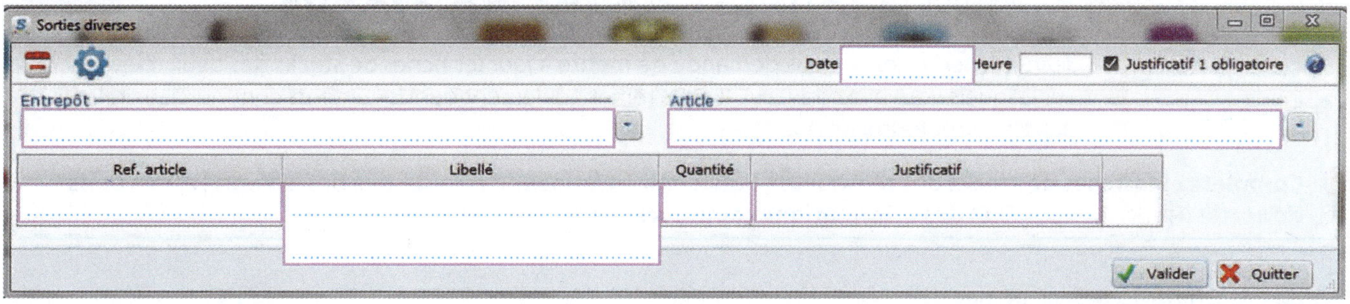

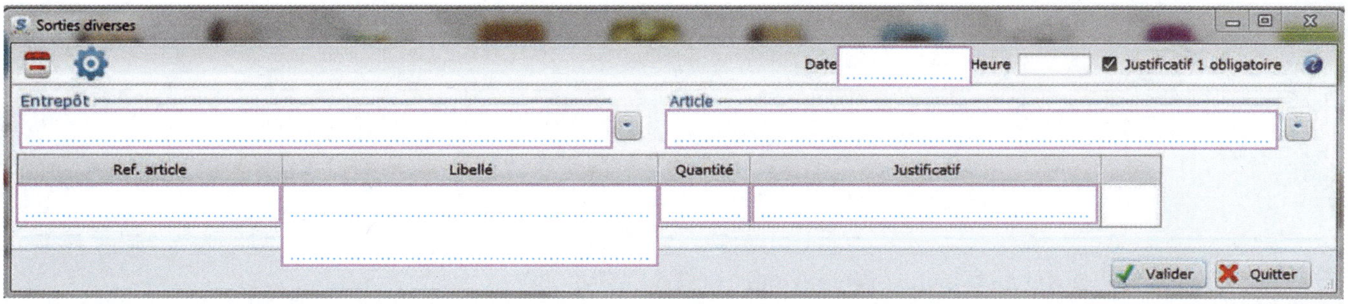

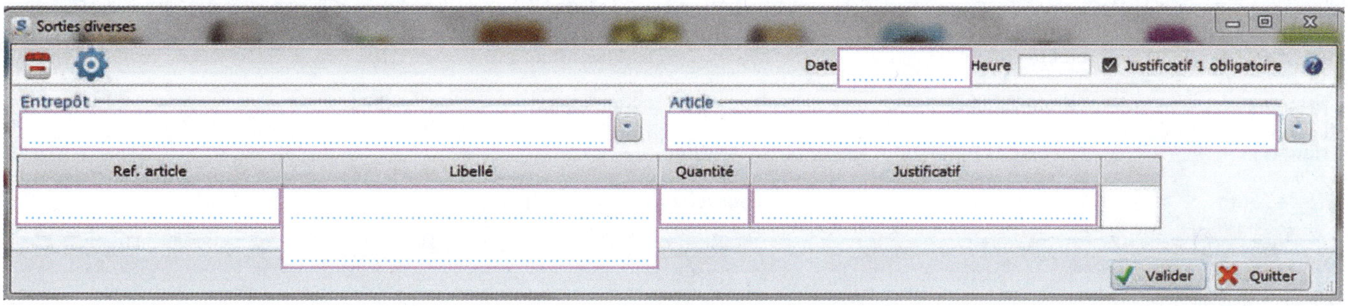

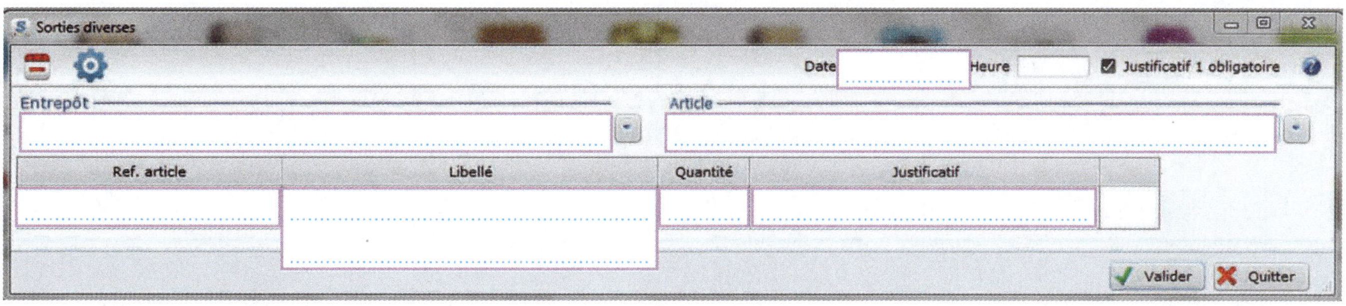

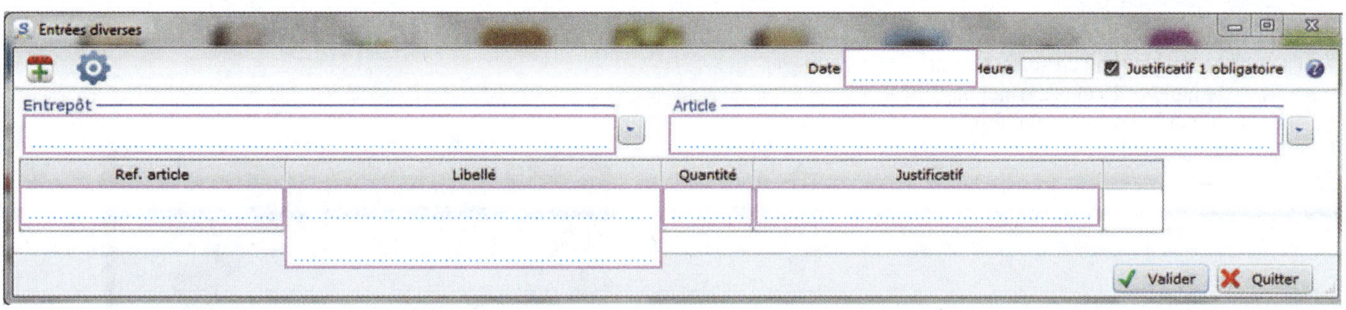

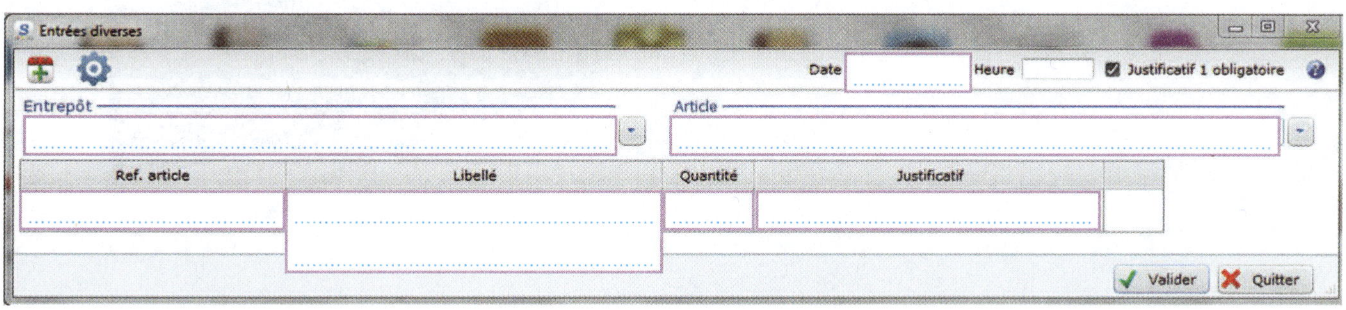

Mission 2 Mettre à jour les fiches de stocks

Jean-Michel Lemoine vous demande de mettre à jour les fiches de stocks des deux téléviseurs sur lesquels vous avez travaillé. Il vous remet également des documents commerciaux relatifs aux clients et fournisseurs.

4 Complétez les fiches de stocks des téléviseurs Panasonic et Samsung à l'aide des bons d'entrée, des bons de sortie (Mission 1, Annexe 3) et des informations commerciales (Doc 4, Annexes 4 et 5).

Doc 4 Les informations commerciales

Date	Référence	Opération	Quantité
26/11	TX-55FW800E	Réception commande fournisseur	21
28/11	TX-55FW800E	Livraison client	2
26/11	QE65Q67R	Réception commande fournisseur	22
27/11	QE65Q67R	Livraison client	6

Annexe 4 La fiche de stocks du téléviseur Panasonic réf. TX-55FW800E

FICHE DE STOCKS				
Catégorie :	Électroloisirs	**Stock mini :**	10	
Référence :	TX-55FW800E	**Stock maxi :**	30	
Désignation :	Téléviseur Panasonic 139 cm UHD 4K Oled			
Unité de vente :	1	**Fournisseur :**	Panasonic	
Date	**Opération**	**Entrée**	**Sortie**	**Stock disponible**
25/11	Stock initial			9
....	....	....	....	....
....	....	....	....	....
....	....	....	....	....
....	....	....	....	....
....	....	....	....	....
....	....	....	....	....
....	....	....	....	....

Le dernier bon de sortie portait le numéro 19 et le dernier bon d'entrée portait le numéro 7.

Annexe 5 La fiche de stocks du téléviseur Samsung réf. QE65Q67R

FICHE DE STOCKS			
Catégorie :	Électroloisirs	**Stock mini :**	10
Référence :	QE65Q67R	**Stock maxi :**	30
Désignation :	Téléviseur Samsung 163 cm UHD 4K		
Unité de vente :	1	**Fournisseur :**	Samsung

Date	Opération	Entrée	Sortie	Stock disponible
25/11	Stock initial			8

Jean-Michel vous demande de justifier la suite à donner après la mise à jour des fiches de stocks.

5 Complétez le tableau d'analyse en indiquant si un réapprovisionnement est nécessaire (Annexe 6).

Annexe 6 L'analyse des réapprovisionnements en date du 28 novembre N

Référence	Réapprovisionnement	Justification	Quantité à commander
TX-55FW800E	☐ Oui ☐ Non		
QE65Q67R	☐ Oui ☐ Non		

Mission 3 Connaître l'état des stocks

1. Réaliser un inventaire

Le 1er décembre, Jean-Michel Lemoine souhaite connaître l'état précis des produits en stock dans l'entrepôt afin de vérifier qu'il n'existe pas d'écarts entre le stock réel (nombre d'articles présents dans l'entrepôt) et le stock théorique (nombre d'articles figurant dans le logiciel de gestion des stocks). Vous avez effectué le comptage des articles dans l'entrepôt.

6 **Complétez la feuille d'inventaire à l'aide de l'état des stocks provenant du logiciel de gestion des stocks et de la feuille de comptage que votre collègue a complétée (Docs 5 et 6, Annexe 7).**

Doc 5 L'état des stocks

Code fournisseur	Nom fournisseur	Ref. article	Libellé	Stock	Stock Min.	Stock Max.
401PANA	PANASONIC	TX-55FW800E	Téléviseur Panasonic 139 UHD 4K Oled	21	10	30
401SAM	SAMSUNG FRANCE	QE65Q67R	Téléviseur Samsung 163 cm UHD 4K	8	10	30

Doc 6 Le comptage des articles dans l'entrepôt

Entrepôt : Conforama Saint-Malo
- TX-55FW800E : 20
- QE65Q67R : 9

L'article L. 123-12 du Code du commerce oblige les entreprises à effectuer au moins une fois par année un inventaire physique complet des stocks.

Article 912-3 du PCG – Inventaire

Toute entité contrôle au moins une fois tous les douze mois les données d'inventaire. L'inventaire est un relevé de tous les éléments d'actif et de passif, au regard desquels sont mentionnées la quantité et la valeur de chacun d'eux à la date d'inventaire. Les données d'inventaire sont conservées et organisées de manière à justifier le contenu de chacun des postes du bilan.

Annexe 7 La feuille d'inventaire

Référence	Désignation	Stock théorique	Stock réel	Écart (+/–)
TX-55FW800E	Téléviseur Panasonic 139 cm UHD 4K Oled	....	....	....
QE65Q67R	Téléviseur Samsung 163 cm UHD 4K	....	....	....

7 **Rédigez pour Jean-Michel un bref compte rendu de vos observations d'après l'inventaire réalisé (Annexes 7 et 8).**

Annexe 8 Le compte rendu

MÉMO

De : .... **À :** ....

Objet : ....

Commentaires :

....

....

....

....

2. Justifier les écarts

8 **Enregistrez le retour client dans le logiciel de gestion des stocks (Doc 7, Annexe 9).**

9 **Enregistrez la correction du stock dans le logiciel de gestion des stocks (Doc 7, Annexes 7 et 10).**

Doc 7 Le message de Jean-Michel

Je vous remercie pour l'inventaire que vous avez effectué. Je me suis renseigné sur les écarts que vous avez trouvés.

Le centre hospitalier de Saint-Malo a retourné un téléviseur Samsung 163 cm UHD 4K, mais ce retour n'a pas été enregistré dans le logiciel de gestion de stocks. C'est pour cette raison qu'il en manque un dans l'inventaire.

Vous avez remarqué qu'il manque un téléviseur Panasonic 139 cm UHD 4K Oled. Il peut s'agir d'un vol (par un client ou un employé), ou d'une erreur de saisie lors de la réception ou de la livraison des commandes. Je ne suis pas en mesure de donner une justification précise. C'est ce qu'on appelle la démarque inconnue. Il suffit de corriger le stock dans le logiciel pour régulariser la situation.

Annexe 9 L'enregistrement du retour client

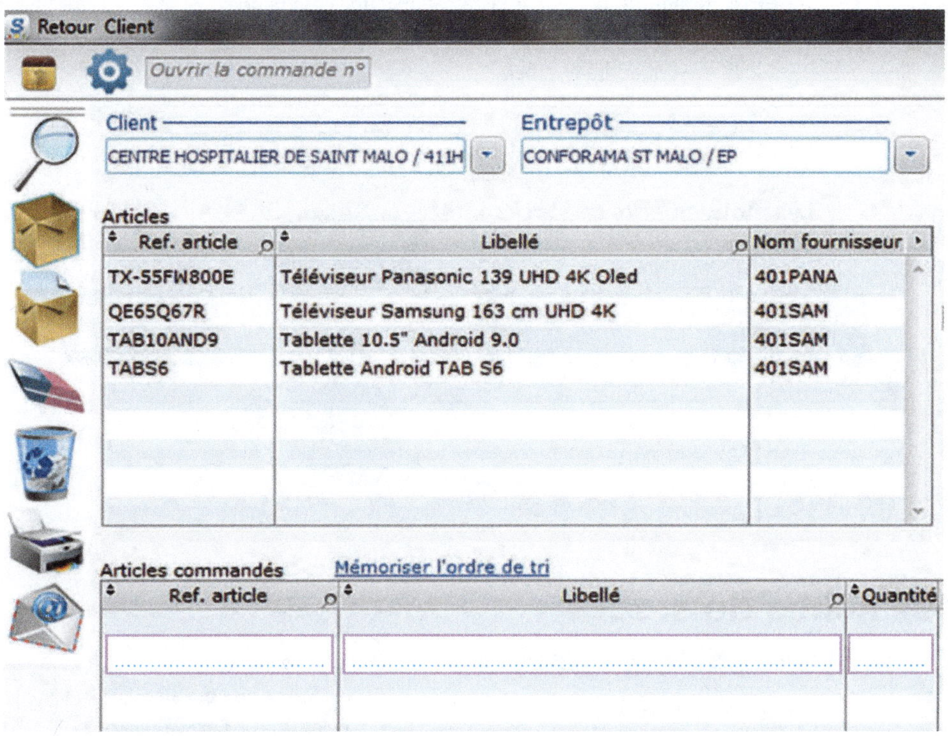

Annexe 10 La page-écran du logiciel de gestion des stocks

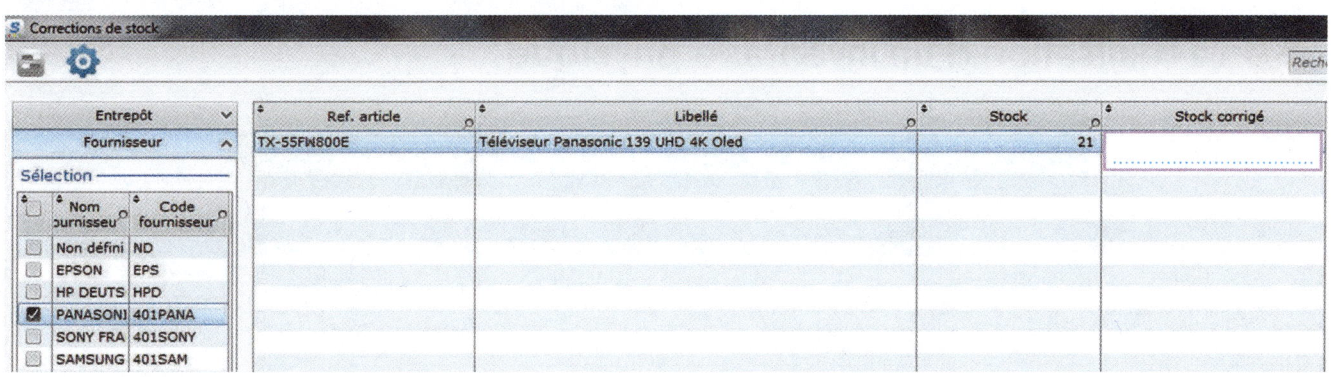

5

Le suivi des stocks

Synthèse

Synthèse rédigée foucherconnect.fr/24ago61

QCM foucherconnect.fr/24ago62

1 La participation à la gestion des stocks

Bien gérer les stocks permet d'éviter

- **le surstockage** → **Manque de place dans les entrepôts**
- **le sous-stockage** → **Risque de rupture de stock**

C'est pourquoi, l'entreprise détermine différents niveaux de stocks :

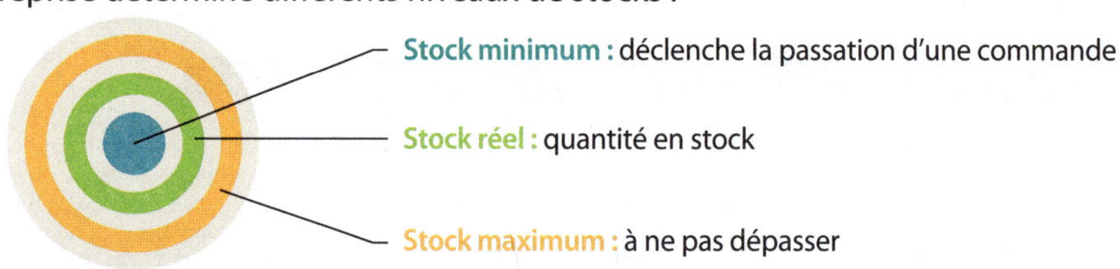

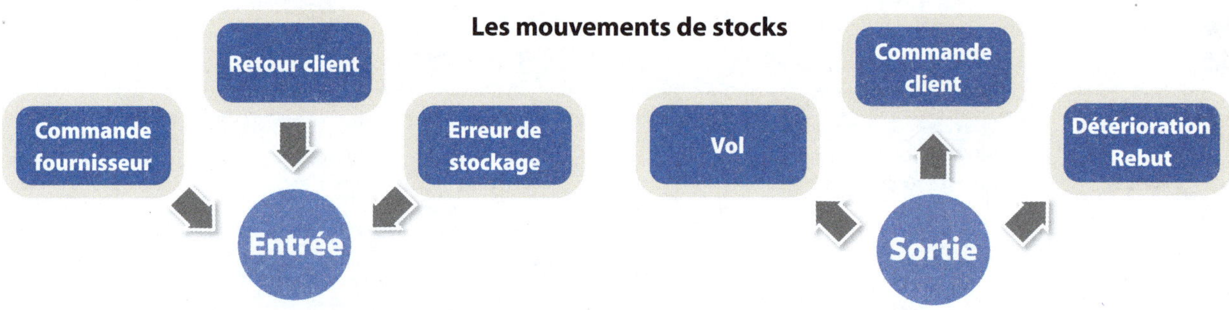

2 La mise à jour des fiches de stocks

Dans l'ordre chronologique

Date	Opération	Entrée	Sortie	Stock disponible
25/11	Stock initial			8
26/11	Bon de réception n° 570	22		30
27/11	Vol		15	15

Stock disponible = Stock initial + Entrée – Sortie

3 La réalisation d'un inventaire physique

Comptage manuel des articles → Comparaison avec le stock théorique → Mesure des écarts

Écart positif	Écart négatif
☞ Retour client non enregistré	☞ Démarque inconnue : vol, articles cassés
☞ Erreur de comptage lors de l'inventaire ☞ Erreur de saisie dans le logiciel (réception ou livraison d'une commande)	

Applications

Appli 1 Mettre à jour les fiches de stocks

Vous poursuivez votre période de formation en entreprise au dépôt du magasin Conforama de Saint-Malo. Jean-Michel Lemoine vous confie la gestion des stocks des tablettes. Il vous remet les fiches articles, l'état des stocks au 2 décembre ainsi que les mouvements de stocks de la semaine (Docs 1 à 4).

Complétez les fiches de stocks des deux tablettes et indiquez le cas échéant si une commande auprès du fournisseur est nécessaire (Annexes 1 et 2).

Réaliser : calculer
CO-INTERVENTION
• Maths

Doc 1 Les fiches articles

Tablette 10.5" Android 9.0

Id	000003
Mnémonique	
Libellé :	Tablette 10.5" Android 9.0
EAN :	9000003000008 NB etiquettes : 1
Ref. article	TAB10AND9
Fournisseur	SAMSUNG / 401SAM / SAMSUNG FRANCE

Tablette Android TAB S6

Id	000004
Mnémonique	
Libellé :	Tablette Android TAB S6
EAN :	9000004000007 NB etiquettes : 1
Ref. article	TABS6
Fournisseur	SAMSUNG / 401SAM / SAMSUNG FRANCE

Doc 2 L'état des stocks au 2 décembre N

Code fournisseur	Nom fournisseur	Ref. article	Libellé	Stock	Stock Min.	Stock Max.
401SAM	SAMSUNG FRANCE	TABS6	Tablette Android TAB S6	40	20	40
401SAM	SAMSUNG FRANCE	TAB10AND9	Tablette 10.5" Android 9.0	40	20	40

Doc 3 Le mouvement des stocks depuis le 2 décembre N

Date mouvement	Sens	Entrepôt	Code client	Quantité	Ref. article	Libellé	Justificatif
07/12/N	+	EP		1.0000	TAB10AND9	Tablette 10.5" Android 9.0	Erreur de stockage
04/12/N	-	EP		1.0000	TAB10AND9	Tablette 10.5" Android 9.0	expo magasin
06/12/N	-	EP		1.0000	TAB10AND9	Tablette 10.5" Android 9.0	Vol
03/12/N	-	EP		7.0000	TAB10AND9	Tablette 10.5" Android 9.0	Casse
03/12/N	+	EP		3.0000	TABS6	Tablette Android TAB S6	Cadeau fournisseur
06/12/N	-	EP		1.0000	TABS6	Tablette Android TAB S6	Erreur de stockage
06/12/N	-	EP		2.0000	TABS6	Tablette Android TAB S6	Divers
05/12/N	-	EP		1.0000	TABS6	Tablette Android TAB S6	Expo magasin
03/12/N	-	EP		9.0000	TABS6	Tablette Android TAB S6	Casse

Doc 4 Les commandes clients livrées la semaine du 2 décembre N

Recherche de mouvements

5 mouvement(s)

Date de livraison commande client	Sens	Code client	Quantité	Ref. article	Libellé	Justificatif
N1203	-	411HOP	10.0000	TAB10AND9	Tablette 10.5" Android 9.0	COMMANDE
N1204	-	411HOP	10.0000	TABS6	Tablette Android TAB S6	COMMANDE
N1205	-	411DUB	2.0000	TAB10AND9	Tablette 10.5" Android 9.0	COMMANDE
N1206	+	411HOP	6.0000	TAB10AND9	Tablette 10.5" Android 9.0	RETOUR
N1206	-	411MAR	1.0000	TABS6	Tablette Android TAB S6	COMMANDE

Le dernier bon de sortie portait le numéro 6 et le dernier bon d'entrée portait le numéro 3

Annexe 1 La fiche de stocks – Tablette 10.5" Android 9.0

FICHE DE STOCK			
Catégorie :	....	**Stock mini :**	....
Référence :	....	**Stock maxi :**	....
Désignation :	....		
Unité de vente :	....	**Fournisseur :**	....

Date	Opération	Entrée	Sortie	Stock disponible
02/12/N	Stock initial	....	....	....
....	....	....	....	....
....	....	....	....	....
....	....	....	....	....
....	....	....	....	....
....	....	....	....	....
....	....	....	....	....
....	....	....	....	....

Commande fournisseur au 7 décembre N ?	☐ Oui ☐ Non	Quantité à commander	....

Annexe 2 La fiche de stocks – Tablette Android TAB S6

FICHE DE STOCK			
Catégorie :	....	**Stock mini :**	....
Référence :	....	**Stock maxi :**	....
Désignation :	....		
Unité de vente :	....	**Fournisseur :**	....

Date	Opération	Entrée	Sortie	Stock disponible
02/12/N	Stock initial	....	....	....
....	....	....	....	....
....	....	....	....	....
....	....	....	....	....
....	....	....	....	....
....	....	....	....	....
....	....	....	....	....
....	....	....	....	....

Commande fournisseur au 7 décembre N ?	☐ Oui ☐ Non	Quantité à commander	....

Appli 2 Informatiser une fiche de stocks

Jean-Michel Lemoine vous charge de gérer les stocks de fournitures et consommables. Ces articles ne sont pas enregistrés dans le logiciel de gestion des stocks. Il vous demande de créer les fiches de stocks des fournitures de bureau à l'aide d'un tableur.

Réaliser : expérimenter

CO-INTERVENTION
• Maths

1 Complétez le document préparatoire à l'informatisation de la fiche de stocks à l'aide du modèle de fiche de stocks (Doc, Annexe 1).

2 Indiquez la ou les formules à implanter afin de calculer le stock disponible dans la fiche de stocks (Doc, Annexe 2)

Jean-Michel souhaiterait que, dès que le stock disponible est inférieur au stock minimum, la cellule soit automatiquement mise en forme avec un remplissage rouge et un texte rouge foncé.

3 Complétez la boîte de dialogue permettant de modifier la mise en forme de la cellule lorsque le stock disponible est inférieur au stock minimum (Doc, Annexe 3).

4 Créez la fiche de stock à l'aide d'un tableur (Doc, Annexe 1, Annexe 2).

Doc Le modèle informatisé de fiche de stock

	A	B	C	D	E
1	**FICHE DE STOCK**				
2	Catégorie :	Papier blanc		Stock mini :	10
3	Référence :	RAMBLAA4		Stock maxi :	25
4	Désignation :	Ramettes papier blanc A4 70 g			
5	Unité de vente :	Carton de 5 ramettes			
6	**Date**	**Opération**	**Entrée**	**Sortie**	**Stock disponible**
7	01/12/N	Stock initial			12
8	01/12/N	Bon de sortie n° 12		2	10
9	02/12/N	Bon de sortie n° 13		3	7
10	05/12/N	Bon d'entrée n° 2	18		25
11	05/12/N	Bon de sortie n° 14		4	21
12	06/12/N	Bon d'entrée n° 3	2		23
13	06/12/N	Bon de sortie n° 15		2	21
14	06/12/N	Bon de sortie n° 16		2	19

Annexe 1 Le document préparatoire à l'informatisation de la fiche de stocks

Information	Saisie/calculée	Format	Option de format
Catégorie	☐ Saisie ☐ Calculée	☐ Texte ☐ Nombre ☐ Monétaire ☐ Date	☐ 0 décimale ☐ 2 décimales ☐ 14/03/N ☐ 14 mars N
Référence	☐ Saisie ☐ Calculée	☐ Texte ☐ Nombre ☐ Monétaire ☐ Date	☐ 0 décimale ☐ 2 décimales ☐ 14/03/N ☐ 14 mars N
Désignation	☐ Saisie ☐ Calculée	☐ Texte ☐ Nombre ☐ Monétaire ☐ Date	☐ 0 décimale ☐ 2 décimales ☐ 14/03/N ☐ 14 mars N
Unité de vente	☐ Saisie ☐ Calculée	☐ Texte ☐ Nombre ☐ Monétaire ☐ Date	☐ 0 décimale ☐ 2 décimales ☐ 14/03/N ☐ 14 mars N

Information	Saisie/calculée	Format	Option de format
Stock mini	☐ Saisie ☐ Calculée	☐ Texte ☐ Nombre ☐ Monétaire ☐ Date	☐ 0 décimale ☐ 2 décimales ☐ 14/03/N ☐ 14 mars N
Stock maxi	☐ Saisie ☐ Calculée	☐ Texte ☐ Nombre ☐ Monétaire ☐ Date	☐ 0 décimale ☐ 2 décimales ☐ 14/03/N ☐ 14 mars N
Date	☐ Saisie ☐ Calculée	☐ Texte ☐ Nombre ☐ Monétaire ☐ Date	☐ 0 décimale ☐ 2 décimales ☐ 14/03/N ☐ 14 mars N
Opération	☐ Saisie ☐ Calculée	☐ Texte ☐ Nombre ☐ Monétaire ☐ Date	☐ 0 décimale ☐ 2 décimales ☐ 14/03/N ☐ 14 mars N
Entrée	☐ Saisie ☐ Calculée	☐ Texte ☐ Nombre ☐ Monétaire ☐ Date	☐ 0 décimale ☐ 2 décimales ☐ 14/03/N ☐ 14 mars N
Sortie	☐ Saisie ☐ Calculée	☐ Texte ☐ Nombre ☐ Monétaire ☐ Date	☐ 0 décimale ☐ 2 décimales ☐ 14/03/N ☐ 14 mars N
Stock disponible E7	☐ Saisie ☐ Calculée	☐ Texte ☐ Nombre ☐ Monétaire ☐ Date	☐ 0 décimale ☐ 2 décimales ☐ 14/03/N ☐ 14 mars N
Stock disponible E8 à E14	☐ Saisie ☐ Calculée	☐ Texte ☐ Nombre ☐ Monétaire ☐ Date	☐ 0 décimale ☐ 2 décimales ☐ 14/03/N ☐ 14 mars N

Annexe 2 Les formules de calculs

Cellule(s)	Formule
....	....

Annexe 3 La boîte de dialogue « Mise en forme conditionnelle »

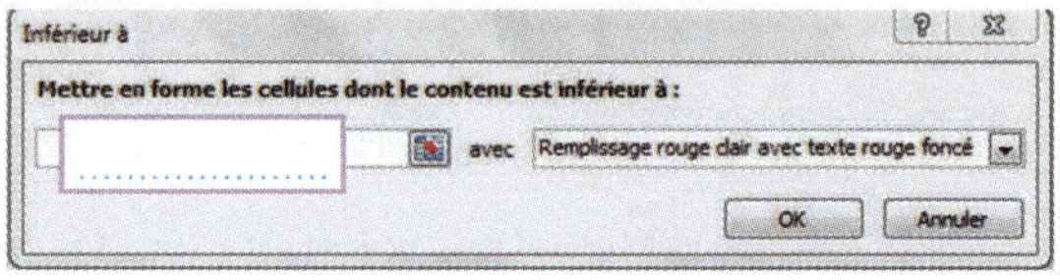

Si le stock disponible est inférieur au stock minimum, le texte sera en rouge foncé et le remplissage en rouge clair.

Auto-évaluation des compétences

Dans le cadre de la gestion des stocks…	Compétence non maîtrisée	Compétence insuffisamment maîtrisée	Compétence maîtrisée	Compétence bien maîtrisée
→ Je suis capable de déterminer le niveau des stocks et déterminer si une commande est nécessaire.	Je ne connais pas les différents types de stocks. ☐	Je connais les différents types de stock, mais je ne sais pas déterminer si une commande est nécessaire. ☐	Je connais les différents types de stock et je sais déterminer si une commande est nécessaire. ☐	Je connais les différents types de stock et je sais déterminer si une commande est nécessaire en totale autonomie. ☐
→ Je sais mettre à jour les fiches de stock.	Je ne sais pas enregistrer les entrées et les sorties de stock afin de déterminer le stock disponible. ☐	Je sais enregistrer les entrées et les sorties de stock, mais je ne sais pas déterminer le stock disponible. ☐	Je sais enregistrer les entrées et les sorties de stock afin de déterminer le stock disponible. ☐	Je sais enregistrer les entrées et les sorties de stock afin de déterminer le stock disponible en toute autonomie. ☐
→ Je sais déterminer l'état des stocks réels (inventaire et correctifs).	Je ne sais pas réaliser un inventaire. ☐	Je suis capable de réaliser un inventaire, mais pas de justifier les écarts de stock. ☐	Je suis capable de réaliser un inventaire et d'expliquer les écarts de stock. ☐	Je suis capable de réaliser un inventaire, de justifier et de corriger les écarts de stock. ☐

6 Organiser une opération de transport

Compétences
> CC2 Organiser et planifier l'activité
> CC3 Mettre en œuvre et contrôler le processus administratif

Easydis – Groupe Casino

- Easydis est la filiale logistique du groupe Casino dédiée à l'entreposage des marchandises, à la préparation de commandes et à la livraison des magasins de la plupart des enseignes du groupe en France.
- Easydis a en charge la gestion physique des stocks au sein des entrepôts et assure la préparation et la livraison des commandes. Ces missions s'effectuent dans un souci de maîtrise des coûts et de qualité de service, par l'optimisation de processus et la mise en œuvre de solutions innovantes.
- Présente au côté du groupe Casino depuis son origine, la logistique d'Easydis s'est forgé une expertise unique dans la logistique multiformat pour devenir aujourd'hui l'un des tout premiers spécialistes de ce domaine en France.
- Cette expertise, Easydis la puise d'abord dans son histoire. L'école de la logistique de proximité, qui a prévalu dans la première moitié de son histoire, a doté la logistique du groupe Casino d'un savoir-faire singulier qui a contribué pour une large part à l'excellence de la chaîne d'approvisionnement du groupe et à son essor.

Easydis – Groupe Casino
1 esplanade de France
42000 SAINT-ÉTIENNE
✆ **04 77 25 86 92**
service.transport@easydis.fr
www.easydis.com

Vos missions

Vous effectuez votre période de formation en milieu professionnel dans l'entreprise Easydis. Votre tuteur, Oumar Ndaw, responsable du pôle Transport, vous intègre dans les différentes tâches de préparation et de réalisation des opérations de transport. À ce titre, plusieurs missions vous sont confiées.

Mission 1 **Préparer une opération de transport**

Mission 2 **Assurer la mise en œuvre d'une opération de transport**

Organigramme

foucherconnect.fr/24ago63

Chiffres-clés

1898
1er entrepôt (10 000 m²)

1950
1re livraison en camion frigorifique

1961
Grigny : 1er entrepôt nouvelle génération

2000
Création de la filiale Easydis

2008
Stratégie d'intégration logistique

Missions

Mission 1 Préparer une opération de transport

Le service Logistique transmet quotidiennement au service Transport des commandes de marchandises de clients sous la forme d'un document intitulé « Préparation de commande », afin d'en assurer le transport et la livraison. La majorité des commandes est traitée en interne. Cependant, en raison du nombre limité de véhicules de transport, Easydis privilégie, lorsque le poids est trop important, de recourir à STG Cholet, sous-traitant qui propose des prestations à un rapport qualité-prix intéressant.
Oumar Ndaw vous transmet la prochaine demande de livraison à traiter et un schéma expliquant la procédure à suivre.

1 **Indiquez l'objectif du document « préparation de commande » (Doc 1).**

....

....

2 **Précisez la nature de cet envoi.**

....

....

3 **Déterminez par qui devrait être assurée la livraison et pourquoi (Docs 1 à 3).**

....

....

4 **Expliquez la façon dont la demande de livraison doit être confirmée au sous-traitant.**

....

....

Doc 1 La demande de livraison d'un client

EASYDIS — 1 esplanade de France, 42000 SAINT-ÉTIENNE

PRÉPARATION DE COMMANDE

	☐ Livraison	☐ Enlèvement dépôt	
Nom client	*AMIRATA*		
Adresse	*6 ter du Grand chemin*		
Code postal	*44000*	**Ville** *Nantes*	
Téléphone	02 66 72 12 14	**Date du document** *05/09*	
Portable	06 19 25 34 35	**Date de la livraison demandée** *08/09* – ***URGENT***	
Adresse mail	*stgcholet@wanadoo.fr*		
Adresse de livraison	*6 ter du Grand chemin – 44000 Nantes*		
Référence	**Description**		**Quantité**
P202	*Palettes Europe de colis de biscuits*		*30*
Poids brut : poids brut par palette : 166 kg			
Livraison : Normale ☐ Urgente ☐ Express ☑		**Frais de port :** port débours ☐ port forfaitaire ☑	
Matériel exigé : remorque ou semi-remorque type Tautliner.			

Doc 2 La fiche du sous-traitant

Société STG CHOLET
3 rue Gustave Fouillaron, 49300 Cholet
Responsable : M. Delport
Conditions de port : forfaitaire ou variable (type expédition et destination)
Télécopie : 02 41 71 77 70
Téléphone : 02 41 71 77 77
stgcholet@wanadoo.fr

Port débours : montant des frais de transport avancé par le prestataire de service pour le compte de son client, qui sera tenu de rembourser cette somme.
Port forfaitaire : les frais de transport sont facturés à partir d'un montant fixé à l'avance et qui ne peut changer.
Franco de port : le transport est un service offert au client.

La sous-traitance se définit comme l'opération par laquelle une personne (l'entreprise principale ou donneur d'ordres) confie à une autre (le sous-traitant), sous sa responsabilité, l'exécution de tout ou partie d'un contrat d'entreprise.

Doc 3 La procédure d'affectation des livraisons

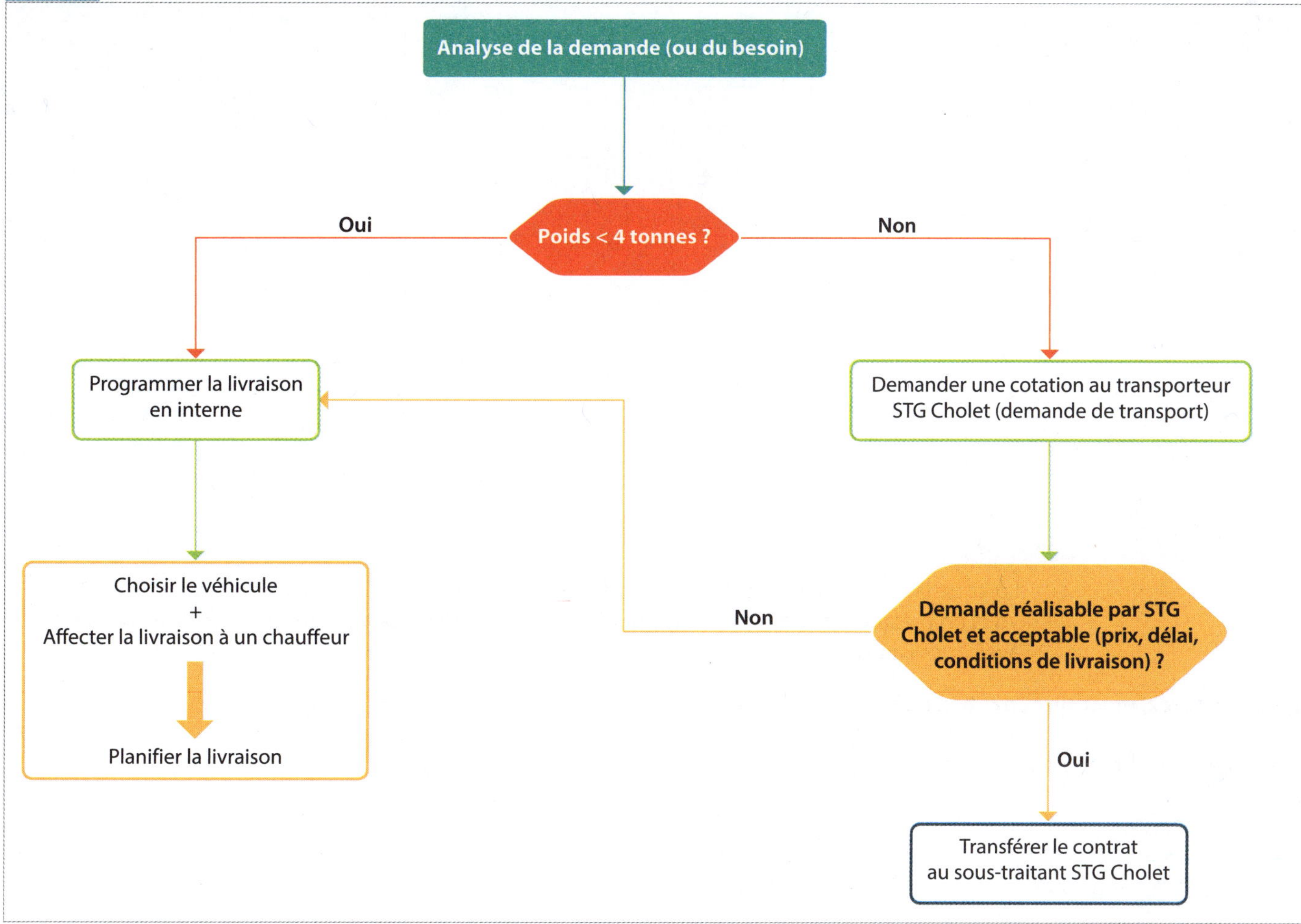

5 **Complétez la demande de transport n° 2020/78 (Doc 1, Annexe 1) puis adressez-la par mail au partenaire STG Cholet (Annexe 2).**

Annexe 1 La demande de transport

DEMANDE DE TRANSPORT N° 2020/78	
Société	
À :	**De :** Société Casino
Télécopie :	
Téléphone :	**Date :** ....
Objet :	
Message : Demande de cotation pour l'enlèvement à nos quais de : .... Poids brut de chaque palette : .... Destinataire : .... Transport : .... Matériel exigé : .... Pouvez-vous effectuer ce transport, et à quel prix ? Cordialement. Le responsable Transport	

Annexe 2 L'envoi de la demande de transport

Messagerie	
De :	....
À :	....
Objet :	....
PJ :	....

....
....
....
....
....
....
....

Lorsque la demande est acceptée, un contrat de transport doit être rédigé. Oumar vous en présente un afin que vous puissiez comprendre l'ensemble du processus de livraison avec appel au sous-traitant.

6 Repérez, en la surlignant, la définition du contrat de transport de marchandises (Doc 4).

Doc 4 Le transport des marchandises

Le contrat de transport de marchandises est un contrat par lequel le transporteur s'engage, moyennant contrepartie, à transférer des biens d'un endroit à un autre.
Le caractère contractuel du transport implique donc trois parties :
– l'**expéditeur**, qui négocie et conclut le contrat avec le transporteur ;
– le **transporteur** ou le **prestataire**, qui exerce l'activité de transport et s'engage à livrer au destinataire les choses transportées, conformément aux termes du contrat, et en assumant le risque de perte ou de défaillance des marchandises ;
– le **destinataire**, pour qui la livraison doit avoir lieu.

Les intervenants étant nombreux dans cette situation, Oumar vous demande de les repérer pour les identifier clairement.

7 Déterminez, en complétant le schéma, les différents intervenants dans cette opération de transport (Docs 1 et 4, Annexe 3).

Annexe 3 Les différents intervenants dans l'opération de transport à traiter

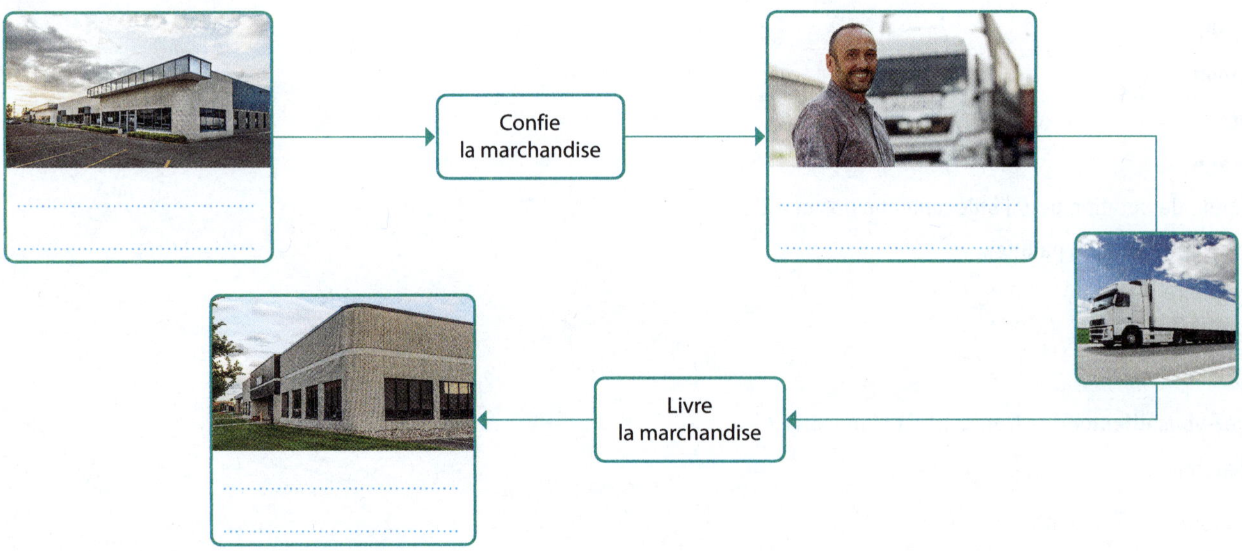

Mission 2 Assurer la mise en œuvre d'une opération de transport

1. Analyser le besoin de transport

Le partenaire STG Cholet vous fait part de son impossibilité d'effectuer la livraison de la marchandise au client Amirata. Il vous revient donc d'organiser en interne l'opération de transport.

8 **Rassemblez les différentes informations dont vous avez besoin pour organiser l'opération de transport (Docs 1 et 5, Annexe 4).**

Doc 5 La réponse du prestataire de transport

De : stgcholet@wanadoo.fr
À : service.transport@easydis.fr
Objet : Re : demande de livraison

Bonjour,
Nous sommes au regret de vous annoncer que nous ne pouvons prendre en charge le transport de 30 palettes Europe de colis de biscuits.
En effet, nos services font face à un surcroît d'activité et nous ne disposons pas du matériel nécessaire pour satisfaire votre demande dans les délais impartis.
Nous vous prions de nous en excuser.
Cordialement,
le responsable Sous-traitance
M. Petroin

Annexe 4 Les informations sur la marchandise à livrer

Qui ? *Destinataire*	....	**Quoi ?** *Type de marchandise*	....
Où ? *Lieu de livraison*	....	**Quand ?** *Date de livraison*	....
Comment ? *Matériel exigé*	....	**Combien ?** *Nombre de palettes* *Poids total de la marchandise*	....

2. Sélectionner un véhicule et un chauffeur

Durant votre première semaine de PFMP, vous avez retenu que, pour choisir le véhicule qui va transporter la marchandise, il est indispensable de réaliser un certain nombre de tâches et de s'assurer que la réglementation est respectée.

9 **Calculez le nombre de palettes maximum que peut contenir la semi-remorque Tautliner (Doc 6, Annexe 5).**

Doc 6 Les caractéristiques techniques du matériel

Tracteur : véhicule motorisé qui tracte la semi-remorque
PV : 7 t

Semi-remorque de type Tautliner disposant d'une bâche amovible.
Dimensions : 13,2 m × 2,45 m
PV : 8 t MMA : 38 t

Palette Europe
Non gerbable (= non empilable)
Dimensions : 1,2 m × 0,8 m

La **masse maximale autorisée** (MMA) est le poids total autorisé en charge, c'est-à-dire le poids cumulé du véhicule et de son chargement.

MMA = PV + CU

Le **poids à vide** (PV) correspond au poids du véhicule, de la semi-remorque sans la marchandise.
La **charge utile** (CU) d'un véhicule correspond à la charge admissible : le poids maximum qu'il est possible de charger dans un véhicule ou ensemble de véhicules.
Sachez que si vous dépassez la MMA réglementaire, vous êtes en infraction et serez sanctionné par une amende en cas de contrôle.

Annexe 5 Le nombre de palettes contenues dans la semi-remorque

Solution 1 – Palettes placées dans la longueur	**Solution 2** – Palettes placées dans la largeur
13,2 / 1,2 = ... (a) 2,45 / 0,8 = ... (b) .... (a) × ...... (b) = ... palettes	2,45 / 1,2 = ... (a) 13,2 / 0,8 = ... (b) .... (a) × ...... (b) = ... palettes
Nombre maximum de palettes :	

Il n'est pas possible de « découper » des palettes. Il est donc obligatoire de ne retenir que des nombres entiers pour les calculs.

10 Évaluez la charge utile de la marchandise (Doc 6, Annexe 6).

Annexe 6 La masse du chargement

MMA = **PV** + **CU**

.... = ... + ...

Donc

CU = **MMA** – **PV**

.... = ... – ....

11 Déterminez, en fonction de la charge utile et du nombre de palettes à livrer, s'il est possible d'effectuer le transport en un seul chargement (Doc 6, Annexes 5 et 6).

....

....

12 Mettez à jour le planigramme d'utilisation du parc de véhicules (Doc 7, Annexe 7).

Doc 7 Les caractéristiques techniques des véhicules (extrait)

Véhicules	N° immatriculation	Silhouettes	MMA	PV
TT1	AH-602-LG	Tracteur		7 t
	BU-245-TR	Semi-remorque Tautliner	38 t	8 t
TS1	DG-629-QF	Tracteur		7 t
	BG-033-LP	Savoyarde	33 t	7 t
TT2	AD-445-HY	Tracteur		7 t
	CR-465-EF	Semi-remorque Tautliner	38 t	8 t

Annexe 7 Le planigramme d'utilisation des véhicules (extrait)

Semaine du 05 au 09 septembre N

Véhicules	Lundi 05	Mardi 06	Mercredi 07	Jeudi 08	Vendredi 09
TT1	Maintenance	Disponible	En tournée	Disponible	Disponible
TS1	En tournée	En tournée	En tournée	Disponible	Disponible
TT2	Disponible	Disponible	Disponible	Maintenance	Disponible

Légende : Maintenance / Disponible / En tournée

13 Mettez à jour le planigramme de disponibilité des chauffeurs (Annexes 4 et 8).

Annexe 8 Le planigramme de disponibilité des chauffeurs (extrait)

Semaine du 05 au 09 septembre N

Chauffeurs	Lundi 05	Mardi 06	Mercredi 07	Jeudi 08	Vendredi 09
GOTIN Gaël	En congés	En tournée	En tournée	En tournée	En tournée
LOTIER Max	En tournée	En congés	En congés	Disponible	En tournée
NOPLOT Zoé	En tournée	En congés	Disponible	Disponible	En tournée
TRIPON Axel	En tournée	Disponible	Disponible	En congés	En congés
SAVIN Éva	En tournée	En tournée	En congés	En tournée	En tournée

Légende : En congés / Disponible / En tournée

Zoé Noplot ne peut plus conduire un poids lourd car son attestation de formation continue obligatoire n'est plus valide. Elle est affectée aux véhicules légers !

3. Compléter le récépissé de transport

Lors de la livraison, le chauffeur doit présenter un récépissé de transport qui atteste que la marchandise a bien été livrée et qui permet également au destinataire de mentionner des réserves dans le cas où la marchandise aurait subi des dommages durant le transport.

14 **Complétez le récépissé de transport n° 2510 (Annexe 9, en vous appuyant sur les Annexes 4 à 8).**

Annexe 9 Le récépissé de transport

Récépissé de transport N° ....

EXPÉDITEUR	DESTINATAIRE
....	....
....	....
Nature de la marchandise :	Chauffeur : ....
Consignes de livraison : à livrer le	Véhicule : ....

Nbre de colis/palettes	Poids brut de l'envoi	Nature du contrat	Port HT	TVA	Total TTC	Valeur déclarée	Contre remboursement
....	....	Port payé					

Observations/Réserves	Émargement destinataire
	Reçu le Nom signataire

4. Préparer les documents à bord du véhicule

Lors d'un contrôle routier, le chauffeur doit être en mesure de présenter un certain nombre de documents exigés par la réglementation. À défaut, il fera l'objet d'une contravention.

15 **Organisez le dossier à remettre au chauffeur avant son départ en répartissant dans les chemises correspondantes les documents relatifs aux marchandises, au conducteur et aux véhicules (Annexe 10).**

Annexe 10 Le dossier à remettre au chauffeur

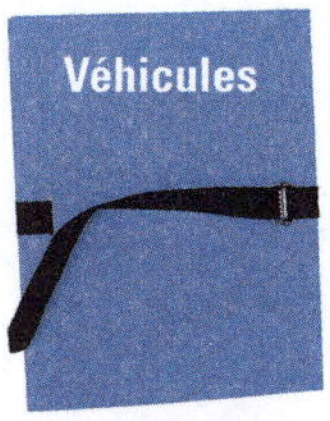

•

•

•

Documents à bord du véhicule

- La déclaration de chargement (manifeste de fret).
- La lettre de voiture (contrat dans lequel les conditions générales des transports terrestres sont indiquées).
- Le bon de livraison de la marchandise, préparé par le service logistique.
- Les cartes grises et polices d'assurance pour les véhicules.
- Un certificat de visite technique en cours de validité.
- Un justificatif de la relation d'emploi ou tout autre document pouvant justifier la relation entre le conducteur et son employeur.
- Un permis de conduire en cours de validité.
- Un protocole et les consignes de sécurité pour les opérations de chargement et de déchargement de la marchandise.
- Une attestation de formation FIMO (formation initiale minimale obligatoire) ou FCOS (formation continue obligatoire à la sécurité).
- Une carte nationale d'identité (CNI) en cours de validité.
- Une taxe à l'essieu, uniquement pour les véhicules attelés.
- Une vignette fiscale, uniquement pour les véhicules à moteur, et des droits de timbre.

6 L'organisation d'une opération de transport

Synthèse

Synthèse rédigée foucherconnect.fr/24ago64

QCM foucherconnect.fr/24ago65

1 La préparation d'une opération de transport

SERVICE LOGISTIQUE

Réception d'un bon de commande de marchandises → Établissement du bon de préparation de commande pour transfert de la demande au service Transport

↓

SERVICE TRANSPORT

Analyse du bon de préparation de commande

↓

Programmation de la livraison en interne **ou** Demande de cotation à un sous-traitant

2 La mise en œuvre d'une opération de transport en interne

1. **Analyser la demande de transport** → À partir de la méthode QQOQCP
2. **Sélectionner le véhicule et le chauffeur** → Calculer le volume et la masse de la marchandise → Vérifier la disponibilité du matériel et du chauffeur → Mettre à jour les planigrammes
3. **Compléter le récépissé de transport** → Identifier l'expéditeur, le destinataire, la nature de la marchandise, les consignes de livraison, le chauffeur et le véhicule → Compléter le nombre de palettes, le poids brut, le port HT. Au besoin, ajouter la TVA, le total TTC, la valeur déclarée et un contre remboursement, le cas échéant
4. **Préparer les documents obligatoires** →
   - **Conducteur :** Permis de conduire, justificatif de la relation d'emploi, attestation de formation FIMO ou FCOS, carte nationale d'identité…
   - **Marchandises :** déclaration de chargement, lettre de voiture, bon de livraison…
   - **Véhicules :** taxe à l'essieu, vignette fiscale et droits de timbre, cartes grises et polices d'assurance, certificat de visite technique…

À présenter obligatoirement en cas de contrôle routier

Applications

pix Mes compétences numériques
2.1. Interagir
Niv. 2 Utiliser un outil ou un service numérique pour communiquer
Connaître et utiliser les règles de civilité lors des interactions en ligne

Appli 1 Calculer une tarification de transport

Vous travaillez au sein de la société IDD express, spécialisée dans l'envoi de colis et de courriers express, au niveau national et international. La tarification appliquée dépend du poids de la livraison et de la zone géographique où elle se situe. La société a reçu plusieurs demandes de tarification le 8 octobre, que vous devez traiter dès réception.

1 **Répondez à la demande de tarifs de Mme Delplan (Docs 1 à 4) par un message sur répondeur.**

2 **Répondez par mail à la demande de M. Delmas (Docs 1, 2, 3 et 5).**

Doc 1 Les tarifs de livraison

NATIONAL

Poids en kg*	Avant 13 h
0 à 1	36,16
1 à 2	38,68
2 à 3	41,22
3 à 4	43,74
4 à 5	46,28
5 à 6	48,83
6 à 7	51,37
7 à 8	53,88
8 à 9	56,40
9 à 10	58,93
10 à 11	61,48
11 à 12	64,01
12 à 13	66,53
13 à 14	69,07
14 à 15	71,60
15 à 16	74,12
16 à 17	76,67
17 à 18	79,19
18 à 19	81,71
19 à 20	84,26
20 à 21	86,80
21 à 22	89,34
22 à 23	91,85

* Chaque fourchette s'entend pour un colis dont le poids est supérieur à la limite basse et strictement égal à la limite haute.

INTERNATIONAL

COLIS

Poids	Zone 1	Zone 2	Zone 3	Zone 4	Zone 5 Europe*	Zone 5 autres	Zone 6
0,5	49,62	53,46	92,27	95,44	148,90	124,08	127,26
1,0	61,09	66,79	101,81	116,11	167,96	139,97	143,17
1,5	74,44	85,91	106,57	124,08	196,61	163,84	167,01
2,0	85,91	97,34	114,53	132,03	225,25	187,71	190,88
2,5	93,53	103,08	122,50	136,80	240,52	200,43	203,62
3,0	101,17	122,17	125,66	141,56	248,15	206,79	216,34
3,5	108,80	131,70	130,45	146,34	259,61	216,34	238,61
4,0	118,34	141,25	135,20	151,12	274,88	229,07	251,32
4,5	124,08	150,79	139,97	155,90	286,33	238,61	264,06
5,0	129,80	160,34	143,17	160,66	297,78	248,15	278,39
5,5	135,53	173,71	146,34	165,44	309,26	257,72	291,10
6,0	141,25	181,34	149,54	170,20	320,69	267,24	302,24
6,5	147,00	188,98	159,07	174,99	332,14	276,78	318,14
7,0	152,71	196,61	168,60	179,75	343,60	286,33	343,60
7,5	158,44	202,32	173,40	184,52	355,04	295,87	361,09
8,0	164,16	208,08	178,16	189,29	366,50	305,42	365,87
8,5	169,87	213,79	182,94	194,06	377,96	314,97	378,58
9,0	175,61	219,53	187,71	198,84	389,41	324,51	391,32
9,5	181,34	225,25	192,46	203,62	400,86	334,05	400,83
10,0	187,08	230,95	195,66	208,38	412,32	343,60	419,95
10,5	192,79	236,71	200,43	213,16	423,77	353,14	432,65
11,0	198,53	242,41	205,22	217,93	435,24	362,70	445,41
11,5	204,24	248,15	209,99	222,70	446,68	372,23	458,12
12,0	209,99	253,87	214,72	227,48	458,12	381,77	467,69

* Union européenne

www.iddexpress.com

Doc 2 Les zones à l'international

1	Proche et Moyen-Orient
2	Europe de l'Est (hors UE)
3	Afrique
4	Amérique du Nord
5	Europe
6	Autres destinations

Doc 3 Les délais et suppléments de livraison

- Livraison sous 24 h pour les envois nationaux
- Frais supplémentaires : – 34 € pour la Corse
  – 12 € pour une livraison le samedi
- Délais de 24 à 72 h pour les envois internationaux
- Livraison avant 12 h en express : 48 €

Doc 4 La demande de tarifs de Mme Delplan

MESSAGE TÉLÉPHONIQUE REÇU
Appel reçu le : 8 octobre N **À : 11 h**
De : Mme DELPLAN **Société :**
☒ a téléphoné ☐ souhaite être rappelé(e)

Message : Je dois expédier un colis à Barcelone dont le poids est de 1,900 kg.
Je souhaiterais connaître le tarif.
Merci de me laisser votre réponse sur mon répondeur.

Doc 5 La demande de tarifs de M. Delmas

De :	xavier.delmas@gmail.com
À :	iddexpress@orange.fr
Objet :	Demande de tarifs

Bonjour,
Nous souhaiterions expédier très rapidement les colis suivants :
– 2 colis pour Lyon, poids 3 kg et 7 kg, à livrer le samedi 12/10 ;
– 1 colis pour Lisbonne, poids 1 kg ;
– 1 colis pour Ajaccio de 22 kg ;
– 2 colis pour Montréal de 6 kg.
Pourriez-vous nous communiquer le tarif global SVP ? Merci.
Cordialement.
X. DELMAS

Appli 2 Traiter les litiges

pix **Mes compétences numériques**
1.2. Gérer des données
Niv. 1 Sauvegarder des fichiers dans l'ordinateur utilisé et les retrouver
3.1. Développer des documents textuels
Niv. 1 Utiliser les fonctions simples d'un traitement de texte

Vous êtes affecté(e) à la gestion des litiges aux Transports Breger. Cette entreprise, dirigée par Paul Breger, est spécialisée dans la logistique, le stockage, le transport routier et l'acheminement de marchandises. Aujourd'hui, vous avez pour tâche de traiter le dossier du client Tout pour l'info.

1. **Concevez, sur feuille, le schéma de communication relatif à la réponse adressée au client (Doc).**
2. **Élaborez, sur feuille, le plan de votre réponse (Doc et informations légales à télécharger).**
3. **Rédigez, sur texteur, le courrier de réponse au client.**

#FICHIER foucherconnect.fr/24ago101

Doc La lettre de réclamation du client

Ce sont de bons clients. Nous allons les indemniser à hauteur de ce qui est prévu dans nos conditions générales de transport. Demandez un justificatif pour la marchandise perdue. Merci.
Paul BREGER

TOUT POUR L'INFO
145 rte Nationale
24000 PÉRIGUEUX
✆ 05 65 20 26 64
🖷 05 65 20 45 86

Transports BREGER
Service Litiges
ZA Les Coteaux de la Touche
16330 VARS

Nos réf. :
OF/JT
Objet : Confirmation de réserves du 10/03
LETTRE RECOMMANDÉE AVEC AR

Périgueux,
Le 15 mars N

Messieurs,
Vous nous avez livré, le 10 mars, la commande n° 1254 portant sur un lot d'articles informatiques composé de 150 colis pour un poids total de 1 800 kg, réglée par chèque n° 1421.
Au moment de la livraison, nous avons formulé des réserves écrites sur le bordereau de transport présenté par votre chauffeur pour colis manquants.
En effet, à l'ouverture, le jour de la livraison, nous avons constaté qu'il manquait 5 colis.
En conséquence, vous voudrez bien nous indemniser à hauteur de la valeur de ces 5 colis, soit 8 750 € HT (1 750 € × 5).
Nous vous remercions par avance de votre compréhension.
Veuillez agréer, Messieurs, nos salutations distinguées.

Le gérant
O. FRETON

Auto-évaluation des compétences

Dans le cadre de l'organisation d'une opération de transport…	Compétence non maîtrisée	Compétence insuffisamment maîtrisée	Compétence maîtrisée	Compétence bien maîtrisée
→ Je sais préparer une opération de transport.	Je ne sais pas préparer une opération de transport. ☐	Je sais préparer une opération de transport, mais je commets encore des erreurs dans l'affectation des livraisons. ☐	Je sais préparer une opération de transport sous contrôle de mon ou ma responsable. ☐	Je sais préparer en autonomie une opération de transport qui réponde à la demande ou au besoin du client. ☐
→ Je sais assurer la mise en œuvre d'une opération de transport.	Je ne sais pas assurer la mise en œuvre d'une opération de transport. ☐	Je sais assurer la mise en œuvre d'une opération de transport avec quelques erreurs. ☐	Je sais assurer la mise en œuvre d'une opération de transport sous le contrôle de mon ou ma responsable. ☐	Je sais assurer (ou organiser) en autonomie la mise en œuvre d'une opération de transport qui réponde à la demande ou au besoin du client. ☐

7 Prendre en charge l'interlocuteur

Compétence
> CC1 Gérer des relations interpersonnelles

Léa Nature

- Fabricant de produits biologiques et naturels, Léa Nature distribue des produits de qualité. L'entreprise est née en 1993 avec l'idée d'offrir une alternative naturelle aux produits agrochimiques, et accessible au plus grand nombre.
- Elle propose aujourd'hui plus de 2 000 références, dont 70 % sont fabriquées dans ses ateliers en France et 85 % certifiées bio.
- Au total, 40 marques sont disponibles à la vente en grande distribution, dans les réseaux spécialisés (pharmacies et magasins bio) et sur Internet, dans les domaines de l'alimentation, la santé et la diététique, la cosmétique et la maison.

Vos missions

Vous êtes en période de formation au service accueil de Léa Nature sous la responsabilité de Gwenaëlle Virmol.
Soucieuse de garantir une prise en charge qualitative de l'ensemble des partenaires de l'entreprise, elle vous prépare à gérer l'accueil des interlocuteurs.

Mission 1 Se préparer à accueillir les visiteurs

Mission 2 Informer et orienter les visiteurs

Organigramme

foucherconnect.fr 24ago16

Chiffres-clés

2 000 collaborateurs

25 sites de production

501 millions de chiffre d'affaires, dont **14 %** à l'international

Missions

Mission 1 Se préparer à accueillir les visiteurs

1. Respecter les règles de l'entreprise

Dès votre arrivée, votre tutrice vous transmet la charte d'accueil qu'elle vous demande de vous approprier.

1 **Repérez le rôle de l'accueil dans une organisation (Doc 1).**

....

....

2 **Identifiez, en la surlignant, la raison principale pour laquelle il est indispensable que l'entreprise accorde de l'importance à l'accueil de ses interlocuteurs (Doc 1).**

3 **Repérez, en les soulignant, les différentes qualités requises pour occuper le poste d'accueil (Doc 1).**

Doc 1 L'accueil chez Léa Nature

NOTRE CHARTE D'ACCUEIL

Pour adopter une relation positive dans chaque contact avec autrui

QUELLES MISSIONS ?

La personne chargée de l'accueil occupe simultanément différentes fonctions : l'accueil et l'orientation des visiteurs, l'accueil téléphonique, la gestion d'activités administratives.

Elle doit avoir une écoute active qui consiste à écouter son interlocuteur attentivement de façon non directive, avec respect et empathie, de manière à instaurer un climat de confiance et à identifier au mieux ses besoins.

POURQUOI ?

L'intérêt particulier porté à l'accueil permet de mettre en valeur la culture et les valeurs de notre groupe.

Il doit être de qualité, car nos interlocuteurs se forgent une image de notre société dès les premiers instants.

QUELLES QUALITÉS ?

La personne chargée de l'accueil doit être dotée de plusieurs qualités et compétences :
- être disponible : ne pas faire attendre le visiteur ;
- être compétente : maîtriser les différents services et les fonctions des collaborateurs ;
- être courtoise, polie avec l'interlocuteur ;
- être efficace : renseigner le visiteur, gérer les rendez-vous ;
- avoir une bonne élocution : s'exprimer correctement dans un registre de langage courant.

QUELLE POSTURE ?

Les signes non verbaux, l'expression du visage, les gestes et l'intonation de la voix doivent traduire une certaine empathie :
- le sourire est une marque muette de bienvenue, il valorise la personne accueillie ;
- les gestes doivent être mesurés, la position du corps ne doit pas traduire un repli sur soi ;
- la voix et le ton doivent être posés ;
- le regard doit être tourné vers l'interlocuteur.

L'empathie correspond à la capacité de comprendre les sentiments, les ressentis et les pensées d'autrui. Ainsi, notre interlocuteur s'exprimera plus aisément en toute liberté, sans crainte d'éventuels jugements ou pressions.

QUELLE TENUE PROFESSIONNELLE ?

L'agent d'accueil est le premier collaborateur que le visiteur rencontre, et sa présentation physique doit être irréprochable.

Une présentation et une tenue vestimentaire correctes sont donc exigées. Les excentricités vestimentaires, de coiffure et de maquillage sont à éviter.

4 **Expliquez en quoi une bonne apparence physique est importante à l'accueil (Doc 1).**

....

....

....

....

5 **Repérez les éléments de votre tenue à privilégier et ceux à éviter au poste que vous occupez dans l'entreprise (Doc 1, Annexe 1).**

Annexe 1 La bonne tenue

À ÉVITER

À PRIVILÉGIER

6 **Identifiez les postures que vous adopteriez dans les situations d'accueil présentées par votre tutrice (Doc 1, Annexe 2).**

Annexe 2 La posture attendue

Situation fréquente à l'accueil	Posture adoptée par l'agent d'accueil
Un visiteur se présente alors que je suis en communication téléphonique.	☐ Je lui souris et je continue ma conversation. ☐ Je lui souris et termine rapidement ma conversion téléphonique afin d'être disponible pour lui.
Aucun visiteur ne se présente à l'accueil.	☐ Je réalise mes autres activités en gardant une attitude sérieuse, un visiteur pourrait arriver. ☐ Je navigue sur Internet, et échange quelques SMS discrètement.
Un visiteur m'explique ses déboires avec sa dernière commande qu'il n'a jamais reçue.	☐ Je l'écoute attentivement et fais preuve d'empathie. ☐ Je l'écoute en lui expliquant que ce n'est pas de ma faute.
Un visiteur s'énerve et me crie dessus.	☐ Je hausse le ton également afin qu'il stoppe. ☐ Je garde le sourire et je lui parle sur un ton calme et posé afin de l'apaiser.

2. Respecter les règles de l'entreprise

Gwenaëlle vous indique que la direction a mis à disposition des interlocuteurs de l'entreprise, depuis plusieurs semaines, une boîte à commentaires. Elle vous demande d'étudier les avis laissés par les visiteurs.

7 **Analysez les retours des visiteurs sur l'accueil pratiqué dans l'entreprise (Doc 2, Annexe 3).**

8 **Proposez des remédiations possibles aux points négatifs relevés (Doc 2, Annexe 3).**

Doc 2 De nombreux commentaires

Votre avis compte pour nous !
Dans le but d'améliorer notre accueil physique, nous vous remercions de nous accorder quelques minutes en complétant cet imprimé.

DATE VISITE : 16/09/N
Comment s'est déroulé votre accueil dans l'entreprise ?
Très bon accueil par l'hôtesse, rapide, efficace ! Ce qui n'a pas été le cas de l'élève stagiaire : portable, chewing-gum, attitude désintéressée..
Nous vous rem
à bientôt !

DATE VISITE : 16/02/N
Comment s'est déroulé votre accueil dans l'entreprise ?
Accueil professionnel, toutefois un peu d'attente. Il ne faut pas être pressé…
Nous vo
à bientô

DATE VISITE : 17/07/N
Comment s'est déroulé votre accueil dans l'entreprise ?
J'ai été confronté à une longue attente avant d'obtenir le tampon sur ma feuille de route. Cela me retarde dans ma tournée !
Nous vous remercions,
à bientôt !

DATE VISITE :
Comment s'est accueil dans l'entreprise ?
Signalisation des services à l'accueil inexistante et hôtesse peu précise, je n'ai pas trouvé facilement mon interlocuteur.
Nous vous remercions,
à bientôt !

DATE VISITE : 23/04/N
Comment s'est déroulé votre accueil dans l'entreprise ?
Pas d'espace d'attente… la tenue du stagiaire est à revoir, tout comme son comportement !
Nous vous remercions,
à bientôt !

DATE VISITE : 24/10/N
Comment s'est déroulé votre accueil dans l'entreprise ?
Hôtesse d'accueil très performante, à l'écoute, et de bon conseil.
Nous vous remercions,
à bientôt !

Annexe 3 Notre accueil, apprécié par nos visiteurs

Retours positifs	Retours négatifs	Solutions proposées pour les retours négatifs

Mission 2 Informer et orienter les visiteurs

1. Accueillir les interlocuteurs

Votre tutrice est aujourd'hui en réunion pour la demi-journée. Durant son absence, vous assurez seul(e) la gestion de l'accueil et recevez vos premiers visiteurs.

9 **Accueillez vos interlocuteurs dans le respect de la charte d'entreprise (Doc 1, Annexe 4).**

Annexe 4 Un accueil adapté

Bonjour, je souhaiterais avoir des informations sur vos horaires d'ouverture.

Bonjour, nous aimerions rencontrer Mme Durand.

Bonjour, M. Choin à l'appareil. Je suis bien chez Léa Nature ?

10 **Identifiez la problématique rencontrée à l'accueil. Proposez un ou des moyens de gérer la situation rencontrée par l'agente d'accueil et imaginez ce qu'elle pourrait dire (Annexe 5).**

Annexe 5 La gestion des situations délicates

Problématique rencontrée :

Solutions :

Message à formuler :

2. Identifier le visiteur et sa demande

Une fois les visiteurs accueillis, vous devez renseigner le registre de visites pour garantir les mesures de sécurité et conserver une trace de leur passage.

11 **Identifiez chaque visiteur accueilli et l'objet de sa visite, puis renseignez le registre d'accueil** (Docs 3 et 4, Annexe 6).

Doc 3 Les consignes de Gwenaëlle

Messagerie	
De :	gwenaelle.virmol@leanature.com
À :	accueil@leanature.com
Objet :	Gestion de l'accueil le 8 décembre
Pièce jointe :	

Bonjour,

Je suis en réunion ce matin 8/12, je vous confie la gestion de l'accueil. Chaque visite doit être notée sur le registre prévu à cet effet.

Mme Lubino a rendez-vous à 10 heures avec notre fournisseur Bureaulex.

Nous attendons une commande de papeterie, il faudra faire une copie du bon de livraison.

Mme Demoux est en réunion toute la matinée avec deux collaboratrices externes, mesdames Boulaix et Pigier. Pensez à vérifier leur identité. Surtout ne transmettre aucune communication à Mme Demoux durant la réunion. Si des interlocuteurs souhaitent prendre RDV, notez leurs coordonnées, je les rappellerai à mon retour.

En cas de doute, n'hésitez pas à contacter nos collaborateurs concernés sur leur ligne directe.

Bon courage !
Gwenaëlle

Doc 4 Des visiteurs nombreux

9 h 45
Bonjour, je suis Mme Dessiro, je souhaite prendre RDV avec M. Baluré.

10 h 30
Bonjour, M. Piro, je souhaiterais m'entretenir avec Mme Demoux, j'ai une réclamation à lui soumettre.

11 h 10
Bonjour, pouvez-vous vérifier si j'ai bien RDV avec M. Rex ce matin à 11 h 15 ?

9 h 55
Bonjour, je suis le livreur de l'entreprise Bureaulex, je viens livrer la commande prévue ce jour.

8 h 55
Bonjour, nous sommes Mmes Boulaix et Pigier. Nous avons une réunion avec Mme Demoux, toute la matinée.

Annexe 6 Le registre des visiteurs

Date	Heure	Visiteur	Service ou collaborateur concerné	Suites à donner
....	....	....	....	....
....	....	....	....	....
....	....	....	....	....
....	....	....	....	....
....	....	....	....	....

3. Informer l'interlocuteur

Vous vous aidez de la procédure interne de l'entreprise afin de gérer au mieux les demandes de rendez-vous des visiteurs.

12 **Traitez les demandes de rendez-vous en respectant les étapes chronologiques de la procédure interne (Docs 5 et 6, Annexe 7).**

Doc 5 La procédure de gestion des rendez-vous

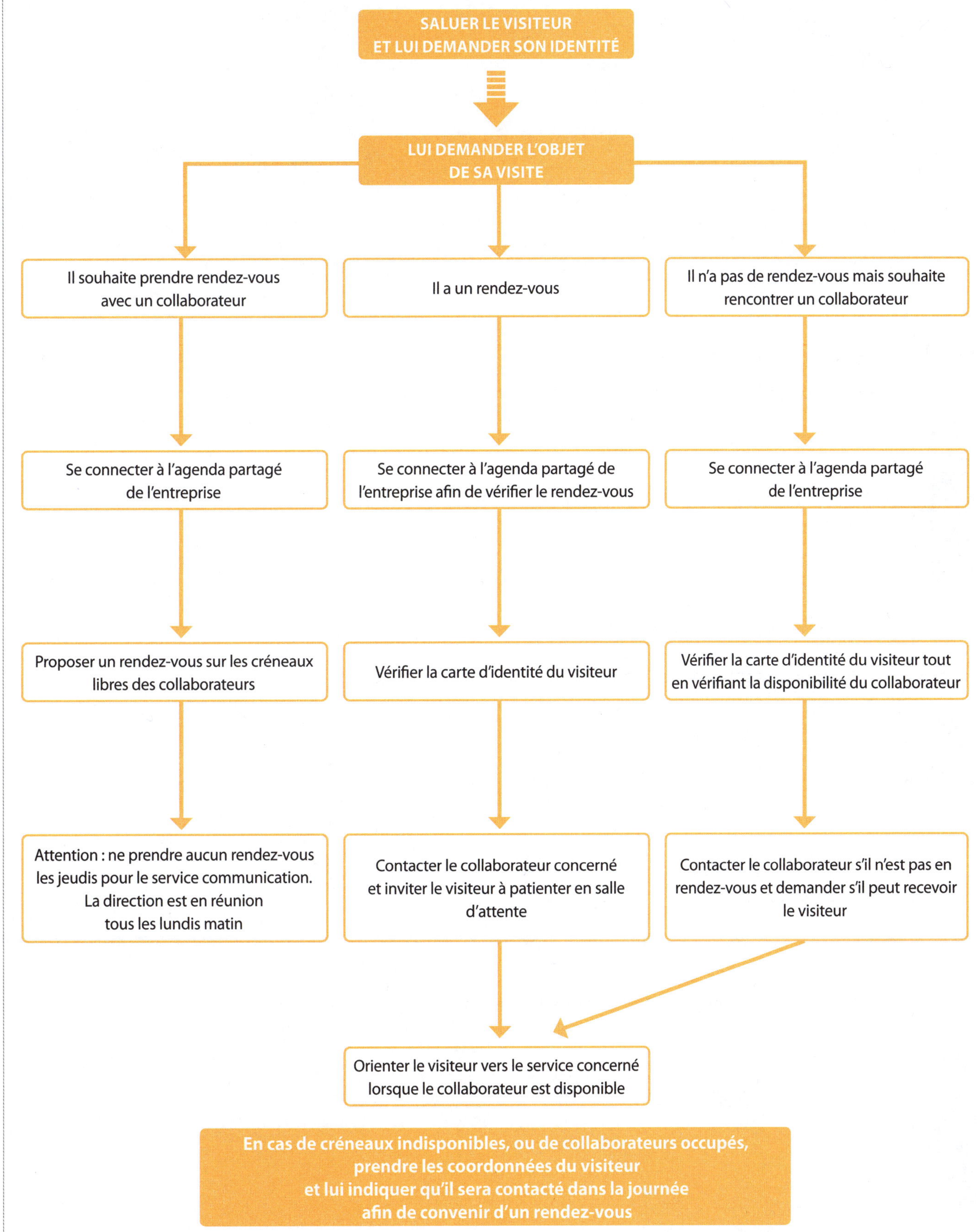

Doc 6 Un regard sur les agendas

	lun. 10/12	mar. 11/12	mer. 12/12	jeu. 13/12	vend. 14/12
08:00	08:00-11:00 Direction en réunion toute la matinée			08:00-16:30 Service Communication En réunion	
09:00		09:00-10:00 Technicien télécom			
10:00					
11:00	11:00-13:30 RDV Mme Sioux avec M. Rex				
12:00					
13:00					13:30 Livraison papeterie
14:00					
15:00					
16:00					

Annexe 7 Informer et orienter chronologiquement

Situation 1 : « Bonjour, j'ai rendez-vous avec M. Rex ce matin à 11 h 00. »

Situation 2 : « Bonjour, je souhaiterais m'entretenir avec Mme Demoux. »

Situation 3 : « Bonjour, je souhaiterais prendre rendez-vous avec Mme Durand »

4. Prendre en charge l'orientation de l'interlocuteur

Gwenaëlle vous informe que l'entreprise reçoit aujourd'hui ses collaborateurs de Grenoble et de Londres, dans le cadre d'un séminaire de présentation des nouveaux produits. Elle vous charge de leur accueil et de leur orientation.

13 **Orientez les collaborateurs vers la salle de séminaire (Docs 7, 8 et 9, Annexe 8).**

Doc 7 Message de Gwenaëlle à votre attention

Oui, c'est Gwenaëlle. N'oubliez pas qu'aujourd'hui nous recevons nos interlocuteurs de Grenoble et Londres pour la réunion en salle de séminaire à 9 h 15. Je compte sur vous pour leur réserver le meilleur accueil. N'oubliez pas de proposer du thé en plus du café s'ils arrivent en avance, les Anglais en raffolent !

Doc 8 Le plan d'accès à la salle de séminaire

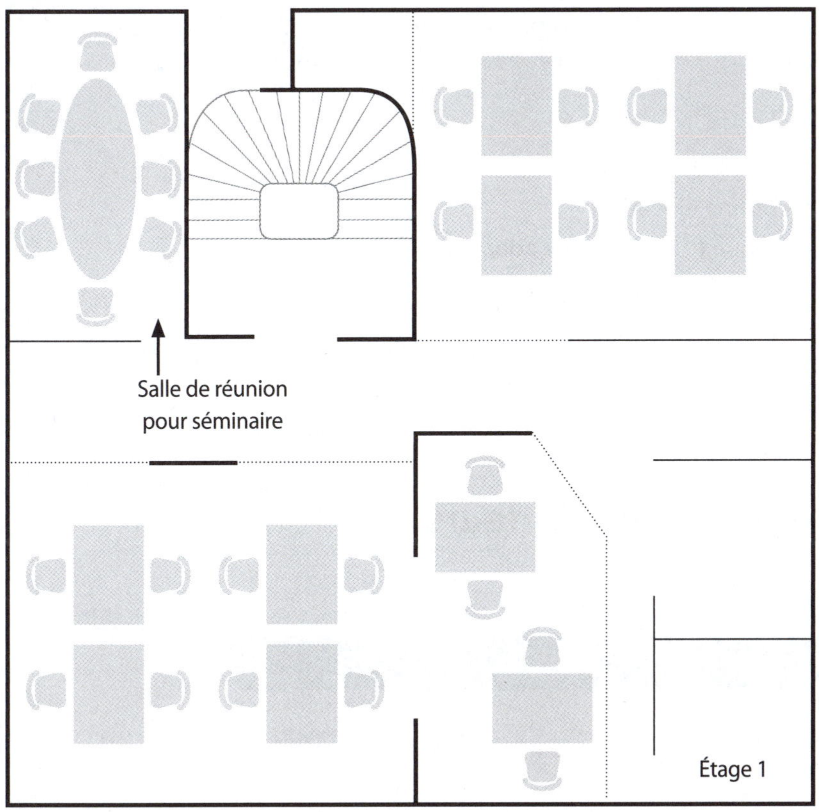

Doc 9 Du vocabulaire en anglais

- Thé : *tea*
- Café : *coffee*
- S'il vous plaît : *please*
- En attendant l'arrivée des collaborateurs : *while waiting collaboratifs*
- Gauche : *left*
- Droite : *right*
- Salle de réunion : *meeting room*
- Émarger : *sign-in*
- Feuille de présence : *the attendance sheet*

Annexe 8 Une prise en charge réussie

Action à entreprendre	Comment le dire en français ?	Comment le dire en anglais ?
Saluer nos collaborateurs		
Les faire émarger la feuille de présence		
Leur proposer un café ou un thé en salle d'attente		
Les orienter vers la salle de réunion à 9h15 qui se situe au 1er étage à droite		

La prise en charge de l'interlocuteur

Synthèse

SYNTHÈSE RÉDIGÉE foucherconnect.fr/24ago17

QCM foucherconnect.fr/24ago18

1 La préparation de l'accueil des visiteurs

L'ACCUEIL PHYSIQUE CONSISTE À ORIENTER ET RENSEIGNER LES VISITEURS

Comment ?

- Faire preuve d'empathie
- Pratiquer l'écoute active

Pourquoi ?

- Mettre en avant la culture et les valeurs de l'organisation
- Véhiculer une bonne image de l'organisation dès les premiers instants

La personne chargée d'accueil doit :

– être disponible
– être compétente
– être courtoise
– être efficace
– avoir une bonne élocution
– avoir une tenue et une posture adaptées

2 L'information et l'orientation des visiteurs

Il est impératif de déterminer le besoin de son interlocuteur

LE BESOIN EST UNE EXIGENCE À SATISFAIRE

Comment ?

- En maîtrisant l'activité et les fonctions des collaborateurs de l'organisation
- En posant des questions pour mieux cibler la demande

Exemple : « Comment puis-je vous aider ? »

Quels outils ?

- Les procédures d'accueil
- La charte d'accueil

Pourquoi ?

- Dans le but de répondre aux attentes de l'interlocuteur
- Œuvrer à la transmission d'une image positive de l'organisation (signes non verbaux, posture professionnelle, empathie, écoute active…)

Appli 1 Améliorer l'accueil physique

Vous êtes recruté(e) au service accueil de l'entreprise BatirWood spécialisée dans la construction de bâtiments en bois et située à Abancourt (59). Votre service accueille un élève stagiaire de classe de seconde baccalauréat professionnel GATL, en immersion. Vous le formez à l'accueil des visiteurs.

1 **Repérez les erreurs commises par le stagiaire lors de sa conversation avec le visiteur (Doc, Annexe).**

2 **Proposez une remédiation à ces erreurs (Doc, Annexe)**

Doc Une conversation entendue

STAGIAIRE. *(assis au bureau, absorbé par son portable)*. — Bonjour.

VISITEUR. — Bonjour.

STAGIAIRE. *(entre deux SMS)*. — Vous êtes ?

VISITEUR. — M. Pierrin.

STAGIAIRE. — OK, c'est pourquoi ?

VISITEUR. — J'ai RDV avec Mme Demore.

STAGIAIRE. — Mme... ?

VISITEUR. — Mme Demore ?

STAGIAIRE. — Très bien, quel service ?

VISITEUR. — Je pense... le service communication.

STAGIAIRE. — OK, je vais voir si elle est là... *(appel téléphonique)*

VISITEUR. — Merci.

STAGIAIRE. — C'est bon, elle est dispo, vous pouvez y aller.

VISITEUR. — Très bien, mais je me dirige où ?

STAGIAIRE. — Ah oui ! C'est au fond à droite.

VISITEUR. — Très bien, merci, au revoir.

STAGIAIRE. — Au revoir.

Annexe Des corrections bienvenues

Erreur commise	Type d'erreur	Proposition d'amélioration de reformulation et/ou de l'attitude
....	☐ Erreur de formulation ☐ Erreur d'attitude	....
....	☐ Erreur de formulation ☐ Erreur d'attitude	....
....	☐ Erreur de formulation ☐ Erreur d'attitude	....
....	☐ Erreur de formulation ☐ Erreur d'attitude	....
....	☐ Erreur de formulation ☐ Erreur d'attitude	....
....	☐ Erreur de formulation ☐ Erreur d'attitude	....

Appli 2 Réaliser un livret d'accueil

pix Mes compétences numériques
3.1. Développer des documents textuels
Niv. 3 Créer des contenus majoritairement textuels à l'aide de différentes applications

S'informer, informer les circuits de l'information
CO-INTERVENTION
• Français

Le parc aquatique Iléo de Dolus d'Oléron (centreaquatiqueileo.com), dont vous êtes l'assistant(e) administratif(ve), a procédé au recrutement d'un nouveau collaborateur. Votre responsable vous propose d'assurer son accueil.

1 **Réalisez une proposition de planning de la matinée d'intégration du nouveau collaborateur (Docs 1 et 2, Annexe).**

2 **Produisez, à l'aide d'un traitement de texte, le livret d'accueil qui sera transmis à Luc Bertin par la direction le jour de son arrivée.**

Doc 1 Extrait du compte rendu de réunion

II. L'accueil du nouveau collaborateur

Luc Bertin intégrera notre équipe le 10 décembre prochain au sein du service logistique, en qualité de gestionnaire. Une demi-journée d'intégration est au programme du jour de son arrivée. Il est nécessaire d'établir un livret d'accueil ainsi que le planning de sa matinée (qui sera inclus dans le livret).

Il est prévu qu'il arrive à 9 h 30 et un déjeuner avec la direction sera offert à 11 h 45.

Il doit visiter chaque service (temps imparti : 45'), puis compléter son dossier administratif auprès du service administratif (peut-être finir la visite des services par celui-ci afin qu'il poursuive directement avec ces formalités ? temps imparti : 60').

Avant tout cela, il devra être accueilli par la direction à son arrivée afin que lui soit remis le livret d'accueil et ses annexes (temps imparti : 30').

Doc 2 Le message vocal de votre responsable

AUDIO
foucherconnect.fr/24ago19

Annexe Le planning de Luc

PLANNING ACCUEIL LUC BERTIN	
Horaires	**Programme**
....	....
....	....
....	....
....	....

Auto-évaluation des compétences

Dans le cadre de la découverte des activités de gestion administrative…	Compétence non maîtrisée	Compétence insuffisamment maîtrisée	Compétence maîtrisée	Compétence bien maîtrisée
→ Je sais me préparer à accueillir les visiteurs.	Je ne suis pas capable de préparer l'accueil des visiteurs. ☐	Je suis capable de préparer partiellement l'accueil des visiteurs. ☐	Je suis capable de préparer l'accueil des visiteurs. ☐	J'applique parfaitement la charte d'accueil de l'entreprise. ☐
→ Je sais informer et orienter les visiteurs.	Je ne suis pas capable d'informer et orienter les visiteurs. ☐	Je suis capable d'informer et orienter les visiteurs partiellement. ☐	Je suis capable d'informer et orienter les visiteurs sans difficulté. ☐	Je suis capable d'informer et orienter les visiteurs en toutes situations. ☐

8 Collecter et exploiter l'information

Compétence
> CC3 Mettre en œuvre et contrôler les processus administratifs

Palais des thés

- Palais des Thés est une entreprise française fondée en 1986 et spécialisée dans la commercialisation de thés et d'accessoires.
- L'enseigne propose des thés parfumés, des mélanges de thés avec des ingrédients tels que des plantes aromatiques, fleurs, fruits et épices, ainsi que des infusions parfumées.
- Pour proposer des thés de qualité, François-Xavier Delmas, le fondateur, privilégie les approvisionnements directement à la source, dans les pays producteurs, en s'affranchissant des intermédiaires.
- La marque a réalisé en 2022 un chiffre d'affaires de 90 millions d'euros, soit une croissance de 41,4 % par rapport à 2020.

Vos missions

Vous effectuez votre période de formation en milieu professionnel au sein de l'entreprise Palais des Thés auprès de votre tutrice Lætitia Bouché.
Celle-ci souhaite vous sensibiliser à la place centrale qu'occupe l'information dans le processus de prise de décision et en tant qu'outil de communication interne et externe et de travail collaboratif.

Mission 1 **Comprendre le rôle de l'information pour une organisation**

Mission 2 **Collecter l'information et assurer une veille informationnelle**

Mission 3 **Exploiter l'information**

Organigramme

foucherconnect.fr/24ago66

Chiffres-clés

1986
Création de l'entreprise par François-Xavier Delmas et une quarantaine d'amis

1999
Ouverture du site de vente en ligne

2020
Palais des thés s'engage auprès de Karuna-Shechen, une association humanitaire pour les populations d'Inde et du Népal.

Missions

Mission 1 Comprendre le rôle de l'information pour une organisation

La direction générale a confié à votre tutrice une mission concernant la mise en place d'une veille informationnelle sur la présence de pesticides dans le thé. Pour que vous puissiez l'assister, elle vous sensibilise au rôle de l'information pour l'entreprise.

1 **Indiquez l'importance de l'information pour chaque organisation (Docs 1 et 2).**

....

....

....

....

2 **Citez les critères qui rendent l'information utile (Doc 2).**

....

....

3 **Repérez, en les surlignant, les rôles caractéristiques de l'information (Doc 2).**

Doc 1 L'information pour l'entreprise

L'information est un message qui porte sur des faits établis. Elle est d'abord collectée puis analysée avant d'être communiquée au sein de l'organisation ou auprès de ses partenaires. Elle peut revêtir plusieurs formes, écrite, orale, visuelle, quantitative.

Doc 2 L'utilité de l'information pour une organisation

L'information est indispensable à l'organisation pour comprendre et analyser son environnement (informations sur les concurrents, les évolutions technologiques...). C'est pourquoi chaque organisation se doit de disposer d'un maximum d'informations afin d'être en capacité de prendre de bonnes décisions au bon moment. Pour être utile, l'information doit répondre à certains critères : elle doit être fiable, pertinente, rapide d'accès et objective.

L'information joue des rôles multiples au sein de toute organisation, pour sa communication interne, comme vis-à-vis de ses partenaires (communication externe). Elle est à la fois :

– un outil d'aide à la décision : l'information enrichit les connaissances et aide le décideur dans ses choix ;

– un outil de communication : elle permet d'échanger des données et facilite la compréhension du rôle de chacun dans l'organisation ;

– un outil de gestion prévisionnelle : l'information collectée peut permettre d'anticiper le travail à réaliser ;

– un outil de travail collaboratif : elle permet d'améliorer les performances des membres de l'organisation en ajustant les actions de chacun. Elle contribue également à la coordination de leurs activités.

4 Précisez le rôle informatif de chacun des documents que vous a remis Lætitia (Annexe 1).

5 Indiquez pour chacun d'eux si leur destination est interne ou externe à l'entreprise (Annexe 1).

Annexe 1 Des informations caractérisées

Documents	Rôle de l'information				Destination	
	Outil d'aide à la décision	Outil de communication	Outil de gestion prévisionnelle	Outil de travail collaboratif	Interne	Externe
Note d'information sur la visite médicale annuelle	☐	☐	☐	☐	☐	☐
Proposition de contrat de partenariat avec Florajet	☐	☐	☐	☐	☐	☐
Tableau de comparaison des cadeaux d'affaires	☐	☐	☐	☐	☐	☐
Agenda partagé	☐	☐	☐	☐	☐	☐
Fichier fournisseurs	☐	☐	☐	☐	☐	☐
Message du CSE sur l'arbre de Noël de l'entreprise	☐	☐	☐	☐	☐	☐
Rapport d'activité année N–1	☐	☐	☐	☐	☐	☐
Vidéo sur la gestion de projet d'un atelier de dégustation	☐	☐	☐	☐	☐	☐
Bilan comptable année N–1	☐	☐	☐	☐	☐	☐
Fiche de l'appel téléphonique du client Yves Bonneuil	☐	☐	☐	☐	☐	☐

Mission 2 Collecter l'information et assurer une veille informationnelle

Votre tutrice souhaite maintenant vous associer à la mise en place de la veille informationnelle. Vous commencez par en découvrir le principe.

6 **Expliquez ce qui différencie la veille informationnelle d'une recherche d'information (Doc 3).**

....

....

....

7 **Repérez, en les soulignant, les méthodes de veille les plus couramment utilisées par l'entreprise (Doc 3).**

Doc 3 La veille informationnelle

On appelle « veille » le fait de se tenir au courant des informations pertinentes dans un domaine défini. Elle diffère de la recherche ponctuelle d'information par le fait qu'elle est continue dans le temps, mais une recherche d'information peut être considérée comme une action de veille si elle est réitérée selon un principe périodique régulier.

Les méthodes de veille les plus couramment utilisées dans notre entreprise sont les alertes par courriel, les abonnements aux flux RSS* des sites internet et ceux aux newsletters.

* Flux RSS (*Really Simple Syndication*, « publication vraiment simple ») : permet de suivre les dernières mises à jour d'un site internet, comme le fil d'actualité d'un blog.

8 **Précisez la nature de chaque document résultant de la veille informationnelle entamée par votre tutrice (Doc 4, Annexe 2).**

Doc 4 Des veilles à visée spécifique

Nature de la veille	Description
Veille technologique (ou veille technique et scientifique)	Informations sur les techniques les plus récentes : elles peuvent concerner un produit, un composant, une matière première, ou encore l'évolution de l'environnement scientifique, technique ou industriel.
Veille environnementale	Informations qui concernent le domaine de l'environnement, de la santé.
Veille sociétale	Informations qui permettent d'analyser les nouvelles tendances de la société (modes de vie, comportements…).
Veille concurrentielle	Informations qui consistent à surveiller les activités du marché de la concurrence, mais aussi les produits, les relations avec les clients et les fournisseurs.

Annexe 2 Les résultats de veille informationnelle

L'agriculture durable change les choses pour les producteurs de thé vietnamiens

Veille ....

Boire du thé est un élément clé de nombreux interactions et rituels sociaux au Vietnam. Le thé est également l'une des marchandises les plus exportées du pays. Pourtant, ces dernières années, des averses importantes et imprévisibles et une surexploitation des produits agrochimiques ont conduit à des récoltes de mauvaise qualité, à de faibles rendements et à un déclin de la réputation du thé vietnamien sur le marché d'exportation mondial.

www.unenvironment.org/fr

La consommation et la production mondiale de thé stimulées par une forte demande en provenance de la Chine et de l'Inde

Veille ....

Des produits tendance pour les jeunes

La demande mondiale pour le thé jouit d'une nouvelle clientèle. De jeunes consommateurs urbains dans de grands pays tels que la Chine et l'Inde se sont révélés être le segment augmentant le plus rapidement, désireux de payer plus cher pour des thés spéciaux mais aussi curieux d'en savoir plus à propos du produit qu'ils consomment – en particulier lorsqu'il s'agit de qualité, de son origine et de sa contribution au développement durable.

www.fao.org/

Veille ....

Lourde amende pour un producteur français de thé

Par La Rédaction

Le groupe Mariage Frères, l'un des principaux producteurs de thés haut de gamme en France, a été lourdement sanctionné par l'Autorité de la Concurrence et écope d'une lourde amende de 4 millions d'euros pour avoir « entravé, durant près de quinze ans, la liberté commerciale de ses distributeurs en leur interdisant, d'une part, de vendre en ligne les produits de sa marque, et, d'autre part, de revendre ses produits à d'autres revendeurs. […] Mariage Frères a ainsi privé les consommateurs finaux de la possibilité de bénéficier de meilleurs prix résultant d'une concurrence effective entre tous les distributeurs ».

AFP, 11 décembre 2023

L'INDUSTRIE DU THÉ

Veille ....

Les risques

Les opérations de mélange, de traitement et de conditionnement du thé sont, chacune, à l'origine d'un certain nombre de risques pour la sécurité et la santé. Ces risques, tels que le manque de protection des machines, le bruit, les glissades, les chutes et les lésions causées par le port de charges lourdes, se rencontrent communément dans l'industrie des boissons. En revanche, d'autres dangers, comme ceux associés aux poussières dans les locaux de mélangeage et de conditionnement, sont généralement absents des opérations de soutirage, en bouteilles et en canettes, qui se font dans un contexte éminemment humide.

Encyclopédie de sécurité et de santé au travail, ilocis.org

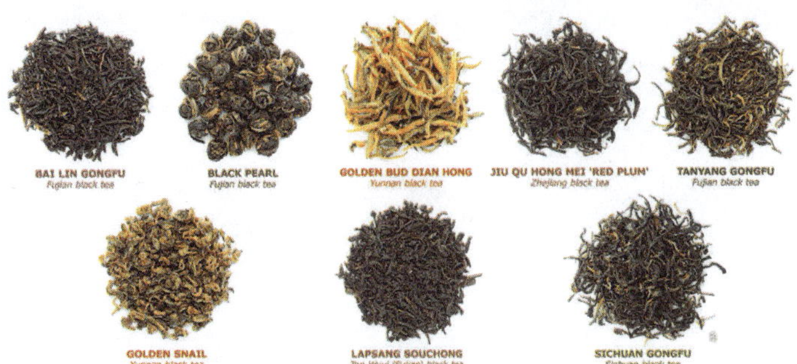

Vous êtes maintenant en mesure de mettre en place la veille informationnelle concernant la présence de pesticides dans le thé. Votre tutrice vous demande de créer pour cela une alerte Google.

9 **Créez l'alerte Google qui vous permettra de collecter les informations souhaitées (Doc 5, Annexe 3).**

Doc 5 Une recherche affinée

La recherche sur Internet s'opère par mots-clés. Pour affiner cette recherche, il est conseillé d'utiliser des opérateurs de recherche (ou opérateurs booléens). Ces outils permettent d'influencer la façon dont le moteur effectue la recherche de l'utilisateur.

« … »	Recherche de la phrase ou de l'expression exacte.	« réchauffement climatique »
+	Recherche uniquement sur les pages qui contiennent les termes indiqués, à l'exclusion des autres.	Réchauffement + sécheresse
–	Recherche qui exclut un terme ou une expression de la recherche.	Réchauffement – sécheresse
*	Recherche des termes ou expressions ayant la même racine.	Clima* pour climat, climatique

Annexe 3 Mon alerte Google

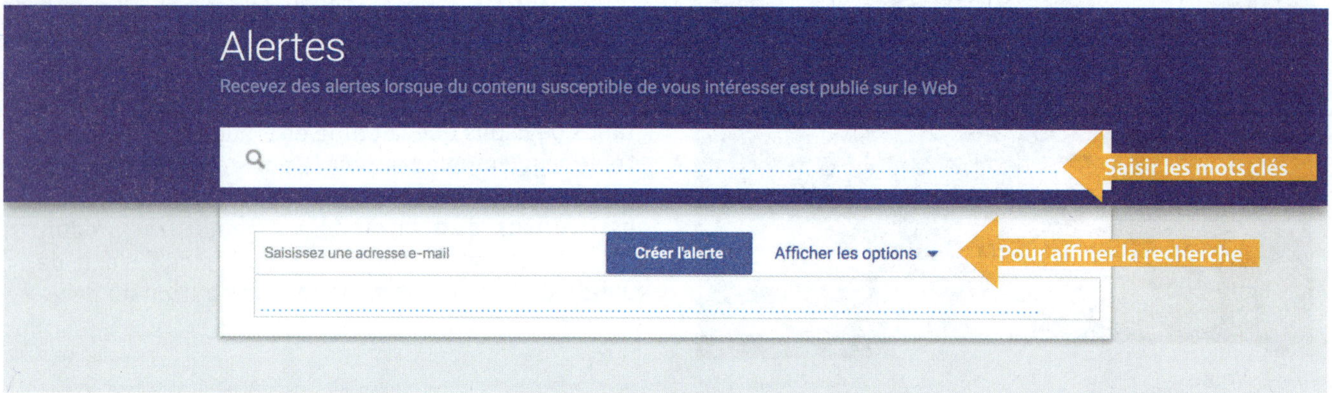

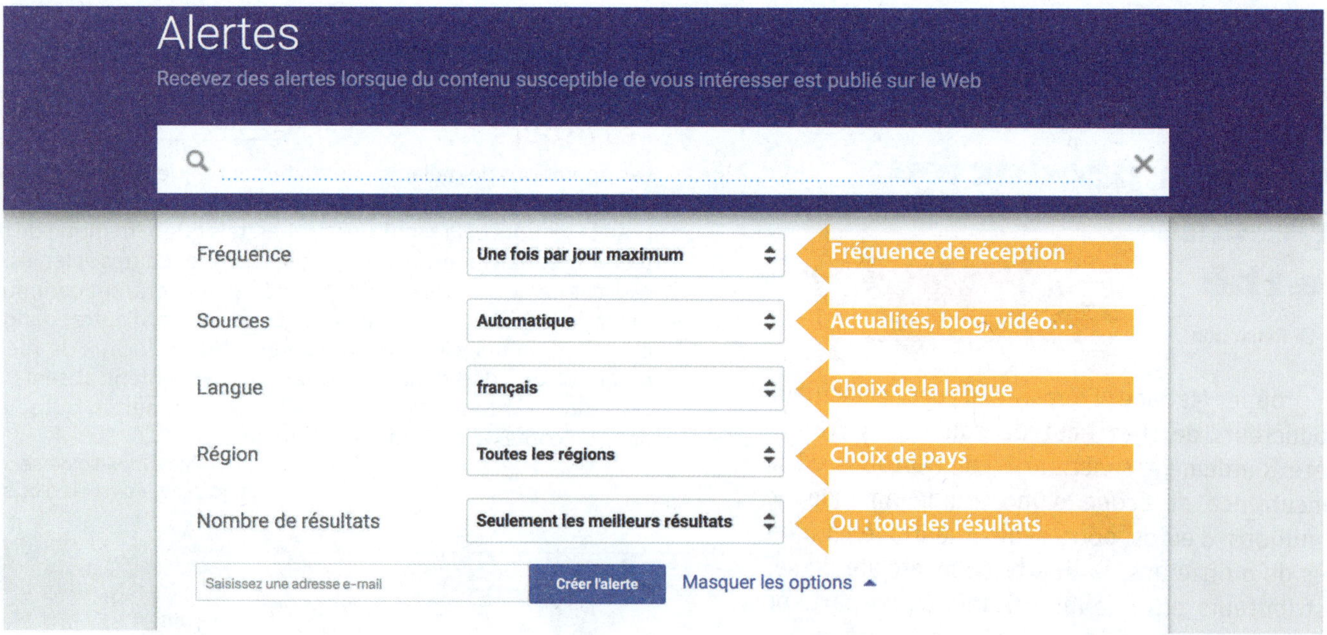

Mission 3 Exploiter l'information

La direction a décidé de commercialiser un thé très particulier : le Thé des Açores. Votre tutrice vous demande d'en réaliser la fiche produit à partir des informations qu'elle a collectées.

10 Créez la fiche du nouveau produit (Docs 6, 7 et 8, Annexe 4).

Doc 6 Les consignes de votre tutrice

Puisque nous allons commercialiser un nouveau produit, nous devons créer une fiche produit qui viendra enrichir notre base de données. J'ai effectué une recherche à ce sujet. Parmi les nombreux documents analysés, j'ai retenu le document suivant après en avoir bien sûr vérifié sa fiabilité.

Doc 7 Les résultats de veille informationnelle

*Chá** *Gorreana* est la plus ancienne plantation familiale de thé en Europe, avec sa petite voisine *Chá Porto Formoso*. Elle produit un thé biologique puisque cultivé sans produit chimique ni pesticides, grâce aux conditions climatiques de l'île.

* *Chá* : thé, en portugais.

La plantation produit diverses variétés de thés verts et noirs reconnus pour leurs bienfaits stimulants.

Le thé des Açores est cultivé uniquement sur l'île de São Miguel, la plus grande île de l'archipel des Açores, au Portugal.

Annexe 4 La fiche produit du thé des Açores

- Le nom du produit : ....
- L'origine : ....
- La caractéristique géographique : ....
- La caractéristique environnementale : ....
....
....
- Le nom des 2 fabriques de thé : ....
- Les bienfaits de ce thé : ....
- Le lieu de commercialisation principal : ....
- Les variétés : ....

8 La collecte et l'exploitation de l'information

Synthèse

Synthèse rédigée foucherconnect.fr/24ago67

QCM foucherconnect.fr/24ago68

L'information permet à toutes les organisations de prendre les bonnes décisions au bon moment.

1 Le rôle de l'information pour une organisation

Information : message qui porte sur des faits établis

- Outil de communication
  - Interne
  - Externe
- Outil d'aide à la décision
- Outil de gestion prévisionnelle
- Outil de travail collaboratif

(Outil d'aide à la décision, outil de gestion prévisionnelle, outil de travail collaboratif : Interne)

2 La collecte de l'information et la veille informationnelle

La veille informationnelle → Pour se tenir au courant des informations pertinentes dans un domaine défini

↓

Avec des méthodes de collecte efficaces sur le net
- Les abonnements aux flux RSS
- Les alertes
- Les newsletters

3 L'exploitation de l'information

L'information est analysée puis communiquée au sein de l'organisation ou auprès de ses partenaires.

Étape finale : exploitation de l'information
- → Pour créer des outils à usage interne ou externe
  Ex. : fiche produit…
- → Pour informer les collaborateurs sur de nouvelles techniques, de nouveaux produits…

Applications

pix Mes compétences numériques
1.1. Informations et données
Niv. 1 Mener une recherche ou une veille d'information

Appli 1 Évaluer la fiabilité de l'information

Parce qu'Internet est un espace de recherche où l'on trouve tout, il est très important de s'interroger sur la fiabilité, la crédibilité des résultats obtenus. Votre tutrice, Lætitia Bouché, assistante manager de l'entreprise Palais des Thés, continue sa veille informationnelle sur l'industrie du thé à travers le monde et vous confie la vérification de la fiabilité des informations qu'elle collecte.

Vérifiez la fiabilité de l'article proposé (Doc ou directement sur le site, Annexe).

Doc L'article du journal *Le Figaro*

LE FIGARO — Bangladesh : 150.000 ouvriers des plantations de thé en grève réclament une augmentation de salaire

Accueil > Flash Éco

Bangladesh : 150.000 ouvriers des plantations de thé en grève réclament une augmentation de salaire

Par Le Figaro avec AFP
Publié le 13/08/2022 à 11:20

Copier le lien

Écouter cet article 00:00/02:13

Le salaire minimum d'un ouvrier d'une plantation de thé dans le pays est de 120 takas par jour, soit environ 1,25 dollar selon les taux officiels. Anatta_Tan / Adobe Stock

#SITE INTERNET
Accédez à l'article entier
foucherconnect.fr/24ago69

Annexe Mon analyse de fiabilité

Le site		
Quoi ?	S'agit-il d'un site : – commercial ? – institutionnel ? – associatif ? Pointe-t-il vers des sites fiables ?	☐ Commercial ☐ Institutionnel ☐ Associatif ☐ Oui ☐ Non
Comment ?	La navigation dans le site est-elle facile ?	☐ Oui ☐ Non
Pourquoi ?	Quels sont les objectifs du site ?	....
Le document		
Qui ?	L'auteur est-il identifié ? Peut-on le contacter ?	☐ Oui ☐ Non ☐ Oui ☐ Non
Quand ?	La date du document est-elle indiquée ?	☐ Oui ☐ Non
Quoi ?	Est-ce le type d'information dont j'ai besoin ? Est-il pertinent pour ma recherche ?	☐ Oui ☐ Non ☐ Oui ☐ Non
Comment ?	L'information est-elle rédigée clairement ?	☐ Oui ☐ Non
Pourquoi ?	Quel est le but ? Quel est le public visé ?	....
L'information semble-t-elle fiable ?		☐ Oui ☐ Non

8

Appli 2 Exploiter la veille informatique

Votre veille informationnelle sur la présence de pesticides dans le thé, menée pour l'entreprise Palais des Thés qui vous emploie, a donné un certain nombre de résultats. Parmi eux, l'article d'un journal intitulé « Il y a trop de pesticides dans les sachets de thé et tisanes » a particulièrement attiré votre attention. Vous jugez nécessaire d'en informer votre tutrice.

Rédigez pour votre tutrice une fiche de synthèse de l'article qui précisera sa source, les points importants qui s'en dégagent et en guise de conclusion, votre analyse rapide de la situation (Doc).

Se repérer dans un flux de données et en extraire une information

CO-INTERVENTION
• Français

Doc Il y a trop de pesticides dans les sachets de thé et tisanes

Glyphosate, thiaclopride, acétamipride, chlorfénapyr. Des résidus de ces pesticides se retrouvent bien trop souvent dans les sachets de thé à infuser, alerte 60 millions de consommateurs. Sur 48 produits testés en laboratoire, l'association a retrouvé 16 substances qui posent un problème. Tous les thés noirs ou verts conventionnels, soit plus de la moitié des échantillons analysés, sont concernés. Ainsi que la majorité des infusions à base de verveine. [...]

Autre constat inquiétant : huit échantillons de thé conventionnel contiennent des substances interdites sur le sol français et même en Europe. L'association précise que la quantité des substances reste dans les limites fixées par l'UE. Toutefois, certains thés sont davantage concentrés en résidus problématiques. C'est notamment le cas des thés verts à la menthe. [...] Les références de thés noirs s'en tirent mieux avec « un pesticide interdit dans trois références ».

Les résultats sont plus rassurants du côté des tisanes. Outre les pesticides, les analyses révèlent aussi la présence d'insectes, de fragments de plastiques ou de pierres mais aussi de poils de rongeurs dans certains sachets de thé. Pour éviter de rencontrer des résidus de pesticides en buvant son thé, mieux vaut opter pour le thé bio, affirme 60 Millions de consommateurs. Ce sont les seuls sachets examinés qui ne contenaient aucune substance problématique. « Seuls les thés bio apportent la garantie du zéro pesticide », écrit l'association.

AFP, 26 février 2022

Auto-évaluation des compétences

Dans le cadre de la collecte et l'organisation de l'information…	Compétence non maîtrisée	Compétence insuffisamment maîtrisée	Compétence maîtrisée	Compétence bien maîtrisée
→ Je sais collecter des informations.	Je ne sais pas collecter des informations. ☐	Je sais collecter l'information, mais avec des erreurs de choix de mots-clés. ☐	Je sais collecter l'information, mais mes recherches ne sont pas assez précises pour répondre aux besoins de la structure. ☐	Ma veille informationnelle m'assure une collecte d'informations fiable et pertinente. ☐
→ Je sais exploiter l'information.	Je ne sais pas exploiter l'information. ☐	Je sais exploiter l'information mais de façon encore incomplète. ☐	Je sais exploiter l'information avec quelques imprécisions. ☐	Mon analyse des informations est fiable et pertinente. ☐

9 Transmettre l'information

Compétence
> CC1 Gérer des relations interpersonnelles

Palais des Thés

- Palais des Thés offre une approche inédite dans le monde du thé. En effet, pour son fondateur François-Xavier Delmas, connaître le thé, c'est aller le chercher directement dans les pays producteurs, s'aventurer sur les routes du thé, visiter jardins et plantations, explorer des terres inconnues. C'est inventer son propre métier, un métier qui n'existait pas auparavant : chercheur de thé.
- L'entreprise repose sur 3 grands piliers : proposer des thés sains, produire en respectant la planète et placer l'humain au centre de ses actions.
- Palais des Thés compte 78 points de vente en France à fin mars 2023, auxquels s'ajoutent 26 boutiques à l'étranger : en Belgique, au Luxembourg, en Norvège, en Russie, en Géorgie et en Israël.

Vos missions

Vous poursuivez votre période de formation en milieu professionnel au sein de l'entreprise Palais des Thés, auprès de votre tutrice Lætitia Bouché.
Après vous avoir expliqué la nécessité de bien gérer les informations dans l'entreprise pour garantir son bon fonctionnement, elle va maintenant vous associer plus particulièrement à son travail dédié à leur transmission.

Mission 1 **Assurer la communication interne**

Mission 2 **Effectuer la transmission d'informations à distance**

Organigramme

foucherconnect.fr 24ago70

Chiffres-clés

Plus de **250 thés et infusions** disponibles, ainsi qu'une sélection de variétés saisonnières

Plus de **300** salariés

78 boutiques en France et **26 à l'étranger**.

Missions

Mission 1 Assurer la communication interne

1. Exploiter un schéma de communication

Lætitia vient de recevoir plusieurs messages qu'elle doit enregistrer puis rapidement distribuer à leurs destinataires respectifs. Elle vous demande de l'assister.

1 **Enregistrez chaque message reçu en identifiant l'émetteur, le destinataire et l'information principale transmise (Docs 1 et 2, Organigramme, Annexe 1).**

Doc 1 Les messages reçus

1 MESSAGE TÉLÉPHONIQUE

- **Appel reçu le :** *12 juin N* — **À :** *11 h*
- **De :** *Mme Delanoé*

☐ a téléphoné ☐ souhaite être rappelé

- **Message :**

La cliente ne parvient plus à passer de commande en ligne : son adresse mail n'est plus reconnue

2

Lætitia,

Prévenir Yann Legoff qu'il doit assurer seul la réunion du 18/06 à Lyon, je ne pourrai pas m'y rendre.

J.-L. Foucher-Créteau

3

De :	adumont@yahoo.fr
À :	franchise@palaisdesthes.com
Objet :	Demande de documentation
P. J. :	

Bonjour,
Je souhaiterais rejoindre le réseau des franchisés de Palais des Thés. Pourriez-vous m'informer de la démarche à entreprendre.
Je vous remercie par avance de votre réponse.

Bien cordialement,

A. Dumont

4

Restaurant Jardin d'Été
17 rue Franklin
69000 LYON

Palais des Thés
Service Client
10 rue Mercœur
75011 Paris

Lyon, le 10 juin N

Madame,

Restaurateur depuis 3 générations et très inspiré par la cuisine végétale, je souhaiterais servir des produits Palais des Thés dans notre établissement.
Je vous remercie de bien vouloir me contacter.

Veuillez agréer, Madame, l'expression de mes salutations distinguées.

P. Courteau

Doc 2 Le schéma de communication

Émetteur — *Celui qui transmet le message* → **Transmission** / **Message ou information** → **Récepteur ou destinataire** — *Celui qui reçoit le message*

Annexe 1 Le registre du courrier arrivé

Messages	Émetteur	Récepteur	Message
1			
2			
3			
4			

2. Choisir des outils de diffusion de l'information

L'enregistrement du courrier terminé, Lætitia vous charge de diffuser un certain nombre d'informations aux salariés. Dans un souci d'efficacité, elle vous demande de lui proposer d'abord les outils les mieux adaptés aux documents à transmettre.

2 **Reliez le type de message à l'outil de diffusion approprié pour sa bonne transmission (Annexe 2).**

Annexe 2 Les outils de diffusion

MESSAGE	OUTIL DE DIFFUSION
Message de bienvenue au nouveau salarié	**Compte rendu** Document écrit qui rassemble les échanges et décisions émises au cours d'une réunion ou d'un événement.
Présentation aux directeurs de la nouvelle gamme de coffrets	**Note d'information** Message écrit interne qui transmet une information concernant la vie de l'entreprise.
Organisation du lancement de la nouvelle gamme de coffrets	**Journal d'entreprise** Journal destiné aux salariés, afin de leur apporter des informations pratiques et exploitables au quotidien. Il comporte des articles courts et variés qui peuvent aller de l'interview d'un salarié à un quizz ou les derniers résultats chiffrés de l'entreprise.
Nouvelles consignes de sécurité en cas d'incendie	**Réunion d'information** Séance à laquelle assiste un groupe de personnes. Il existe 3 types de réunions : – *la réunion descendante :* le supérieur transmet des informations à un groupe de personnes ; – *la réunion ascendante :* le dirigeant collecte des informations émises par les participants ; – *la réunion de prise de décision* qui a pour objectif de résoudre un problème par des échanges d'idées.
Annonce aux salariés de travaux de peinture dans le hall	**Panneau d'affichage obligatoire** Support destiné à l'affichage, il recense toutes les informations citées par le Code du travail, le Code de la santé publique et le Code pénal pour améliorer les conditions de travail des salariés.

3. Transmettre l'information dans l'entreprise

Votre tutrice souhaite améliorer la communication interne de l'entreprise en mettant en place un réseau social d'entreprise (RSE). Elle vous en explique les principes et vous associe à sa mise en œuvre qui débutera par une présentation de ce nouvel outil aux salariés au cours d'une réunion d'information.

3 **Concevez la maquette de la diapositive de présentation du réseau social d'entreprise (Doc 3, Annexe 3).**

Doc 3 Le réseau social d'entreprise

Un réseau social d'entreprise est un lieu d'échange virtuel accessible à tous les employés, qui permet de favoriser la création et le partage de connaissances en facilitant l'accès à l'information. Le RSE est un type de plateforme collaborative qui centralise toute l'information et toutes les applications fonctionnelles pour fluidifier la communication en entreprise au sein du même espace. Cet intranet d'entreprise nouvelle génération vise également à développer le travail d'équipe. Tchat, message privé, écriture d'un article, commentaires, mentions « J'aime » (likes), partage, mur d'actualité, agenda partagé, notifications… : quel que soit l'espace, les fonctionnalités offertes par un RSE ne manquent pas et favorisent la communication interne. Ses avantages sont nombreux :

– une interface facile à prendre en main et ludique ;
– un fil d'actualité personnalisé ;
– un suivi des informations choisies en temps réel (notifications) ;
– la favorisation du travail d'équipe, comme la mobilisation de collègues autour d'un problème ;
– le partage de savoir…

Une précaution d'usage reste indispensable pour l'employeur : il doit apporter des garanties quant à l'utilisation des informations personnelles, et bien traiter la confidentialité des données.

D'après www.appvizer.fr/

Annexe 3 Le réseau social de Palais des Thés

Définition :

Objectifs :

➜

➜

Quatre fonctionnalités

•

•

•

•

Précautions

•

•

4 **Rédigez le message d'annonce de la réunion d'information, à paraître dans le journal de l'entreprise** (Doc 4, Annexe 4).

Doc 4 Les consignes de rédaction de Lætitia

Annoncer la présentation sur grand écran, dans la salle de conférence, du lancement de notre nouveau réseau social d'entreprise.
Expliquer le principe : une plateforme dont l'objectif est de rendre la communication interne plus fluide et le travail plus collaboratif.
Indiquer la date : le 1er juillet de 12 h à 14 h.
Préciser qu'un buffet sera offert à la fin de la réunion.
Inciter les salariés à venir le découvrir.
Prévoir un titre significatif.

Annexe 4 Mon message d'annonce du lancement du RSE

....
....
....
....
....
....
....
....
....

Lætitia souhaite que les informations qui vont être déposées dans le RSE soient organisées par thème afin que les utilisateurs les retrouvent facilement. Elle vous présente la première page qui apparaîtra au lancement du RSE et vous demande de la compléter.

5 **Complétez l'arborescence des thèmes avec les nouvelles informations disponibles** (Annexe 5).

Annexe 5 L'arborescence des thèmes

- ACCUEIL
  - Annuaire
    - L. Bouché
    - R. Lopez
    - ....
  - Actualités
    - RH
      - ....
      - ....
      - ....
  - Projets
    - Nouveau Thé
      - ....
      - ....
      - ....
    - Tokyo
      - ....
      - ....
      - ....

Compte rendu réunion projet « nouveau thé » du 12/06, fiche d'identité Aline Rocher, imprimé demande de congés, formation à la sécurité, plans de la nouvelle école de Tokyo.

Mission 2 Transmettre des informations à distance

Deux fois par an, la direction générale réunit les directeurs de l'École du Thé, une école qui dispense des cours d'initiation à l'art de la dégustation du thé et dont les antennes sont basées à Paris, Rennes, New York et Moscou. Chacun y présente ses tableaux de statistiques et le programme des formations pour les six mois à venir. Pour réduire les coûts de ces rencontres et accroître le nombre d'échanges possibles, Laetitia envisage de proposer une autre solution qui utiliserait un système de communication à distance. Elle vous demande de la renseigner sur les solutions existantes.

6 **Comparez les deux systèmes de communication à distance présentés (Doc 5, Annexe 6).**

7 **Proposez à Lætitia le système de communication qui vous semble le mieux adapté à son besoin en justifiant votre choix (Doc 5, Annexe 6).**

Doc 5 Deux systèmes de conférence téléphonique

L'**audioconférence** ou conférence téléphonique est une technologie qui permet d'organiser en direct des réunions téléphoniques, avec plusieurs participants réunis autour d'une table d'un côté, et un ou plusieurs interlocuteurs ailleurs. C'est aussi simple d'utilisation qu'un téléphone traditionnel : il suffit de raccorder le système d'audioconférence à une prise téléphonique et à une alimentation électrique. Aussi appelé pieuvre téléphonique, il est conçu pour capter les voix provenant des quatre coins d'une table de réunion grâce aux micros incorporés. Ce système combine de nombreux avantages en usage professionnel :
- un système mains libres ;
- des réunions productives et naturelles ;
- une prise de son parfaite dans tous les environnements (bureau, salle de réunion...) ;
- une facilité d'utilisation par commandes à touches et/ou télécommande ;
- la réduction des coûts (frais de déplacement, perte de temps) ;
- une solution plus écologique (pas d'émissions de CO_2 liées aux transports).

La **visioconférence** est une technologie qui permet, à l'aide d'Internet, d'ordinateurs et de webcam, de dialoguer avec des interlocuteurs situés dans des lieux différents, de les voir en temps réel et de travailler en commun sur des documents. Aujourd'hui, la visioconférence offre la possibilité de se connecter avec les différents employés d'une entreprise, où qu'ils soient, en supprimant des déplacements inutiles ou trop compliqués (plusieurs heures de transport pour 1 ou 2 heures de réunion), sans oublier les coûts générés par les déplacements longue distance.

La visioconférence permet des échanges d'une qualité vidéo en haute définition et d'une clarté audio bien supérieure à celle d'une simple communication téléphonique, qui offrent de nombreux avantages :
- parler à son ou ses correspondants en se voyant ;
- simplifier les réunions entre les personnes distantes ;
- gagner en temps et en productivité ;
- partager des documents de travail aidant la prise de décision ;
- planifier et gérer les réunions depuis le bureau.

www.cbi-technologies.com

Annexe 6 Les systèmes de communication à distance

Caractéristiques	Conférence téléphonique ou audioconférence	Visioconférence
Principe	....	....
Matériel nécessaire	....	....
Qualité audio	....	....
Qualité vidéo	....	....
Présentation de documents	....	....
Avantages communs	....	
Système de communication retenu	☐	☐
	....	

Lætitia décide de suivre votre choix. Elle vous demande de lui proposer, parmi les solutions matérielles qu'elle a identifiées, la meilleure solution pour l'entreprise.

8 **Proposez l'outil le mieux adapté aux besoins de la direction. Justifiez votre réponse (Docs 6 et 7).**

....

....

....

Doc 6 Les impératifs de la direction

Bonjour, nous allons tester la visioconférence avec nos différentes boutiques. Je souhaite commencer par une version gratuite.
Prévoyez pour 50 personnes, un système compatible Windows, le partage d'écran et une durée de connexion d'une heure minimum. Merci.

Doc 7 Les outils de visioconférence

Outil	Google Meet	Zoom	Jitsi Meet	Starleaf
Nombre de participants	100	100	75	20
Compatibilité Windows	Oui	Oui	Oui	Oui
Partage d'écran	Oui	Oui	Oui	Oui
Connexion sécurisée	Oui	Oui	Oui	Oui
Durée de connexion gratuite	60 mn	40 mn	Illimité	45 mn

La transmission de l'information

Synthèse

SYNTHÈSE RÉDIGÉE foucherconnect.fr/24ago71

QCM foucherconnect.fr/24ago72

1 La communication interne

Le schéma de communication

Émetteur celui qui transmet le message → **Message** c'est l'information transmise → **Récepteur** celui qui reçoit le message

Les outils de diffusion de l'information

- **Réseau d'entreprise** → pour développer le travail d'équipe
- **Compte rendu** → pour rassembler les décisions émises au cours d'une réunion
- **Note d'information** → pour diffuser des informations concernant l'activité de l'entreprise
- **Journal d'entreprise** → pour transmettre des informations pratiques et exploitables au quotidien
- **Réunion d'information** → pour débattre de sujets précis
- **Panneau d'affichage** → pour présenter les règles en vigueur dans l'entreprise, ex. : conventions collectives, horaires de travail…

2 La transmission d'informations à distance

CONFÉRENCE TÉLÉPHONIQUE + VISIOCONFÉRENCE = OUTILS DE TRANSMISSION D'INFORMATIONS

Applications

pix Mes compétences numériques
1. Informations et données
Niv. 1 Créer des contenus majoritairement textuels à l'aide de différentes applications

Produire et diffuser de l'information de manière responsable

CO-INTERVENTION
• Français

Appli 1 Rédiger un message numérique

Vous êtes stagiaire chez Anthony Lefol, artisan ébéniste implanté à Lille (59). L'entreprise propose à ses clients un service complet d'agencement pour la maison, de menuiserie et d'ébénisterie, et les accompagne dans leur envie de création de mobilier ou d'aménagement. Elle peut désormais les accueillir dans un showroom convivial où sont exposées ses créations. M. Lefol a fait récemment l'acquisition d'un panneau d'affichage numérique pour son showroom. Il vous charge de rédiger le message d'accueil à destination de sa clientèle.

Rédigez le message qui sera diffusé aux clients du showroom sur le panneau numérique (Docs 1 et 2, Annexe).

Doc 1 L'affichage numérique

L'affichage numérique dynamique est un outil de communication qui permet de diffuser des contenus multimédias à distance et en temps réel sur un écran LCD, une tablette, un mur vidéo ou un panneau LED. Il donne la possibilité de diffuser des informations aux clients ou partager des informations au sein d'une entreprise.
Facile à créer, moderne, il attire l'attention des consommateurs.

Doc 2 Plan du message à diffuser sur le panneau numérique de l'entreprise

Accueillir.
• Rappeler que :
– nous sommes créateur et fabricant depuis 30 ans ;
– nous réalisons leurs projets de menuiserie sur mesure.

• Annoncer notre participation au salon Maison & Objet du 18 au 22 janvier N au centre d'exposition de Paris-Nord Villepinte.

• Informer d'une réduction de 10 % si achat au salon.

• Ajouter les jours et heures d'ouverture : du lundi au samedi, 10 h-20 h.

Annexe Le message d'accueil

Appli 2 Créer un questionnaire d'enquête

pix Mes compétences numériques
1. Informations et données
Niv. 1 Créer des contenus majoritairement textuels à l'aide de différentes applications

Vous poursuivez votre stage chez Anthony Lefol, artisan ébéniste implanté à Lille. La direction a décidé de rénover l'ensemble de ses locaux : accueil, open space et salle de repos. Elle vous charge de collecter l'avis des salariés sur les améliorations à apporter. Vous décidez de créer un questionnaire à ce sujet.

1 **Sur une feuille à part, réalisez un brouillon de votre questionnaire (Docs 1 et 2).**

2 **Créez le questionnaire à l'aide de Google Forms ou avec votre logiciel de traitement d'enquêtes, en variant le type de questions (Docs 1 et 2).**

Doc 1 Les éléments du questionnaire

1. Titre mentionnant la rénovation des bureaux.

2. Prévoir trois zones :
– l'accueil (semble-t-il convivial, harmonieux, convenable, non adapté ?) ;
– l'open space : (prévoir questions sur l'emplacement des bureaux et l'éclairage) ;
– la salle de repos (le confort de la salle).

3. Prévoir un espace de suggestions pour chacune de ces 3 parties.

4. Remercier.

Doc 2 Comment créer un questionnaire ?

• Les types de questions :
– **fermées** : utilisées lorsqu'on souhaite proposer une liste de réponses aux répondants ;
– **ouvertes** : celles qui demandent une réponse écrite libre ;
– **à choix multiple** : permettant de choisir plusieurs options de réponses dans une liste donnée.

• La présentation des questions :
– des lignes : ....
– des cases à cocher : ☐
– des peignes : |_|_|_|_|_|_|_|_|_|_|
– des listes déroulantes
– …

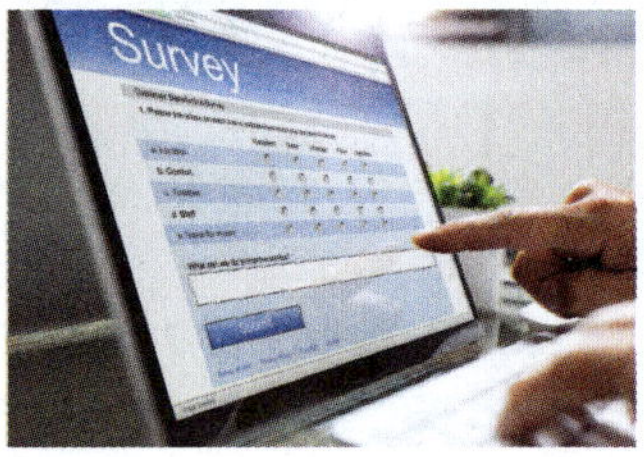

Auto-évaluation des compétences

Dans le cadre de la transmission de l'information	Compétence non maîtrisée	Compétence insuffisamment maîtrisée	Compétence maîtrisée	Compétence bien maîtrisée
→ Je sais assurer la communication interne.	Je ne sais pas assurer la communication interne. ☐	Je sais assurer la communication interne, mais avec des difficultés d'identification des émetteurs, destinataires ou du message. ☐	Je sais assurer la communication mais avec quelques imprécisions sur le message à transmettre. ☐	La communication interne est assurée de façon fiable et professionnelle. ☐
→ Je sais effectuer la transmission de l'information à distance.	Je ne sais pas effectuer la transmission de l'information à distance. ☐	Je sais effectuer la transmission de l'information à distance, mais je commets encore des erreurs pour le choix de l'outil de diffusion ou la rédaction des messages. ☐	Je sais effectuer la transmission de l'information à distance sous le contrôle de ma responsable pour la bonne rédaction des messages. ☐	Je sais mobiliser les outils de transmission de l'information à distance pour diffuser des messages de qualité professionnelle. ☐

10 Utiliser les outils digitaux de communication

Compétence
> CC1 Gérer des relations interpersonnelles

Crèche Baybies

- La crèche associative Baybies est implantée à Saint-Valéry-sur-Somme (80), au cœur de la Baie de Somme. Créée il y a deux ans comme une alternative face au manque d'offres en matière de garde d'enfants dans la région, elle peut accueillir jusqu'à 25 enfants, âgés de 2 mois et demi à 3 ans, du lundi au vendredi, de 7 h 30 à 19 h.
- Son équipe, composée de personnes qualifiées du secteur de la petite enfance, centre son action sur le bien-être et l'autonomie de l'enfant.
- Forte de son succès, l'association va ouvrir cette année une seconde structure à Abbeville (80).
- Pour assurer les tâches courantes de gestion administrative ainsi que la promotion et la communication des deux structures, une assistante a été recrutée en début d'année.

Vos missions

Nous sommes le 2 juin. Vous effectuez votre deuxième période de formation auprès d'Anaïs Lefebvre, assistante de gestion chez Baybies. Afin de développer la visibilité de la structure sur Internet et les réseaux sociaux, l'association se doit de mettre en place des outils de communication digitale. Anaïs souhaite que vous l'assistiez dans ce projet.

Mission 1 **Identifier les principaux outils de communication digitale**

Mission 2 **Communiquer sur les réseaux sociaux**

Mission 3 **Communiquer à partir d'un blog**

Organigramme

foucherconnect.fr/24ago20

Chiffres-clés

7 salariés, dont :
- 2 animatrices petite enfance
- 2 auxiliaires de puériculture

Missions

Mission 1 Identifier les principaux outils de communication digitale

Le succès de l'association est principalement dû au bouche-à-oreille. Baybies souhaiterait développer sa communication digitale afin de mettre en avant ses valeurs et la qualité de ses prestations. Anaïs Lefebvre vous demande de la renseigner sur les outils à sa disposition.

1 Identifiez, en les surlignant, les principaux objectifs visés par chaque outil au regard des besoins de l'association (Doc 1).

Doc 1 Les principaux outils digitaux au service de l'entreprise

Site web

Un **site web** est un outil de communication, de prospection, de vente, mais aussi d'échange de données, de travail collaboratif, accessible à distance.

Un site « **vitrine** » présente l'entreprise, ses valeurs, ses prestations, sa zone de chalandise, etc. Ce type de site a une triple vocation : délivrer un discours maîtrisé sur l'entreprise ; lui accorder une visibilité sur les moteurs de recherche, et bien sûr générer des contacts de prospects.

Un site de **e-commerce** est une boutique en ligne qui référence des produits et permet de réaliser des achats en ligne.

Une variante du site de e-commerce est le site dit « catalogue » : il présente des produits en détail, mais ne permet pas de réaliser des achats sur Internet.

Blog

Le **blog d'entreprise** est un espace de publication qui permet de mettre en ligne des articles sur le secteur d'activité, la marque, des conseils, des vidéos d'exemples d'utilisation des produits, etc.

Il fait gagner en crédibilité et visibilité. L'idée est de donner à lire un contenu riche, créatif et original pour mettre en valeur les produits, les services, mais surtout, prouver l'expertise de l'entreprise auprès de ses prospects et de sa clientèle.

C'est un excellent outil pour générer des prospects.

Réseaux sociaux

Les **réseaux sociaux** permettent de garder un contact quasi instantané avec ses prospects tout en proposant un contenu fort et fidélisant l'image de l'entreprise.

Il est possible de se positionner sur Facebook, Instagram, Twitter, LinkedIn.

Outre le fait d'augmenter sa visibilité sur Internet, les réseaux sociaux permettent de créer du lien et communiquer avec ses prospects et ses clients sur des événements afin de trouver des partenaires, créer du trafic vers le site web avec du contenu original à partager.

Newsletter

La **newsletter** (ou lettre d'information) permet de garder contact avec ses clients et de basculer vers de possibles transactions, grâce à des contenus promotionnels exclusifs ou même des avantages personnalisés : codes de réduction, annonces en avant-première, etc.

Un tel outil de communication permet aussi de garder ses prospects informés sur l'activité de l'entreprise et de créer du trafic vers le site web au moyen de liens bien choisis.

L'envoi de la newsletter par mail reste encore l'un des moyens le plus efficace et économique pour générer des ventes, renforcer la relation client, fidéliser des clients, prévenir de la sortie d'un nouvel article de blog ou d'un produit… sous réserve de contenus pertinents, réguliers et attractifs.

Anaïs souhaiterait davantage d'informations sur les outils de communication digitale à sa disposition et sur les règles à respecter en matière de diffusion d'images.

2 Indiquez le ou les outils qui vous semblent les plus appropriés pour chaque action de communication envisagée. Justifiez vos réponses (Doc 1, Annexe 1).

Annexe 1 Des outils appropriés

Action de communication	Outils de communication	Justifications
Annonce de la journée Portes ouvertes qui aura lieu le samedi 14 juin.		
Conseils pour la création d'un kit de secours bébé à emporter en vacances.		
Mise en ligne d'un reportage sur l'association diffusé aux informations régionales.		
Recette d'une compote pour bébé avec les fruits de l'été.		
Partage d'un article sur les dangers des écrans auprès des enfants paru sur le site Lesprosdelapetiteenfance.fr		
Publication d'un montage photos sur l'atelier peinture de la veille.		
Annonce de l'ouverture en septembre de la crèche de Rouen.		
Pré-inscriptions en ligne.		

3 Relevez les précautions à prendre en matière de publication de photos (Doc 2).

Doc 2 Le droit à la diffusion d'images

Les solutions légales d'utilisation de photos sur Internet

La solution la plus facile à mettre en œuvre qui vous protégera de toutes poursuites ultérieures est de passer par des sites spécialisés, des banques d'images où toutes les images sont libres de droits. Libres de droits ne veut pas forcément dire gratuites. Cela signifie qu'après achat vous pourrez les utiliser librement. Ces photos sont de très bonne qualité et les sites de banque d'images possèdent des outils de recherche très efficaces.

Une autre solution, lorsque vous trouvez une image qui vous plaît sur un site, c'est de chercher à contacter l'auteur pour lui demander l'autorisation d'utiliser son œuvre, solution qui peut s'avérer être un vrai travail de détective, long et fastidieux.

Enfin, la solution ultime consistera à investir dans un bon appareil photo et à réaliser vous-même vos visuels en étant particulièrement attentif à la présence d'autres personnes reconnaissables sur vos clichés, ce qui pourrait relever du droit à l'image.

www.demarchesadministratives.fr

Sur vos conseils, Anaïs décide de commencer par s'implanter sur les réseaux sociaux. Elle y voit non seulement l'occasion de se faire connaître, de diffuser des informations sur le quotidien de la crèche, mais également d'échanger avec les parents.

4 Conseillez-lui le réseau social le mieux adapté à son projet et les avantages qu'elle y trouverait (Doc 3).

Doc 3 Les principaux réseaux sociaux au service des professionnels

Réseau	Présentation	Avantages
LinkedIn	1er réseau social professionnel international, créé en 2003. Espace virtuel de *networking* (mise en réseau) qui permet d'échanger avec d'autres professionnels et de saisir de nouvelles opportunités commerciales.	– Faire connaître l'entreprise et enrichir son carnet d'adresses. – Développer l'influence de l'entreprise en communiquant sur son savoir-faire dans les groupes de discussion. – Recruter facilement des candidats et s'informer sur leur parcours.
Facebook	Réseau social le plus populaire, créé en 2004, destiné : – aux particuliers (partage de photos et vidéos, messages entre amis…) ; – aux entreprises pour communiquer avec leurs clients (partage de photos, vidéos…), faire des publicités ciblées, vendre leurs produits ou encore servir de plateforme de service client. Opportunité de se faire connaître rapidement, et à moindre coût !	– Créer un lien de proximité avec les clients et les prospects. – Réagir de façon instantanée aux commentaires, et ainsi entretenir une véritable relation avec sa communauté. – Assurer une forte visibilité de ses promotions et produits.
Youtube	Plateforme d'hébergement de vidéos réalisées aussi bien par des particuliers que des professionnels, créée en 2005. Permet de donner une forte visibilité à des vidéos marketing. Bénéficie d'un très bon positionnement qui aide à gagner en notoriété.	– Établir une connexion émotionnelle. – Transmettre plus facilement des messages visuels. – Analyser facilement les résultats de la communication. – Gagner en visibilité rapidement.
X (anciennement Twitter)	Créé en 2006, il permet à un utilisateur d'envoyer gratuitement de brefs messages sur Internet, par messagerie instantanée ou par SMS. Ces messages sont limités à 280 caractères. Souvent utilisé comme un tchat public pour interagir, il peut être également un outil de promotion efficace.	– Interagir en temps réel avec ses abonnés (*followers* ou suiveurs) grâce aux commentaires, sondages, etc., et ainsi consolider son image et son identité de marque. – Générer des publicités ciblées afin d'améliorer sa visibilité et la taille de sa communauté.
Instagram	Réseau social et service de partage de photos et de vidéos lancé en 2010. S'est fait connaître notamment grâce à ses filtres et ses options de retouche de photos qui permettent à n'importe qui de rendre ses photos plus attractives avant leur partage.	– Publier des contenus visuels. – Créer des communautés, des hashtags (mots clés). – Publier de courtes vidéos (*stories*) qui transmettent une idée de la culture interne.
TikTok	Bien que récent, ce réseau social connaît une croissance fulgurante, notamment auprès des adolescents. Créé en 2016, Tik Tok s'avère idéal pour créer et diffuser de courtes vidéos musicales. En raison de son succès populaire, c'est aujourd'hui un réseau social professionnel qui a un véritable potentiel pour les entreprises ciblant les jeunes.	– Publier des contenus visuels permettant de communiquer de manière courte et attrayante. – Atteindre des utilisateurs dynamiques, notamment les jeunes, ce qui favorise les partages massifs et donne une forte visibilité à l'entreprise.

Mission 2 Communiquer sur les réseaux sociaux

1. Analyser une page Facebook

Anaïs Lefebvre valide votre proposition et vous confie la création d'un compte Baybies sur ce réseau social. Vous décidez de vous inspirer d'un compte déjà existant dont la présentation correspond à l'image que vous souhaitez transmettre. Vous choisissez celui de l'entreprise Boboco, start-up spécialisée dans la vente en ligne de bouteilles et bocaux au détail. Vous analysez les éléments de présentation qui doivent apparaître.

5 **Identifiez les principaux éléments qui composent la page Facebook de Boboco (Annexe 2).**

6 **Indiquez la nature des informations véhiculées ici par Boboco (Annexe 2).**

- ....
- ....

Annexe 2 La page Facebook de Boboco

2. Rédiger une publication sur Facebook

La crèche sera fermée pour congés d'été du 25 juillet au 15 août inclus. Anaïs vous demande d'en informer votre communauté Facebook.

7 Rédigez l'article informant les usagers de la fermeture de la crèche pendant la période estivale (Doc 4, Annexe 3).

Doc 4 Le message d'Anaïs

De :	Anais.Lefebvre@baybies.com
À :	stagiaire@baybies.com
Objet :	Fermeture de la crèche
P. J. :	Conseils de rédaction d'une page Facebook

Bonjour,

Je vous confie l'écriture d'un article à publier sur notre page Facebook concernant la fermeture de la crèche de Saint-Valéry pendant les congés d'été.

La crèche sera fermée pendant les deux premières semaines du mois d'août. Elle rouvrira le lundi suivant aux horaires habituels (à 7 h 30 pour l'accueil des enfants et à 9 h 00 pour l'accueil des visiteurs).

Profitez-en pour rappeler l'ouverture de notre seconde structure à Abbeville à compter du 1er septembre. Et n'oubliez pas de souhaiter à tous de bonnes vacances.

Vous trouverez en PJ quelques conseils de rédaction.

Merci pour votre collaboration.
Cordialement,
Anaïs LEFEBVRE, assistante manager
Crèche associative BAYBIES Saint-Valéry-sur-Somme

CONSEILS DE RÉDACTION SUR FACEBOOK

- **Faire simple**, en rédigeant du contenu facile à lire : mots courts, évidents et compréhensibles de tous, pas d'adjectifs inutiles. Éviter le jargon trop technique.
- **S'adresser** directement au public, tout en tenant compte des codes de chaque réseau social.
- **Tester l'impact de la publication** (adapter le visuel, le titre…), afin d'obtenir un taux d'engagement élevé.
- **Adopter une stratégie éditoriale.** Les articles postés (publiés) ne doivent pas être considérés comme des éléments isolés, mais comme un ensemble. Nos visuels doivent être harmonisés (*cf.* notre charte graphique), nos publications doivent apporter de la valeur ajoutée.
- **Penser aux appels à l'action (« call-to-action » – CAT).** Il faut encourager le lecteur à interagir (mentions j'aime [like], commentaires, notes…). Ils permettent de mesurer le taux d'engagement.
- **Se relire et se corriger :** permet de relever les incohérences ou les fautes d'orthographe.
- **Analyser le taux d'engagement et s'améliorer.**

Annexe 3 Ma proposition de publication

Rechercher sur Facebook

Mission 3 Communiquer à partir d'un blog

En s'inspirant toujours de la communication commerciale mise en œuvre par Boboco, Anaïs Lefebvre a ouvert un blog qu'elle souhaite alimenter de conseils et d'informations sur les modalités de garde proposées par la crèche. Elle vous confie la rédaction d'un premier article présentant des conditions et modalités d'accueil proposées par Baybies.

8 **Identifiez, sur l'extrait du blog de Boboco, les composants de l'article en indiquant face à chaque numéro l'élément concerné (Doc 5, Annexe 5).**

9 **Rédigez votre article sur les conditions et modalités d'accueil proposées par Baybies (Docs 5 et 6, Annexe 5).**

Doc 5 Un bon article de blog

Pour amener l'internaute à lire votre article en entier, il y a quelques astuces à respecter, tant sur le fond que sur la forme :

TITRE/ACCROCHE

Le titre est l'élément primordial de l'article. Il doit éveiller la curiosité du lecteur, lui apporter les informations dont il a besoin et dont il peut tirer un bénéfice.

Ex. : « Comment soulager son mal de dos ? » ou « Liste des 10 huiles essentielles incontournables »

OUVERTURE

Cette introduction recense les idées clés de l'article et doit donner l'envie au lecteur de lire la suite.

Entre 5 à 10 phrases suffisent.

IMAGE

Les images permettent d'accrocher le regard du lecteur, susciter sa curiosité.

Elles rendent l'article agréable à regarder.

1re PARTIE : SOUS-TITRE/ACCROCHE

Le sous-titre permet de structurer l'article.

Il doit piquer la curiosité du lecteur.

CONTENU

Mélange de créativité et de recherches, il donne envie à l'internaute de poursuivre sa lecture et donne des informations concrètes et pratiques.

Il doit être agréable à lire (ton léger, idées structurées, illustrations, citations, couleurs...).

Les lourdeurs et les phrases trop longues sont à bannir. L'article doit être limpide et simple à lire.

2e PARTIE : SOUS-TITRE, CONTENU...

APPEL À L'ACTION

En conclusion, il ne faut pas oublier d'inviter le lecteur :
– à partager et à donner son avis, ce qui permet d'augmenter sa notoriété ;
– à télécharger un document, ce qui permet de faire grossir sa mailing-list.

Annexe 4 Un extrait du blog de Boboco

BO BO CO .FR — BOUTEILLES, BOCAUX & CO

Vente en ligne
de Bouteilles & Bocaux
• Made in France •

Connexion — Panier 0

Rechercher

POTS ET BOCAUX EN VERRE VIDES | BOUTEILLES EN VERRE VIDES | PRODUITS PAR UNIVERS | ACCESSOIRES | LE BLOG BOBOCO

Home › Journal › Les différentes formes de bouteilles de vin

18 avril 2019
Actus , Astuces et bonnes pratiques

1 ....

Les différentes formes de bouteilles de vin

La forme de la bouteille est intimement liée à la région d'origine du vin. Chacune détient donc ses propres caractéristiques.

LA BORDEAUX

2 ....

"Se pencher sur les détails d'une bordelaise, c'est s'arrêter sur ses épaules pour les marquer, envisager l'élan de son col, améliorer l'esthétisme de sa bague, creuser ses piqûres, penser son fût rectiligne pour affiner sa silhouette et lui conférer toute sa noblesse." VERALLIA

Aussi appelée "Frontignan", la bouteille bordelaise est sans doute la plus connue et la plus répandue dans le monde.

Ses **épaules** sont **larges**, **hautes** et **marquées** afin de retenir les tanins, particulièrement présents dans les vins rouges et responsables de la couleur, du caractère et du goût du vin. Elle a le col fin et court, ainsi qu'un fût cylindrique de taille moyenne. Quant à sa piqûre, celle-ci peut être plus ou moins grande.

La bouteille de Bordeaux est souvent associée à la qualité.

3 ....

LA BOURGOGNE

"Saisir les détails d'une bourgogne, c'est côtoyer l'élégance d'un col allongé, s'arrêter sur la finesse d'une épaule, créer l'allure grâce à une bague carrée, jouer sur une piqûre profonde et évoquer un corps massif. Des flacons à la ligne si marquée, aux traits si affinés, qu'il faut prendre le temps de les regarder pour en percevoir toute la subtilité." VERALLIA

Appelée également "feuille morte", la bouteille bourguignonne est la bouteille française par excellence. Presque tous les chardonnays du monde sont contenus dans ce type de bouteille.

Ses **épaules** sont **basses**, presque **tombantes**, ce qui laisse se dessiner un col fin et relativement long. Son fût est de forme légérement conique et est également large et court. Quant au fond, celui-ci est très piqué.

L'ALSACIENNE

Fine et élégante, la flûte d'Alsace est la plus haute des bouteilles. Celle-ci fait l'objet d'une protection juridique et est soumise à un décret datant de 1955. Elle est exclusivement réservée aux vins d'Alsace.

Ses **épaules** sont extrêmement **fines** et très **peu marquées**, ce qui allonge d'autant plus son col. Le fond est tout plat et constitue une particularité de ce type de bouteille. Quant à sa piqûre, celle-ci peut être plus ou moins importante.

ANATOMIE DE LA BOUTEILLE

5 ....

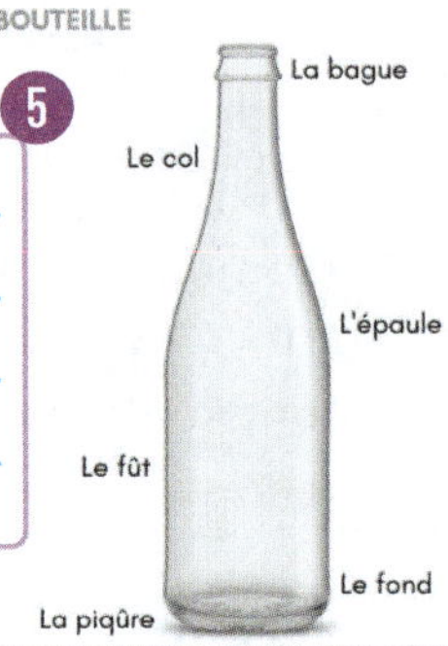

LA BORDEAUX

LA BOURGOGNE

L'ALSACIENNE

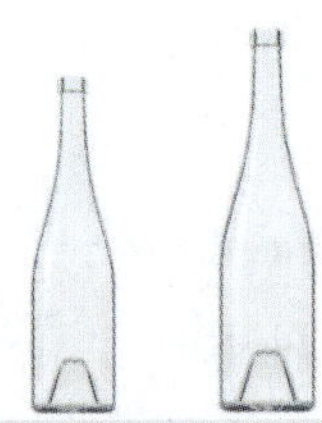

Vous êtes désormais à même de reconnaître une bouteille de vin en un coup d'oeil !

4 ....

Produits à découvrir

Bouteille de vin Domaine 75 cl - Bleue -...
Bordelaise Domaine - Teinte bleue - Bouchon Liège
18,00 € / lot de 12

Bouteille de vin Tradition 75 cl -...
Bourgogne Tradition Ecova - Teinte cannelle - Bouchon Liège
14,90 € / lot de 12

Bouteille Flûte Renaissance 75 cl -...
Flûte Alsacienne - Gamme Selective Line - Bouchon Liège...
13,90 € / lot de 6

Ajouter un commentaire

Nom — Abonnez-vous aux commentaires

URL

Commentaire

SOUMETTRE

6 ....

Doc 6 Les conseils d'Anaïs pour rédiger mon article

Voici quelques arguments à avancer dans votre article pour encourager le mode de garde chez Baybies :

– les conditions d'accueil pensées pour le bien-être de bébé : l'équipe qualifiée, les espaces (lumineux et chaleureux) adaptés aux différents moments d'éveil (salle de jeu, dortoirs, coin repas…), des activités diversifiées (parcours de motricité, lecture de contes, ateliers créatifs, musique…), des repas sains et équilibrés préparés par notre partenaire local agréé, un espace extérieur pour des activités de plein-air… ;

– des modalités d'accueil adaptées aux besoins des parents : horaires flexibles (à rappeler), quantité horaire modulable en fonction des besoins de garde, priorité aux habitants de la commune, droit aux aides financières de la CAF.

Rappelez dès le début de l'article qu'il est conseillé de démarrer les démarches au plus tôt, si possible dès l'annonce de la grossesse, pour être sûr d'avoir un mode de garde, quel qu'il soit !

En conclusion, invitez les parents à nous rencontrer et à visiter nos locaux. Sur RV uniquement.

Annexe 5 Mon article pour le blog

Titre/accroche

....

....

Ouverture

....

....

....

....

....

Image

1re partie : sous-titre/accroche : ....

....

....

....

....

....

....

2e partie : sous-titre/accroche : ....

....

....

....

....

....

Appel à l'action

....

....

10 L'utilisation des outils digitaux de communication

Synthèse

SYNTHÈSE RÉDIGÉE foucherconnect.fr/24ago21

QCM foucherconnect.fr/24ago22

1 Les principaux outils de communication digitale

Vous souhaitez	Vous utilisez	Vous obtenez
Diffuser de l'information Vendre	Site web	– Une meilleure visibilité – Un gain en termes d'image de marque – Le développement de votre activité
Proposer des conseils	Blog	– Une meilleure visibilité – Une meilleure crédibilité – Une preuve de votre expertise – De nouveaux prospects
Communiquer sur des événements	Réseaux sociaux	– Le développement de votre réseau – Du lien, du contact – De nouveaux prospects
Proposer des offres commerciales	Newsletter	– Une augmentation des ventes – Une clientèle plus fidèle

2 La communication sur les réseaux sociaux

- Rédiger un article simple et facile à lire
- S'adresser directement au lecteur. Adapter son article au réseau social utilisé
- Insérer : photos, dessins, vidéos, animations (lien ou téléchargement)
- Inciter le lecteur à interagir : like, commentaire, note, partage…
- Corriger. Tester. Analyser

3 La communication à partir d'un blog

Les clés d'un article réussi

Un contenu :
- créatif
- enrichissant (informations, conseils)
- agréable à lire

Une présentation attractive :
- aérée
- utilisation de couleurs
- insertion d'illustrations

Un article structuré :
- titre accrocheur
- sous-titres visibles

Une incitation à l'action :
- saisie de commentaires
- notation
- mention « j'aime », partage…

Applications

pix Mes compétences numériques
3.3. Adapter les documents à leur finalité
Niv. 1 Utiliser des fonctions simples de mise en page d'un document pour répondre à un objectif de diffusion

S'informer, informer les circuits de l'information

CO-INTERVENTION
• Français

Appli 1 Rédiger un article de blog

Vous travaillez pour la saison estivale aux Gîtes du Bourg situés à Luchat (Charente-Maritime), village au cœur de la Saintonge. Bruno Lambert, le gérant, vous demande d'alimenter son blog avec un article présentant les activités touristiques locales. L'idée est de promouvoir la région et d'attirer la clientèle en proposant des destinations et des activités pour tous profils de vacanciers (familles, couples, amis…) quels qu'en soient l'âge ou les loisirs.

1. **Consultez les sites qui recensent les activités touristiques de Charente-Maritime (Doc).**
2. **Présentez la maquette de l'article à publier sur le blog (Annexe).**
3. **Mettez en forme votre article sur traitement de texte.**

Doc Les activités en Charente-Maritime

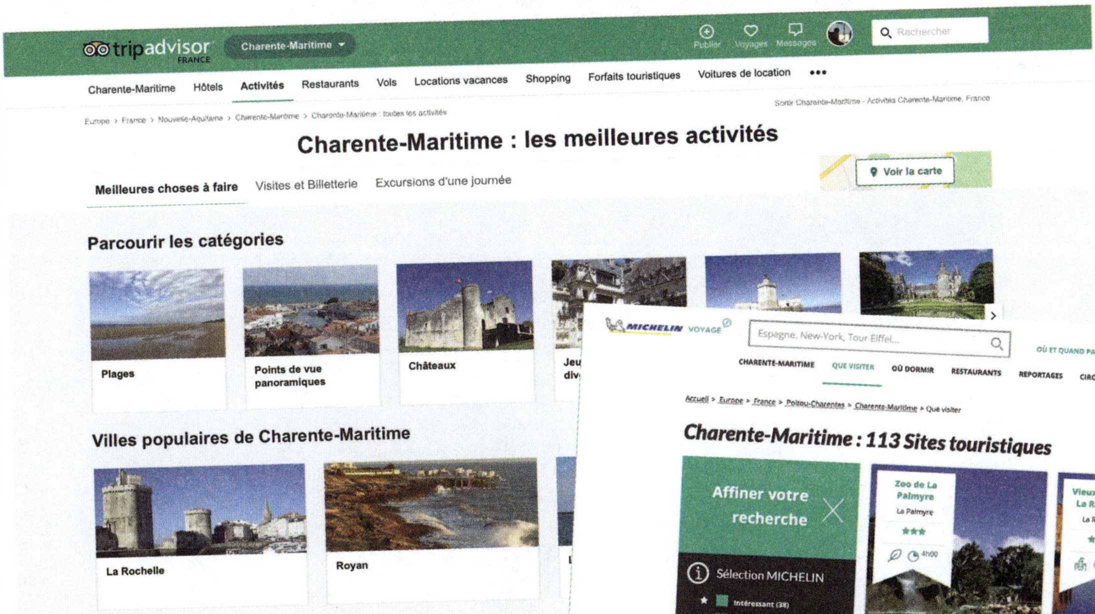

◀ TripAdvisor

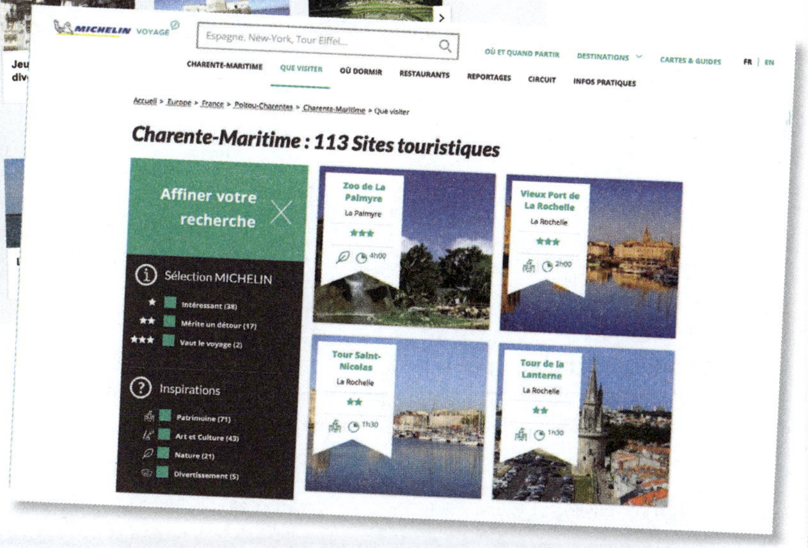

Michelin Voyage ▶

▼ Guide de la Charente Maritime

Annexe **La maquette de mon article**

les Gîtes du Bourg

ACCUEIL | LES GÎTES | TARIFS | ACTIVITÉS | VOS HÔTES | CONTACT

Titre/accroche

....

Ouverture

....

....

....

....

....

....

Image

....

....

....

....

....

....

....

1re partie : sous-titre/accroche : ....

....

....

....

....

....

....

....

....

....

....

....

2e partie : sous-titre/accroche : ....

....

....

....

....

....

....

....

....

Appel à l'action

....

Appli 2

Répondre à un message client

Vous travaillez toujours pour la saison estivale aux Gîtes du Bourg. Vous êtes en charge de l'accueil, de la gestion des réservations et de la communication. Vous prenez connaissance d'un avis reçu hier sur Google Maps. Vous consultez M. Lambert, le responsable, sur les mesures à prendre.

Rédigez les messages en réponse aux commentaires laissés (Docs 1 à 3, Annexe).

S'informer, informer les circuits de l'information

CO-INTERVENTION
- Français

Doc 1 La page Google Maps du 9 août N

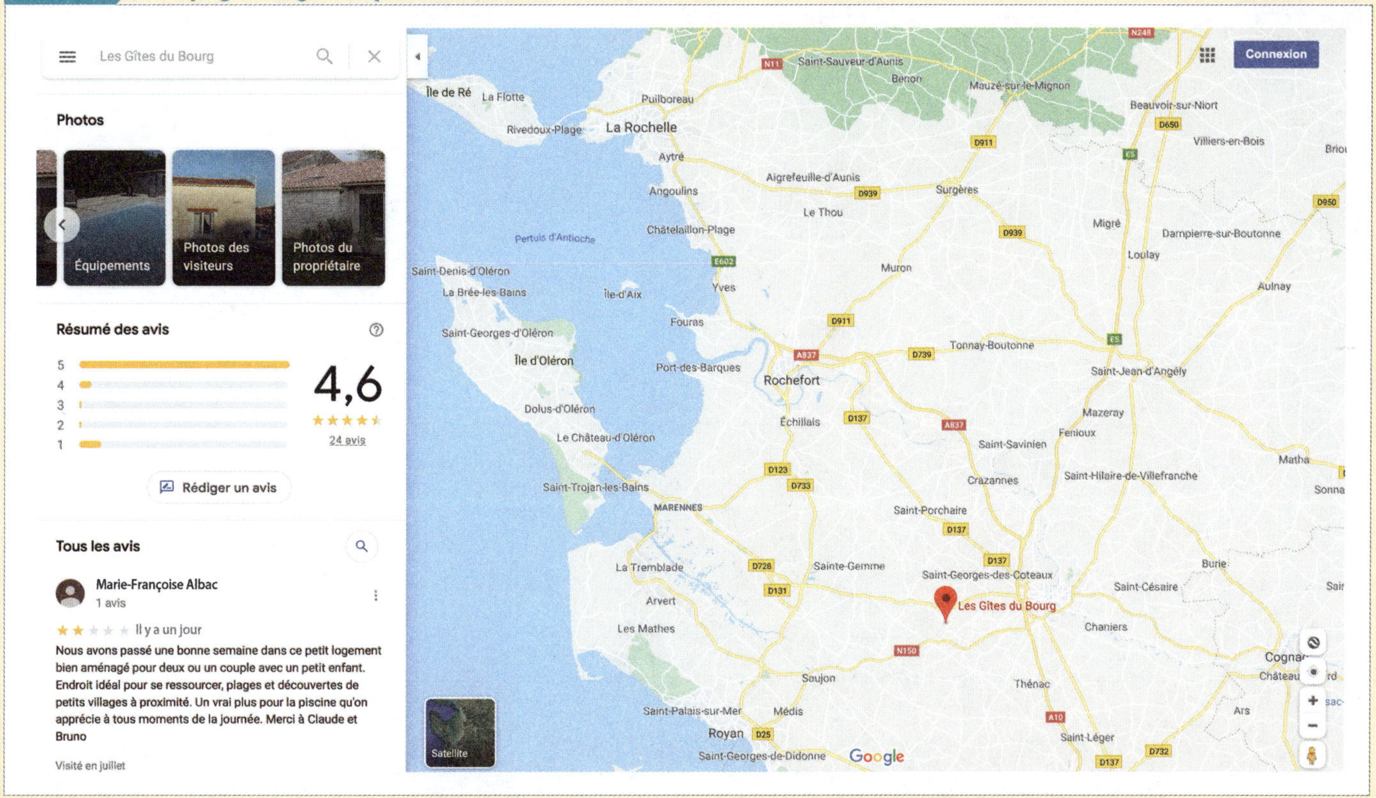

Doc 2 Bien répondre aux commentaires et messages sur les réseaux sociaux

Toujours répondre aux commentaires laissés par les internautes…

Sur vos réseaux sociaux et votre blog, il est important de répondre aux commentaires et avis de vos internautes. Que les commentaires soient positifs ou négatifs, voyez ces messages comme des opportunités. Cela fait partie de votre stratégie de communication.

… et éviter les messages négatifs

En répondant à un message négatif, vous montrez à votre communauté que vous prenez en compte ses remarques. Répondez rapidement pour ne pas laisser l'opportunité à d'autres utilisateurs de surenchérir. Vous pouvez composer votre réponse ainsi :

– montrez que vous comprenez le problème ;
– montrez que vous avez pris en compte son message et que vous allez améliorer votre prestation.

Parfois, si la discussion devient trop négative, proposez à votre internaute de continuer la conversation par téléphone ou par message privé, en dehors de la partie publique de votre réseau. […]

neocamino.com

Doc 3 **Mes notes prises lors de la conversation avec M. Lambert**

Préciser que nous sommes navrés que le séjour de Mme et M. Albac ne se soit pas bien déroulé.
Région très fréquentée en été : beaucoup de monde sur les routes et dans les lieux touristiques.
Sur notre site web, il est bien précisé :
– les temps de trajet, mais lors d'un trafic fluide. À remplacer par le kilométrage.
– la situation géographique des gîtes : à la campagne (= calme), mais proche des grandes infrastructures.
À répondre en priorité.

Annexe **Mon message de réponse à un client mécontent**

Auto-évaluation des compétences

Dans le cadre l'utilisation des outils digitaux de communication…	Compétence non maîtrisée	Compétence insuffisamment maîtrisée	Compétence maîtrisée	Compétence bien maîtrisée
→ Je sais identifier les principaux outils à disposition des entreprises.	Je ne sais pas identifier les outils de communication digitale. ☐	Je connais les outils de communication digitale mais ne sais pas comment les utiliser dans un cadre professionnel. ☐	Je connais les outils de communication digitale mais ai besoin d'aide pour adapter leurs fonctionnalités aux usages de l'entreprise. ☐	Je connais les outils de communication digitale et leurs fonctionnalités. ☐
→ Je sais communiquer sur les outils digitaux (réseaux sociaux, blogs…).	Je ne sais pas rédiger une publication sur les outils digitaux. ☐	J'ai besoin d'aide pour rédiger ma publication, tant dans la structure que dans la formulation. ☐	Je sais rédiger une publication mais des corrections peuvent rester nécessaires. ☐	Je rédige une publication accrochante, sans erreur et en totale autonomie. ☐

11 Organiser, classer, archiver un dossier administratif

Compétences
> CC3 Mettre en œuvre et contrôler les processus administratifs

Transit Transport Réunis

- TTR (Transit Transport Réunis) est l'un des acteurs majeurs du transit à la Réunion.
- Forte de plus de 60 années d'expérience, la société accompagne de nombreux professionnels et particuliers dans leurs expéditions aériennes et maritimes à travers le monde entier. TTR assure également le transport routier de marchandises sur toute l'île.
- En plus de son siège social situé dans la ville de La Possession, l'entreprise compte trois agences sur l'île de la Réunion :
  - l'agence de Le Port gère le transport maritime et routier et propose un service de location de camions ;
  - les deux agences de Saint-Pierre assurent les services de transport aérien.

Vos missions

Vous effectuez votre période de formation en milieu professionnel au service administratif de l'agence de Le Port sous la direction de la responsable, Muriel Gastrin, en qualité d'assistant(e) administratif(ve).
L'activité génère la production de nombreux documents administratifs (contrats, courriers…) et commerciaux (devis, factures…). Il est nécessaire de les classer afin de faciliter leur recherche. Votre tutrice vous confie plusieurs missions.

Mission 1 **Organiser et classer les dossiers administratifs**

Mission 2 **Archiver les dossiers administratifs**

Organigramme

foucherconnect.fr 24ago23

Chiffres-clés

1948
Création de l'entreprise par Guy FRANÇOIS

2015
Ouverture d'une agence à Le Port (97420)

2003
Ouverture de deux agences à Saint-Pierre (97410)

Missions

Mission 1 Organiser et classer les dossiers administratifs

1. Choisir le mobilier et le matériel de classement

L'organisation matérielle des dossiers administratifs n'est pas satisfaisante pour Muriel Gastrin. En effet, la recherche de documents archivés prend beaucoup trop de temps. En ce début d'année, elle vous demande de les réorganiser.

1 **Choisissez le mobilier et le matériel de classement envisagés par votre tutrice (Doc 1, Annexe 1).**

2 **Précisez les avantages de cette nouvelle organisation (Doc 1, Annexe 1).**

Doc 1 Une nouvelle organisation des dossiers

Jusqu'à présent, les documents sont insérés dans des pochettes transparentes puis regroupés dans un classeur en fonction de leur nature : un classeur « contrats », un autre « devis », un troisième « factures ». Ces classeurs sont ensuite rangés dans un rayonnage.

Je souhaite modifier cette organisation et regrouper les documents par partenaire (client et fournisseur). Je propose de prévoir un dossier suspendu par partenaire, à l'intérieur duquel les documents seront classés dans des chemises : informations administratives, documents commerciaux et courriers. Il faudra une chemise par année civile. Je pense qu'avec ce système, il sera possible de retrouver facilement et rapidement un document.

Annexe 1 Des dossiers bien classés

☐ Armoire	☐ Rayonnages	☐ Chemises à rabats

☐ Classeurs	☐ Dossiers suspendus	☐ Chemises
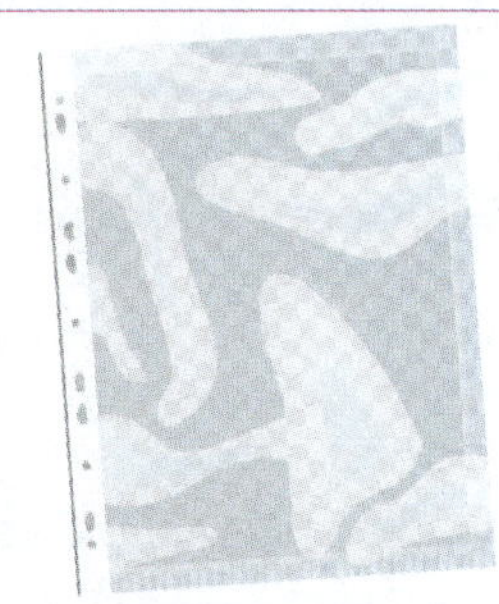	Avantages :	
☐ Pochettes transparentes		

2. Préparer les dossiers administratifs

Le 7 janvier N, Muriel Gastrin vous demande de préparer les dossiers des nouveaux clients en respectant la nouvelle organisation.

3 Créez les bandelettes pour les dossiers suspendus qui permettent d'identifier les clients, en respectant l'exemple donné par votre tutrice (Docs 2 et 3, Annexe 2).

Doc 2 Un exemple de dossier

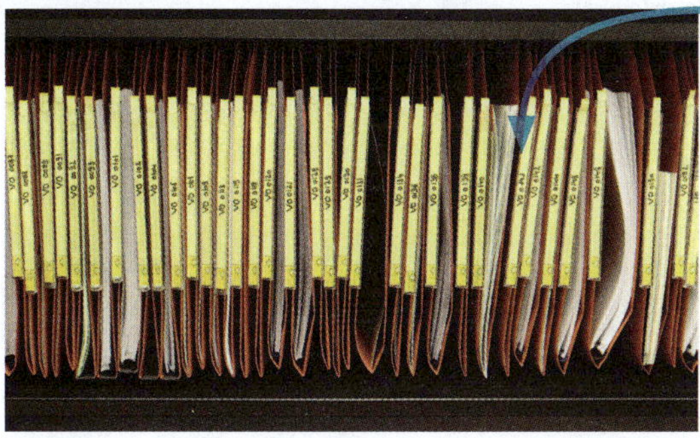

Bandelettes	
Couleur	**Contenu**
– Verte pour les clients particuliers. – Jaune pour les clients professionnels.	– NOM suivi du PRÉNOM pour les clients particuliers. Ex. : DUBOIS MARC – Raison sociale pour les clients professionnels (les mots souvent utilisés, comme société, hôtel, association, seront placés à la fin entre parenthèses). Ex : Association des Dauphins devient DAUPHINS (ASSOCIATION DES)

Doc 3 Les nouveaux clients

Jacques Dubois souhaite expédier sa voiture en métropole par bateau, en raison de sa mutation. Il a rapporté le devis accepté n° 265 et signé le bon de commande n° 652 hier. Le transport est prévu le 14 janvier N.

Le nouveau mobilier de l'hôtel « Le Grand Bleu » doit arriver la semaine prochaine à Le Port. Nous devons en assurer le transport jusqu'à Saint-Gilles. Le bon de commande a été signé ce matin à 9 h.

Delphine Castele doit déménager de Cilaos à Saint-Denis. Elle a signé hier le bon de commande n° 653 à 15 h 30. La prestation est prévue le 30 janvier N.

Le magasin Tropical Bois doit livrer une commande sur l'île Maurice la semaine prochaine. Le bon de commande a été signé aujourd'hui à 11 h. La livraison est prévue le 1er février N.

Annexe 2 Mes bandelettes

3. Classer les dossiers administratifs

Le 7 janvier N, Muriel Gastrin vous remet les documents qui n'ont pas encore été classés.

4 **Identifiez la chemise dans laquelle seront classés les documents des clients (Annexe 3).**

5 **Précisez le mode de classement adapté au type de document (Annexe 4).**

Annexe 3 Les documents à classer

Dossier suspendu	Documents	Chemises		
		Informations administratives	Documents commerciaux	Courriers
Castele Delphine	Bon de commande n° 653	☐	☐	☐
	Fiche client	☐	☐	☐
	Lettre d'accompagnement de la facture n° 428	☐	☐	☐
Dubois Jacques	Devis n° 265	☐	☐	☐
	Photocopie du passeport	☐	☐	☐
	Bon de commande n° 652	☐	☐	☐
Le Grand Bleu	Bon de commande du 12/07/N–1	☐	☐	☐
	Facture n° 331 du 10/08/N–1	☐	☐	☐
	Courrier de relance du 28/08/N–1	☐	☐	☐
Tropical Bois	Relevé d'identité bancaire	☐	☐	☐
	Extrait du Kbis	☐	☐	☐

- Le classement alphabétique s'effectue dans l'ordre de succession des lettres de l'alphabet.
- Le classement numérique consiste à attribuer un numéro dans l'ordre croissant des nombres. Pour retrouver rapidement un dossier, il est nécessaire d'établir un répertoire alphabétique.
- Le classement chronologique est un classement numérique par date.
- le classement thématique ou idéologique, est un classement par sujet ou par thème.

Annexe 4 Les modes de classement

Documents / Dossier suspendu	Alphabétique	Numérique	Chronologique	Thématique
Dossiers clients	☐	☐	☐	☐
Documentations sur le matériel	☐	☐	☐	☐
Documents commerciaux	☐	☐	☐	☐
Courriers selon la date	☐	☐	☐	☐

Mission 2 Archiver les dossiers administratifs

1. L'archivage physique

Chaque début d'année est l'occasion de mettre à jour les dossiers des clients et de ne conserver que les dossiers en cours de réalisation. Muriel Gastrin vous charge d'archiver les dossiers de l'année N–1.

6 **Archivez les dossiers des clients de l'année N–1 (Docs 4 et 5, Annexe 5).**

Doc 4 La charte d'archivage des documents

1. Retirer la chemise N–1 du dossier suspendu du client.
2. Retirer les documents correspondant à une facture réglée (devis, bon de commande, bon de livraison, facture, courriers).
3. Agrafer l'ensemble des documents.
4. Archiver le dossier dans la boîte à archives correspondant au mois de facturation. Les dossiers seront classés dans l'ordre chronologique des dates de facturation.

L'archivage, c'est l'ensemble des techniques et des moyens employés pour recueillir, classer, conserver et exploiter des documents jusqu'à leur destruction éventuelle.

Doc 5 Le tableau de suivi des règlements N–1

Client	Date de facturation	Date d'échéance	Réglé
Air'Réunion	20/12/N–1	20/12/N–1	☑
Conseil régional	15/12/N–1	15/01/N–1	☐
Distrib'Réunion	29/11/N–1	29/12/N–1	☑
Dubois Marc	02/11/N–1	02/11/N–1	☐
Hoarau Arnaud	04/10/N–1	04/10/N–1	☑
Les Aigrettes (hôtel)	01/12/N–1	02/01/N	☐
Tropical Bois	15/11/N–1	15/12/N–1	☑
Turpin Nicole	15/10/N–1	15/10/N–1	☑

Annexe 5 Les archives de l'année N–1

Mois	Date de facturation	Nom du client
	....	....
	....	....
Octobre N–1	....	....
	....	....
	....	....
Novembre N–1	....	....
	....	....
	....	....
Décembre N–1	....	....

2. L'archivage numérique

Le nombre de clients ne cesse de s'accroître. Les dossiers papier prennent beaucoup de place dans les bureaux et la recherche de documents prend du temps. Muriel Gastrin s'intéresse à la gestion électronique des documents (GED) qui consiste à transformer les documents en fichiers informatiques par numérisation.

7 **Replacez les différentes étapes de l'archivage numérique dans l'ordre d'exécution des tâches (Doc 6, Annexe 6).**

8 **Renommez les documents scannés par Muriel Gastrin en respectant ses consignes et les règles de codification (Doc 7, Annexe 7).**

9 **Importez les fichiers dans les dossiers des clients (Doc 8, Annexe 8).**

Doc 6 Les étapes de la GED

J'ai numérisé le dossier Tropical Bois de l'année dernière. À présent, il faut :
– renommer les fichiers en tenant compte des règles de codification ;
– importer ces fichiers dans l'application Novaxel, notre nouveau logiciel de GED.

Doc 7 Les règles de codification des fichiers numérisés

Date	Symbole	Nature du document	Symbole	Nom du client
Format aaaammjj	underscore _	– DEV + numéro pour un devis – BC + numéro pour un bon de commande – BL + numéro pour un bon de livraison – FACT + numéro pour une facture – Fiche pour une fiche d'identité – RIB pour un relevé d'identité bancaire – REL + numéro de relance pour un courrier de relance	underscore _	Nom complet sans espace
Exemple : codification du devis n° 159 du 12 novembre N–1 remis au client Lauren Cochet				
N–11112	_	DEV159	_	COCHETLAUREN

Doc 8 La page d'accueil du logiciel de GED « Novaxel »

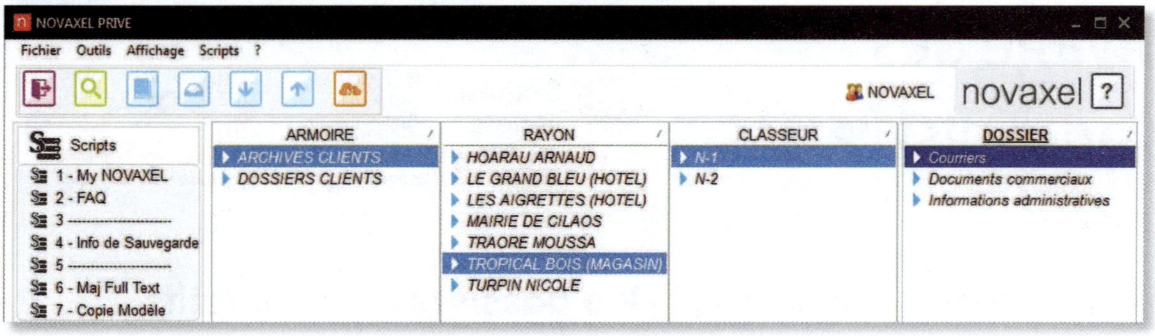

Annexe 6 Les différentes étapes de l'archivage numérique

Consultation – Diffusion – Codification – Numérisation – Stockage

Annexe 7 La codification des documents numérisés

Client	Document	Codification
Tropical Bois	Bon de commande n° 199 du 16/12/N–1	....
	Bon de livraison n° 201 du 28/12/N–1	....
	Devis n° 99 du 15/12/N–1	....
	Facture n° 696 du 29/12/N–1	....
	Fiche client	....
	RIB	....
	Lettre 1 de relance du 31/12/N–1	....

Annexe 8 Les fichiers à importer

Armoire	Rayon	Classeur	Fichiers	Dossiers
Archives clients N–1	....	....	Fiche client	....
			Devis n° 99 du 15/12/N–1	....
			Bon de commande n° 199 du 16/12/N–1	....
			Bon de livraison n° 201 du 28/12/N–1	....
			Facture n° 696 du 29/12/N–1	....
			RIB	....
			Lettre 1 de relance du 31/12/N–1	....

11 L'organisation, le classement et l'archivage des dossiers administratifs

Synthèse

SYNTHÈSE RÉDIGÉE foucherconnect.fr/24ago24

QCM foucherconnect.fr/24ago25

1 L'organisation et le classement des dossiers administratifs

MATÉRIEL DE CLASSEMENT

- Classeurs (à anneaux ou à levier)
- Chemises (simples ou à rabats) et sous-chemises
- Dossiers suspendus ou hamacs

MOBILIER DE RANGEMENT

- Armoires
- Rayonnages

Type de classement	Critère de classement
Alphabétique	Dans l'ordre des lettres de l'alphabet
Chronologique	Dans l'ordre des dates
Numérique	Dans l'ordre croissant des numéros
Idéologique ou thématique	Par sujet, par thème

2 L'archivage des dossiers administratifs

ARCHIVAGE

Archivage physique

Réception/production de documents
↓
Classement des documents
↓
Archivage des documents

Archivage numérique

Numérisation des documents
↓
Codification des fichiers numériques
↓
Stockage des fichiers numériques
↓
Diffusion, consultation des documents numériques

Applications

pix Mes compétences numériques
1. Informations et données
Niv. 2 Gérer des données

Appli 1 Informatiser les dossiers des fournisseurs

Vous poursuivez votre période de formation en milieu professionnel au service administratif de l'agence de Le Port, sous la direction de la responsable, Muriel Gastrin, en qualité d'assistant(e) administratif(ve). Elle vous charge de codifier les derniers fichiers reçus des fournisseurs avant leur intégration dans le logiciel de GED Novaxel.

1. Codifiez les fichiers concernant les documents fournisseurs (Doc, Annexe 1).
2. Importez les fichiers codifiés dans les dossiers correspondants (Doc, Annexes 1 et 2)

Doc Les règles de codification des documents

Date	Symbole	Nature du document	Symbole	Nom du client
Format aaaammjj	underscore _	– FACT pour une facture – CONT pour un contrat – COUR pour un courrier	underscore _	Nom complet sans espace
Exemple : codification de la facture EDF du 12 novembre N–1				
N–11112	_	FACT	_	EDF

Annexe 1 Les documents reçus des fournisseurs

Facture du 3 janvier N Autosécurité	Facture d'électricité EDF du 10 janvier N	Facture de Renault Concession du 8 décembre N–1	Contrat d'assurance AXA du 4 janvier N pour les véhicules Renault
....	....	....	....
Facture de carburant reçue d'ELF le 10 janvier N	Facture du 3 janvier N Autosur	Contrat d'assurance MMA reçu le 5 janvier N	Courrier du 9 janvier de Renault Concession
....	....	....	....

Annexe 2 L'import des fichiers dans les dossiers des fournisseurs

Rayon	Classeur	Dossier	Document
Assurances	AXA	N	
		N–1	
	MMA	N	
		N–1	
Fournisseurs d'énergie	Eau	N	
		N–1	
	Électricité	N	
		N–1	
	ELF	N	
		N–1	
Garages	Autosécurité	N	
		N–1	
	Autosur	N	
		N–1	
	Garage de Le Port	N	
		N–1	
	Renault Concession	N	
		N–1	

Appli 2 Rechercher des fichiers dans le logiciel de GED

Vous poursuivez votre période de formation en milieu professionnel au service administratif de l'agence de Le Port sous la direction de la responsable, Muriel Gastrin, en qualité d'assistant(e) administratif(ve). Mettre en place un système de GED a pour principal avantage de faciliter les recherches de documents. Muriel Gastrin vous sollicite pour l'aider à rechercher des documents dans le logiciel de GED.

Effectuez les recherches de documents demandées par Muriel Gastrin (Doc, Annexes 1 et 2).

Doc Les demandes de documents de Muriel Gastrin

Je souhaite résilier le contrat d'assurance chez AXA ; pourriez-vous retrouver le dernier contrat ?

Le comptable souhaiterait que je lui transmette l'ensemble des factures de l'année dernière. Il en a besoin pour préparer les documents de fin d'exercice.

Annexe 2 Recherche d'un contrat

Annexe 1 Recherche des factures de l'année N–1

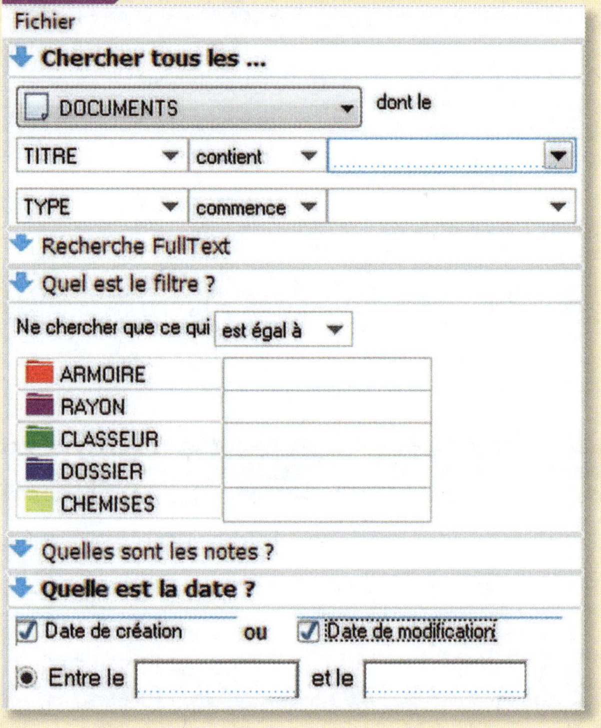

Auto-évaluation des compétences

Dans le cadre de la gestion de documents…	Compétence non maîtrisée	Compétence insuffisamment maîtrisée	Compétence maîtrisée	Compétence bien maîtrisée
→ Je sais organiser et classer les dossiers administratifs.	Je connais très peu le mobilier et les processus de classement. ☐	Je connais le mobilier et le matériel de classement, mais je ne sais pas classer les documents. ☐	Je sais organiser et classer les documents sous contrôle. ☐	Je sais classer les documents selon les processus en vigueur. ☐
→ Je sais archiver les dossiers administratifs.	Je ne connais pas la différence entre le classement et l'archivage de documents. ☐	Je fais la distinction entre le classement et l'archivage. ☐	Je sais archiver des documents physiques et numériques sous contrôle. ☐	Je sais archiver des documents physiques et numériques en appliquant des règles de codification. ☐

12 Organiser et gérer les bases de données

Compétence
> CC3 Mettre en œuvre et contrôler les processus administratifs

Transit Transport Réunis

- La société TTR (Transit Transport Réunis) est l'un des acteurs majeurs du transit à la Réunion.
- Forte de plus de 60 années d'expérience, la société accompagne professionnels et particuliers dans leurs expéditions aériennes et maritimes à travers le monde, en groupages ou en containers complets. Elle assure également le transport routier de marchandises sur toute l'île, a son propre service de dédouanement et propose du stockage dans ses entrepôts à court, moyen ou long terme.
- En plus de son siège social situé dans la ville de La Possession, l'entreprise compte trois agences sur l'île de la Réunion :
  – l'agence de Le Port, qui gère le transport maritime et routier et propose un service de location de camions ;
  – les agences de Saint-Pierre et de Sainte-Marie qui assurent les services de transport aérien.

Vos missions

Vous poursuivez votre période de formation en milieu professionnel au service administratif de l'agence Transit Transport Réunis de Le Port. Votre tutrice, Muriel Gastrin, vous confie la gestion des locations de camions à l'aide du logiciel dédié.
Elle souhaite ainsi vous faire prendre conscience de l'intérêt de l'utilisation des bases de données pour une entreprise.
Pour réaliser cette activité, elle vous confie plusieurs missions :

Mission 1 **Mettre à jour une base de données**

Mission 2 **Gérer la base de données**

Organigramme

foucherconnect.fr/24ago73

Chiffres-clés

1948
Création de l'entreprise par Guy François

1984
Ouverture d'une agence à Le Port (97420)

2003
Ouverture de deux agences à Saint-Pierre (97410)

Missions

Mission 1 Mettre à jour une base de données

1. Structurer les informations

Muriel Gastrin vous explique que pour créer les différents documents liés à la location (contrat, facture…), les informations relatives aux véhicules et aux clients doivent être renseignées dans les bases de données du logiciel de location. Elle vous initie à l'utilisation d'Edeo Location, la solution choisie par l'entreprise.

1 **Identifiez les fichiers dans lesquels vous devrez enregistrer, dans le logiciel, les différentes informations relatives à l'achat du véhicule et à sa location aux clients (Docs 1 et 2, Annexe 1).**

2 **Repérez les boutons de la page d'accueil du logiciel qui vous permettront de réaliser les actions nécessaires à la gestion d'un dossier de location (Doc 3, Annexe 2).**

Doc 1 Le message de Muriel Gastrin

L'un des camions a été accidenté et a dû être remplacé. Le nouveau véhicule est arrivé. Il faut absolument que tu l'enregistres dans le logiciel de gestion des locations Edeo Location, il est déjà réservé par un client pour une durée de trois jours.
Merci.

Doc 2 La description du logiciel

Edeo Location est un outil de gestion commerciale et d'organisation de votre entreprise de location de voitures. L'application vous propose des bases de données détaillées pour vos fournisseurs, vos clients et vos véhicules. Vous pourrez ensuite enregistrer et planifier les réservations, mais également gérer les retours, les contraventions et les réparations éventuelles. Des modules de devis, facturation, comptabilité et statistiques sont mis à votre disposition pour un suivi commercial et financier des locations.

www.01net.com

Annexe 1 Une action, un fichier

Information / Base de données	Clients	Fournisseurs	Véhicules
Nom du vendeur du véhicule	☐	☐	☐
Marque du véhicule	☐	☐	☐
Modèle du véhicule	☐	☐	☐
Prix d'achat du véhicule	☐	☐	☐
Numéro de téléphone du vendeur du véhicule	☐	☐	☐
Numéro du permis de conduire du locataire du véhicule	☐	☐	☐
Type de carburant	☐	☐	☐
Coordonnées du locataire du véhicule	☐	☐	☐
Suppression du véhicule accidenté	☐	☐	☐
Modification du numéro de téléphone du garage qui a vendu le véhicule	☐	☐	☐

Doc 3 La page d'accueil du logiciel Edeo Location

Annexe 2 Les actions à réaliser pour gérer un dossier de location

Action	Bouton
Enregistrer la location d'un véhicule	....
Établir un devis pour un client	....
Vérifier qu'un véhicule est disponible	....
Consulter le contrat de location d'un véhicule	....
Relancer un client qui n'a pas payé sa facture	....
Enregistrer la contravention reçue par un client	....
Créer une facture client	....
Consulter les tarifs de location d'un véhicule	....
Enregistrer la réservation d'un véhicule pour l'été prochain	....

2. Organiser la base de données

Maintenant que vous avez identifié les fonctionnalités du logiciel de gestion des locations, vous actualisez les fiches pour le nouveau véhicule.

3 **Renseignez les fiches liées à l'achat du nouveau véhicule à partir des consignes de Muriel (Docs 4 et 5, Annexes 3 et 4).**

Doc 4 Les consignes de Muriel

Voici la facture du nouveau véhicule. Tu y trouveras les informations nécessaires pour renseigner les fiches « Fournisseurs » et « Véhicules ».

Doc 5 La facture d'achat du Renault Trafic hybride noir

SA – RENAULT CONCESSION
46 quai Ouest
BP 28
97466 SAINT DENIS - LA REUNION
Tél. : 02 62 21 76 21

RENAULT

Vendeur : Michel PAYET
Tél. : 07 77 85 21 25
Mail : michel.payet@renault.re

TRANSIT TRANSPORT REUNIS
4 rue Djibouti
97420 LE PORT
LA REUNION

Facture	Date		Code client
FV0003/15	13/01/N		411TTR

Code	Désignation	Qte	P.U HT	Rem %	TVA	Montant HT
TRAFNOIRH YB	Renault Trafic Hybride Noir Catégorie : B Immatriculé sous le numéro DF 922 GB Dernier contrôle technique : 26/12/N-1 Kilométrage : 9855	1.00	31 139,17		8.50	31 139,17 €

Mode de règlement : Chèque

Total HT	31 139,17 €
Net HT	31 139,17 €
Total TVA	2 646,83 €
Total TTC	33 786,00 €
NET A PAYER	**33 786,00 €**

Carte grise 2020VB69874
Assurance : 456 852

Pénalités de retard (taux annuel) : 8.00 % - Escompte pour paiement anticipé (taux mensuel) : 1.50 %

1/1

Annexe 3 La fiche fournisseur « Renault Concession »

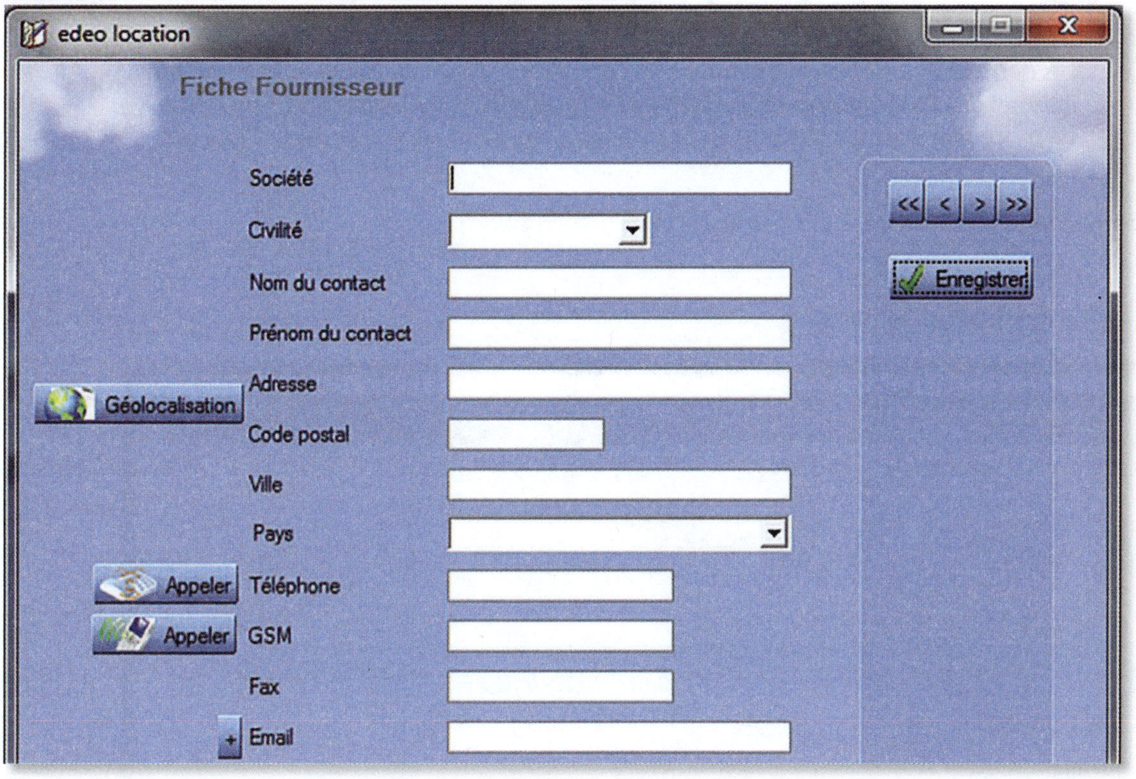

Annexe 4 La fiche véhicule du Renault Trafic hybride noir

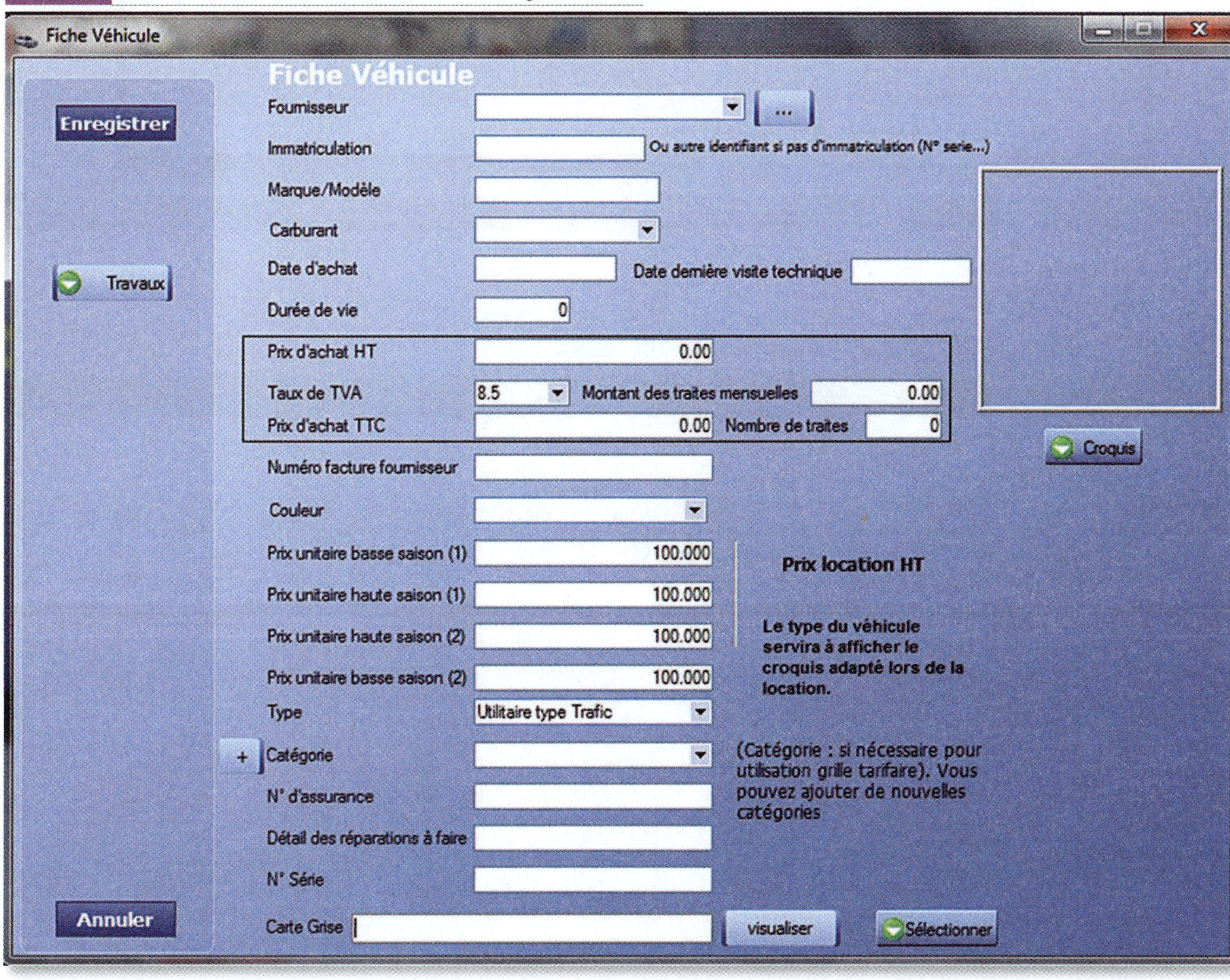

Mission 2 Gérer la base de données

Les demandes de location sont prises au comptoir de l'agence, par téléphone ou sur le site internet de la société, via un formulaire de réservation. Muriel Gastrin a établi une fiche de procédure pour faciliter leur enregistrement. Aujourd'hui, vous mettez à jour la base de données.

4 **Enregistrez la demande de location de Gilles Turpin (Docs 6 à 9, Annexes 5 et 6).**

Doc 6 Le formulaire de réservation en ligne

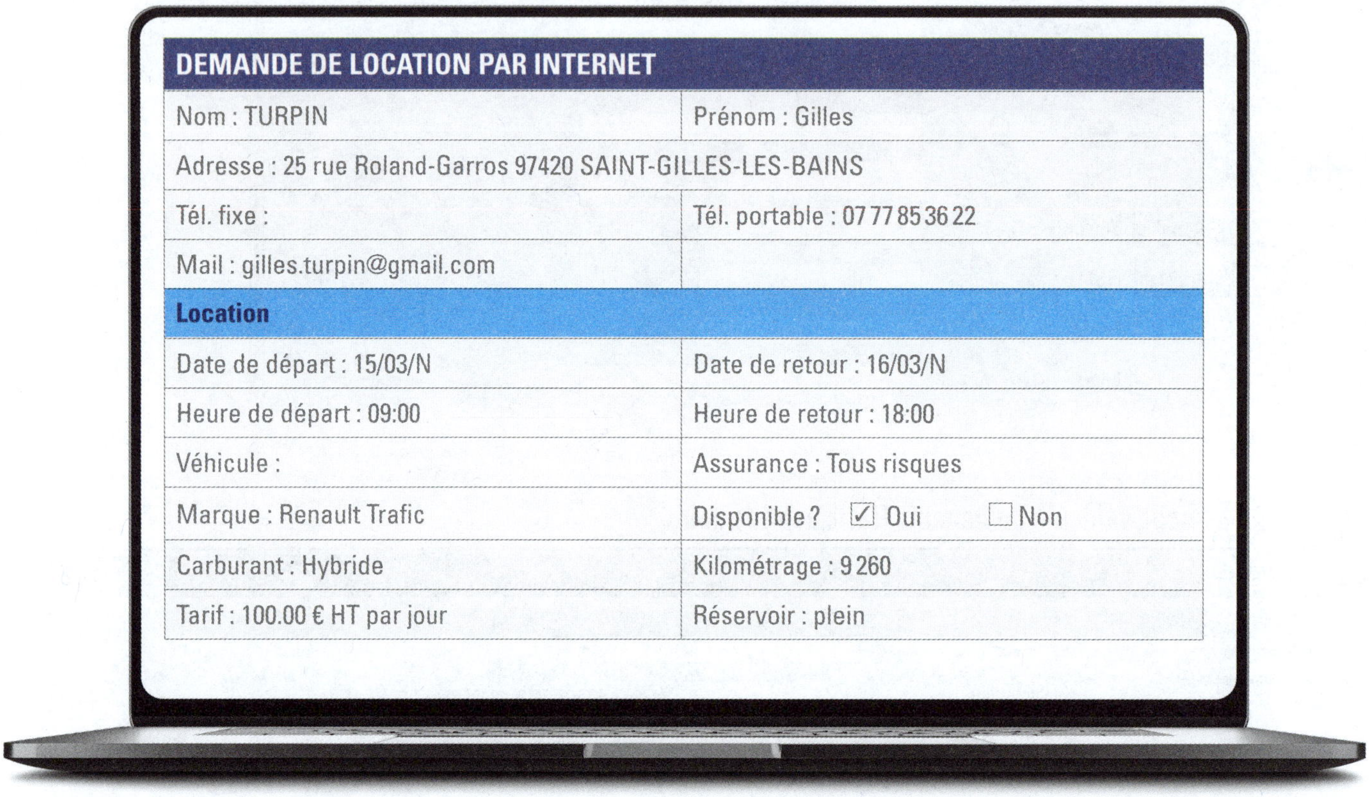

DEMANDE DE LOCATION PAR INTERNET	
Nom : TURPIN	Prénom : Gilles
Adresse : 25 rue Roland-Garros 97420 SAINT-GILLES-LES-BAINS	
Tél. fixe :	Tél. portable : 07 77 85 36 22
Mail : gilles.turpin@gmail.com	
Location	
Date de départ : 15/03/N	Date de retour : 16/03/N
Heure de départ : 09:00	Heure de retour : 18:00
Véhicule :	Assurance : Tous risques
Marque : Renault Trafic	Disponible ? ☑ Oui ☐ Non
Carburant : Hybride	Kilométrage : 9 260
Tarif : 100.00 € HT par jour	Réservoir : plein

Doc 7 La procédure d'enregistrement d'une demande de location

FICHE DE PROCÉDURE N° 3			
Activité : Enregistrer une demande de location			
Acteurs concernés : Gestionnaires administratifs			
Tâche	**Description**	**Points de vigilance**	**Moyens**
1 Vérifier la disponibilité du véhicule	– Rapprocher la demande du client de la liste des véhicules disponibles	– Proposer un véhicule de gamme supérieure en cas d'indisponibilité	– Planning Edeo Location
2 Renseigner les informations sur le client	– Enregistrer le client s'il est nouveau – Enregistrer la demande de location	– Vérifier l'âge du conducteur – Vérifier la date du permis de conduire (plus de 2 ans) – Photocopier la pièce d'identité et le permis de conduire	– Carte d'identité ou passeport – Permis de conduire
3 Imprimer les documents de location et préparer le dossier client	– Créer le contrat de location – Créer une pochette avec les clés, le contrat	– Signature du client – Caution de 1 500 € par carte bancaire – Informer le client que son compte ne sera pas débité	– Edeo Location – Pochette dédiée TTR
4 Remettre les documents au client	– Finaliser la location	– Vérifier que la carte grise et le certificat se trouvent dans le véhicule – Vérifier la présence d'un constat à l'amiable	

Doc 8 Le permis de conduire du locataire

PERMIS DE CONDUIRE RÉPUBLIQUE FRANÇAISE

F

1. TURPIN
2. Gilles
3. 12.11.1974 (PARIS 075)
4a. 26.10.2013 4c. Préfecture de Rennes
4b. 26.10.2028
5. 13AA00026
6.

9. AM/A/A1/B1/B/BE

26.10.2028

A1FRA13AA00026140101TURPIN<SP7

Doc 9 Sa carte d'identité

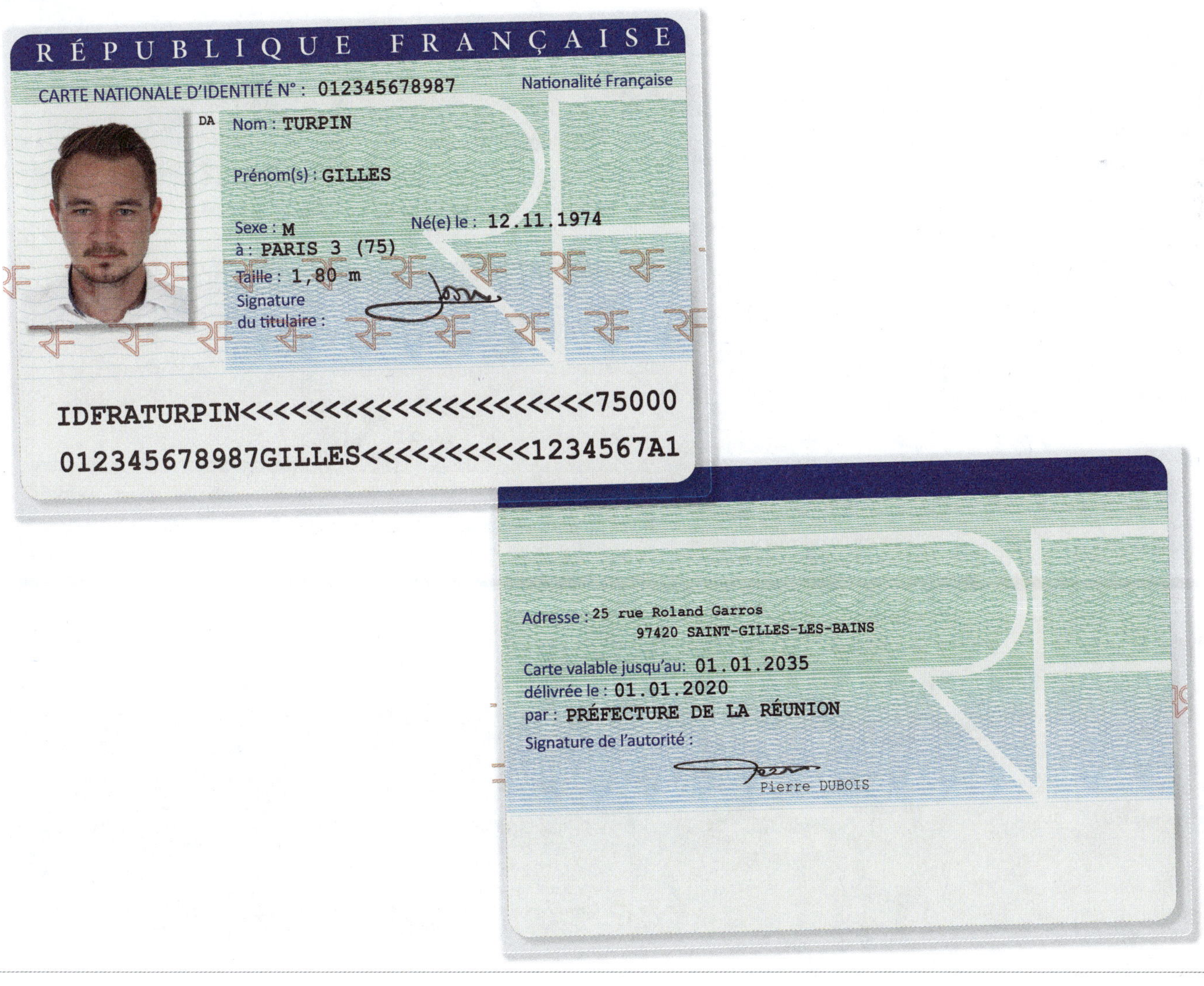
RÉPUBLIQUE FRANÇAISE

CARTE NATIONALE D'IDENTITÉ N° : 012345678987 Nationalité Française

Nom : TURPIN

Prénom(s) : GILLES

Sexe : M Né(e) le : 12.11.1974

à : PARIS 3 (75)

Taille : 1,80 m

Signature du titulaire :

IDFRATURPIN<<<<<<<<<<<<<<<<<<<<<<<<75000

012345678987GILLES<<<<<<<<<<1234567A1

Adresse : 25 rue Roland Garros
97420 SAINT-GILLES-LES-BAINS

Carte valable jusqu'au : 01.01.2035

délivrée le : 01.01.2020

par : PRÉFECTURE DE LA RÉUNION

Signature de l'autorité :

Pierre DUBOIS

Annexe 5 La fiche client de M. Turpin

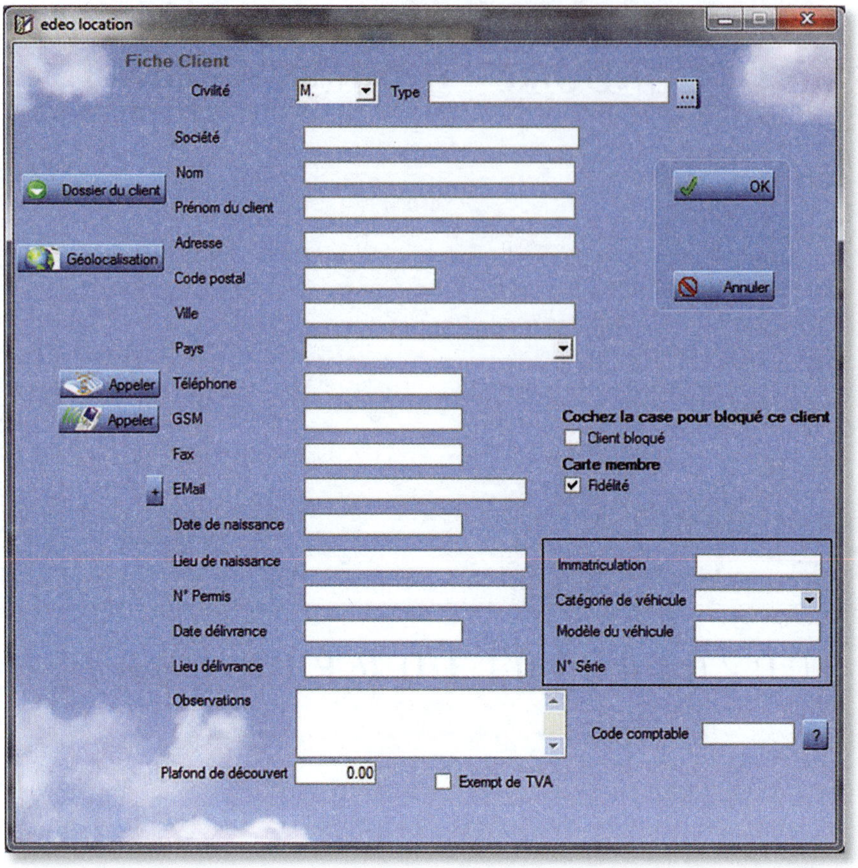

Annexe 6 La demande de location

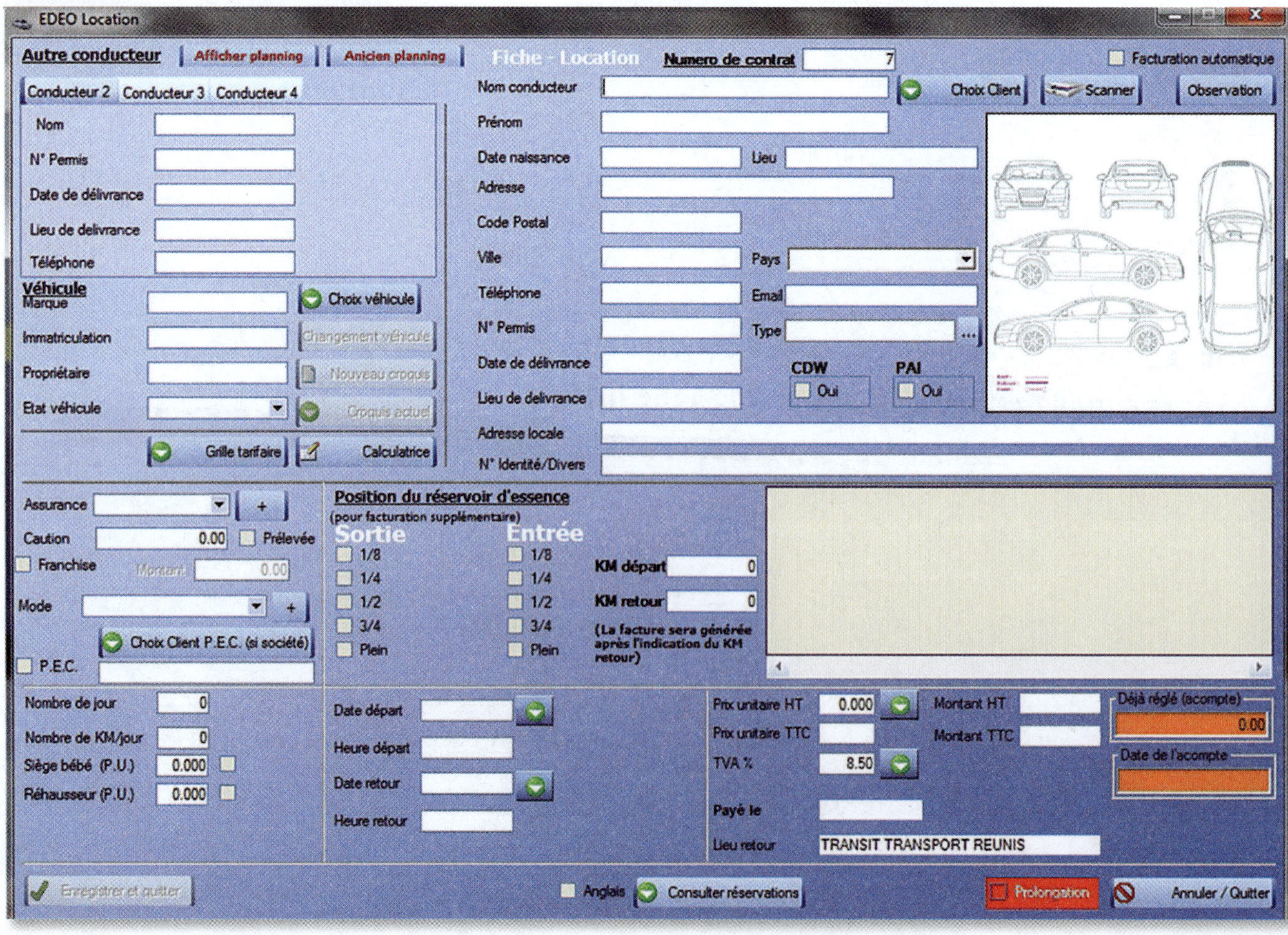

5 Procédez à la mise à jour des données de la base demandée par Muriel (Doc 10, Annexes 7 et 8).

6 Indiquez comment supprimer le véhicule accidenté (Doc 10, Annexe 8).

Doc 10 Une mise à jour nécessaire

J'ai reçu un appel de Mme Lamaison qui a réservé un véhicule pour le mois d'avril. Elle souhaite changer sa résa. Merci de modifier sa demande de réservation à partir de mes notes sur le post-it.

Il faut également supprimer le véhicule accidenté : GR 532 PP.

Madame Lamaison :
- Sera déjà arrivée à la Réunion, supprimez les informations sur le vol.
- Récupère le véhicule à 11 h et non à 8 h.
- Année de délivrance de son permis : 2016.

Annexe 7 La demande de réservation de Mme Lamaison

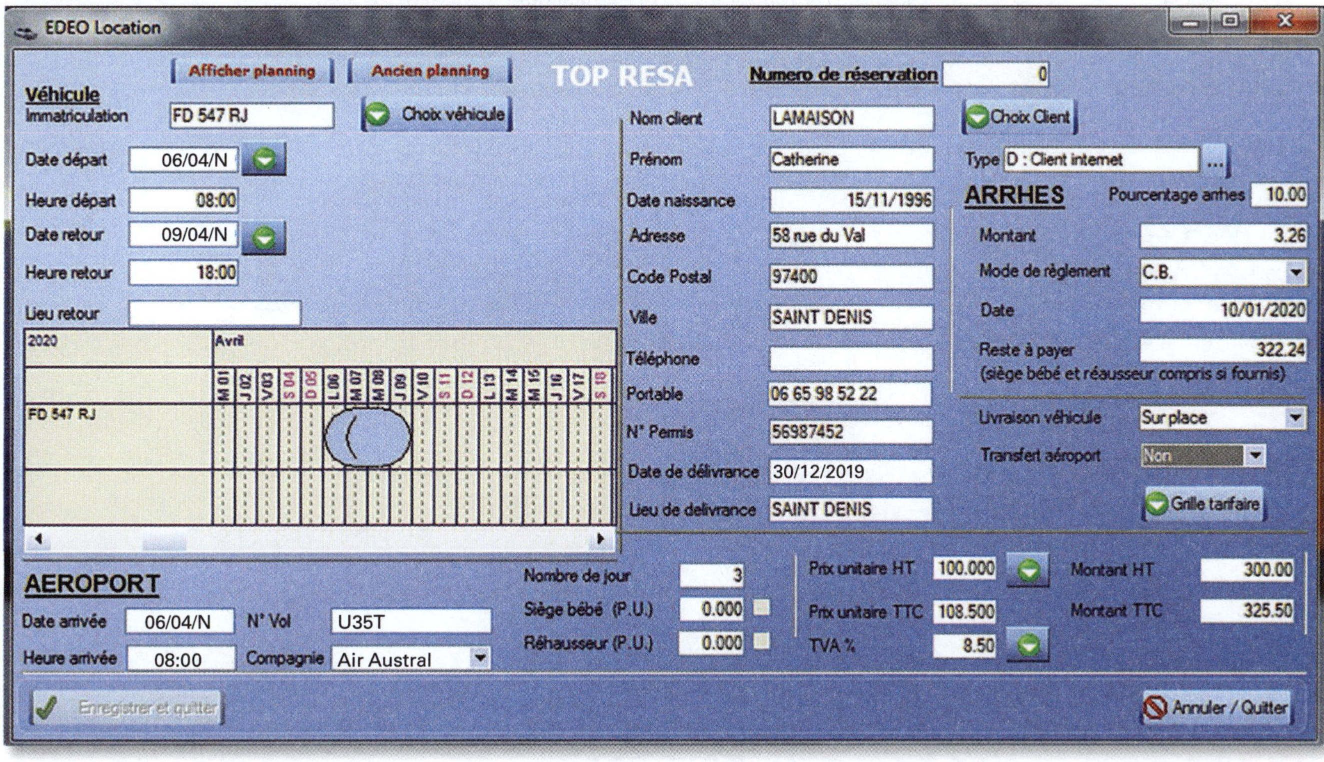

Annexe 8 Le fichier des véhicules

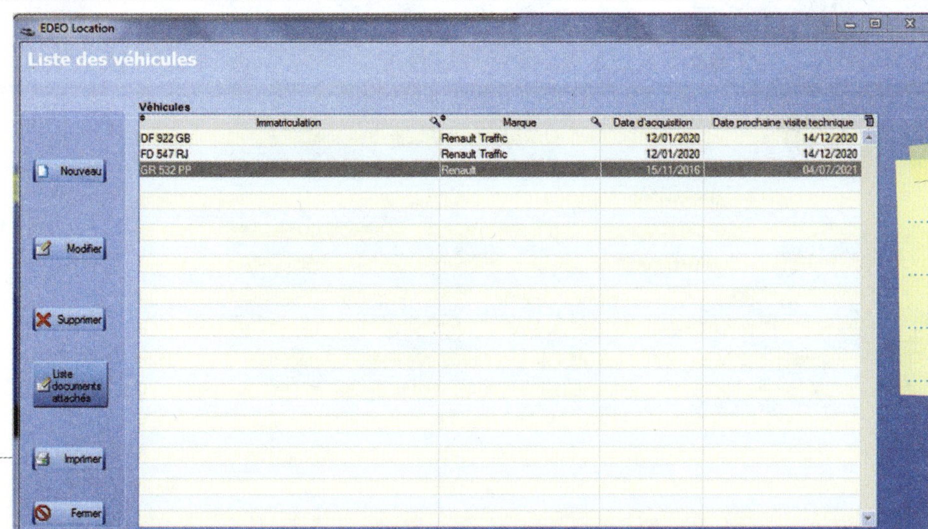

12 L'organisation et la gestion des bases de données

Synthèse

SYNTHÈSE RÉDIGÉE foucherconnect.fr/24ago74

QCM foucherconnect.fr/24ago75

1 L'organisation des bases de données

Base de données : ensemble d'informations structurées et enregistrées dans des fichiers, accessibles au moyen d'un logiciel.

Les fichiers les plus couramment enregistrés dans les bases de données des entreprises sont :

FICHIER CLIENTS
- **Identité : raison sociale ou prénom et nom**
- **Coordonnées : adresse, code postal, ville, téléphone, mail**
- **Coordonnées bancaires : RIB, IBAN**

FICHIER FOURNISSEURS
- Identité : raison sociale ou prénom et nom
- Coordonnées : adresse, code postal, ville, téléphone, mail
- Coordonnées bancaires : RIB, IBAN

FICHIER ARTICLES
- Référence, désignation
- Fournisseur
- Prix d'achat, prix de vente, taux de TVA

2 La gestion des bases de données

Une fois créée, la base de données évolue

- **Ajout d'informations**
- **Modification d'informations**
- **Informations utiles à la création de documents : contrats, devis, factures, tableaux, graphiques…**
- **Suppression d'informations**

Appli 1 Actualiser le fichier du personnel sur PGI

Face à la forte demande de location de véhicules utilitaires, l'agence Transit Transport Réunis de Le Port, à la Réunion, envisage d'agrandir sa flotte de camionnettes. C'est pourquoi il a été décidé de recruter un employé chargé de la réparation et de l'entretien des véhicules. La société utilise le progiciel EBP Paie pour gérer les ressources humaines.

Enregistrez le nouveau salarié dans la base de données « Salariés » (Docs 1 et 2, Annexes 1 et 2).

Doc 1 Un nouveau collègue

FICHE DE POSTE	
Poste : technicien véhicules	**Service :** transport et logistique
Date embauche : 01/03/N	**Lieu :** TTR Le Port
Type de contrat : contrat à durée indéterminée (CDI)	**Famille :** non-cadre/CDI/temps plein
Horaires : temps plein	**Statut :** non-cadre CDI

Missions :
– Réparations mineures des véhicules.
– Prise de rendez-vous des contrôles techniques.
– Prise de rendez-vous au garage.
– Remise en état des véhicules au retour de la location.
– Nettoyage intérieur et extérieur des véhicules.
– Contrôle des niveaux.

Doc 2 Le curriculum vitae du candidat retenu

Ludovic HOARAU
5 rue du Marais
97413 CILAOS
✆ 02 62 65 98 77
🖷 07 77 52 98 52
l.hoarau@gmail.com

Né le 26 septembre 1975
à Saint-Denis (97400)

Marié, 2 enfants

FORMATION

1995 : baccalauréat professionnel Maintenance des véhicules option B Véhicules de transport routier. Mention Bien.

EXPÉRIENCE PROFESSIONNELLE

1995-N–1 : Technicien. Société de transport RAPID'PLUS. Saint-Pierre (97410).
- Entretien et réparation d'un parc de 30 véhicules.
- Suivi des contrôles périodiques.

Annexe 1 La fiche salarié (onglet identité) extraite du progiciel EBP Paie

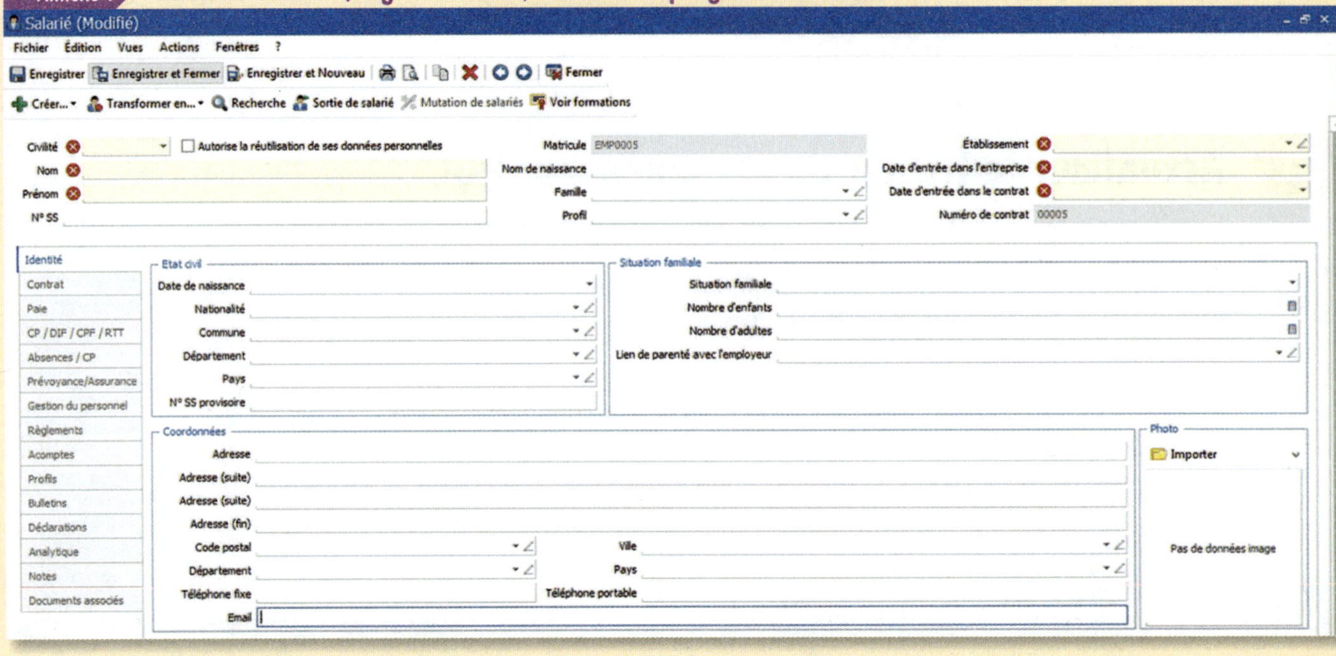

Annexe 2 La fiche salarié (onglet contrat) extraite du progiciel EBP Paie

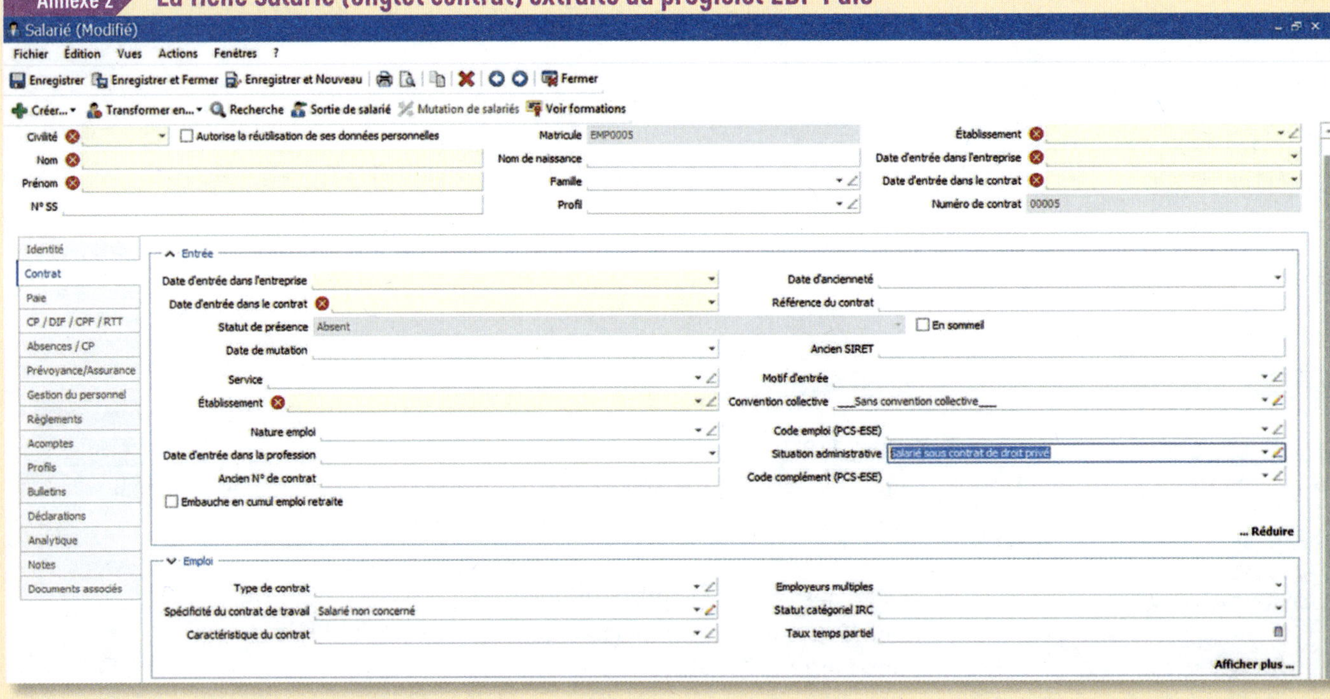

pix **Mes compétences numériques**
1.3. Traiter des données
Niv. 2 Insérer, saisir et trier des données dans un tableur pour les exploiter

Appli 2 Utiliser une base de données sous Excel

Réaliser, calculer
CO-INTERVENTION
• **Maths**

En fin de mois, Luc Hoarau, le directeur de l'agence de location de véhicules Transit Transport Réunis de Le Port, souhaite un bilan des locations. Une base de données a été créée sur Excel. Elle permet de saisir les factures réglées par les clients et de calculer le montant du chiffre d'affaires. Le 3 février, Muriel Gastrin vous demande de calculer le montant du chiffre d'affaires du mois de janvier.

1 **Enregistrez les factures à partir des consignes de Muriel (Docs 1, 2 et 3, fichier Dossier12_TTR_BDD_Factures.xlsx).**

2 **Complétez, dans l'onglet « Relevé de factures », le tableau « Bilan des ventes par mois » à partir des consignes de Muriel (Doc 4, fichier Dossier12_TTR_BDD_Factures.xlsx).**

Doc 1 Les consignes de Muriel

J'ai déposé sur votre bureau les quatre dernières factures de février réglées le 28. Merci de mettre à jour le fichier « Base de données factures TTR » créé sur Excel. Vous vous aiderez de la fiche technique jointe.

Doc 2 Les factures à enregistrer

TRANSPORT TRANSIT REUNIS
8 bis rue Mahatma Gandhi
97419 LE PORT
Tel : 02 62 73 14 44

TROPIC REUNION
Adresse : 5 rue de la Paix
97400 SAINT DENIS

Facture	Date	Echéance	
FV135	20/02/N		

Total Reporté : 200.00€

Code	Désignation	Qte	P.U HT	Rem %	TVA	Montant HT
LOCTRAF1	Location Renault Traffic Hybride noir DF 922 GB	2.00	100.00		8.50	200.00€

Mode de règlement : Espèce

Total HT	200.00€
Net HT	200.00€
Total TVA	17.00€
Total TTC	217.00€
NET A PAYER	217.00€

TRANSPORT TRANSIT REUNIS
8 bis rue Mahatma Gandhi
97419 LE PORT
Tel : 02 62 73 14 44

Monsieur Eric DUBOIS
Adresse : 89 ravines des Aigrettes
97420 SAINT GILLES LES BAINS

Facture	Date	Echéance	
FV136	22/02/N		

Total Reporté : 300.00€

Code	Désignation	Qte	P.U HT	Rem %	TVA	Montant HT
LOCTRAF2	Location Renault Trafic diesel blanc FD 547 RJ	3.00	100.00		8.50	300.00€

Mode de règlement : Chèque

Total HT	300.00€
Net HT	300.00€
Total TVA	25.50€
Total TTC	325.50€
NET A PAYER	325.50€

TRANSPORT TRANSIT REUNIS
8 bis rue Mahatma Gandhi
97419 LE PORT
Tel : 02 62 73 14 44

Mademoiselle Maeva HOARAU
Adresse : 69 route de Saint Leu
97480 TROIS BASSINS

Facture	Date	Echéance	
FV137	24/02/N		

Total Reporté : 100.00€

Code	Désignation	Qte	P.U HT	Rem %	TVA	Montant HT
LOCVE1	Location Iveco Utilitaire GR 532 PP	1.00	100.00		8.50	100.00€

Mode de règlement : Carte bancaire

Total HT	100.00€
Net HT	100.00€
Total TVA	8.50€
Total TTC	108.50€
NET A PAYER	108.50€

TRANSPORT TRANSIT REUNIS
8 bis rue Mahatma Gandhi
97419 LE PORT
Tel : 02 62 73 14 44

HOTEL LE GRAND BLEU
Adresse : 96 rue Rolland Garros
97420 SAINT GILLES LES BAINS

Facture	Date	Echéance	
FV138	28/02/N		

Total Reporté : 500.00€

Code	Désignation	Qte	P.U HT	Rem %	TVA	Montant HT
LOCTRAF1	Location Renault Traffic Hybride noir DF 922 GB	5.00	100.00		8.50	500.00€

Mode de règlement : Virement bancaire

Total HT	500.00€
Net HT	500.00€
Total TVA	42.50€
Total TTC	542.50€
NET A PAYER	542.50€

Doc 3 La procédure d'enregistrement des factures

FICHE TECHNIQUE : ENREGISTREMENT DES FACTURES
1. Ouvrir le fichier « Base de données factures TTR ».
2. Dans la zone « Avertissement de sécurité », cliquer sur « Options ».
3. Choisir « Activer ce contenu ».
4. Cliquer sur « Continuer » au message suivant.
5. Dans l'onglet « Formulaire saisie », reportez les éléments demandés à partir de la facture.
6. Cliquer sur « Ajouter Factures ».

Doc 4 Les consignes de Muriel

Toutes les factures enregistrées apparaissent dans l'onglet « Relevé de factures ». Je souhaiterais connaître la répartition des ventes par moyen de paiement. Merci de compléter le tableau « Bilan des ventes par mois » pour le mois de février. Je vous joins une fiche technique pour vous aider.

FICHE TECHNIQUE : ÉTABLIR LE BILAN DES VENTES PAR MOIS
1. Dans l'onglet « Relevé de factures », effectuez un tri croissant sur la colonne « Moyen de paiement ».
2. Effectuez un filtre sur la colonne « Date paiement » afin de ne visualiser que les informations du mois étudié.
3. Dans le tableau « Bilan des ventes », insérez la formule de calcul permettant d'additionner les montants des factures par moyen de paiement (carte bancaire, chèque, espèces, virement).
4. Insérez une formule pour calculer le total du mois étudié.
5. Réalisez un graphique à colonnes afin de visualiser la répartition des ventes par moyen de paiement. Vous le mettrez en forme afin qu'il ressemble au graphique du mois précédent.

Auto-évaluation des compétences

Dans le cadre de l'utilisation d'une base de données…	Compétence non maîtrisée	Compétence insuffisamment maîtrisée	Compétence maîtrisée	Compétence bien maîtrisée
→ Je suis capable de comprendre l'organisation d'une base de données.	Je ne sais pas repérer les différents fichiers composant la base de données. ☐	Je sais repérer les différents fichiers composant la base de données, mais ne connais pas les fonctionnalités du logiciel. ☐	Je sais repérer les différents fichiers composant la base de données et la plupart des fonctionnalités du logiciel. ☐	Je sais repérer les différents fichiers composant la base de données et les fonctionnalités du logiciel. ☐
→ Je suis capable de gérer une base de données.	Je ne suis pas capable de repérer les informations à sélectionner pour mettre à jour la base de données. ☐	Je sais repérer quelques informations, mais pas toujours les plus pertinentes. ☐	Je sais repérer les informations les plus pertinentes pour mettre à jour la base de données. ☐	Je sais mettre à jour la base de données de façon complète et fiable. ☐

13 Prendre en charge les appels

Compétence
> CC1 Gérer les relations interpersonnelles

Mairie de La Rochelle

- La Rochelle, ville côtière du Sud-Ouest de la France, est la préfecture du département de la Charente-Maritime.
- Située en bordure de l'océan Atlantique, la ville est depuis le XIIe siècle un important centre de pêche et de commerce. La Rochelle est également la 5e ville touristique française avec plus de 4 millions de touristes par an.
- Avec plus de 77 000 habitants, La Rochelle est la commune la plus peuplée du département. Sa mairie emploie 1 727 agents répartis dans différents pôles qui lui permettent d'assurer son rôle de service public.

Vos missions

Vous êtes en PFMP au sein du pôle Service à la population de la mairie de La Rochelle, sous la responsabilité de Salima Sedoue.
Ce service traite toutes les demandes d'actes de naissance, de décès et de légalisation de documents.
Compte tenu des délais de traitement administratifs, les usagers sont souvent amenés à contacter les agents du service par téléphone pour prendre connaissance de l'avancée de leurs dossiers, convenir de rendez-vous…
Durant votre immersion, votre tutrice vous confie la gestion de l'accueil téléphonique.

Mission 1 **Traiter les appels entrants**

Mission 2 **Traiter les appels sortants**

Organigramme

foucherconnect.fr/24ago26

Chiffres-clés

Plus de **77 000 habitants** à La Rochelle

175 608 habitants dans l'agglomération, qui englobe **28 communes** autour de la ville

1 727 agents municipaux employés par la ville

Missions

Mission 1 Traiter les appels entrants

1. Comprendre les enjeux d'un accueil téléphonique réussi

Avant de vous confier la gestion des appels entrants, Salima Sedoue souhaite vous sensibiliser à l'importance d'un bon accueil téléphonique et aux pratiques en vigueur au pôle Service à la population.

1 **Repérez, en les surlignant, les raisons pour lesquelles il est important d'adopter un accueil téléphonique professionnel (Doc 1).**

2 **Distinguez les attitudes à privilégier (à souligner en bleu) de celles à éviter (à souligner en vert) lorsque vous êtes chargé(e) de l'accueil téléphonique (Doc 1).**

Doc 1 Les clés de la réussite de l'accueil téléphonique

L'accueil téléphonique représente souvent le premier contact avec l'organisation. Il véhicule ses valeurs en indiquant l'importance accordée à l'appel reçu. La personne chargée de l'accueil téléphonique transmet l'image même de l'organisation. Le téléphone est un outil pour lequel l'exigence est primordiale. L'interlocuteur(trice) s'attend à obtenir une réponse claire et complète à sa demande.

Soyez souriant(e), agréable et adoptez le vocabulaire adéquat

L'appelant ne vous voit pas, mais le ton employé s'entend. Évitez d'effectuer plusieurs tâches tout en étant au téléphone, au risque de frustrer l'appelant, ou de ne pas être suffisamment concentré(e).
Montrez de l'intérêt à l'appel reçu, en adoptant l'écoute active. Rendez vos propos dynamiques, cela s'entend au téléphone. Bannissez les tics verbaux tels que les « euh », « bah », « ok »... Employez un vocabulaire professionnel, les mots familiers ou les sigles sont à éviter.
N'oubliez pas d'utiliser les formules de politesse « s'il vous plaît », « je vous en prie », « veuillez m'excuser », « merci »... En cas d'absence de la personne souhaitée par l'appelant, privilégiez les phrases telles que « M. X s'est absenté momentanément, puis-je prendre un message ou souhaitez-vous rappeler ? » au lieu de « Je sais pas où il est » ou « Il est toujours pas arrivé »...
Il faut éviter les bruits inutiles qui peuvent déconcentrer l'interlocuteur (bruits de stylos, de clavier...).
Utilisez le présent, ne parlez pas trop vite, articulez et personnalisez la conversation avec chaque interlocuteur.

Le délai de réponse

Il est préférable de ne pas laisser sonner le téléphone plus de 3 fois. En décrochant, assurez-vous de vous présenter ; en cas de transfert d'appel qui s'affiche sur votre standard, n'hésitez pas à indiquer à l'appelant que son appel a été basculé à l'accueil afin qu'il sache qu'il n'a pas obtenu son interlocuteur.
L'une des fonctions du transfert d'appel consiste à basculer la ligne (en cas d'absence, de réunion...) vers un autre service afin que l'appelant ait un collaborateur disponible au bout du fil.

L'attente et le double appel

Vous pouvez avoir une deuxième personne qui essaie de joindre l'accueil alors que vous êtes déjà en ligne. Dans ce cas, expliquez à l'appelant que vous avez un second appel, que vous le mettez en attente quelques instants. Avant de transférer l'appel, il vous faut avertir l'interlocuteur en lui précisant l'identité, la fonction et la raison d'appel de la personne qui souhaite être mise en contact avec lui.

3 **Identifiez l'attitude appropriée qu'il faudrait adopter pour traiter les appels entrants (Doc 2, Annexe 1).**

Doc 2 La charte d'accueil téléphonique

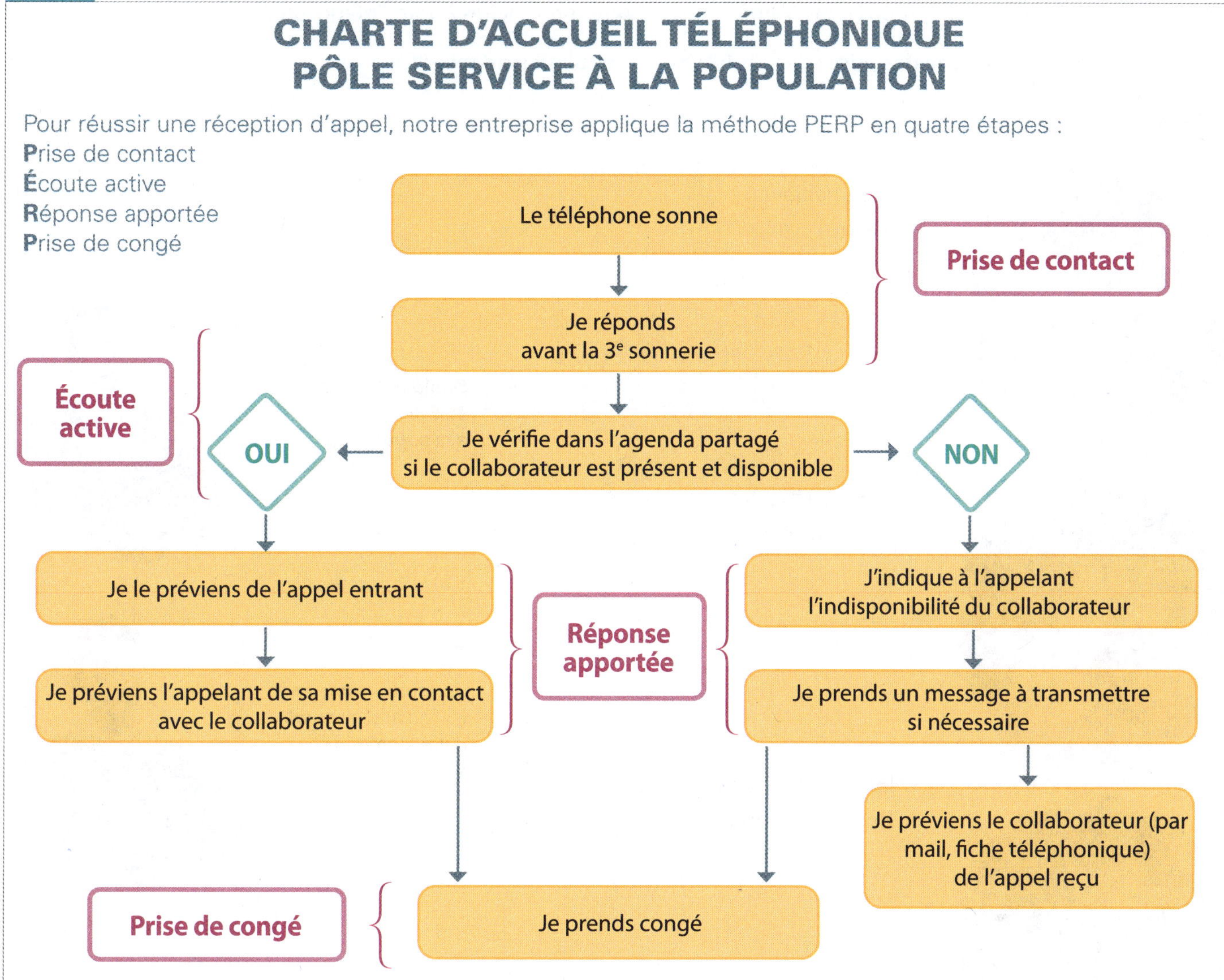

Annexe 1 Des situations d'appel courantes

Situations d'appel		Comment procéder ?
	Un administré souhaite s'entretenir avec un employé, mais celui-ci est absent.	
	Un administré souhaite s'entretenir avec un employé, celui-ci est disponible.	
	Un administré souhaite s'entretenir avec un employé qui est actuellement en rendez-vous.	

2. S'approprier les règles de l'organisation

Afin d'améliorer votre prise de contact téléphonique, votre tutrice a enregistré l'une de vos communications. Elle vous propose d'écouter l'enregistrement et d'apporter des propositions d'amélioration aux réponses faites à votre interlocuteur.

4 **Proposez, pour chacune des prises de parole, une reformulation adaptée (Docs 1 et 2, Annexe 2).**

Annexe 2 Une conversation perfectible

Allô, bonjour.
Reformulation :

Bonjour, je suis bien au Service à la population ?

Oui, c'est exact…
Reformulation :

Je voudrais parler à M. Durand au sujet d'une demande d'acte de naissance.

Impossible, il est occupé.
Reformulation :

À quel moment Je peux l'appeler ?

Bonne question ! Réessayez plus tard !
Reformulation :

Très bien, merci, au revoir.

Au revoir.
Reformulation :

3. Filtrer les appels

Vous êtes maintenant prêt(e) à prendre en charge un appel entrant, mais la gestion de l'accueil téléphonique nécessite aussi de pouvoir traiter les flux d'appels. Votre tutrice vous initie au filtrage des appels.

5 **Repérez, en le surlignant, l'intérêt principal du filtrage d'appels (Doc 3).**

6 **Indiquez s'il est nécessaire de procéder à un filtrage dans les situations d'appel (Doc 3, Annexe 3).**

Doc 3 Le filtrage des appels téléphoniques

La mission d'accueil téléphonique fait partie du quotidien des assistant(e)s. Elle comporte plusieurs responsabilités. La personne chargée d'accueil doit savoir trier les demandes des appelants : les traiter en transférant l'appel au(à la) collaborateur(trice) sollicité(e) si nécessaire, ou les rejeter en procédant au filtrage d'appel. Afin d'y parvenir, la personne chargée d'accueil doit identifier l'objet de la sollicitation et l'urgence de la communication.

Il s'agit d'une alternative indispensable tant lors de l'accueil physique que téléphonique. Plus le niveau hiérarchique du(de la) responsable est élevé, plus le filtrage doit être sélectif.

La raison principale pour laquelle il est nécessaire de filtrer est de ne déranger ses collaborateurs(trices) qu'en cas de nécessité absolue. Leur temps est précieux et certaines sollicitations sont chronophages. L'interlocuteur(trice) cherche parfois seulement à obtenir une information que le(la) chargé(e) d'accueil est en mesure de lui communiquer. De plus, certaines demandes ne correspondent pas aux compétences du (de la) collaborateur(trice) sollicité(e).

Le filtrage dépend des consignes données par ses collaborateurs(trices). Il s'agit de les appliquer avec diplomatie. Pour cela, le plus simple est de disposer de formulations fermes, mais polies, à appliquer chaque fois que le(la) correspondant(e) ne peut être mis(e) en relation avec le(la) collaborateur(trice).

Une liste d'interlocuteurs(trices) indésirables peut éventuellement être établie (*blacklist*). L'assistant(e) doit la connaître ou la conserver à proximité du téléphone, ainsi que les argumentaires qui justifient l'impossibilité de donner suite à l'appel.

Quelles que soient les directives, l'assistant(e) doit faire preuve de jugement quant aux caractères de pertinence et d'urgence de la demande. Cette capacité nécessite plusieurs qualités et compétences : psychologie, fermeté, connaissance des responsabilités des collaborateurs(trices) vers lesquel(le)s une demande est susceptible d'être orientée.

Une règle importante à retenir, particulièrement au téléphone, est de ne jamais divulguer les coordonnées des collaborateurs(trices) à des inconnus.

Annexe 3 Un filtrage justifié

Bonjour, société CMAX, je souhaiterais m'entretenir avec votre gestionnaire des fournitures de bureau, s'il vous plaît, pour lui proposer nos nouveaux catalogues.

Je filtre l'appel : ☐ Oui ☐ Non
Justification :
....
....
....

Bonjour, est-il possible d'être mise en relation avec Mme Barouin, elle vient de me laisser un message vocal en me demandant de la rappeler d'urgence ?

Je filtre l'appel : ☐ Oui ☐ Non
Justification :
....
....
....

Bonjour, M. Dubreil, de la Chambre régionale des comptes, je souhaite m'entretenir avec la personne en charge du budget communal.

Je filtre l'appel : ☐ Oui ☐ Non
Justification :
....
....
....

4. Traiter un message entrant

Salima Sedoue vous confie enfin le standard téléphonique. L'ensemble des collaborateurs est en réunion plénière. Vous ne pouvez donc transmettre aucun appel et devez, dans ce cas, compléter des fiches d'appels téléphoniques.

7 **Complétez la fiche d'appel téléphonique pour chacune des situations d'appel (Doc 4, Annexe 4).**

Doc 4 Les appels reçus

Appel n° 1 • Lundi 10/12/N, 10 h 15, Mme Noiret
N° d'appel : 06 80 23 69 10

Bonjour,
[...] Est-il possible de demander à Mme Chancelle de me rappeler dès que possible au sujet de la réception des passeports du mois en cours ? Elle a mon numéro de ligne directe. Je suis absente cet après-midi. Merci.

Appel n° 2 • Lundi 10/12/N, 10 h 25, société Bureau Vallée
N° d'appel : 05 16 12 84 80

Bonjour,
Pouvez-vous indiquer à votre responsable que notre nouveau catalogue spécial Noël est enfin disponible ?

Appel n° 3 • Lundi 10/12/N, 10 h 45, M. Lalemoin
N° d'appel : 05 46 45 47 89

Bonjour,
[...] J'entends bien que M. Prudon est en réunion, dites-lui de m'adresser la copie de l'acte de décès de M. Moricet afin de procéder à son enregistrement avant mercredi. Je vous communique mon mail : dax.valoix@outlook.com

Appel n° 4 • Lundi 10/12/N, 11 h 02, M. Tarion
N° d'appel : 07 85 83 24 29

Bonjour,
Ah ! Je ne suis pas chez le docteur Joubert ?

Annexe 4 Mes fiches d'appel téléphonique

FICHE DE RÉCEPTION D'APPEL

Appelant : ....

Destinataire : ....

Date : .... Heure : ....

☐ Urgent ☐ Rappellera ☐ À recontacter

....

FICHE DE RÉCEPTION D'APPEL

Appelant : ....

Destinataire : ....

Date : .... Heure : ....

☐ Urgent ☐ Rappellera ☐ À recontacter

....

FICHE DE RÉCEPTION D'APPEL

Appelant : ....

Destinataire : ....

Date : .... Heure : ....

☐ Urgent ☐ Rappellera ☐ À recontacter

....

FICHE DE RÉCEPTION D'APPEL

Appelant : ....

Destinataire : ....

Date : .... Heure : ....

☐ Urgent ☐ Rappellera ☐ À recontacter

....

Mission 2 Traiter les appels sortants

1. Préparer son appel téléphonique

À présent, Salima Sedoue vous propose de découvrir la méthode CROC pour les émissions d'appels. Elle vous servira de fil conducteur pour vos appels sortants.

8 **Préparez votre émission d'appel à partir des consignes de votre tutrice (Docs 5 et 6, Annexe 5).**

Doc 5 La méthode CROC

Elle est utilisée comme un outil permettant de structurer son appel et de gagner du temps.
La méthode CROC repose sur quatre principes :

- **Contact :** se présenter, donner le nom de l'entreprise, demander l'interlocuteur désiré.
- **Raison :** exposer l'objet de l'appel.
- **Objectif :** développer ses idées pour arriver au résultat approprié.
- **Conclusion :** reformuler, remercier et prendre congé.

Doc 6 Les consignes de votre tutrice

Pouvez-vous contacter madame Badia Alaoui. Nous avons réceptionné son passeport, elle peut venir le récupérer cette semaine tous les jours jusqu'à 16 h.

Rappelez-lui de se munir de son ticket contenant le numéro de dossier, qui lui a été attribué le jour de sa demande de passeport.

Annexe 5 Mon appel selon la méthode CROC

2. Émettre un appel téléphonique

Salima Sedoue, en déplacement ce matin, vous laisse des consignes pour que vous puissiez assurer vos missions en son absence.

9 **Passez les appels téléphoniques demandés en appliquant la méthode CROC (Docs 5 et 7, Annexe 6).**

Doc 7 Les appels à émettre

Bonjour,

Veuillez contacter les partenaires suivants en leur transmettant les informations correspondantes :
— préfecture Charente-Maritime, Mme Lunet : leur télétransmission des passeports du 20 septembre n'a pas abouti, il faut qu'ils réalisent un second envoi ;
— EURL Denitot : nous n'avons pas reçu notre commande de mobilier n° XVA11-03 initialement prévue la semaine dernière. Qu'en est-il ?
— Mme Salmon : nous lui confirmons le RV de demain après-midi 14 h 30, avec Mme Delmotte + lui préciser de se munir de sa pièce d'identité.

Annexe 6 Mes prises de contact

APPEL TÉLÉPHONIQUE préfecture Charente-Maritime, Mme Lunet	APPEL TÉLÉPHONIQUE EURL Denitot	APPEL TÉLÉPHONIQUE Mme Salmon
C : …………	C : …………	C : …………
R : …………	R : …………	R : …………
O : …………	O : …………	O : …………
C : …………	C : …………	C : …………

3. Laisser un message sur un répondeur téléphonique

L'un de vos collaborateurs, Alain Valon, vous demande de contacter de toute urgence notre fournisseur en papeterie. Lorsque vous passez l'appel, vous êtes mis(e) en relation avec le répondeur téléphonique.

10 **Laissez un message téléphonique sur le répondeur de la société Bureau Vallée (Docs 5, 8 et 9, Annexe 7).**

Doc 8 Réussir son message vocal

Lorsque l'on tente de contacter un tiers par téléphone, il se peut que l'on soit mis en relation avec un répondeur. Cette étape de l'appel n'est pas à négliger, au contraire, elle doit être préparée et soignée, tant sur le fond que sur la forme.

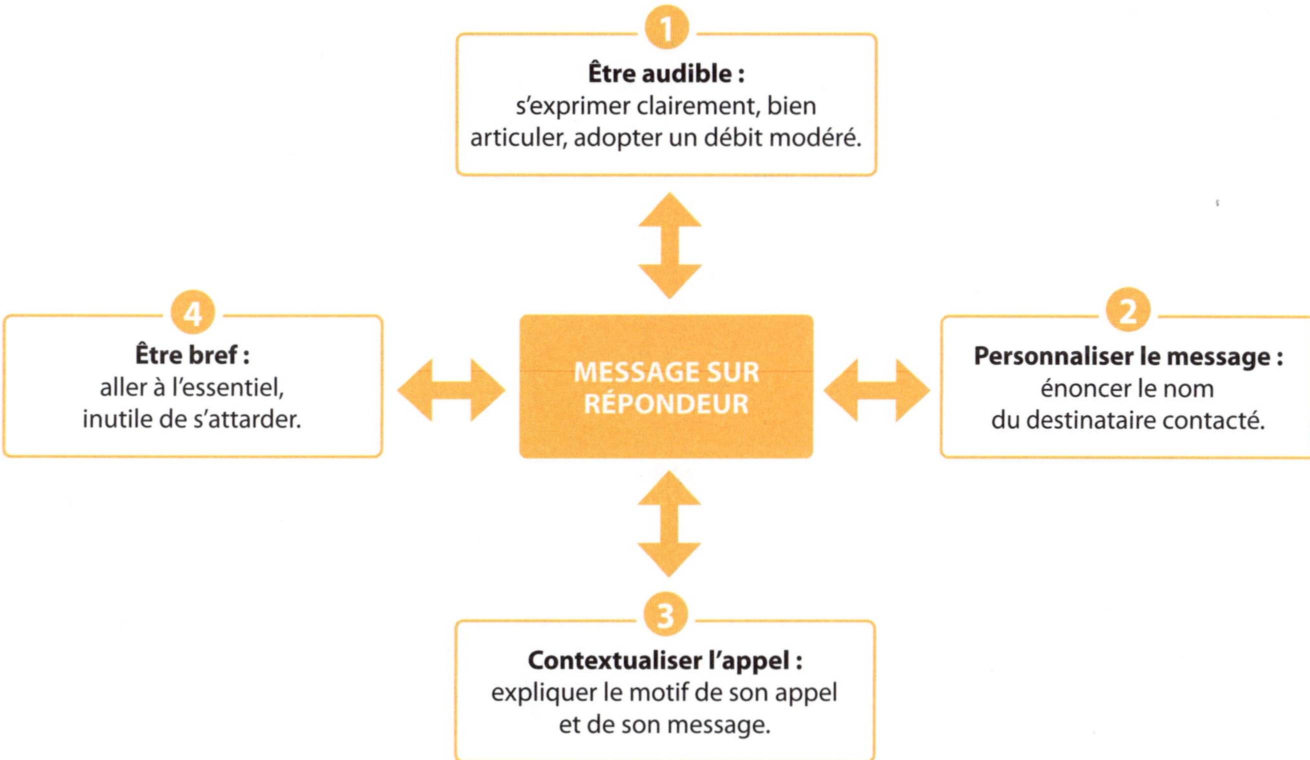

Doc 9 Les consignes d'Alain Valon, collaborateur

Pouvez-vous appeler de toute urgence, de ma part, notre fournisseur papeterie Bureau Vallée, M. Senis, et lui indiquer qu'il faudrait prévoir 100 ramettes de papier 80 mg format A4 pour la livraison du mois de décembre. Je devais le recontacter hier, mais j'ai été retenu en réunion. Voici le numéro : 09 51 64 87 89.

En cas de problème, il peut me rappeler sur ma ligne directe, le 09 51 51 56 20.

Annexe 7 Répondeur téléphonique Bureau Vallée

13 La prise en charge des appels

Synthèse

SYNTHÈSE RÉDIGÉE foucherconnect.fr/24ago27

QCM foucherconnect.fr/24ago28

1 Le traitement des appels entrants

- Les clés de réussite de l'accueil téléphonique :
  - Être souriant(e) et agréable
  - Adopter un vocabulaire adapté
  - Répondre au téléphone avant la 3e sonnerie
- La **méthode PERP** pour réussir les appels entrants :

PERP

1. **P**rise de contact
2. **É**coute de l'interlocuteur
3. **R**éponse
4. **P**rise de congé

- Le **filtrage d'appels**

Rejet des appels sans urgence absolue →

1. Éviter de déranger inutilement ses collaborateurs
2. Renseigner la demande sans avoir à transférer d'appels
3. Respecter les consignes internes de l'organisation

2 Le traitement des appels sortants

- Réussir ses émissions d'appel avec CROC :

Contact : se présenter, demander l'interlocuteur désiré
→ **R**aison : exposer l'objet de l'appel
→ **O**bjectif : obtenir une réponse
→ **C**ongé : remercier, prendre congé

- **Le message sur répondeur**

1. Être audible
2. Personnaliser le message
3. Contextualiser l'appel
4. Être bref

Appli 1 Traiter les appels en anglais

En qualité d'agent(e) d'accueil au sein de l'entreprise BiscayWines, spécialisée dans l'import-export à l'international, vous êtes amené(e) à gérer les demandes d'interlocuteurs étrangers.

1 **Votre responsable vous propose de développer vos compétences linguistiques en vous indiquant les phrases types auxquelles vous seriez susceptible d'être confronté(e) au téléphone (Doc, Annexe 1).**

2 **Assurez la conversation en anglais lors de la réception d'un appel entrant d'un collaborateur londonien (Annexe 2).**

Doc Quelques mots-clés en anglais

- Bonjour : *good morning/good afternoon*
- Bienvenue : *welcome*
- Au revoir : *bye*
- Bonne journée : *nice day*
- S'il vous plaît : *please*
- Je transfère votre demande : *I'll transfer your call*
- *[Prénom]* à votre écoute : [First name] *is speaking*
- Un instant : *hold on the line a second*
- Je vous mets en relation : *I'll put you through to*

Annexe 1 Des phrases d'accueil types en anglais

Phrases types	Traduction en anglais
Bonjour, bienvenue chez BiscayWines, [*Prénom*] à votre écoute.	
Que puis-je faire pour vous ?	
Un instant s'il vous plaît, je transmets votre demande.	
Je vous prie de patienter un peu, je vous mets en relation avec…	
Je vous souhaite une bonne journée, au revoir.	

Annexe 2 Un accueil téléphonique en anglais

Bonjour, bienvenue chez BiscayWines, [Prénom] à votre écoute, que puis-je faire pour vous ?

Sorry, I don't speak French.

Good morning, M. Smith's speaking, from Tesco Company. I would like to talk to M. Delornet. He has just called me.

Thank you very much, bye.

13

Appli 2

Enregistrer un message sur répondeur

Vous êtes recruté(e) depuis peu au sein de l'entreprise Delpeyrat, producteur de foie gras à Saint-Pierre-du-Mont (40). Vous êtes affecté(e) au standard général afin de faire face à un accroissement d'activité et pouvoir répondre aux nombreuses commandes. Votre responsable vous charge d'enregistrer différents messages d'accueil sur le standard téléphonique.

Procédez aux enregistrements de messages sur le répondeur (Doc, Annexe).

Doc Les consignes de votre responsable

Suite à l'accroissement de notre activité, beaucoup de nos clients se retrouvent sans réponse lorsque nos standardistes sont déjà en ligne. Il faudrait préparer deux messages à enregistrer sur notre répondeur :
- l'un pour informer l'appelant(e) que l'appel est bien pris en compte et l'inviter à patienter ;
- l'autre pour rappeler nos jours et horaires d'ouverture (lundi-vendredi, 8 h 30 - 12 h 30 ; 13 h 30 - 17 h).

Précisez que le répondeur ne prend pas de messages vocaux.

Annexe L'enregistrement des annonces sur répondeur

Message téléphonique d'accueil :

....

....

....

....

Message téléphonique de mise en attente :

....

....

....

....

....

Auto-évaluation des compétences

Dans le cadre de la découverte des activités de gestion administrative…	Compétence non maîtrisée	Compétence insuffisamment maîtrisée	Compétence maîtrisée	Compétence bien maîtrisée
→ Je sais traiter les appels entrants.	Je ne ne maîtrise pas les procédures de traitement des appels entrants. ☐	Ma prise en charge des appels entrants reste perfectible. ☐	Je suis capable de traiter la majeure partie les appels entrants. ☐	Je traite sans difficulté l'ensemble des appels entrants. ☐
→ Je sais traiter les appels sortants.	Je ne maîtrise pas les procédures de traitement des appels sortants. ☐	Ma prise en charge des appels sortants reste perfectible. ☐	Je suis capable de traiter la majeure partie les appels sortants. ☐	Je traite sans difficulté l'ensemble des appels sortants. ☐

14 Produire des écrits à usage interne

Compétence
> CC1 Gérer les relations interpersonnelles

Easydis – Groupe Casino

- Easydis est la filiale logistique du groupe Casino, dédiée à l'entreposage des marchandises, à la préparation de commandes et à la livraison des magasins de la plupart des enseignes du groupe en France.
- Easydis a en charge la gestion physique des stocks au sein des entrepôts et assure la préparation et la livraison des commandes. Ces missions s'effectuent dans un souci de maîtrise des coûts et de qualité de service, par l'optimisation de processus et la mise en œuvre de solutions innovantes.
- Présente au côté du groupe Casino depuis son origine, la logistique d'Easydis s'est forgé une expertise unique dans la logistique multiformat pour devenir aujourd'hui l'un des tout premiers spécialistes de ce domaine en France.

Easydis – Groupe Casino
1 esplanade de France
42000 SAINT-ÉTIENNE
04 77 25 86 92
service.transport@easydis.fr
www.easydis.com

Vos missions

Vous êtes apprenti(e) au sein de l'entreprise Easydis, auprès de Maëlle Proust au pôle administratif. Les salariés de cette grande entreprise se répartissent entre le siège social et les entrepôts. La communication est donc très importante. Vous allez assister Maëlle dans la rédaction d'écrits professionnels à usage interne.

Mission 1 **Rédiger des écrits professionnels internes courants**

Mission 2 **Communiquer par messagerie électronique**

Organigramme

foucherconnect.fr/24ago79

Chiffres-clés

1898
1er entrepôt (10 000 m²)

1950
1re livraison en camion frigorifique

2000
Création de la filiale Easydis

Missions

Mission 1 Rédiger des écrits professionnels internes courants

Le personnel d'Easydis étant très dispersé (entrepôts, magasins, siège social…), Maëlle Proust, votre maître d'apprentissage, met tout en œuvre pour optimiser la communication au sein de l'entreprise. Elle souhaite vous initier à la rédaction des différents écrits professionnels internes. Dans un premier temps, elle vous présente un exemple de note diffusée récemment.

1. **Identifiez les différents éléments qui composent une note de service (Annexe 1).**
2. **Indiquez ce qui distingue une note d'une lettre courante (Doc 1, Annexe 1).**

Annexe 1 Un exemple de note de service d'Easydis

....

De : La Direction/Pôle technique

....

À : Personnel entrepôt 12

Le 2 janvier N ....

Objet : Inventaire N ....

NOTE DE SERVICE N° 8 ....

L'inventaire de l'entrepôt 12 aura lieu :

Lundi 13 janvier N de 17 h à 21 h.

Tout le personnel de l'entrepôt se présentera à l'entrée à 16 h 45 pour recevoir les consignes.

Corps de la note

Oumar NDAW ....

Doc 1 Les caractéristiques des notes

Caractéristiques	Note de service	Note d'information
Objectifs	Transmettre des consignes, des ordres	Transmettre des informations
Sens de transmission	Du supérieur hiérarchique aux subordonnés	Tout membre du personnel
Ton	Impératif	Plutôt neutre
Style	Impersonnel (ex. : il est rappelé…) Éviter les pronoms personnels « je » ou « nous »	
Vocabulaire	Courant, professionnel	
Présentation	Libre, mais avec mentions obligatoires Sans formule d'appel Sans formule de politesse	

Votre maître d'apprentissage doit informer les salariés du siège social qu'une enquête va être menée pour évaluer les risques professionnels. Elle vous charge de rédiger la note à cet effet.

3 **Indiquez le type de note à rédiger (Doc 2).**

☐ **Note de service** ☐ **Note d'information**

4 **Rédigez, le 10 février, la note destinée au personnel administratif (Docs 1 et 2, Annexe 1, Annexe 2).**

Doc 2 Les consignes de rédaction

Il faudrait, sur la note aux salariés :
- annoncer la mise en œuvre d'une procédure en faveur de la prévention des risques professionnels ;
- informer de la mise à disposition d'un questionnaire sur l'intranet de l'entreprise ;
- expliquer le but de ce questionnaire : la mise en place de mesures préventives ;
- indiquer la date butoir de retour du questionnaire : le 28 février.

Cette note portera le numéro 17.
Je te laisse libre pour la présentation.

Annexe 2 La note relative à l'enquête sur les risques professionnels

Depuis deux ans, un effort a été demandé aux salariés du siège social afin de réduire le gaspillage dans l'ensemble de l'activité professionnelle. Les résultats constatés sont réels et la direction souhaite en informer l'ensemble du personnel.

5 **Rédigez, le 12 février, la note d'information sur les résultats positifs de la lutte antigaspillage (Doc 3, Annexe 3).**

Doc 3 Des résultats à valoriser

Rappeler aux salariés que des écogestes avaient été proposés en janvier N-1

Il s'agissait de :

– trier les déchets (journaux, papiers multiples…) ;

– réduire les impressions de papier en n'imprimant plus les mails ;

– utiliser du papier recyclé ;

– remplacer les gobelets plastiques par des gobelets réutilisables.

Annoncer que les efforts consentis sont une réussite, ex. : 20 % d'économie sur l'achat du papier.

Remercier.

Inciter à poursuivre.

Annexe 3 Ma note d'information sur les écogestes

Émetteur :	Destinataire :
Objet :	Date :
NOTE D'INFORMATION	

Mission 2 Communiquer par messagerie électronique

Maëlle reçoit tous les jours de nombreux courriels qu'elle doit traiter dans les meilleurs délais. Le dernier reçu, qu'elle a jugé très imprécis, l'a alertée sur les difficultés de rédaction de ces écrits. Elle souhaite donc vous sensibiliser aux respects des règles de rédaction des mails professionnels avant de vous confier vos premiers écrits.

6 **Identifiez puis expliquez les erreurs commises dans le courriel de Jean-Paul (Docs 4 et 5, Annexe 4).**

Doc 4 Les mentions obligatoires d'un courriel

L'objet : 1er élément lu par le destinataire
• Il doit informer sur le contenu du courriel, mais sans être trop long. Ex. : « Ouverture du nouvel entrepôt ». • En cas d'absence d'objet, le mail risque de ne pas être lu, voire d'être automatiquement redirigé par la messagerie vers les messages indésirables.
La formule d'appel : le titre de civilité
• Elle reprend le titre de civilité du destinataire suivi éventuellement de son nom. • Un « Bonjour » suivi du titre de civilité est possible si le destinataire est connu. • Elle est à faire suivre d'une virgule et d'un passage à la ligne.
Le corps du mail : le message
• Les idées : – s'il s'agit d'un **mail de réponse**, il convient de repartir de l'objet du courriel puis d'énoncer les idées en commençant par la plus importante ; – s'il s'agit d'un **premier contact** : la première phrase devra avoir un lien direct avec l'objet, puis les idées seront énoncées en commençant toujours par la plus importante. • Le langage : utiliser un langage courant professionnel. • Le style : adopter un style direct (aller directement au fait) et concis. • La présentation : faire des paragraphes, avec une idée par paragraphe.
La formule de politesse
• Elle dépend du lien entretenu avec le destinataire. Les plus utilisées sont « Cordialement » ou « Respectueusement » si le destinataire est un supérieur hiérarchique ou si vous ne le connaissez pas ; « Bien à vous » ou « Sincères salutations » si vous le connaissez.
La signature
• Elle reste obligatoire, même si le nom de l'expéditeur apparaît dans la zone supérieure du mail. • Elle peut fournir des informations comme le titre ou le numéro de téléphone. • Elle peut être automatisée et donc personnalisée. Elle suivra alors souvent une charte graphique prévue par l'entreprise.

Doc 5 Les mentions de l'en-tête

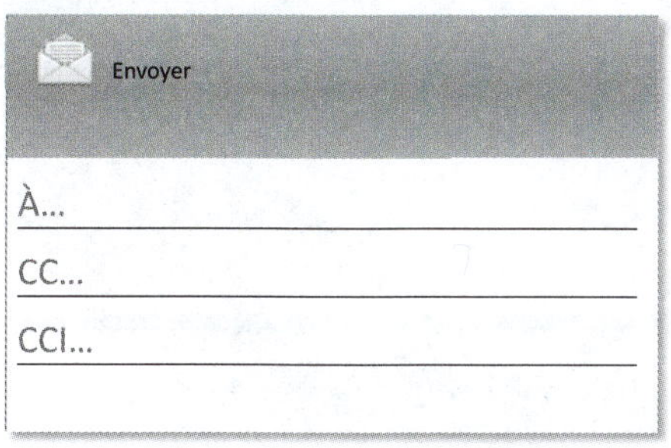

À : zone du destinataire. En cas d'envoi à plusieurs destinataires, chaque adresse est suivie d'un séparateur propre au logiciel de messagerie (ex. : une virgule ou un point-virgule), puis une espace.

Cc : « Copie carbone ». Permet d'envoyer un message à un destinataire ainsi qu'à d'autres personnes à titre d'information. La liste est visible pour tous les destinataires.

Cci : « Copie carbone invisible ». Les adresses des destinataires indiquées dans cette zone ne sont visibles d'aucun autre destinataire.

Répondre à tous : réponse à l'ensemble des personnes identifiées dans le courriel (en « À », « Cc » et « Cci »).

Transférer : envoi d'une copie de l'e-mail à d'autres destinataires, en incluant toutes les pièces jointes.

Annexe 4 **Un mail non professionnel**

De : Jean-Paul ROY "jeanpaul.roy@easydis.fr"

À : maelle.proust@easydis.fr

Objet : Réunion

P. J. :

Pièce jointe manquante

je ne pourrais pas être présent à la réunion.

Sinon concernant mes congé, il y a une erreur, je n'ai pas pris 3 jour mais 2 jour, voir en PJ ma demande de congé.

Merci de rectifier cette erreur.

Jean-Paul

Trois chauffeurs ont été embauchés le mois dernier. Maëlle vous demande de les informer par courriel de la marche à suivre pour les demandes de remboursement de leurs frais professionnels.

7 **Rédigez le courriel destiné aux chauffeurs (Docs 6 et 7, Annexe 5)**

Doc 6 **Extrait du protocole pour le remboursement des frais professionnels**

REMBOURSEMENT DES FRAIS PROFESSIONNELS

• Conditions de remboursement

Le remboursement des frais de restauration et frais d'hébergement se fera uniquement sur présentation des justificatifs joints à la note de frais.

• Délai de remboursement

Les notes de frais sont remboursées à la fin du mois durant lequel elles ont été engagées.

En cas de retard de remboursement, le salarié peut formuler une demande d'avance auprès du pôle administratif.

Doc 7 Les consignes de Maëlle

Je souhaiterais que vous informiez par courriel les trois nouveaux chauffeurs, Alain Grégoire, Soumare Tsibada et Carole William, sur la marche à suivre pour leurs demandes de remboursement de frais, en vous aidant du protocole en vigueur dans l'entreprise. Vous leur indiquerez qu'ils trouveront un exemplaire de la note de frais sur notre intranet, et en joindrez un à votre mail pour le cas où ils n'y auraient pas accès tout de suite.

N'oubliez pas de préciser qu'ils ne doivent pas hésiter à nous contacter s'ils ont des difficultés pour compléter leur première note de frais. Vous trouverez leurs adresses mail dans l'annuaire de l'entreprise et de toute façon, le principe est toujours le même : prénom.nom@easydis.fr

Enfin, je vous rappelle que tous les mails que vous rédigez doivent me parvenir également.

Annexe 5 Les consignes pour le remboursement des frais professionnels

De :	
À :	
CC :	
CCI :	
Objet :	
P. J. :	

14 La production d'écrits à usage interne

Synthèse

Synthèse rédigée — foucherconnect.fr/24ago80

QCM — foucherconnect.fr/24ago81

1 Les écrits professionnels internes courants

	La note de service	La note d'information
Objectif :	transmettre un ordre ou des consignes	transmettre des informations
Sens de transmission :	du supérieur aux subordonnés	Tout membre du personnel
Ton :	impératif	neutre

- **Style** impersonnel
- **Vocabulaire** courant professionnel
- **Présentation** libre

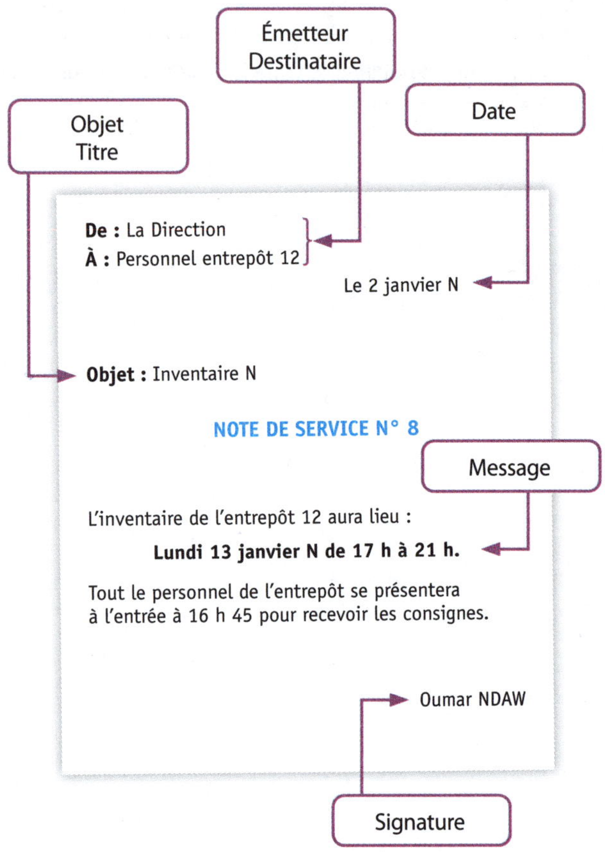

2 La communication par messagerie électronique

- Le courrier électronique

OBJET	FORMULE D'APPEL	MESSAGE	FORMULE DE POLITESSE	SIGNATURE
• Concis • Informe du contenu	• Reprend le titre de civilité • « Bonjour », si le destinataire est inconnu	• Débute par l'idée la plus importante • Adopte un style direct • Utilise un langage courant professionnel	Dépend du lien entretenu avec le destinataire : • si supérieur : « Cordialement » ou « Respectueusement » • sinon : « Bien à vous », « Bien cordialement »…	• Obligatoire • Souvent automatisée

Applications

pix Mes compétences numériques
3.1. Développer des documents textuels
Niv. 3 Créer des contenus majoritairement textuels à l'aide de différentes applications

Se repérer dans un flux de données et en extraire une information

CO-INTERVENTION
• Français

Appli 1 Rédiger une newsletter

Vous venez d'être embauché(e) au service communication de la société Safran, groupe opérant dans les domaines de l'aéronautique, de la défense et de l'espace. Toutes les semaines, ce service, en alternance avec le conseil social et économique (CSE), édite une lettre d'information à destination des salariés. La société a fait le choix de maintenir cette newsletter au format papier, et non numérique, à la demande d'une majorité de salariés. Vous allez contribuer à la rédaction de la newsletter qui doit présenter des offres négociées récemment par le CSE pour la visite de parcs à thème.

Rédigez, à l'aide de votre logiciel de PAO, la lettre d'information à destination des salariés (Docs 1, 2 et 3).

Doc 1 Qu'est-ce qu'une newsletter ?

La newsletter est une lettre d'information, électronique ou papier, rédigée afin d'informer l'ensemble du personnel de la vie dans l'entreprise. On peut y trouver des interviews de salariés faisant part de leur expérience, des informations pratiques, de la vie sociale de l'entreprise (mariage, naissance, arrivées, départs…), des propositions de sorties, des offres compétitives… En résumé, la newsletter est le reflet de l'esprit de l'entreprise.

Doc 2 Les activités des parcs à thème

LE FUTUROSCOPE

Sensations fortes
- La Clé des songes
- Eclipse
- IllusiO, un destin magique

Sensations fortes
- Objectifs Mars
- Chasseurs de tornades
- Arthur, l'aventure 4D (élue meilleure attraction au monde)

En famille
- Étincelle, la malédiction de l'Opale Noire
- La machine à voyager dans le temps
- Antartica
- Choc dynamique

VULCANIA

Terre en colère
Une attraction au contact des éléments déchaînés.

Dragon Ride 2
Débusquez des créatures légendaires !

Volcan Sacré
Partez en exploration à travers le monde à la découverte des légendes volcaniques.

Réveil des géants d'Auvergne
Vivez en direct le réveil des volcans d'Auvergne.

Namazu
Accompagnez des sismologues pour découvrir « une zone sismique active ».

Le Puy du Fou

Le Parc
- Découvrez le « meilleur parc à thème du monde » et parcourez l'histoire au travers de 18 spectacles et 4 villages situés au cœur d'une vallée centenaire.

Spectacles nocturnes
- **Les noces de feu**
Laissez-vous emporter par la poésie d'une féérie d'eau et de feu unique au monde.
- **La Cinéscénie**
Découvrez le plus grand spectacle au monde : une fresque géante retraçant 7 siècles d'histoire.

Doc 3 Les tarifs des parcs

OFFRE SPÉCIALE DU 11 MARS AU 6 AVRIL

Futuroscope :	1 jour : 34 € (13 ans et plus) ; 25 € (5-12 ans)
Le Puy du Fou :	1 jour : 34 € (13 ans et plus) ; 21 € (5-12 ans) Cinéscénie, 1 soirée : 25 € ; 18 € (5-12 ans)
Vulcania :	1 jour : 22 € (adulte) ; 16 € (6-16 ans)

Appli 2 Rédiger un mémo

Il arrive parfois qu'Easydis, la plateforme logistique dans laquelle vous êtes apprenti(e) assistant(e) administratif(ve), ait des colis à envoyer en Guadeloupe ou en Martinique et depuis très récemment, au Canada. Des formalités douanières doivent être effectuées selon les pays. Votre maître d'apprentissage souhaiterait qu'un mémo regroupant les documents obligatoires soit rédigé et vous charge de cette réalisation.

Rédigez, à l'aide de l'outil de votre choix, le mémo qui présentera de façon synthétique les formalités obligatoires à suivre pour les envois commerciaux (Docs 1 à 3).

Doc 1 Le mémo en quelques mots

Mémo est l'abréviation de *memorandum* qui signifie « chose que l'on veut conserver en mémoire ». Ex. : Le « mémo voyage » envoyé par certaines compagnies aériennes après l'achat d'un billet d'avion pour conserver les informations importantes.

C'est un document, simple, qui permet de noter des éléments dont on veut se souvenir. Il porte pour titre « Mémo », suivi de l'objet. La présentation est libre : l'auteur du mémo devra organiser au mieux, visuellement, les informations à conserver.

Doc 2 Les formalités douanières vers l'outre-mer

8 destinations concernées

Guadeloupe, Guyane, Martinique, Réunion, Saint-Martin, Saint-Barthélemy, Mayotte, Saint-Pierre et Miquelon

Quelles sont les formalités à respecter ?

- **ÉTAPE 1 : Joindre le formulaire douanier conforme à l'envoi (CN22 ou CN23 suivant le cas.)**
Un DAU (document administratif unique) sera établi par la Poste pour les envois dont la valeur est supérieure à 1 000 €.
- **ÉTAPE 2 : Joindre une facture.**
– Pour un envoi non commercial : une ***facture pro forma*** en double exemplaire.
– Pour un envoi commercial : une ***facture commerciale*** en double exemplaire.

Doc 3 Les formalités vers le reste du monde

- **ÉTAPE 1 : Joindre le formulaire douanier conforme à l'envoi (CN22 ou CN23 suivant les cas).**
Un DAU (document administratif unique) sera établi par la Poste pour les envois dont la valeur est supérieure à 8 000 €.
- **ÉTAPE 2 : Joindre une facture en double exemplaire.**
– Pour un envoi non commercial : une ***facture pro forma*** en double exemplaire.
– Pour un envoi commercial : une ***facture commerciale*** en double exemplaire.
- **ÉTAPE 3 : Établir une déclaration d'origine.**

Auto-évaluation des compétences

Dans le cadre de la production des écrits à usage interne…	Compétence non maîtrisée	Compétence insuffisamment maîtrisée	Compétence maîtrisée	Compétence bien maîtrisée
→ Je sais rédiger des écrits professionnels internes courants.	Je ne sais pas rédiger des écrits professionnels internes courants. ☐	Mes écrits professionnels internes présentent trop d'erreurs de fond ou de forme. ☐	Je sais rédiger des écrits professionnels internes avec quelques imprécisions ou erreurs de lexique professionnel. ☐	Mes écrits professionnels internes sont rédigés avec clarté et rigueur en respectant les codes et lexiques adaptés. ☐
→ Je sais communiquer par messagerie électronique.	Je ne sais pas communiquer par messagerie électronique. ☐	Mes messages électroniques nécessitent d'être contrôlés. ☐	Mes messages électroniques présentent quelques imperfections. ☐	Je sais rédiger et envoyer des messages électroniques de qualité professionnelle. ☐

15 Communiquer par écrit à l'externe

Compétences
> CC1 Gérer des relations interpersonnelles
> CC3 Mettre en œuvre et contrôler le processus administratif

Voyages Paris Normandie

- Voyages Paris Normandie (VPN) est une société par actions simplifiée à associé unique (SASU) dont l'activité est la vente de voyages pour des clients individuels, sociétés et groupes, voyages à forfait, voyages sur mesure, billetterie (aérienne, maritime, ferroviaire…). Son siège social se situe à Rouen.
- L'entreprise comprend 12 agences en Normandie et en région parisienne, un service affaires situé à Vernon et un service groupes situé à Rouen.
- Voyages Paris Normandie bénéficie d'une équipe de conseillers voyages au service des particuliers pour organiser leurs prochaines vacances ou leur prochain voyage : séjours, circuits, croisières, week-ends, voyages de noces, liste cadeaux…
- VPN c'est aussi l'organisation de voyages d'affaires qui répondent aux exigences des entreprises, notamment l'optimisation des coûts de déplacements. Pour cela, l'entreprise fait appel à des solutions technologiques de pointe et aux tarifs préférentiels du GIE Manor, premier réseau français d'agences d'affaires indépendantes.
- De la France à l'Europe, de l'Asie à l'Amérique en passant par l'Afrique… VPN réalise toutes les envies d'évasion de ses clients en répondant à leurs besoins de manière précise et rapide par de multipropositions qui permettent d'optimiser les déplacements.

Vos missions

L'activité de l'entreprise est en plein essor… C'est la période où les clients préparent les vacances estivales et tous les services sont très sollicités. Afin de faire face à cet accroissement d'activité, vous avez été recruté(e) pour une mission temporaire en tant que secrétaire administratif(ve). Vous assistez Agathe Hurtel et ses collaborateurs sur des tâches relatives à la communication de l'agence.

Mission 1 **Rédiger des écrits externes**

Mission 2 **Communiquer *via* les outils numériques**

Organigramme

foucherconnect.fr/24ago35

Chiffres-clés

1982
Ouverture de la première agence VPN à Rouen (siège social)

1990–2019
Implantation de 12 agences sur la Normandie et la région parisienne

Missions

Mission 1 Rédiger des écrits externes

1. Rédiger un courrier professionnel

Aurélien Tipon, le responsable du service location, vient de recevoir le contrat signé de son client, Patrick Patoul, pour son séjour à Montpellier. Il vous demande de confirmer la réservation de l'hôtel pour ce client par courrier.

1 **Rédigez le courrier de réservation de l'hôtel (Docs 1 et 2, Annexe 1).**

Doc 1 **Les mentions obligatoires d'un courrier professionnel**

	MENTIONS		CONTENUS RÉDACTIONNELS
	EN-TÊTE		
1	Émetteur		Coordonnées de celui qui envoie le courrier (adresse, téléphone, mail…).
2	Destinataire		Nom et adresse de celui qui reçoit le courrier.
3	Lieu d'émission		Ville où est rédigé le courrier.
	Date		Date de rédaction du courrier, dont le mois est écrit en lettres. Donne valeur de preuve au document.
4	Références		Variable selon les entreprises : initiales de celui qui signe le courrier suivies des initiales de celui qui le rédige, suivies éventuellement du numéro de courrier. Elles facilitent le classement du document.
5	Objet		Résumé précis et succinct du contenu du courrier.
6	Pièces jointes (PJ)		Indique le nombre ou la nature du document qui accompagne le courrier.
	CORPS DU COURRIER		
7	Titre de civilité		« Madame » ou « Monsieur », suivi éventuellement du nom du destinataire, ou « Messieurs » lorsque l'on ne sait pas qui va lire la lettre.
8	Message	Introduction	1. **Accuser réception :** « Nous avons bien reçu votre courrier et nous vous en remercions. » 2. **Informer :** « Nous vous informons que… » 3. **Demander :** « Nous vous saurions gré de… » 4. **Accepter :** « Nous avons le plaisir de… »
		Développement	1. **Demander :** « Vous serait-il possible de nous accorder un délai de paiement ? » 2. **Expliquer :** « En effet, nous avons subi une inondation qui nous empêche d'envoyer votre commande. » 3. **Justifier :** « Nous ne pouvons pas respecter les délais parce que… »
		Conclusion	1. **Accepter :** « Nous acceptons votre proposition… » 2. **Remercier :** « Nous vous remercions de l'intérêt que… » 3. **Rappeler une demande :** « Nous vous rappelons que nous souhaitons la livraison dès que possible. » 4. **Espérer :** « Nous espérons que vous ne nous tiendrez pas rigueur de ce contretemps. » 5. **Se tenir à la disposition :** « Nous restons à votre disposition pour tout complément d'information. »
9	Formule de politesse		Expression qui permet de terminer le courrier de façon polie, en saluant le destinataire. Par exemple : – si c'est un **supérieur hiérarchique** : « Veuillez agréer, *[Titre]*, l'expression de nos sentiments dévoués. » ; « Je vous prie de recevoir, *[Titre]*, mes respectueuses salutations. » – si c'est un **subordonné** : « Veuillez agréer, *[Titre]*, nos salutations distinguées. » ; « Veuillez agréer, *[Titre]*, l'assurance de notre sincère considération. »
10	Signature de l'émetteur		Elle officialise le courrier et indique qui est responsable de son contenu. Elle est composée de la fonction de l'émetteur, du Prénom, du NOM et de la signature.

D'après *Mieux rédiger ses écrits professionnels*, Mireille Brahic, Éditions d'organisation, Groupe Eyrolles

Doc 2 **La retranscription du message laissé par Aurélien Tipon sur répondeur**

Hôtel La Comédie Montpellier. Confirmer réservat° 2 chbres dbles
+ sdb privative : 62 €/nuit. Du 10 au 13 mai. + Petit déj : 9 €.
+ 1 animal de Cie : 8 €/j. Nom : Patrick PATOUL.
+ chq acpte 150 € + AR° courrier par mél : aurélien.tipon@vpn.fr

Annexe 1 **La réservation à l'hôtel**

Pour un courrier rédigé de façon manuscrite, il faut prévoir 2 cm de marge de chaque côté.

1

Voyages Paris Normandie
Agence de Dieppe
16 place Nationale
76200 DIEPPE
✆ 02 35 14 44 66
bripoll@vpn.fr

10 cm

2

Hôtel La Comédie
1 bis rue Baudin
34000 MONTPELLIER

3

4

5

6

7

8

9

10 cm

10

2. Concevoir un flyer

Agathe Hurtel revient d'un séjour organisé par Costa Croisières pour présenter son premier paquebot écologique propulsé par gaz naturel liquéfié, le Costa Sméralda. L'agence souhaite promouvoir les séjours sur ce magnifique paquebot et a décidé d'organiser une journée portes ouvertes. Elle vous demande de réaliser le flyer, imprimé par nos soins, qui servira à informer de l'événement.

2 **Surlignez en jaune les éléments montrant l'utilité d'un flyer et en rose les éléments à respecter pour obtenir un flyer réussi (Doc 3).**

3 **Retrouvez, en complétant les encadrés, les éléments indispensables à un flyer (Doc 3, Annexe 2).**

Doc 3 Les conseils pour créer un flyer efficace

• Le flyer (prospectus ou document publicitaire en français) est un **support papier promotionnel éphémère** distribué dans les espaces publics et privés pour communiquer un maximum d'informations pertinentes à un maximum de personnes : véhiculer une idée, un message, promouvoir un produit ou annoncer un événement (artistique, politique, culturel). C'est un moyen de communication efficace et très prisé : on peut le toucher, le regarder, sentir le papier, l'accrocher sur le frigo…

Les critères indispensables

• Le message : précis, clair, direct (phrases courtes) composé de mots simples. On doit pouvoir identifier les informations au premier coup d'œil. Il doit être marquant, sous peine d'être oublié l'instant d'après.

• La typographie (choix de la police et de sa mise en forme) : adaptée au message transmis et en accord avec celui-ci.

• Les couleurs : au maximum trois couleurs pour la cohérence. Évitez le mélange des couleurs chaudes et des couleurs froides, sauf exception (rouge et gris par exemple).

• Les images : elles sont en rapport avec l'activité de la société ou de la manifestation.

L'identité visuelle

• Vos coordonnées, telles que votre logo, vos couleurs, vos nom et prénom si nécessaire, votre numéro de téléphone, le courriel de contact, l'URL de votre site internet.

• Vous pouvez ajouter un QR-code pour inciter la cible à effectuer un achat, accéder à des vidéos… Cela permet à l'entreprise, en outre, de récupérer des coordonnées pouvant servir à des fins marketing.

L'impression

• Plusieurs formats peuvent être utilisés; les plus courants sont A5, A6 et le format enveloppe.

• Il vaut mieux privilégier un papier assez épais afin que le flyer puisse être inséré dans les boîtes aux lettres ou déposé sur des pare-brises de voitures sans être abîmé.

Les mentions légales

Attention à ne pas oublier le nom et l'adresse de l'imprimeur (article 3, loi du 29/07/1881), la mention «Ne pas jeter sur la voie publique», votre dénomination sociale et votre numéro de RCS, mais aussi, les mentions particulières à faire figurer en cas de produit alimentaire et en cas de vente d'alcool.

Anthedesign.fr, Creerentreprise.fr

Annexe 2 Un ancien flyer de VPN

4 Créez la proposition du flyer d'annonce des portes ouvertes (Doc 4, Annexe 3).

Doc 4 Les consignes d'Agathe

Portes ouvertes le 22 février de 9 h à 18 h sans interruption. Présentation de la nouvelle croisière sur le Costa Sméralda. Tombola gratuite : à gagner 1 séjour d'une semaine pour 2 personnes en mode VIP sur le Costa Sméralda. Promotion sur toutes les croisières :
1 passager payant = 1 passager gratuit. Offre valable du 22/02 au 07/03.

Annexe 3 Ma proposition de flyer

Recto

Verso

Mission 2 Communiquer *via* les outils numériques

1. Rédiger un courriel

De retour de la pause méridienne, vous consultez les mails reçus par l'agence. Deux prospects ont formulé la même demande de documentation. Vous décidez de leur répondre.

6 **Rédigez le mail de réponse relatif à la demande d'information (Docs 5 et 6, Annexe 4).**

Doc 5 Les demandes de documentation

De :	sebastien.voisin@orange.fr
À :	bripoll@vpn.fr
Objet :	Demande brochure
P. J. :	

Bonjour,
Je souhaite obtenir des informations sur votre circuit « La Côte fleurie » et recevoir une brochure.
Merci.
Bonne journée.
Sébastien VOISIN

De :	dorinemarchand@gmail.com
À :	bripoll@vpn.fr
Objet :	Demande de documentation
P. J. :	

Bonjour,
Une amie m'a parlé de votre circuit qui permet de visiter la Côte fleurie. Pouvez-vous me donner des explications et m'envoyer de la documentation ?
Merci.
Bonne journée
Dorine MARCHAND

Doc 6 Extrait de la brochure LaCôtefleurie.pdf

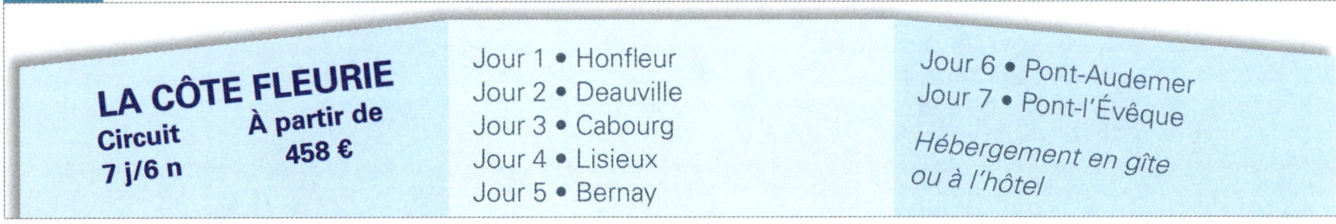

Annexe 4 Informations sur le circuit La Côte fleurie

De :	....
À :	....
CCI :	....
P. J. :	....
Objet :	....

....
....
....
....
....
....
....
....
....
....

Assistante administrative
☏ 02 35 14 44 66
Voyages Paris Normandie

Agence de Dieppe
16 place Nationale – 76200 DIEPPE
www.voyagesparisnormandie.com

2. Communiquer par SMS professionnel/SMS marketing

Agathe Hurtel souhaite dynamiser sa relation client et la rendre plus moderne. Elle revient d'une réunion sur le thème « Le SMS Marketing », convaincue que c'est un moyen de toucher au plus près les clients. Elle vous remet un extrait de la documentation qu'elle a recueillie pour vous aider à utiliser cet outil

6 **Rédigez, d'après les consignes d'Agathe, le SMS de présentation de l'offre promotionnelle pour les vacances de printemps (Docs 7 à 9, Annexe 5).**

Doc 7 Les consignes d'Agathe

Nous allons tester le « SMS événementiel ». Pour les prochaines vacances, celles de printemps, nous prévoyons d'offrir à nos clients une remise immédiate de 10 % sur les offres de locations villégiatures en France. Cette offre ne sera valable que pour les réservations effectuées avant le 11 mars pour la période du 11 au 25 avril. J'attends votre proposition !

Je vous ai mis avec cette note, un exemple de SMS événementiel. Merci.

Agathe

Doc 8 Le SMS événementiel

- Les objectifs : communiquer pour optimiser les périodes de forte consommation.
- Les usages : Noël, soldes d'été et d'hiver, Saint-Valentin, Pâques, fête des Mères…
- **La réglementation : l'envoi de SMS publicitaires** n'est autorisé que du lundi au samedi entre 8 h et 20 h (hors jours fériés). Les destinataires doivent avoir donné leur accord. La CNIL* impose de faire apparaître la mention STOP SMS en fin de message.
- Astuces : n'attendez pas la dernière minute et programmez vos campagnes bien à l'avance grâce au départ différé.

Isendpro.com et SMS professionnel.net

* CNIL : Commission nationale de l'informatique et des libertés.

Doc 9 Le SMS professionnel en chiffres

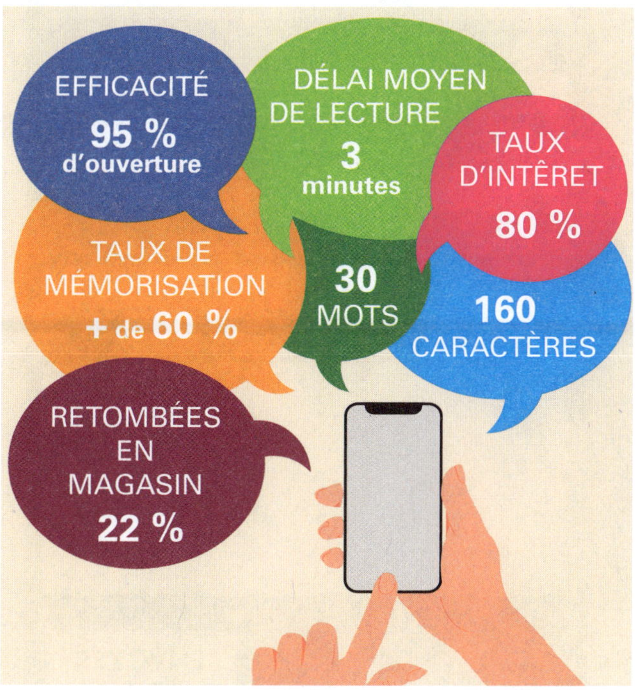

Données issues du site Isendpro.com, 30 janvier 2022

Annexe 5 Message SMS à envoyer aux clients

3. Concevoir un formulaire de contact en ligne

Agathe Hurtel souhaite continuer de développer la communication via le numérique pour améliorer sa relation avec les clients et les prospects. Sur notre site, le client ne peut pas nous contacter par le biais d'un formulaire dédié. Elle vous demande d'y remédier.

7 **Identifiez les éléments indispensables à faire figurer sur un formulaire de contact (Doc 10, Annexe 6).**

8 **Concevez la maquette de la page « Contact » du site de l'agence (Doc 10, Annexe 6, Annexe 7).**

Doc 10 Une page « Contact » efficace

Considérez votre page contact comme une ambassadrice. Elle doit donner envie de vous appeler, de vous envoyer un mail ou de remplir votre formulaire de contact. Soyez chaleureux, montrez-vous attentif aux besoins de vos clients.

Une page contact doit avant tout être **fonctionnelle**. C'est pour cela qu'elle est là. Toutes les informations utiles pour vous contacter doivent s'y trouver. Et pour être sûr(e) que tout fonctionne bien, **vérifiez régulièrement que le formulaire de contact et les liens sont opérationnels**.

Sur cette page, on retrouve les **éléments indispensables** (*cf. Annexe 6*) mais aussi :
– **liens vers les réseaux sociaux** ;
– **type de demande :** demande de rappel téléphonique, demande de devis, autre ;
– proposition d'**abonnement à la newsletter** ;
– incitation à **consulter la FAQ** (foire aux questions) avant de remplir le formulaire ;
– heures d'**ouverture de l'agence** ;
– possibilités de place de parking pour tous ceux qui veulent attirer des clients dans leur magasin, ou toute information utile pour accéder aux bureaux ou showrooms…

Annexe 6 Les éléments indispensables à une page contact

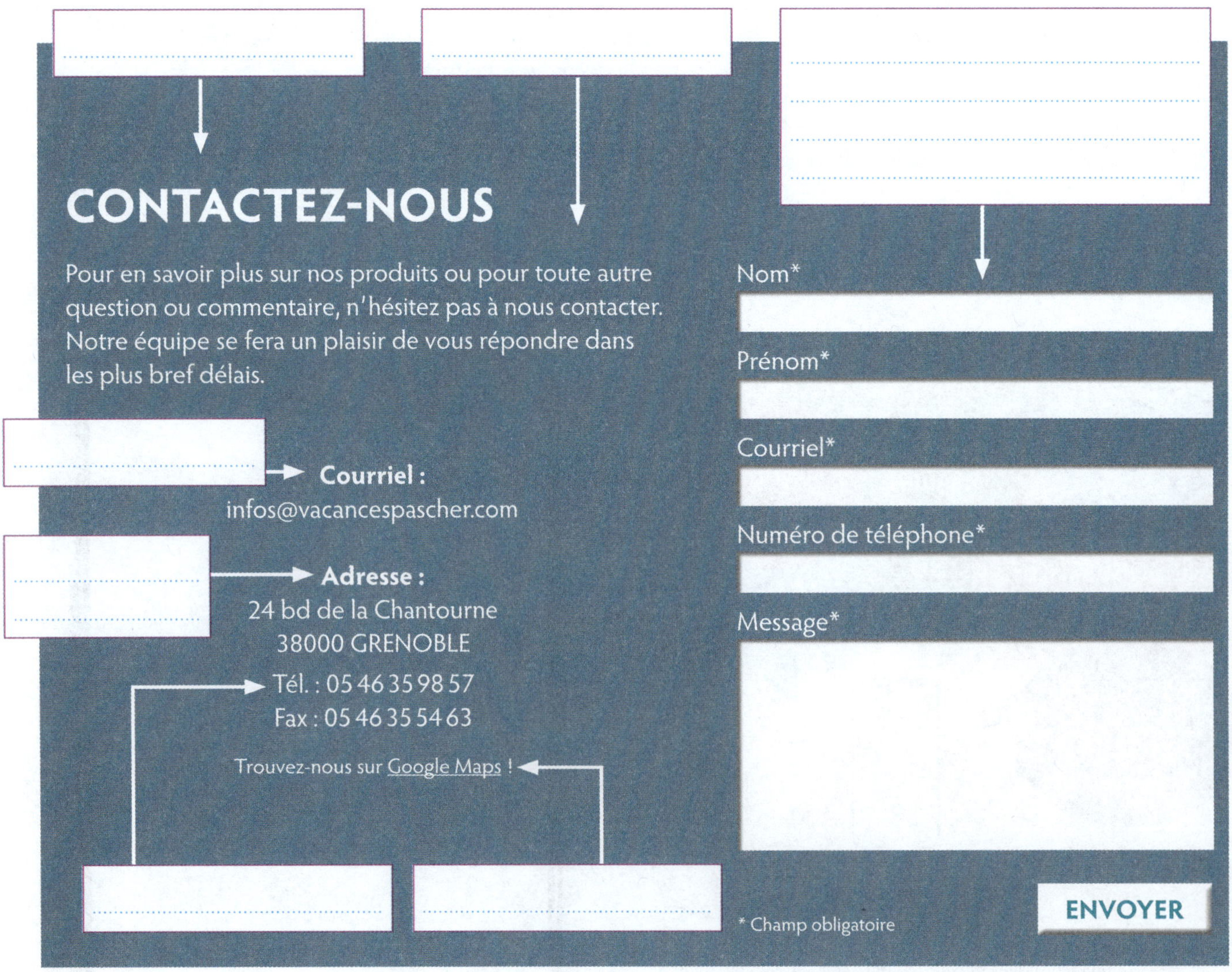

Annexe 7 Maquette de la page « Contactez-nous » de VPN

9 Rédigez le texte qui apparaîtra en bandeau sur la page d'accueil pour informer les visiteurs de l'existence de notre nouvelle page « Contactez-nous » (Annexe 8).

Annexe 8 Le texte du bandeau d'information

La communication écrite à l'externe

Synthèse

Synthèse rédigée — foucherconnect.fr/24ago36

QCM — foucherconnect.fr/24ago37

1 La rédaction des écrits externes courants

- **Le courrier**

Il s'adresse aux partenaires de l'entreprise, aux prospects pour transmettre différents types d'informations : invitation, relance…

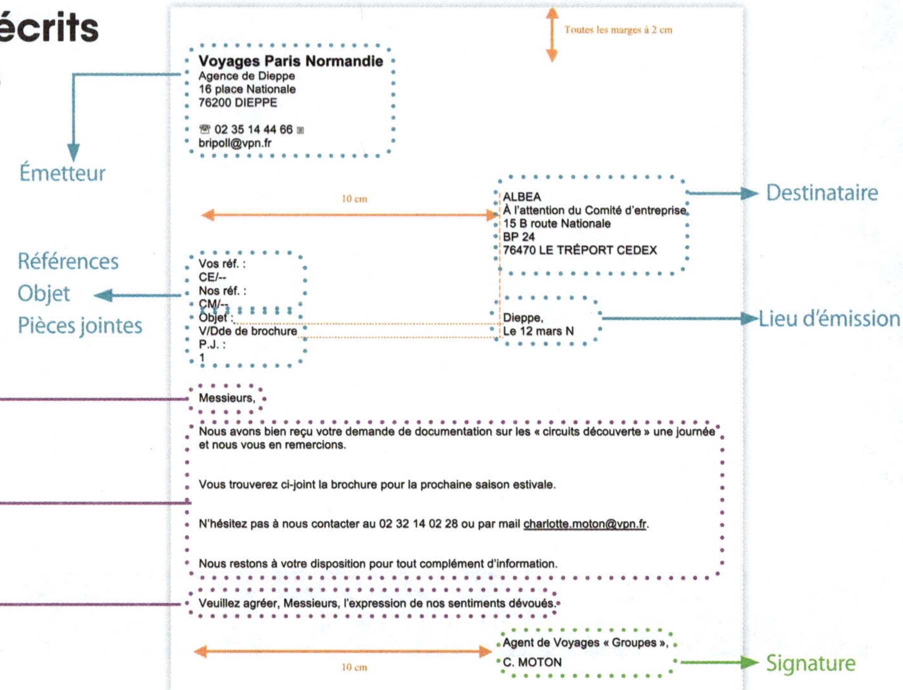

- **Le flyer**

Moyen de communication qui permet :
– de faire passer une idée, véhiculer un message ;
– de promouvoir un produit ;
– d'annoncer un événement.

On y trouve :
– le logo,
– le numéro de téléphone ;
– l'adresse mail de contact ;
– l'adresse du site internet…

2 La communication *via* les outils numériques

1. Le courriel	2. Le SMS professionnel, le SMS marketing	3. La page « Contact »
Nouveau message À : Objet : Bonjour, Introduction – Développement – Conclusion Cordialement. Bloc signature ENVOYEZ	Objectif : Communiquer pour informer des événements commerciaux, augmenter les ventes Texte : court, précis ; percutant. 30 mots environ.	Contactez-nous en cas de question Nom / Email Téléphone / Pays Objet Votre message C'est l'ambassadrice de votre organisation ENVOYER

Applications

S'informer, informer

CO-INTERVENTION
• Français

Appli 1 Envoyer une télécopie

Aurélien Tipon, agent « Individuel/Locations » chez Voyages Paris Normandie (VPN) situé à Dieppe (76), vous informe que notre partenaire Lagrange Vacances, par l'intermédiaire duquel nous louons des appartements, a perdu le contrat relatif à la location de l'appartement n° 4, situé résidence Lagrange à Pralognan (73).
Faute de temps, il vous demande de le leur envoyer par télécopie.

1 Identifiez, en les surlignant, les secteurs dans lesquels le fax est toujours utilisé (jaune) et les raisons pour lesquelles la télécopie est encore d'actualité en entreprise (rose) (Doc 1).

2 Complétez l'en-tête de la télécopie à envoyer à Lagrange Vacances pour lui transmettre les 3 pages du contrat de location demandé (Docs 2 et 3, Annexe).

Doc 1 En entreprise, le fax a encore toute sa place

Le télécopieur, cette machine physique qui permettait d'envoyer des documents [à] valeur juridique, a commencé à disparaître [...] au profit du mail. Pourtant, le fax perdure. Certes transformé, mais il fait toujours partie du quotidien de nombre d'entreprises.

Une base d'utilisateurs fidèles

Ayant connu un essor dans les années soixante, le fax s'est rapidement développé chez les particuliers, et surtout dans les entreprises, qui sont nombreuses à encore l'utiliser. Pour les départements juridiques ou RH, et pour les professionnels de la santé, de l'immobilier ou de la finance, le fax reste le meilleur moyen de communication pour conjuguer efficacité et opposabilité juridique. C'est donc le canal privilégié pour les envois de documents importants, en toute sécurité et fiabilité.

Si l'e-mail est rapide, il est encore formellement interdit de l'utiliser pour envoyer des données personnelles ou bien des documents officiels, et ce dans de nombreux pays. Alors que cette pratique est légale *via* le canal fax. C'est pour cette raison que de nombreuses entreprises lui restent fidèles. À la différence qu'elles privilégient désormais la version dématérialisée pour s'affranchir des problématiques liées à la machine physique. Finis les télécopieurs, cartouches d'encre et ramettes de papier !

Le fax, une brique phare de la communication dans l'entreprise

Les fax dématérialisés s'envoient tout aussi rapidement que les fax papier, voire plus, mais ils offrent une meilleure confidentialité des informations, car elles ne sont plus systématiquement imprimées – ce qui contribue également à préserver l'environnement. [...] Son caractère confidentiel en fait un allié sûr puisque, contrairement aux versions papier éditées sur des imprimantes souvent partagées, les *fax to mail* arrivent directement dans la boîte de réception du destinataire, et uniquement la sienne. Aucun risque ni qu'ils disparaissent ni qu'ils soient lus par des personnes non concernées. [...]

Benoît Trémolet, 25 juin 2019,
Journaldunet.com

Doc 2 Un extrait du fichier « Partenaires »

Dénomination sociale	Contact	Adresse	CP	Ville	Téléphone	Télécopie
BELAMBRA	Amélie Boulin	63 avenue du Général Leclerc	92340	BOURG-LA-REINE	01 45 62 38 79	01 45 62 58 41
LAGRANGE VACANCES		9 rue Le Chatelier	75017	PARIS	01 47 54 60 40	01 40 54 05 50
MAEVA	Paul Durand	55 rue de Rosny Bâtiment E	93100	MONTREUIL	01 55 26 30 69	04 55 26 85 79
PIERRE ET VACANCES		11 rue de Cambrai	75947	PARIS CEDEX 19	01 58 21 58 21	01 58 21 58 29

Doc 3 Les informations en en-tête d'une télécopie

Voyages Paris Normandie
Agence de Dieppe
16 place Nationale
76200 DIEPPE
✆ 02 35 14 44 66
✉ bripoll@vpn.fr

Télécopie

Nom de l'entreprise du destinataire — *Nom de la personne/Service concerné*

À : | De : ← *Nom de l'expéditeur/Service*

Nombre de pages : ← *Nombre de pages faxées*

Télécopie : ← *N° télécopie du destinataire* | Date : ← *Date d'envoi de la télécopie*

Téléphone : ← *N° téléphone du destinataire* | Cc : ← *Nom de la personne mise en copie*

Objet : ← *Résumé du contenu*

☐ **Urgent** ☐ **Pour révision** ☐ **Pour commentaires** ☐ **Veuillez répondre** ← *Case(s) à cocher en fonction de l'action attendue du destinataire*

Commentaires : *Texte du message*

Annexe La télécopie à envoyer au partenaire Lagrange Vacances

Voyages Paris Normandie
Agence de Dieppe
16 place Nationale
76200 DIEPPE
✆ 02 35 14 44 66
✉ bripoll@vpn.fr

À : .... De : ....

.... Nombre de pages : ....

Télécopie : .... Date : ....

Téléphone : .... Cc : ....

Objet : ....

☐ **Urgent** ☐ **Pour révision** ☐ **Pour commentaires** ☐ **Veuillez répondre**

Commentaires :

Bonjour,

Vous trouverez ci-joint le contrat de location relatif à l'appartement n° 4 situé Résidence Lagrange Les Hauts de la Vanoise à Pralognan.

Nous vous en souhaitons bonne réception.

Cordialement,

Agent de Voyage Individuels/Locations
A. TIPON

Appli 2 Créer une page d'accueil

Vous effectuez votre PFMP auprès de Nicolas Egas, gérant de la société immobilière Prox'immo. Il s'agit d'une société fraîchement créée qui intervient sur toute la région rouennaise (76). De nombreuses tâches sont à réaliser et, notamment, la création du site internet. Vous bénéficiez pour cela de son arborescence qui a déjà été réfléchie par Nicolas et son collaborateur Charles Tainturelier.

pix Mes compétences numériques

1.1. Mener une recherche et une veille d'information
Niv. 1 Effectuer une recherche simple en ligne en utilisant un moteur de recherche
1.2. Gérer des données
Niv. 1 Sauvegarder des fichiers dans l'ordinateur utilisé et les retrouver
2.1. Interagir
Niv. 2 Utiliser un outil ou un service numérique pour communiquer
3.1. Développer des documents textuels
Niv. 2 Utiliser les fonctions simples d'une application pour produire des contenus majoritairement textuels associés à une image, un son ou une vidéo

Se repérer dans un flux de données et en extraire une information
Produire et diffuser de l'information de manière responsable

CO-INTERVENTION
• Français

Présentez, avec l'outil de votre choix (diaporama, texteur, logiciel de création graphique du type Canva…) le projet de la page « accueil » qui figurera sur le site internet de Prox'immo. La présentation rédigée de l'agence, mais aussi du secteur géographique sur lequel elle intervient devront figurer sur celle-ci (Docs 1 à 3).

Doc 1 Quelles informations à intégrer sur la page d'accueil de mon site immobilier ?

La page d'accueil d'un site immobilier doit être conçue avec le plus grand soin pour optimiser son référencement*. Les informations, les images ou autres publications qui y seront présentées doivent avoir cette faculté d'attirer directement l'attention des internautes, en particulier les investisseurs dans les biens immobiliers et les propriétaires qui envisagent de mettre en vente leurs maisons. […]

Une courte présentation de l'agence immobilière

Pour mettre en confiance le visiteur, il est important de présenter sur l'interface de son site web immobilier une courte description de son agence immobilière. Le nombre d'années d'expérience, les réalisations de l'enseigne et ses particularités sont quelques exemples d'information à fournir. Il est important d'utiliser les bons mots clés dans la rédaction de cette présentation pour bénéficier des premières pages des moteurs de recherche, comme Google.

Un moteur de recherche

Un outil de recherche intuitif et facile d'utilisation doit être intégré sur la page d'accueil de son site immobilier. Ce dispositif permettra aux internautes d'accéder directement aux annonces de vente qui y sont publiées et d'effectuer facilement leurs choix.

Les dernières annonces immobilières

Pour augmenter la visibilité de son site immobilier, il est impératif de mettre à jour continuellement les informations qui y sont diffusées. Les dernières annonces de vente, de location ou d'achat émises par les utilisateurs doivent être mises en avant, et ce, avec les bons mots clés. Ces offres doivent être soigneusement rédigées et compréhensibles par le grand public.

Des images sur les biens immobiliers proposés

Les internautes sont plus attirés par les images et vidéos que par les longs textes qui font plus de 500 mots. De ce fait, il faut penser à publier sur son site web des images pour illustrer les annonces de vente, d'achat et de location. Ne pas oublier de fournir des liens hypertextes vers les annonces principales.

Des liens internes et externes

Afin de permettre aux visiteurs d'accéder facilement aux autres rubriques de son site web immobilier […], il ne faut pas oublier d'y intégrer des liens internes. Les différents onglets présentés sur son interface doivent être également bien visibles. La mise en place de liens externes vers les comptes de réseau social comme Facebook et Twitter est également conseillée et une compatibilité iPhone et smartphone.

https://www.creation-site-immobilier.net/blog/, 3 juillet 2023

* Référencement : ensemble des techniques utilisées pour améliorer la position d'un site internet dans les pages de résultats affichées par les moteurs de recherche en réponse aux requêtes des internautes.

Doc 2 Un exemple de page d'accueil

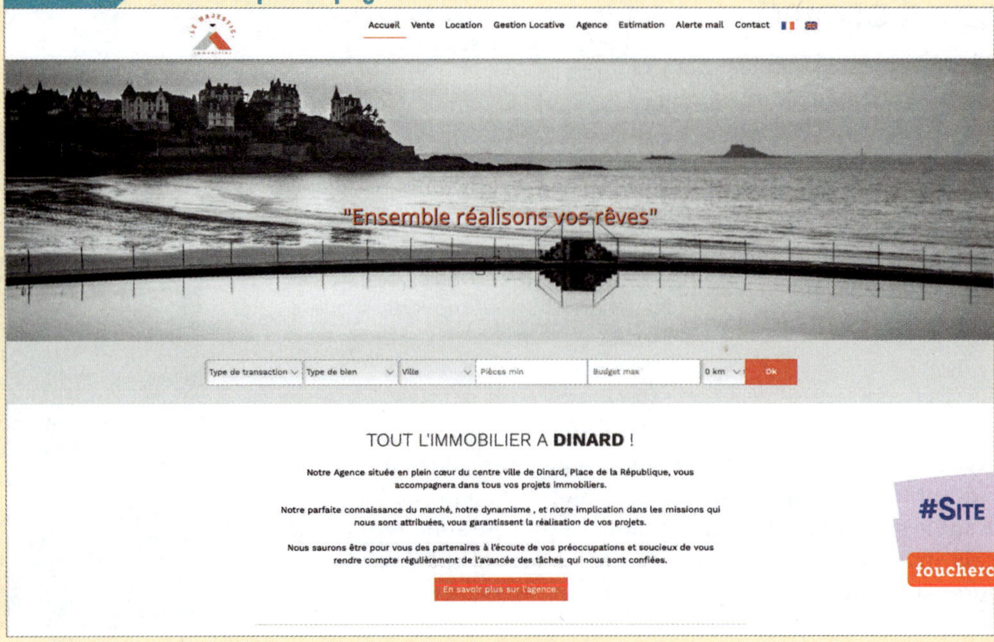

#Site Internet
foucherconnect.fr/24ago38

Doc 3 Un mot de Nicolas Egas

J'ai une maîtrise de droit, ce qui est un atout dans toutes les démarches administratives. Mon collaborateur dispose d'une expérience de 6 ans dans la vente immobilière sur la région rouennaise. Pour débuter, nous nous focaliserons sur l'achat-vente de biens immobiliers sur toute l'agglomération de Rouen et alentour.

Auto-évaluation des compétences

Dans le cadre de la communication par écrit à l'externe…	Compétence non maîtrisée	Compétence insuffisamment maîtrisée	Compétence maîtrisée	Compétence bien maîtrisée
➜ Je sais rédiger des écrits externes courants.	Je ne sais pas rédiger d'écrits externes courants. ☐	Je sais rédiger des écrits externes courants, mais le contenu est parfois inadapté ou incomplet. ☐	Je sais rédiger des écrits externes courants avec parfois quelques erreurs. ☐	Mes écrits externes courants répondent aux besoins de la structure. ☐
➜ Je sais communiquer *via* les outils numériques.	Je ne connais aucun moyen de communiquer *via* les outils numériques. ☐	Ma communication *via* les outils numériques est imparfaite et inadaptée aux besoins de la structure. ☐	Je sais communiquer via les outils numériques avec quelques maladresses. ☐	Mes communications via les outils numériques sont adaptées aux besoins de la structure. ☐

16 Planifier les activités des personnels

Compétences
> CC1 Gérer des relations interpersonnelles
> CC2 Organiser et planifier l'activité

SDV Les Marchés du Monde

- Importateur et distributeur de produits américains, asiatiques et mexicains en épicerie, surgelés et alcool, SDV Les Marchés du Monde propose depuis plus de 40 ans des produits venant des quatre coins du monde. L'entreprise livre partout en France et possède son propre magasin, un *Cash and Carry* (libre-service de gros) à Bercy qui rayonne sur Paris intra-muros.
- Les équipes commerciales sillonnent la France au service des réseaux de la restauration et de la grande distribution, pour livrer les clients dans les meilleurs délais. Chaque mois, SDV livre :
  – plus de 1 500 clients en CHD (consommation hors domicile) ;
  – plus de 1 000 clients GMS (grandes et moyennes surfaces) : Auchan, Carrefour, Géant, Monoprix, Système U, Leclerc, Intermarché.

SDV

ZA du Pont Neuf
CS10017 Salles d'Angles
16121 COGNAC cedex

05 45 82 83 11
05 45 83 98 96
www.sdvfrance.fr

Vos missions

Vous effectuez votre période de formation en milieu professionnel dans l'entreprise SDV.
Votre tutrice, Léa Morin, assistante administrative du directeur, vous investit dans les différentes tâches de gestion des activités des personnels qu'elle réalise au quotidien afin que vous puissiez vous rendre compte de leur importance dans le fonctionnement de l'entreprise.

Mission 1 Planifier ses activités

Mission 2 Tenir un agenda

Mission 3 Planifier ses déplacements

Organigramme

foucherconnect.fr 24ago39

Chiffres-clés

69 collaborateurs
350 stagiaires culinaires/an
2 sites de formation
100 000 colis livrés/mois sur la France
700 produits en épicerie, surgelés et liquides stockés sur les sites de Cognac et de Paris
100 nouveaux produits chaque année
5 000 clients en restauration et grande distribution
25 pays en sourcing (dont sont issus les approvisionnements)
900 recettes disponibles

Missions

Mission 1 Planifier ses activités

Léa Morin est en relation avec de nombreux interlocuteurs internes et externes à l'entreprise. Aussi, pour satisfaire les demandes des uns et des autres, il lui faut gérer au mieux son temps. C'est pourquoi, tous les soirs, elle prépare sa journée du lendemain à l'aide d'une *to-do list*. Or, aujourd'hui, Léa, qui doit faire face à de nombreux imprévus, manque de temps…

1 **Identifiez, en surlignant, ce qu'est une « *to-do list* » (en jaune), l'intérêt d'en réaliser une au niveau professionnel (en orange) ainsi que la démarche à suivre pour créer une *to-do list* efficace (en vert) (Doc 1).**

2 **Citez les outils numériques qui permettent de créer une *to-do list* (Doc 1).**

....

....

3 **Catégorisez, en soulignant d'après les couleurs de la matrice d'Eisenhower, les tâches que Léa doit réaliser le lendemain (Docs 1 et 2, Annexe 1).**

4 **Vérifiez la faisabilité des différentes tâches prévues pour le lendemain, sachant que Léa travaille de 9 h à 12 h et de 14 h à 18 h (Annexe 1).**

....

....

5 **Proposez à Léa une solution pour l'aider à réaliser l'ensemble de ses tâches (Annexe 1).**

....

....

....

Doc 1 La *to-do list* : un indispensable pour être efficace au travail

Ce terme, qui signifie « liste de choses à faire », revient à planifier son quotidien en listant les tâches, objectifs, missions pour la journée ou la semaine à venir en les ordonnant selon ses priorités. La *to-do list* vous permet d'organiser votre vie professionnelle pour être sûr(e) de ne rien oublier.

Une ***to-do list*** peut être un simple bout de papier sur lequel vous inscrivez les **tâches** que vous devrez **réaliser dans la journée**, et que vous pourrez barrer une fois accomplies ! Une simple feuille Excel peut faire l'affaire, voire même pour certains, l'indémodable Post-it™.

Il existe sur Internet des outils de *to-do list* gratuits tels Todoist, Wunderlist ou Any.do, mais aussi Evernote, Trello ou Google Task. Les outils informatisés présentent un avantage indéniable : intuitifs, ils facilitent la gestion des tâches quotidiennes par leur simplicité à noter une activité comme accomplie, modifier la priorité, la reporter… De plus, les solutions multiplateformes (ordinateur fixe, tablette, smartphone) permettent d'avoir sa liste en permanence avec soi.

Les astuces pour faire une *to-do list* efficace…

- Lister toutes les tâches et/ou objectifs que vous souhaitez accomplir le lendemain.
- Prévoir du temps pour les « imprévus » (1 heure ? 2 heures ?).
- Attribuer aux tâches un ordre de priorité, en s'aidant par exemple de la matrice d'Eisenhower.
- Évaluer, pour chaque tâche, le temps nécessaire à son accomplissement.
- Totaliser les durées afin de savoir si tout est réalisable dans votre journée.
- Éliminer les tâches hors limite : les reporter, les planifier ou les supprimer définitivement.

Doc 2 La matrice d'Eisenhower

La matrice d'Eisenhower est un outil incontournable en matière de gestion du temps et d'organisation qui permet de prioriser ses tâches.

QUADRANT 1

Tâches importantes et urgentes

À traiter en priorité

Tâches qui requièrent une attention et une action ultra rapide, un problème à résoudre urgemment, les appels et courriels devant être traités rapidement...

QUADRANT 2

Tâches importantes mais non urgentes

À planifier

Missions n'ayant pas d'échéance proche mais qui ont une certain degré d'importance pour vous, votre équipe, votre entreprise…

Matrice d'Eisenhower

QUADRANT 3

Tâches non importantes mais urgentes

À déléguer

Certains appels téléphoniques, mails, demandes de collaborateurs ayant besoin d'une information urgente, des tâches importantes pour d'autres mais qui n'ont pas d'importance pour vous, les tâches que vous pouvez déléguer…

QUADRANT 4

Tâches non importantes et non urgentes

À abandonner

Distractions, hésitations chronophages, ruminations....

Important (axe vertical) — *Urgent* (axe horizontal)

Annexe 1 Les tâches à réaliser par Léa

Ma *to-do list*	**Durée**
– Dépouiller, enregistrer et ventiler le courrier	30 min
– Mettre à jour les tarifs « Promotions »	1 h
– Appeler le client Durand pour déplacer le rendez-vous	5 min
– Photocopier le dossier pour la réunion de 11 h sur l'importance des réseaux sociaux	30 min
– Classer les dossiers des clients	30 min
– Affranchir et déposer le courrier à la poste avant 16 h	30 min
– Saisir le compte rendu de la réunion sur l'évaluation des risques professionnels et le diffuser aux personnes concernées	2 h
– Consulter les horaires de train pour le déplacement de M. Miraumont au salon American Food	20 min
– Réserver les billets de train pour Paris	10 min
– Archiver les dossiers fournisseurs de l'année dernière	2 h
– Appeler le service dépannage pour la barrière du parking qui est hors service	5 min
– Réagencer l'espace détente pour le rendre plus convivial	1 h

Mission 2 Tenir un agenda

Léa a également pour mission de tenir l'agenda de M. Miraumont. Il s'agit pour elle de planifier au mieux ses rendez-vous et déplacements au regard de ses disponibilités et prescriptions afin d'optimiser son temps de travail. Elle vous initie à cette activité en vous confiant le traitement d'un mail et de messages téléphoniques qu'elle a reçus.

6 **Identifiez, en les surlignant, les quatre éléments indispensables pour bien gérer son agenda (Doc 3).**

Doc 3 Quatre astuces pour bien gérer son agenda

1 Faites la liste des « top priorités » pour le lendemain afin d'y réfléchir et d'être prêt(e) le jour J. Vous serez surpris(e) du résultat.

2 Imposez-vous du temps pour vous, sans interruption, sans être dérangé(e), de préférence le matin ou en fin d'après-midi afin de vous permettre de vous concentrer et vous focaliser sur « votre » agenda.

3 Pas de courriel avant 10 h, sinon vous laissez la possibilité à l'urgent de prendre le dessus sur l'important.
Par exemple : sur un site logistique où tous les bons de commande sont transmis par courriel, les préparateurs de commande qui prenaient la première heure pour organiser leur plateforme avant d'ouvrir leur courrier avaient 21 % moins d'erreurs dans les préparations, travaillaient moins dans l'urgence, étaient moins malades ou absents et faisaient 8 % de préparations de plus que les autres… Intéressant, non ?

4 Bloquez-vous ½ heure voire 1 heure par jour pour les imprévus. « Il est prévu d'avoir des imprévus ». Ils font partie de la vie en entreprise. Si vous y consacrez une plage horaire, vous optimisez la performance du reste de votre agenda. Restez maître de ce que vous faites de « votre temps », vous serez bien plus efficace… Parole de coach !

D'après Guillaume Degois, Action coach, YouTube.com

7 **Complétez l'agenda de M. Miraumont (Docs 4 et 5, Annexe 2).**

Doc 4 Le mail de M. Miraumont

De :	Léa
À :	stagiaire
Objet :	Fw : Consignes M. Miraumont
P. J. :	

Bonjour,

Comme convenu, je te transfère les consignes de M. Miraumont.

Cordialement,
Léa

———————— Message transféré ————————
Objet: Agenda
De : Michel Miraumont <michel.miraumont@sdv.fr>
À : Léa Morin <lea.morin@sdv.fr>

Bonjour Léa,
Je suis en déplacement toute la journée chez un client important. Je vous remercie de mettre à jour mon agenda à partir des messages téléphoniques reçus que je n'ai pas eu le temps de traiter.
N'oubliez pas, dans la mesure du possible, de me prévoir une plage de 2 heures par jour pour mes dossiers personnels ainsi qu'une plage d'une heure pour les imprévus.
Attention ! Je serai au salon American Food (Paris) toute la journée du mardi afin d'y rencontrer des fournisseurs et de voir les nouveautés. Si besoin, décalez mes rendez-vous jeudi à la même heure.
J'allais oublier ! Mme Ondel m'a envoyé un SMS pour annuler son rendez-vous. Elle rappellera.

Bonne journée.

Cordialement,
M. Miraumont

Doc 5 Les messages laissés sur le répondeur

« Bonjour, ici M. Rambaud, du restaurant « La Terrasse », à Saintes. Je souhaite vous rencontrer dans mon restaurant pour la mise en place d'une formation sur vos recettes, dans la semaine en fin d'après-midi.
Tél. : 05 55 21 64 85 »

« Bonjour. Mme Lefort du lycée professionnel J. Monnet de Cognac.
Nous souhaitons effectuer la visite de l'entrepôt logistique et des services administratifs avec ma classe de 2de GATL un après-midi (14 h à 17 h).
Tél. : 05 55 89 72 64 »

« Bonjour. Je suis M. Roumois de la société Pack Diffusion. Je souhaite un rendez-vous pour présenter la nouvelle collection de cartonnage, si possible mercredi après-midi (1 heure).
Tél. : 05 55 64 28 34 »

« Bonjour, société Formapro, Mme Hurtaud à l'appareil. Je vous confirme que la formation RH aura bien lieu ce jeudi de 14 h à 17 h.
Tél. : 05 55 74 62 53 »

Annexe 2 L'agenda « papier » de M. Miraumont

	LUNDI	MARDI	MERCREDI	JEUDI	VENDREDI
8 h					
8 h 30					
9 h					
9 h 30					
10 h	Réunion dir. commerciaux				
10 h 30		BNP – M. Gilardit 0555532801	Chambre de Commerce		Réunion sécurité
11 h					
11 h 30					
12 h					
12 h 30					
13 h					
13 h 30					
14 h	Entretiens individuels M. Duval et Mme Sergent				
14 h 30					
15 h					
15 h 30					
16 h			Mme Ondel 0654869525		
16 h 30					
17 h					
17 h 30					
18 h					

Attention ! Il est indispensable de bien identifier les plages horaires et de noter le nom de la société, le nom ainsi que les coordonnées de la personne à rencontrer.
Léa

M. Miraumont travaille de 8 h 30 à 18 h. Il prend ses repas tous les midis à l'extérieur entre 12 h 30 et 13 h 30.

8 Ajoutez à l'agenda numérique de M. Miraumont l'événement de mardi matin (Docs 4 et 6, Annexes 2 et 3).

Doc 6 Une conversation avec Léa

M. Miraumont est très attaché à son agenda papier. Il le trouve plus personnalisable, accessible à tout moment (pas besoin de recharger). Et, selon lui, le fait d'écrire à la main lui permet de mémoriser plus facilement et d'être plus créatif.

Toutefois, il est bien conscient qu'il faut « vivre avec son temps ». Il me demande donc de tenir aussi son agenda numérique, ce qui me permet d'y accéder à tout moment et surtout de le rapprocher de celui des autres collaborateurs quand cela est nécessaire.

Annexe 3 L'agenda Google de M. Miraumont

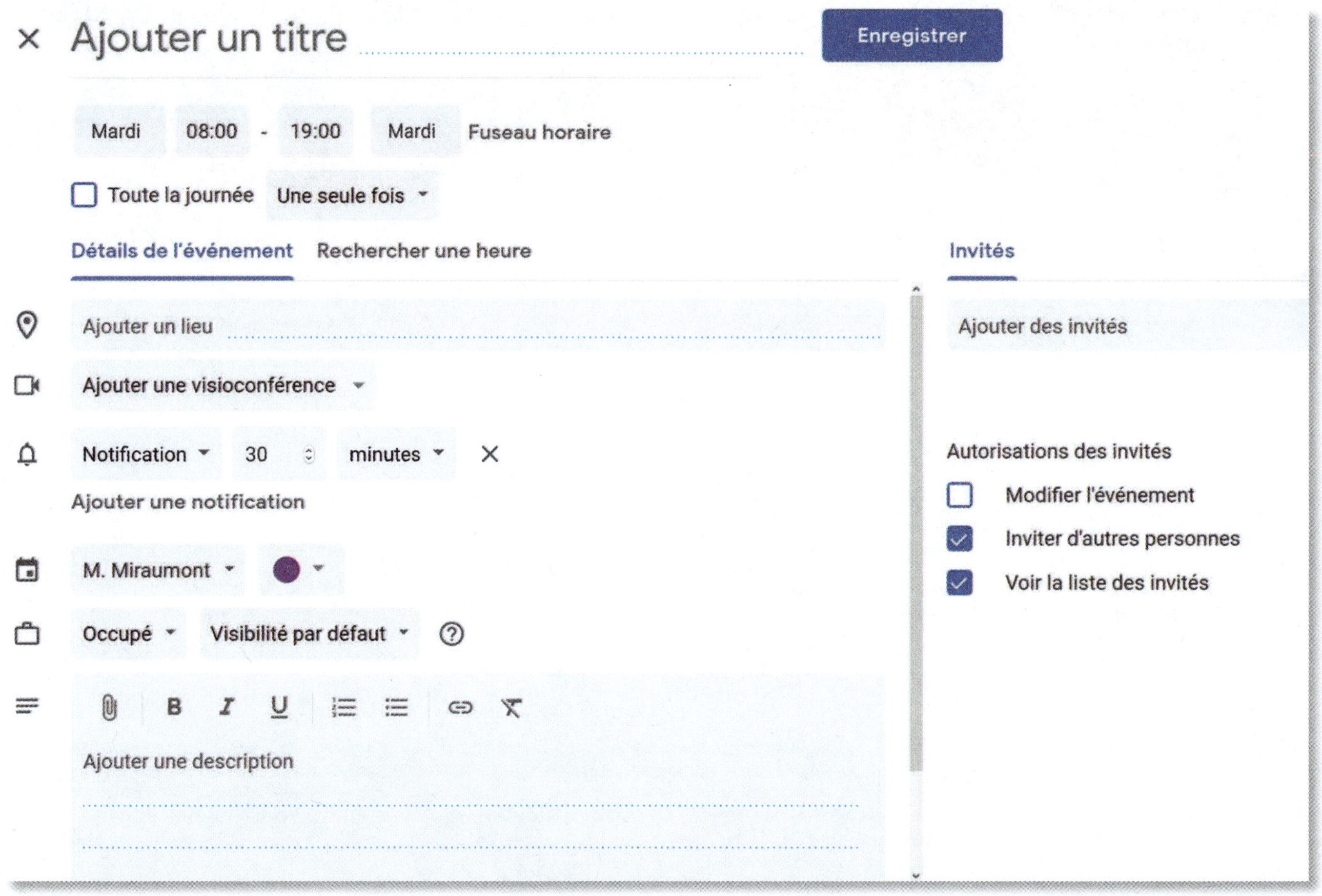

9 Estimez les avantages et les inconvénients que M. Miraumont a dû prendre en considération dans sa décision d'utiliser un agenda numérique (Doc 6, Annexe 4).

Annexe 4 L'agenda numérique : pour et contre

Avantages	Inconvénients

Mission 3 Planifier les déplacements

Lorsque vous arrivez ce matin, Anne Dambry vous informe que Léa est souffrante et qu'elle ne viendra pas au bureau aujourd'hui. Vous allez donc travailler au service commercial auprès de Justine Grimm. Elle vous demande de l'aider à organiser les déplacements de l'un de ses vendeurs.

10 Repérez, en surlignant les propos tenus par Justine (Doc 7) :
– ce qu'est un plan de tournée commerciale (en jaune) ;
– l'intérêt de gérer le temps des commerciaux par rapport à la clientèle (en rose) ;
– ce que permet l'optimisation des tournées (en vert).

Doc 7 Les explications de Justine

Bonjour. Vous allez m'aider à préparer le plan de tournée commerciale d'Arnaud Mongeat pour la semaine prochaine. Il doit effectuer les visites annuelles de certains clients et rencontrer des prospects.

Le fait d'organiser au mieux les tournées permet de réduire le temps dans les transports (et tous les frais occasionnés) et donc la fatigue et le stress.

Le plan de tournée commerciale est l'emploi du temps des commerciaux. Il décrit les trajets, les clients à visiter heure par heure, les pauses, afin de faire en sorte que les commerciaux passent le plus de temps chez le client.

De cette façon, les commerciaux peuvent se concentrer à fidéliser les clients et accorder du temps à la recherche de nouveaux clients.

11 Entourez sur le plan les villes où Arnaud Mongeat devra se rendre lundi prochain (Doc 8, Annexe 5).
12 Tracez, à l'aide de flèches, le sens de la tournée (Docs 8 à 10, Annexe 5).
13 Préparez le plan de tournée commerciale d'Arnaud Mongeat (Docs 8 à 12, Annexes 5 à 6).

Doc 8 Les clients à rencontrer par Arnaud Mongeat

Catégorie client	Nom client	Ville	Consignes horaires	Adresse
	Chez Françoise et Patrice	La Rochefoucauld	Entre 10 h et 12 h	2 rue des Tanneurs
	Chez Steph	La Rochefoucauld		48 rue des Halles
	La Braise	Angoulême		5 rue des Trois Notre-Dame
	La Cantine	Angoulême	Entre 14 h et 15 h	6 rue Massillon
	La Goule Beneze	Saint-Jean-d'Angély	Après 16 h	Avenue du Port Mathon
	Le Cabanon	Saint-Jean-d'Angély		2 rue de l'Hôtel de Ville
	Le Comptoir de Brice	Angoulême	Après 9 h 30	50 rue de Genève
	Le Scorlion	Saint-Jean-d'Angély	Après 15 h	5 rue de l'Abbaye
	L'Hirondelle	Angoulême		Chemin Champs Fleuri

Doc 9 Les catégories clients

Gros client	À visiter obligatoirement. Durée de visite : 1 heure.
Client intermédiaire	À visiter en fonction des possibilités (avant un petit client). Durée de visite : 45 min.
Petit client	À visiter en fonction des possibilités. Durée de visite : 30 min.
Prospect	Pas de RDV à prévoir. Durée de visite : 20 min. À insérer dans la tournée si plages libres.

Doc 10 Une tournée Marguerite

Ce type de tournée est adapté aux secteurs commerciaux peu étendus.

Le siège de l'entreprise (ou le domicile du vendeur) est au centre de la zone des clients à visiter.

Il permet d'interchanger les itinéraires en fonction des urgences et aux commerciaux de rentrer tous les soirs à leur domicile.

La zone est divisée en secteurs (pétales) dans lesquels les tournées sont planifiées.

D'après www.exanergy.fr

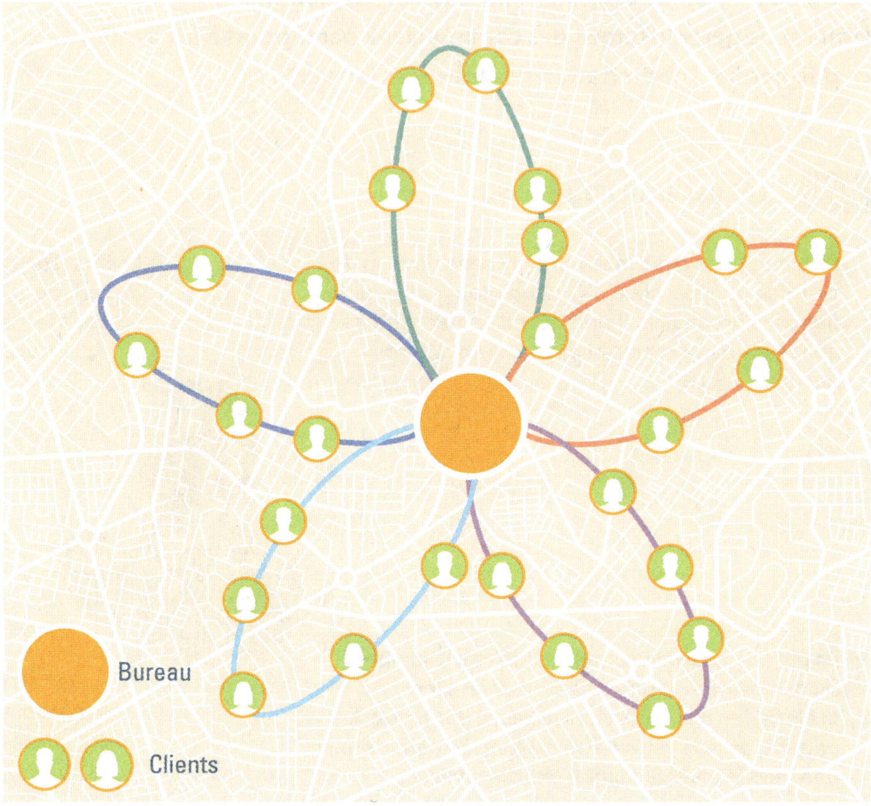

Annexe 5 Le plan des visites commerciales

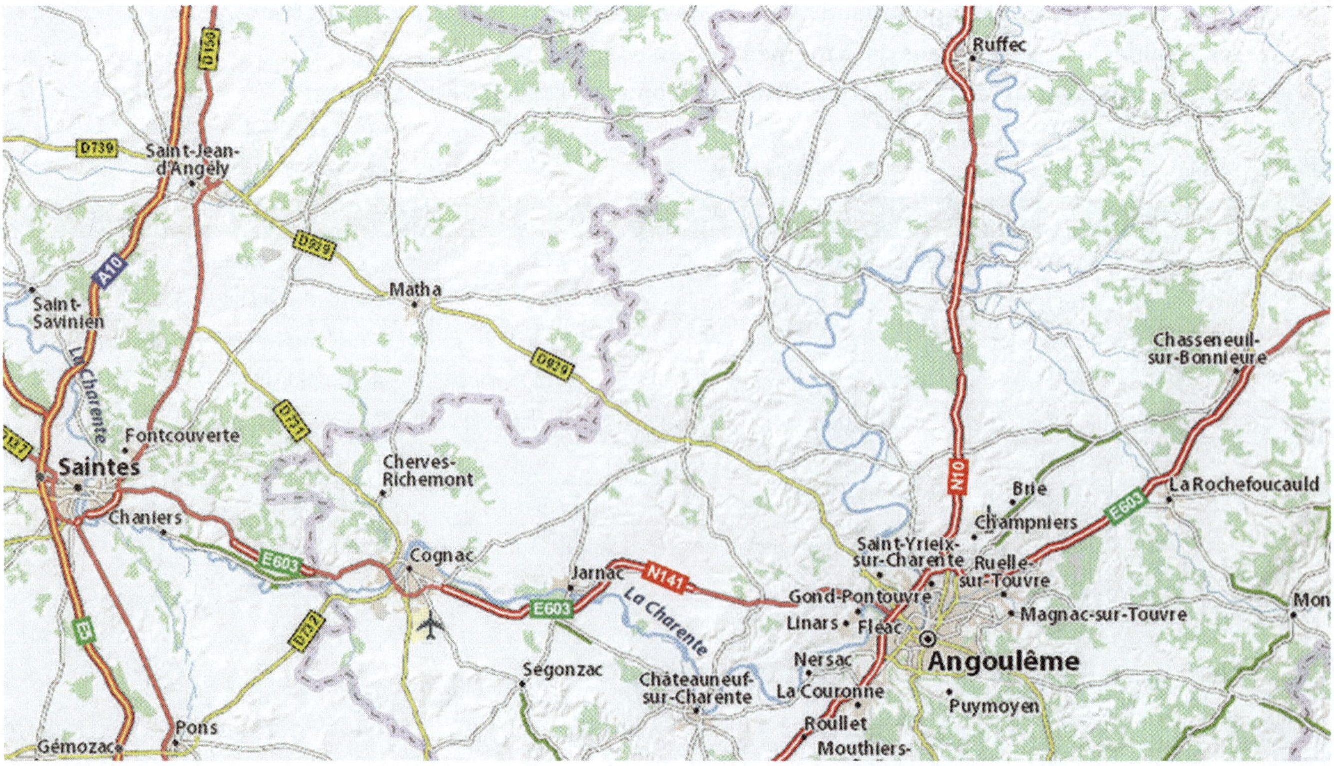

Doc 11 Des déplacements optimisés (extraits)

CHARTE DES DÉPLACEMENTS DES COMMERCIAUX

- La 1re visite chez le client est à 8 h 30, le retour prévu chez SDV à 18 h.
- Entre 12 h et 13 h, pause repas, dans la dernière ville du matin.
- Il faut envisager au minimum 2 visites dans chaque ville.
- On ne compte pas de temps de déplacement pour les clients dans la même ville.

Doc 12 Les temps de trajet entre les différentes villes

	Cognac	Saint-Jean-d'Angély	La Rochefoucauld	Angoulême
Cognac		49 min	57 min	49 min
Saint-Jean-d'Angély	49 min		1 h 23	1 h 17
La Rochefoucauld	57 min	1 h 23		27 min
Angoulême	49 min	1 h 17	27 min	

Annexe 6 Le plan de tournée commerciale d'Arnaud Mongeat

Ville de départ	Ville d'arrivée	Temps de trajet	Heure d'arrivée	Nom du RDV + durée	Heure de départ
Cognac					

La planification des activités des personnels

Synthèse

SYNTHÈSE RÉDIGÉE
foucherconnect.fr/24ago40

QCM
foucherconnect.fr/24ago41

1 La planification des activités

Définir l'urgence et l'importance

1. Tâches urgentes et importantes — À traiter en priorité
2. Tâches peu urgentes mais importantes — À planifier
3. Tâches urgentes et peu importantes — À déléguer
4. Tâches ni urgentes ni importantes — À abandonner

2 La tenue d'un agenda

La tenue de l'agenda est l'une des priorités pour planifier au mieux son quotidien et l'une des tâches essentielles qui incombent à l'assistant(e) administratif(ve).

- Noter la société, le nom ainsi que les coordonnées de la personne à rencontrer
- Bien matérialiser les plages horaires
- Laisser du temps disponible pour les imprévus et la gestion des dossiers

3 La planification des déplacements

L'organisation des déplacements (tournées, visites des commerciaux, participation à un salon…) est une tâche souvent dévolue à l'assistante. Pour la remplir correctement, elle doit :

1. • Identifier la zone géographique
2. • Identifier les clients
   • Prendre en compte leurs contraintes
3. • Identifier les temps de déplacement
   • Organiser la tournée

Plan de tournée commerciale

Ville de départ	Ville d'arrivée	Temps de trajet	Heure d'arrivée	Nom du RDV + durée	Heure de départ

pix Mes compétences numériques
1.2. Gérer des données
Niv. 1 Sauvegarder des fichiers dans l'ordinateur utilisé et les retrouver
3.1. Développer des documents textuels
Niv. 2 Utiliser les fonctions simples d'une application pour produire des contenus majoritairement textuels associés à une image, un son ou une vidéo

Appli 1 Planifier ses tâches grâce à la carte heuristique

Léa est assistante administrative chez SDV. Elle vient de lire dans une revue spécialisée pour les assistantes et secrétaires qu'il est possible, plutôt que d'utiliser une *to-do list* « papier », de planifier ses tâches quotidiennes grâce à un logiciel de carte heuristique, ou carte mentale.

1 Planifiez les tâches de la journée du lendemain sous forme de carte heuristique (Docs 1 à 3, Annexe).

2 Présentez votre travail sur le logiciel de carte heuristique de votre choix (Annexe).

Doc 1 La journée du lendemain

- Dépouiller, enregistrer et distribuer le courrier (30 minutes).
- Saisir le courrier du commercial (à faire signer avant 10 h).
- Réunion avec M. Miraumont : prendre des notes (11 h 30 à 12 h).
- Téléphoner au client Garvel pour un problème de règlement de la facture n° 385B.

- Photocopier le dossier Sécurité avant la réunion de 9 h.
- Saisir le courrier de M. Miraumont (9 courriers).
- Mettre à jour l'affiche publicitaire sur les promotions du mois prochain.
- Faire des recherches pour le collègue du service commercial.
- Archiver les dossiers des salariés ayant quitté l'entreprise.

Doc 2 Une *to-do list* présentée sous forme de carte heuristique

Urgent – Non important
- Je diffère jusqu'à l'abandon s'il le faut
- Je fais vite si j'en ai le temps ou l'envie
- Je délègue

Urgent – important
- Je fais
- Je me fais aider
- Je délègue
- Je m'organise

Non urgent – important
- Je planifie
- Je commence dès que possible
- Je délègue
- Je m'organise (outils)

Non urgent – non important
- Je diffère
- Je laisse tomber
- Je délègue
- Je fais vite

Doc 3 Mode opératoire Framindmap

TUTO foucherconnect.fr 24ago42

Annexe Mes tâches du lendemain

Urgent – Non important	…………
Urgent – important	…………
Non urgent – important	…………
Non urgent – non important	…………

pix Mes compétences numériques
2.3. Collaborer
Niv. 1 Utiliser un dispositif d'écriture collaborative

Appli 2 Utiliser un agenda partagé pour gérer un quai

Au service logistique des Établissements Breger d'Angoulème (16), chaque agent logistique est responsable de son quai de déchargement. Chacun gère les demandes des différents transporteurs à l'aide de son propre outil : agenda, planigramme… Avec le développement de l'activité, la gestion des quais devient de plus en plus complexe et génère des retards. Le projet de partager les agendas est donc lancé.

1. **Créez, à l'aide de l'outil de votre choix, l'agenda partagé de chaque agent de quai pour le 23 mars, sachant que les agents de quai sont en pause de 10 h 30 à 11 h (Docs 1 à 4).**
2. **Mettez à jour les agendas en tenant compte des demandes formulées (Doc 5).**
3. **Préparez les confirmations par SMS des rendez-vous aux transporteurs (Doc 5, Agenda partagé, Annexes 1 à 3).**

Doc 1 Quai 1/L. Fortin

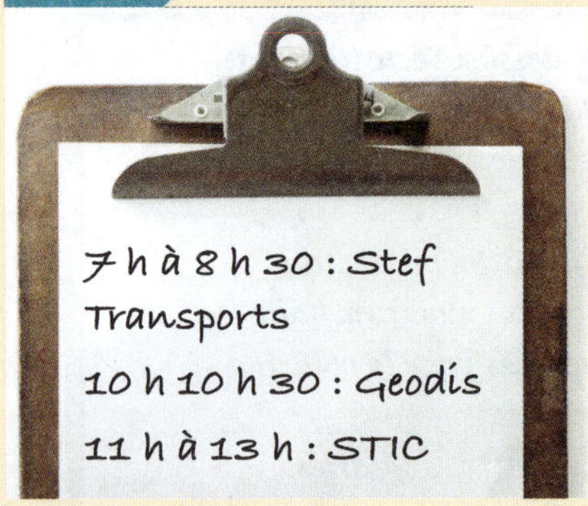

Doc 2 Quai 3/F. Valeau Agenda

7 h à 8 h	Calberson
8 h à 9 h	
9 h à 10 h	
10 h à 10 h 30	Pause
11 h à 12 h	Transports Perrier
12 h à 13 h	SNTT

Doc 3 Quai 2/P. Valeau Loiseau

7 h à 8 h	Transdev
8 h à 9 h	Olnafret 8 h/8 h 30
9 h à 10 h	DGS
10 h à 11 h	10 h/10 h 30 DGS
11 h à 12 h	
12 h à 13 h	

Doc 4 Comment utiliser Google Agenda

VIDÉO
foucherconnect.fr 24ago43

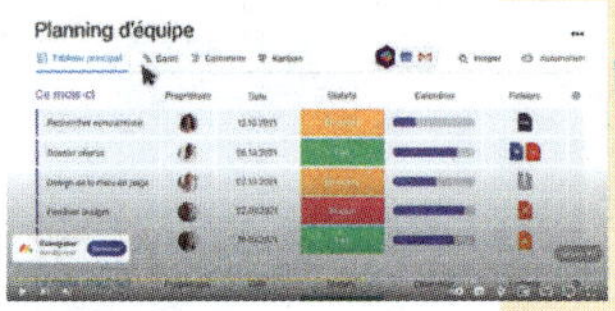

Doc 5 Messages laissés sur le répondeur

« Bonjour, ici la société Transports Nallet. Notre chauffeur doit vous livrer 35 palettes provenant du port maritime du Havre. Il pourra être présent à 8 h 30 (il en a pour 1 h 30 de déchargement).
Merci de confirmer au 06 52 46 35 89. Au revoir. »

« Bonjour, société Norbert Dentressangle. Nous avons à vous livrer 55 palettes en provenance du port maritime du Havre. Notre chauffeur pourra être présent à 10 h 30 et envisage 2 h de déchargement. Nous attendons votre confirmation au 06 98 74 63 51. Bonne journée. Au revoir »

« Bonjour, ici la société Gefco. Nous devons vous livrer 45 palettes de votre fournisseur Danone provenant du port maritime de La Rochelle. Prévoir 1 h 30 de déchargement. Notre chauffeur pourra être présent à 9 h. Nous vous remercions de confirmer au 06 48 57 96 52.
Au revoir. »

Annexe 1 SMS à Transports Nallet

N° téléphone : ....
Message : ....

Annexe 2 SMS à Dentressangle

N° téléphone : ....
Message : ....

Annexe 3 SMS à Gefco

N° téléphone : ....
Message : ....

pix Mes compétences numériques
1.2. Gérer des données
Niv. 1 Sauvegarder des fichiers dans l'ordinateur utilisé et les retrouver
3.1. Développer des documents
Niv. 1 Utiliser les fonctions simples d'un traitement de texte

Appli 3 Planifier la tournée d'un livreur

L'assistante du service logistique de l'entreprise DHL d'Angoulème est en congé maternité. En attendant de trouver une remplaçante, vous intervenez sur ce poste quelques heures par semaine. 19 clients sont à livrer demain à Angoulême. Étant donné qu'un livreur ne peut effectuer plus de 10 livraisons par jour, il est nécessaire de prévoir 2 tournées.

1 **Déterminez, grâce à une recherche Internet, si le client fait partie du secteur 1, centre-ville, ou 2, périphérie (Doc 1).**

2 **Organisez la tournée des deux livreurs pour la journée de demain (Docs 2 et 3 et fichier Dossier16_Appli3_Q2_DHL_tournee-livreurs.docx).**

#FICHIER
foucherconnect.fr/24ago51

Doc 1 Les clients à livrer

Nom client	Consignes horaires	Cas particulier	Adresse	Secteur 1	Secteur 2
Au Jardin		+ 10 min livraison	5 rue Ludovic-Trarieux	☐	☐
Bistrot 41	Matin avant 9 h 10		41 bd René-Chabasse	☐	☐
Cabana Café	Au plus tard à 9 h 15		Place de l'Hôtel de Ville	☐	☐
Délices d'Anatolie	Entre 13 h 30 et 14 h		31 bd de Bury	☐	☐
Gaspard			7 rue Massilon	☐	☐
La Braise	Fin de matinée		5 rue des Trois Notre-Dame	☐	☐
La Bulle gourmande	En tout début d'après-midi		52 rue de Genève	☐	☐
La Table du Marché			Rue de Montbron	☐	☐
L'Adresse		+ 20 min livraison	Rue de Périgueux	☐	☐
L'Agape			16 place du Palet	☐	☐
Le Barbecue	Avant 13 h 30 l'après-midi		Rue de la Gatine	☐	☐
Le Bruleau charentais	Après-midi	+ 20 min livraison	10 rue Beaulieu	☐	☐
Le Carpe			Rue de Beaulieu	☐	☐
Le Jambier			Boulevard Thiers	☐	☐
Le Jardin des Arceaux			1 place des Halles centrales	☐	☐
Le Lotus bleu			Rue du Petit-Maure	☐	☐
Le Moghol		+ 20 min livraison	Place de la Bussatte	☐	☐
Le Terminus	Fin de matinée		3 place de la Gare	☐	☐
Peach Pit			Place de la Chapelle Saint-Roch	☐	☐

Doc 2 Les horaires des livreurs

Horaires de travail des livreurs :
8 h–12 h et 13 h–17 h
(heure de retour au plus tard au dépôt)

Doc 3 Les contraintes de livraison

- Le repas de midi est pris sur le dernier lieu de livraison.
- Le livreur doit charger le camion le matin à son arrivée au dépôt. Prévoir 30 minutes.
- Le temps de déplacement de l'entrepôt à la ville d'Angoulême est de 25 minutes.
- Il faut compter 25 minutes de temps de décharge chez le client.
- Entre chaque client, le temps de déplacement est d'environ 10 minutes.

Auto-évaluation des compétences

Dans le cadre de la planification des activités du personnel…	Compétence non maîtrisée	Compétence insuffisamment maîtrisée	Compétence maîtrisée	Compétence bien maîtrisée
➜ Je sais planifier les activités.	Je ne sais pas planifier les activités. ☐	Je sais prioriser les tâches à réaliser sans arriver à les organiser. ☐	Je sais planifier les activités sous contrôle de mon ou ma responsable. ☐	Mes planifications d'activités sont adaptées aux besoins de la structure. ☐
➜ Je sais tenir un agenda.	Je ne sais pas renseigner un agenda. ☐	Je sais compléter un agenda sans identifier les impératifs à fixer. ☐	Je sais compléter un agenda, mais avec quelques erreurs de priorité. ☐	Je sais compléter un agenda en prenant en compte les contraintes. ☐
➜ Je sais planifier les déplacements.	Je ne sais pas planifier les déplacements. ☐	Je sais planifier les déplacements sans prendre en compte les contraintes. ☐	Je sais planifier les déplacements, mais avec quelques erreurs dans l'organisation de la tournée. ☐	Je sais planifier et optimiser les déplacements en tenant compte des contraintes. ☐

17 Rechercher un fournisseur

Compétences
> CC1 Gérer des relations interpersonnelles
> CC3 Mettre en œuvre et contrôler le processus administratif

Océaform

- Créée en 2008, la SARL Océaform est un institut de beauté doté d'un complexe sportif novateur implanté dans la commune de Saintes.
- L'institut propose des prestations traditionnelles d'esthétique (soins du corps et du visage, épilation, UV, balnéothérapie, sauna, spa, hammam…) et sportives (équipements de musculation, coaching sportif).
- Forte de sa réussite, l'entreprise s'est développée, devenant un véritable centre de remise en forme. Elle propose désormais de nouvelles activités (conseils en diététique, réflexologie, tatouage facial…) ainsi que des soins à domicile et en collectivités (maisons de retraite, entreprises…).
- Elle emploie aujourd'hui 43 personnes.

Vos missions

Vous effectuez une période de formation dans l'entreprise Océaform. Vous êtes affecté(e) au service des achats, sous la responsabilité de Myriam Salem.
L'entreprise a fréquemment besoin de trouver des fournisseurs pour l'achat de nouvelles prestations ou produits, ou en remplacement d'un fournisseur défaillant. Dans ce cas, afin de choisir le partenaire le plus intéressant, le service des achats réalise un appel d'offres.
Myriam Salem et Audrey Rameau vous confient plusieurs missions en lien avec les dossiers en cours.

- **Mission 1** Identifier les fournisseurs potentiels
- **Mission 2** Lancer un appel d'offres
- **Mission 3** Choisir un fournisseur
- **Mission 4** Mettre à jour les bases de données fournisseurs

Organigramme

foucherconnect.fr/24ago01

Chiffres-clés

2008
Création d'Océaform par Nadia Jaoui

2015
Océaform se développe en proposant des soins à domicile et en collectivité et diversifie ses prestations

Mission 1 Identifier les fournisseurs potentiels

Nadia Jaoui souhaite proposer à sa clientèle une nouvelle prestation : le spa de nage. Excellent compromis entre le jacuzzi et la piscine, il permet de profiter en simultané des bienfaits de l'hydrothérapie et du sport. Myriam Salem, responsable des achats, vous confie l'étude de ce dossier.

S'agissant de l'achat d'un nouvel équipement, elle vous charge, dans un premier temps, de trouver au moins trois fournisseurs du département susceptibles de répondre au besoin d'Océaform. Elle vous demande pour cela de compléter une fiche de fournisseurs potentiels. Vous procédez à une recherche internet sur le site www.pagesjaunes.fr.

1 Renseignez la barre de recherche : mot-clé et critère géographique (Annexe 1).

Annexe 1 Votre recherche sur Internet

PagesJaunes | Quoi, Qui : .... | Où : .... | ☐ À proximité

Vous avez retenu 4 entreprises correspondant à votre recherche.

2 Complétez la fiche des fournisseurs potentiels à transmettre à votre responsable (Doc 1, Annexe 2).

Doc 1 Extrait du livret d'accueil chez Nidec Leroy Somer

AQUILUS PISCINES / SPAS ★★★★★ 1 — **Aquilus Piscines & Spas** 20 av Joliot Curie, 17180 PÉRIGNY Fabrication, installation spas, saunas, hammams E-Mail Plan Afficher le n° Tél : 05 46 30 73 58 www.aquilus-piscines.com	LR Spa & Piscine ★★★★★ 2 — **LR Spa & Piscine** 6 rue Newton, ZAC Belle Aire, 17440 AYTRÉ Fabrication, installation spas, saunas, hammams E-Mail Site internet Plan Afficher le n° Tél : 05 46 30 33 83 Mobile : 07 78 84 05 33 www.lrspa.fr
 ★★★★★ 1 — **Diffusion Creaspas** 14 rue Treuil Gras, 17138 PUILBOREAU Fabrication, installation spas, saunas, hammams E-Mail Site internet Plan Afficher le n° **Tél : +33 (0)5 16 85 44 00** www.ouestspas.com Mail : ouestspas@gmail.com	L'Univers du SPA SPA et SPA de nage — Écrire un avis — **L'Univers du Spa** 3 rue Collines, ZAC des Coteaux, 17810 SAINT GEORGES DES COTEAUX Fabrication, installation spas, saunas, hammams Site internet Plan Afficher le n° Mobile : 06 25 95 01 62 www.luniversduspa17.fr

Annexe 2 La fiche des fournisseurs potentiels

Demande d'achat : ....

Types d'achat : ☐ Bien : ☐ Matières premières ☐ Biens immobilisés* ☐ Service ☐ Matière et fournitures consommables ☐ Marchandises

Type de fournisseur : ☐ Fabricant ☐ Détaillant ☐ Sous-traitant ☐ Grossiste ☐ Prestataire de services

Coordonnées des fournisseurs sélectionnés :

Raison sociale				
Siège social (adresse)				
Téléphone				
Adresse mail				
Site web				

* Biens, de valeur supérieure à 500 € HT, utilisés et conservés par l'entreprise pendant plusieurs années.

Mission 2 Lancer un appel d'offres

Nadia Jaoui a consulté les sites internet des prestataires proposés. Elle souhaite bénéficier d'informations supplémentaires sur les produits, les tarifs et les conditions de vente.
Myriam Salem a donc décidé de réaliser un appel d'offres.
Elle vous demande de rédiger l'appel d'offres qui sera adressé par courrier aux 4 fournisseurs sélectionnés. Leur réponse devra vous parvenir sous 15 jours.

3 **Préparez, dans un premier temps, le courrier à envoyer à Aquilus Piscines et Spas, fournisseur potentiel (Docs 2 et 3, Annexe 3).**

Doc 2 L'appel d'offres

L'entreprise peut consulter de nouveaux fournisseurs lorsqu'elle éprouve des besoins précis (achat d'un nouveau bien ou service, changement de fournisseurs pour bénéficier de nouvelles prestations ou de tarifs plus avantageux…). On dit qu'elle lance un **appel d'offres**.
L'appel d'offres peut se présenter sous la forme d'une **lettre type** (une même lettre est envoyée à plusieurs destinataires), sous la forme d'un **courriel** ou bien d'un **formulaire**.

⚠ L'appel d'offres n'engage en rien l'entreprise qui le rédige, **ce n'est pas une commande** mais une **demande de renseignements** (prix, conditions de vente…).

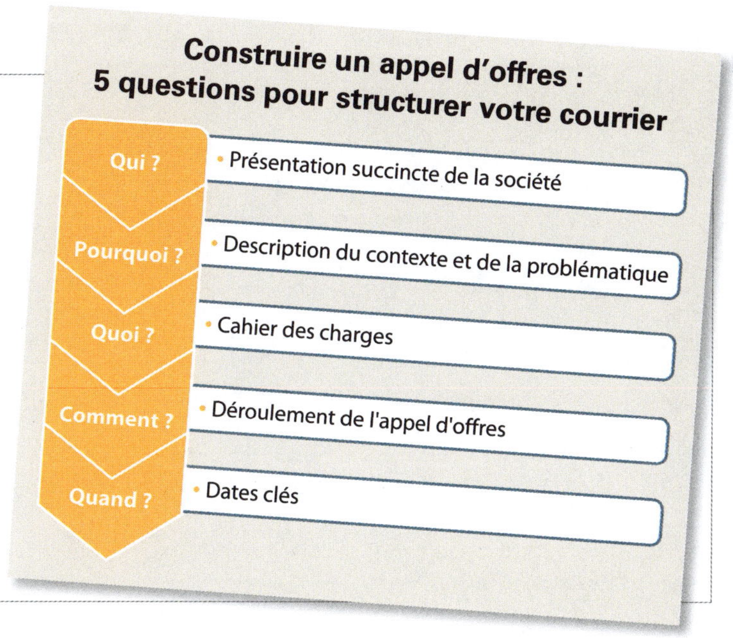

Doc 3 Le message de Nadia Jaoui

De :	nadia.jaoui@oceaform.com	le 17 novembre N
À :	stagiaire@oceaform.com	
Objet :	Spa de nage : préparation de l'appel d'offres	

Bonjour,

Merci pour votre recherche. Vous avez su trouver des entreprises locales pouvant répondre à mon projet.
Afin de choisir le fournisseur le plus intéressant, j'aimerais à présent obtenir leurs propositions en termes d'équipements, tarifs et conditions de vente.
Merci de les contacter en lançant un appel d'offres par courrier.

Vous indiquerez dans ce courrier :
- Une rapide présentation de l'entreprise Océaform.
- Notre projet de proposer cette nouvelle prestation à notre clientèle.
- Le cahier des charges suivant :

– dimensions minimales de 4 m par 2 m, en monocuve ;
– capacité minimum de 4 personnes ;
– vitesse réglable ;
– sol antidérapant ;
– éclairage Leds ;
– contrat d'entretien.

- Un délai de réponse sous 15 jours pour une installation dans les 6 mois.

Merci pour votre collaboration.
Cordialement.

Nadia JAOUI, directrice générale Océaform

Annexe 3 Le courrier adressé à Aquilus Piscines & Spas

Océaform

Allée des Isles
17100 SAINTES
05 46 77 25 27
05 46 77 25 50
@ oceaform@gmail.com
www.oceaform.saintes.fr

....
....
....

Saintes, le ....

Objet : ....

....
....
....
....
....
....
....
....
....
....
....
....
....
....
....
....
....
....
....
....
....
....
....
....
....

CAPITAL SOCIAL : 50 000 euros / N° SIRET : 321 699 455 000 12/
RCS : 321 699 455 RCS-SAINTES B / CODE APE : 96.02B

Mission 3 Choisir un fournisseur

Nadia Jaoui et Myriam Salem ont participé au salon régional professionnel de l'Esthétique qui s'est déroulé au mois de septembre à Bordeaux. À cette occasion, plusieurs contacts ont été pris portant sur l'acquisition d'une table de soin électrique.
Myriam Salem vous remet les propositions reçues de trois fournisseurs rencontrés lors de ce salon. Elle vous charge de les analyser dans un tableau de comparaison des offres.

4 Analysez les trois offres reçues puis complétez le tableau de comparaison des offres (Docs 4 à 8, Annexe 4).

5 Sélectionnez le fournisseur qui vous paraît le plus intéressant en termes de prix et de conditions de vente (Annexe 4).

Doc 4 Le message de Myriam Salem

De :	myriam.salem@oceaform.com	le 19 novembre N
À :	stagiaire@oceaform.com	
Objet :	Offres Table de massage	

Bonjour,

Trois fournisseurs, rencontrés lors du salon de l'Esthétique de Bordeaux, nous ont fait parvenir une proposition de table de massage électrique.

Merci d'étudier ces propositions et de sélectionner la table correspondant à notre recherche. Je vous en rappelle les principaux critères :
- Une table de massage électrique, réglable en hauteur et inclinable.
- Dimension : minimum 200 cm en longueur, 75 cm en largeur.
- Hauteur maximale.
- Robuste : capacité de charge pouvant aller jusqu'à 150 kg.
- Une cavité faciale.
- Entretien facile.
- Livraison sous 15 jours.
- Tarif maximum de 2 000 €.
- Règlement à 30 jours souhaité.

Je vous remercie pour votre collaboration.

Myriam SALEM, responsable des achats
Centre de remise en forme Océaform
Allée des Isles
17100 SAINTES
06 74 85 47 58

Doc 5 Un mémo sur les conditions de vente

La livraison	• Délai de transport ; • Modes de transport : routier, aérien, maritime, ferroviaire, fluvial… ; • Coût de livraison : refacturé au client (**port payé**), gratuit (**franco de port**) ou payé au transporteur (**port dû**).
Les réductions	• **Remises commerciales** accordées du fait d'une commande importante, d'un geste commercial (retard de livraison, défaut de qualité du produit…) ou d'un client fidèle (ristourne) ; • **Remise financière**, accordée en cas de règlement au comptant : **escompte**.
Le règlement	• Modes de règlement : carte bancaire, chèque, espèces, virement, prélèvement ; • Délais de paiement : anticipé (acompte), immédiat (comptant), ou ultérieur (à crédit).

Doc 6 **La proposition envoyée par Les Professionnels du Bien-Être**

LES PROFESSIONNELS DU BIEN-ÊTRE

TABLE DE MASSAGE ÉLECTRIQUE 4 MOTEURS
« MÉDIKALUXE »
EN PROMO à 1 440 euros HT au lieu de 1 699 euros HT

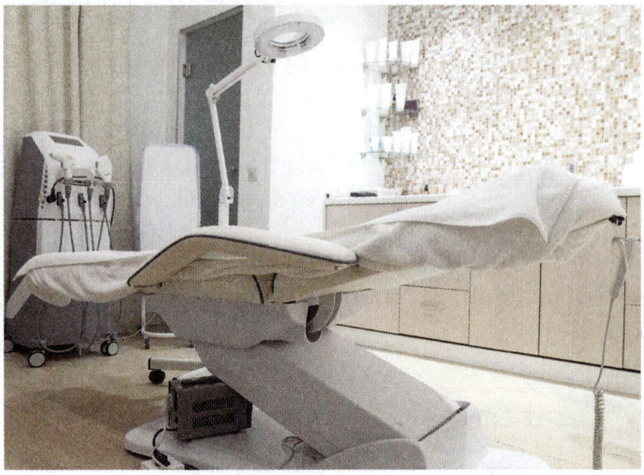

STRUCTURE COLORIS BLANC ET CUIR PU[1] GRIS/VERT
* Table de soins électrique 4 moteurs haut de gamme, contrôlée par 1 télécommande à main

* Habillage structure wengé et PU[1] cuir blanc avec une finition siliconée.

* Mousse Pullman grand confort avec 10 cm d'épaisseur
* Télécommande à main pour effectuer le réglage de :
– l'inclinaison jambes & pieds
– l'inclinaison dossier dos
– l'inclinaison de la table vers le bas ou haut de 65 à 83 cm

* Cavité faciale visage intégrée et repose bras

* 4 moteurs silencieux et robustes

* Dimensions : longueur 200 cm × largeur 78 cm

* Charge dynamique : 200 kg

LES PROFESSIONNELS DU BIEN-ÊTRE
118 bd de Paris
78140 VÉLIZY

Tél. : 01 49 85 54 10
Fax : 01 49 85 54 12
contact@produbienetre.fr
www.lesprofessionnelsdubienetre.fr

Garantie 1 an – Livraison à 30 jours

1. PU : polyuréthane

LES PROFESSIONNELS DU BIEN-ÊTRE

Remise de 10 % sur l'ensemble de la commande dès 100 € d'achat

MODALITÉS DE LIVRAISON

Pour les fournitures et consommables livrés en France métropolitaine et en Corse, acheminement par La Poste :
- Les frais de port s'élèvent à **5,90 €** (comprend les frais de port + les frais d'emballage).
- À partir de 6 kg, les frais d'envoi passent à **9,90 €**.
- Et à partir de 10 kg, les frais d'envoi sont de **13,25 €**.

Pour le matériel et le mobilier livrés en France métropolitaine et la Corse, acheminement par transporteur routier : les frais de port s'élèvent à **59 €**.

PAYEZ EN PLUSIEURS FOIS PAR CHÈQUE

Lors de votre commande, optez pour le paiement par chèque bancaire.
Vous avez la possibilité de **régler en plusieurs fois** vos achats **sans aucuns frais supplémentaires** :
– pour un **achat supérieur à 1 500 €**, adressez-nous 2 chèques (le 1er encaissé immédiatement, le 2e à 30 jours) ;
– pour des **montants supérieurs à 3 000 €**, adressez-nous 3 chèques (le 1er encaissé immédiatement, le 2e à 30 jours et le 3e à 60 jours).

Doc 7 La proposition envoyée par Esthétique Beauté

TABLE DE SOIN ÉLECTRIQUE CARLA

1 090,00 € HT

Disponible sous 3 semaines

DESCRIPTIF DU PRODUIT :

Table esthétique avec deux plans électriques commandés par un moteur. Idéal pour réaliser vos soins esthétiques.

Hauteur de travail réglable électriquement (avec télécommande manuelle) : minimale +/– 67 cm, maximale +/– 80 cm (sellerie incluse). Grande largeur de +/– 70 cm, grande longueur de +/– 185 cm, dossier réglable manuellement par vérin à gaz de +/– 0 à 55°. Accoudoirs amovibles, trou visage avec bouchon. Poids maximal supporté : 160 kg.

Esthétique Beauté (extrait des conditions de vente)

CONDITIONS DE COMMANDE

Minimum de commande : 50 € HT.

Livraison gratuite à partir de 200 € HT de commande.

Pour une commande d'un montant inférieur à 200 € HT : participation aux frais de port de 19 € HT.

Remise exceptionnelle de 7 %
sur tout le site jusqu'au 31 décembre.
Profitez-en !

PAIEMENT À 30 JOURS

Une nouvelle formule pour des paiements en douceur !

✓ Demandez votre ouverture de compte à nos services ; dès acceptation de votre dossier, vous pourrez régler vos factures à 30 jours par chèque, ou plus simplement par prélèvement.

✓ Paiement à la commande par carte bancaire (CB, Visa, Mastercard) : – 3 % d'escompte

Doc 8 La proposition envoyée par Soins Équipements

1 363,95 € HT **DESTOCKAGE – 15 %**

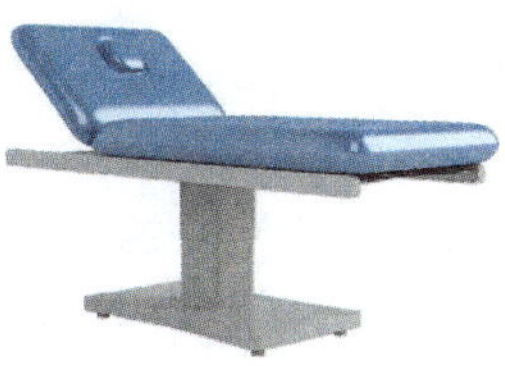

TABLE DE SOIN ÉLECTRIQUE TRAPP

Garantie 1 an
Made in Spain

La **table de massage Électrique TRAPP** est une table multifonctionnelle à hautes performances équipée de 2 moteurs qui contrôlent la hauteur et l'inclinaison du dossier. Robuste structure métallique. Revêtement en PU facile à nettoyer. Porte-rouleau inclus.

SOINS Équipements

Madame,

Nous vous remercions de nous avoir sollicités pour votre appel d'offres. Afin de répondre au mieux à votre demande, nous avons extrait de notre catalogue la table de soin correspondant à vos critères. Vous trouverez sa fiche ci-jointe.

Restant à votre disposition,

Éric Masset, commercial

39 rue du 8 Mai 1945 - 69 100 VILLEURBANNE
– SIRET n°215 368 345 18694
Tél. : 04 37 48 48 10 – Fax : 04 37 48 48 20 -
www.soinsequipements.fr
e.masset@soinsequip.fr
– 06 87 54 95 12

SOINS Équipements

◗ Conditions de transport :

Délai de transport : Paris : 2 jours ouvrés Province : 10 jours ouvrés

Participation du client aux frais de port :

Paris : – commande < à 100 € HT : port de 12,20 € HT
– commande ⩾ à 100 € HT : franco de port

Province : – commande < à 310 € HT : port de 28,00 € HT
– commande ⩾ à 310 € HT : franco de port

◗ Conditions de règlement, au choix du client :

Règlement au comptant par virement bancaire avec escompte de 2 %.

Règlement à 30 jours fin de mois par virement bancaire.

Longueur	200,5 cm
Largeur	76 cm
Hauteur	de 65 à 90 cm
Poids	65,5 kg
Poids maximal	180 kg
Inclinaison	0° à 65°
Commande manuelle - Pédale	
Trou visage	

Annexe 4 Votre tableau de comparaison des offres

Fournisseurs			
Articles			
Nombre de moteurs			
Écarts hauteur			
Dimensions			
Charge acceptée			
Cavité faciale			
Prix HT			
Réduction Taux + montant			
Prix net HT			
Frais de livraison HT			
Délai de livraison			
Total HT			
Mode de règlement			
Délai de règlement			
Fournisseur choisi			

6 **Justifiez le choix du fournisseur.**

Faire le point La procédure de l'appel d'offres

La recherche de fournisseurs → .... → .... → ....

Mission 4 Mettre à jour les bases de données fournisseurs

Lors d'une transaction auprès d'un nouveau fournisseur, Myriam Salem doit mettre à jour les bases de données fournisseurs :
– sur le progiciel de gestion intégrée (PGI) afin d'y renseigner toutes les opérations commerciales et comptables de l'entreprise ;
– sur le tableur afin de détenir une liste synthétique des fournisseurs.
Votre tutrice a validé votre choix du fournisseur de la table de soin. Vous devez désormais mettre à jour les bases de données fournisseurs tenues sur informatique.

7 **Enregistrez le dossier de ce nouveau fournisseur sur le PGI, code FR054 (Docs 5, 8 et 9, Annexe 5).**

8 **Complétez la base de données des fournisseurs tenue sur tableur par Myriam Salem (Dossier 17_Fichier fournisseurs.xlsx).**

Doc 9 Familles fournisseurs

Liste des familles fournisseurs

Annuler Ajouter Modifier Supprimer Rechercher

	Code	Libellé
☐	FAM001	Fnrs Produits de beauté
☐	FAM002	Fnrs consommables esthétique
☐	FAM003	Fnrs fournitures esthétique
☐	FAM004	Fnrs petits équipements esthétique
☐	FAM005	Fnrs matériel esthétique
☐	FAM012	Fnrs consommables remise en forme
☐	FAM013	Fnrs fournitures remise en forme
☐	FAM014	Fnrs petits équipements remise en forme
☐	FAM015	Fnrs matériel remise en forme
☐	FAM022	Fnrs consommables divers
☐	FAM023	Fnrs fournitures diverses
☐	FAM024	Fnrs petits équipements divers
☐	FAM025	Fnrs matériel divers
☐	FAM050	Fnrs mobilier
☐	FAM060	Prestataires de service

Annexe 5 La fiche fournisseur

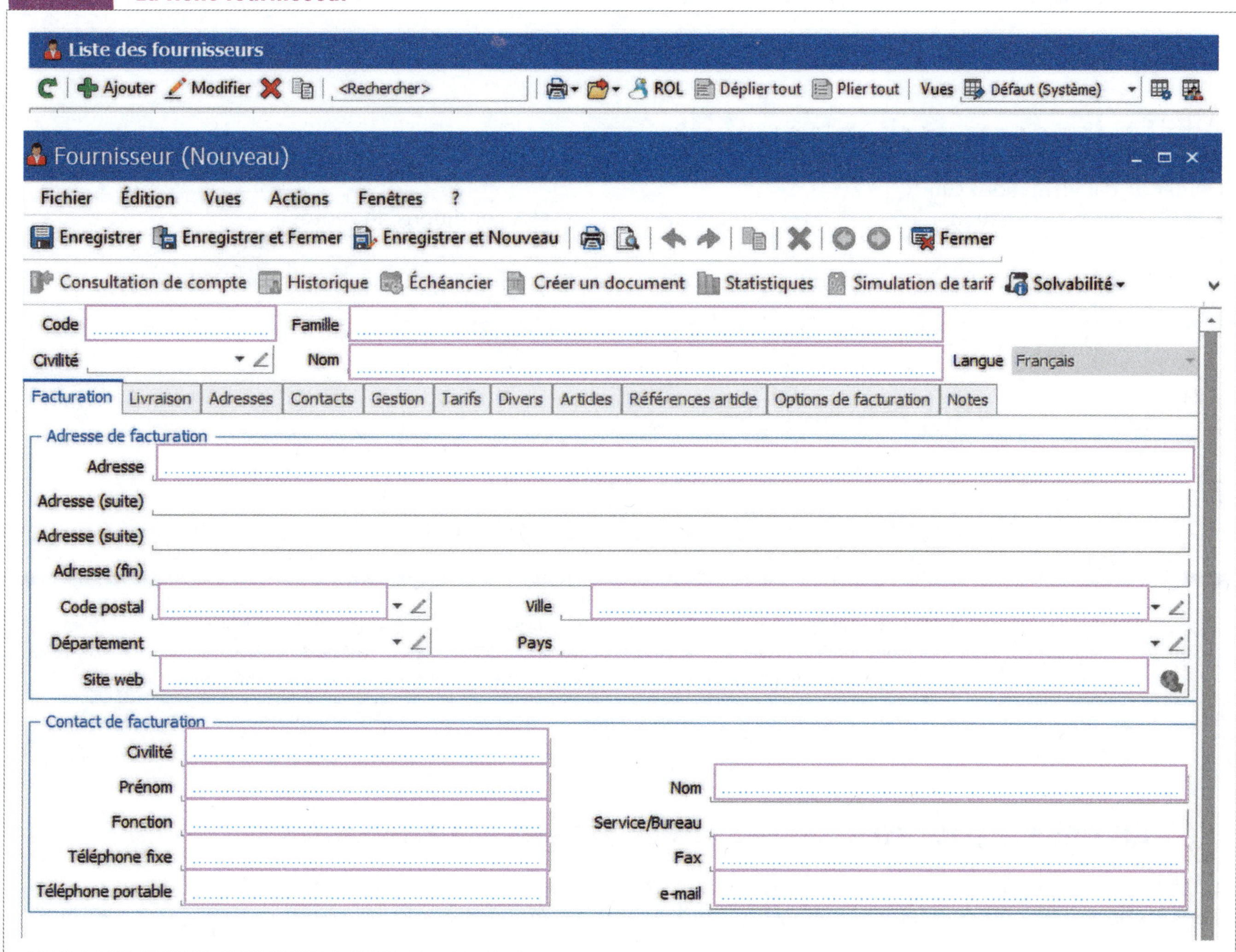

La recherche d'un fournisseur

Synthèse

QCM foucherconnect.fr/24ago02

SYNTHÈSE RÉDIGÉE foucherconnect.fr/24ago03

1 La recherche d'un nouveau fournisseur

Il existe différents moyens pour trouver de nouveaux fournisseurs :

Internet

Annuaires et revues professionnelles

Forums et salons professionnels

Les informations à identifier sont :

Coordonnées de l'entreprise	Références du contact
Nom ou raison sociale	Civilité + NOM Prénom
Adresse ou siège social	Fonction (représentant, gérant...)
N° de téléphone et fax	N° de portable
Site internet	Adresse mail

2 Le lancement d'un appel d'offres

Demande d'informations sur :
- les produits ou prestations
- les tarifs
- les conditions de vente

Par courrier	Par téléphone	Par mail	Par le biais du site internet de l'entreprise

3 Le choix d'un fournisseur

Les offres sont analysées et comparées dans un **tableau de comparaison des offres** afin d'identifier la meilleure proposition.

Les critères de sélection
- La qualité du produit ou de la prestation
- Le tarif proposé et les réductions éventuelles (remise, rabais ou escompte)
- Les conditions de livraison (mode de transport, délai et coût de la livraison)
- Les conditions de règlement (mode de règlement, délais accordés, escompte)

4 La mise à jour des bases de données fournisseurs

Une fois le nouveau fournisseur choisi, il convient d'enregistrer les caractéristiques de ce partenaire dans les bases de données informatiques et/ou papier tenues par l'entreprise.

Applications

pix Mes compétences numériques
1.3. Traiter des données
Niv. 3 Saisir, organiser, trier et filtrer des données dans une application
Niv. 3 Appliquer une formule simple pour résoudre un problème

Appli 1 La recherche de fournisseurs pour l'acquisition d'un photocopieur

Vous continuez votre période de formation chez Océaform. Le photocopieur, utilisé pour les travaux administratifs et les supports de communication (flyers, tarifs...), ne permet plus de répondre aux besoins croissants de l'entreprise. La décision d'investir dans un nouveau photocopieur est envisagée. Les caractéristiques souhaitées sont les suivantes :

- Fonctions copie, impression et numérisation
- Impressions en noir et blanc et couleur, qualité d'image supérieure (min 20 ppm)
- Connexions Wifi et USB
- Prix maximum de 500 € HT

Vous recherchez sur Internet les modèles de photocopieurs pouvant répondre aux besoins de l'entreprise et retenez 4 modèles.

1 Procédez à l'analyse comparative des 4 modèles dans le tableau de comparaison des offres (Doc 1, Annexe 1).

2 Proposez à Myriam Salem le photocopieur le mieux adapté à ses besoins. Précisez les raisons de votre choix.

Doc 1 Les modèles de photocopieurs retenus

HP Inc. MFP M477fdw Couleur Laser - Imprimante multifonctions – Français / Europe
Proposé par **Inmac Wstore**
★★★★☆ 2043 avis sur le produit

HP – Laser – Couleur – Sans fil – Scanner – 27 ppm (monochrome) – 27 ppm (couleur)

Des performances d'impression, de numérisation, de copie et de télécopie exceptionnelles, une sécurité complète et adaptée à votre façon de travailler. Cette imprimante multifonction couleur accomplit vos principales tâches plus rapidement et offre une protection efficace contre les menaces. Les toners HP authentiques permettent d'imprimer plus de pages.

442,80 € + 25,20 € de frais de port
Inmac Store
84 % de commentaires positifs

Canon MF645Cx Couleur Laser - Imprimante multifonctions
Proposé par **Inmac Wstore**
★★★★☆ 9 avis sur le produit

Canon – Laser – Couleur – Sans fil – Scanner – 21 ppm (monochrome) – 21 ppm (couleur) – Wi-Fi - USB

Durable, fiable et rapide, l'imprimante MF645Cx est une imprimante couleur multifonctions avec télécopieur, idéale pour les petites et moyennes entreprises. La MF645Cx dispose de nombreuses options de sécurité et de gestion des coûts, ainsi que la numérisation recto verso en un seul passage permettant de stimuler la productivité.

265,12 € + 20,40 € de frais de port
Inmac Store
84 % de commentaires positifs

Brother DCP-L8410CDW Couleur Laser - Imprimante multifonctions
Proposé par **Amazon.fr - Seller**
★★★★☆ 604 avis sur le produit

Brother – Laser – Couleur – Sans fil – Scanner – 31 ppm (monochrome) – 31 ppm (couleur) – Wi-Fi - USB

Cette multifonction 3-en-1 laser monochrome DCP-L8410CDW est idéale pour les entreprises souhaitant disposer d'une imprimante professionnelle compacte et évolutive. Elle allie l'impression couleur de 31 ppm, la fonction recto-verso automatique ou encore la connectivité Wi-Fi.

440,99 € Livraison gratuite
Amazon.fr - Seller

Doc 1 Les modèles de photocopieurs retenus (suite)

Xerox 6515V_DNI Couleur Laser - Imprimante multifonctions
Proposé par **Amazon.fr - Seller**
★★★★☆ **92 avis sur le produit** N°1 dans la catégorie imprimante > Xerox > Workcentre

Xerox – WorkCentre – Tout-en-un - Laser – Couleur – Sans fil – Scanner – 30 ppm (monochrome) – 30 ppm (couleur) – Wi-Fi

La solution idéale pour développer votre activité. L'imprimante couleur Xerox WorkCentre 6515 est prête à l'emploi. Elle garantit une qualité d'image exceptionnelle, une connectivité simplifiée, une productivité intégrée et une fiabilité optimale, le tout à un tarif abordable.

269,99 € Livraison gratuite
Amazon.fr - Seller
Visiter le site

Annexe 1 Votre tableau de comparaison des offres

Article(s) :				
Marque				
Référence				
Modalités d'impression (laser, jet d'encre)				
Fonctions (copie, impression, numérisation)				
Qualité d'impression couleur et noir et blanc (en ppm*)				
Connexions (Wifi, USB…)				
Clientèle ciblée				
Prix TTC				
Prix HT (TVA ………)				
Livraison				
Site marchand				
Avis internautes				

* nombre de pixels par image

Votre proposition :

Appli 2 L'appel d'offres pour l'acquisition d'un photocopieur

Myriam Salem souhaite comparer le résultat de votre étude avec les offres faites par les distributeurs en magasin. En effet, elle aimerait bénéficier d'une part de l'installation de l'appareil et d'une démonstration réalisée par un revendeur local, et d'autre part d'un contrat de maintenance. Elle vous charge de rechercher des prestataires sur le secteur de Saintes, et de lancer un appel d'offres.
Vous retenez 3 fournisseurs dont vous avez les cartes de visite.

1 **Complétez la fiche de fournisseurs potentiels à partir des informations identifiées sur la carte de visite des fournisseurs sélectionnés (Doc 2, Annexe 2)**

2 **Rédigez le courriel d'appel d'offres à adresser à chacun des fournisseurs en demandant une réponse sous 15 jours (Annexe 3).**

S'informer, informer : les circuits de l'information

CO-INTERVENTION
• Français

Doc 2 Les cartes de visite des fournisseurs

Magasin discount de papeterie, fournitures et matériel informatique

PRINT

ZAC des Côteaux
26 rue de la Varenne
17100 SAINTES
05 46 96 47 52 Fax : 05 46 96 47 79
: saintes@print.fr www.print.fr

Société Anonyme depuis 1990 au capital de 50 000 €
RCS SAINTES 725 451 556
APE 4762Z Commerce de détail de journaux et papeterie en magasin spécialisé

Votre fournisseur de fournitures de bureau pas cher

BUROTIC

Impasse de la Charente
17100 SAINTES
: 05 46 72 17 54
: www. burotic.com
@ burotic.saintes@gmail.com

Société créée en 2017
SIRET : 491 112 769 00030
APE 4778C : Autres commerces de détail spécialisés divers

Votre partenaire bureautique, téléphonie et informatique

repro SAS

18 bd Guillet Maillet
17100 SAINTES
05 46 92 80 00
contact@repro.fr
www.repro.fr

SAS (société par actions simplifiées) créée en 2002 Capital social : 300 000 €
SIRET : 641 233 965 00054
APE 4666Z. Commerce de gros (commerce interentreprises) d'autres machines et équipements de bureau

Annexe 2 Les fournisseurs potentiels

Océaform **FICHE DES FOURNISSEURS POTENTIELS**

Demande d'achat : ....

Types d'achat : ☐ Bien : ☐ Matière première ☐ Biens immobilisés ☐ Service ☐ Matière et fournitures consommables ☐ Marchandises

Type de fournisseur : ☐ Fabricant ☐ Détaillant ☐ Sous-traitant ☐ Grossiste ☐ Prestataire de services

Coordonnées des fournisseurs sélectionnés :

Raison sociale	....	....	....
Siège social (adresse)	....	....	....
Téléphone	....	....	....
Adresse mail	....	....	....
Site web	....	....	....

Annexe 3 **Le courriel adressé aux fournisseurs potentiels**

Messagerie	
De :	myriam.salem@oceaform.com
À :	....
Objet :	....

....
....
....
....
....
....
....
....
....
....
....

Myriam SALEM, responsable des achats
Centre de remise en forme Océaform
Allée des Isles
17100 SAINTES
06 74 85 47 58

Auto-évaluation des compétences

Dans le cadre du lancement d'un appel d'offres…	Compétence non maîtrisée	Compétence insuffisamment maîtrisée	Compétence maîtrisée	Compétence bien maîtrisée
➜ Je sais rechercher un nouveau fournisseur.	Je ne sais pas utiliser les canaux de recherche. ☐	Je sais utiliser les canaux de recherche mais ne sais pas traiter les informations obtenues. ☐	J'utilise facilement les canaux de recherche mais traite les informations avec de l'aide. ☐	J'utilise avec aisance les canaux de recherche à ma disposition. ☐
➜ Je sais rédiger un appel d'offres.	Je ne sais pas rédiger un appel d'offres. ☐	J'ai besoin d'aide pour rédiger mon appel d'offres, dans la forme et dans le fond. ☐	Je rédige en autonomie l'appel d'offres mais des corrections sont ensuite nécessaires. ☐	Je rédige l'appel d'offres sans erreur et en totale autonomie. ☐
➜ Je sais analyser les propositions reçues et choisir l'offre la plus intéressante	Je ne sais pas ni analyser, ni comparer les offres fournisseurs. ☐	J'ai besoin d'aide pour analyser et comparer les offres fournisseurs. ☐	Je sais comparer les offres fournisseurs mais ai besoin d'aide pour l'analyse des propositions. ☐	Je sais analyser et comparer des offres fournisseurs en autonomie. ☐
➜ Je sais saisir les fournisseurs dans les bases de données.	Je ne sais pas identifier les informations à saisir. Je ne connais pas les supports appropriés ☐	J'ai besoin d'aide pour identifier les supports à utiliser et les informations à saisir. ☐	Je connais les supports utilisés mais ne comprends pas toutes les informations du fournisseur. ☐	Je comprends parfaitement les informations du fournisseur dans les supports appropriés. ☐

18 Suivre le processus d'achat

Compétences
> CC4 Traiter les flux physiques en relation avec les donnés de gestion
> CC5 Assurer le respect de la réglementation des normes et traiter les dysfonctionnements

Océaform

- Depuis sa création, Océaform a toujours fait preuve d'un esprit novateur. Aujourd'hui véritable centre de remise en forme, son équipe de 43 personnes se partage entre l'institut de beauté et le complexe sportif doté d'équipements nec plus ultra. En plus de ses prestations traditionnelles d'esthétique et sportives, Océaform propose des activités autour de la santé et des soins à domicile et en collectivité.
- Depuis la création de la formule « Forme & moi » qui propose une prise en charge globale de la personne, elle connaît de plus en plus de succès. Une équipe de professionnels dédiés – kinés, diététiciennes, ostéopathes, coachs sportifs, esthéticiennes – se mobilise pour conseiller et diriger la personne, afin d'établir avec elle le programme qui lui rendra le sourire au quotidien et la forme sur le long terme. Car Océaform, c'est avant tout le respect de l'humain et de la nature, c'est écouter son corps et ses envies pour accéder à une meilleure version de soi-même, dans une ambiance bienveillante et réjouie.

Allée des Isles
17100 SAINTES
✆ 05 46 77 25 27
℻ 05 46 77 25 50
oceaform@gmail.com
www.oceaform.saintes.fr

Vos missions

Vous continuez votre PFMP dans l'entreprise Océaform aux côtés de Myriam Salem, responsable des achats. Cette semaine, vous venez en appui sur les différentes étapes de la procédure d'achat :
– passation des commandes auprès des nouveaux fournisseurs ;
– réapprovisionnement des marchandises faisant l'objet d'une gestion de stock ;
– réception des marchandises ;
– contrôle des factures d'achat.

Mission 1 **Procéder aux réapprovisionnements**

Mission 2 **Réceptionner les marchandises**

Mission 3 **Contrôler les factures fournisseurs**

Organigramme

foucherconnect.fr/24ago44

Chiffres-clés

2008
Création d'Océaform à Saintes

2015
Proposition de soins à domicile et en collectivité

2020
Création d'une formule de *coaching* sportif en ligne, le « Studio »

2022
Mise en place de la solution globale « Forme & moi »

Missions

Mission 1 Procéder aux réapprovisionnements

Chaque lundi, Myriam Salem imprime, à l'aide du PGI, l'état des réapprovisionnements. Celui-ci indique les articles dont le stock minimum est atteint.
Elle commande alors aux fournisseurs concernés les quantités nécessaires pour que le stock revienne à son maximum.
Le 8 décembre, Myriam a déposé sur votre bureau le dossier des réapprovisionnements à traiter.
En réunion toute la matinée, elle vous demande de préparer les commandes urgentes.

Doc 1 La note de Myriam

J'ai commencé les réapprovisionnements.
Je vous confie les deux commandes restantes :
– la commande Mahler du fait d'articles en rupture de stock. Rappeler les produits offerts ;
– la commande Dragan : utiliser le bon de commande d'Océaform ci-joint.
Nous paierons comptant pour bénéficier de l'escompte.
Myriam

1 Déterminez les quantités à réapprovisionner (Annexe 1).

Annexe 1 Extrait de l'état des réapprovisionnements

Quantité à réapprovisionner = stock max. – stock réel

ARTICLE(S) À RÉAPPROVISIONNER EN FONCTION DU STOCK RÉEL INFÉRIEUR À LA QUANTITÉ MINIMUM – 07 décembre N								
Réf. articles	Désignation courte	Famille	Stock réel	Stock min.	Stock max.	Qté en cde client	**Qté à réappro**	PU d'achat
Fournisseur	**S. MAHLER**							
0002	GELÉE SATIN	Soin visage	2	2	8		6	8,00 €
0003	TONIC BLEU	Soin visage	5	5	15		.....	9,00 €
0010	GEL MOUSSANT BEAUTÉ EXPRESS	Soin visage	2	2	5		...	7,00 €
0054	CRÈME N° 4	Soin visage	5	5	15		.....	20,00 €
0093	MASQUE AUX FRAISES	Soin visage	2	2	8		...	14,00 €
0118	BAUME RÉPARATEUR	Soin visage	0	2	8	2	.....	20,50 €
0130	LAIT DE DOUCEUR	Soin corps	0	2	6	1	...	10,25 €
0158	GEL MINCEUR ANTI-CAPITONS	Soin corps	1	2	7		...	23,25 €
Fournisseur	**DRAGAN**							
COT-5X5	SACHET COTON 500 CARRÉS 5 × 5	Fournitures	6	10	30		.....	8,00 €
MOUCH-40	BOITES 100 MOUCHOIRS PURE OUATE BLANCS	Fournitures	4	8	40		.....	36,10 €
CHARL-BL-10	BOITES CHARLOTTES BLANCHES × 100	Fournitures	2	2	10		...	90,00 €
DRAP-EX-12	ROULEAUX DRAP EXAMEN H50 × 38	Fournitures	3	4	24		.....	36,66 €

2 Préparez, à l'aide d'un texteur, le corps du mail au fournisseur Simone Mahler, auquel sera jointe la liste des articles commandés (Docs 1 et 2, Annexe 1).

Doc 2 Les fiches fournisseurs

Fiche fournisseur			
Code	FR002	RCS	RC B 434 522 355
Nom	SIMONE MAHLER	Siren	434 522 355
Famille	Fnrs Prod beauté		
Adresse		**Contacts rattachés**	
Siège	Cours du Chapeau Rouge	Nom	
CP	33000	Fction	
Ville	BORDEAUX	Mobile	
Pays	France	E-mail	contact@sm.net
Tél	05 56 00 57 57	Web	www.sm.com
Fax	05 56 44 40 50	**Conditions de vente**	
1 produit cabine offert pour 10 articles d'un même produit achetés. Livraison franco de port sous 48 h. Paiement par virement à 60 JFM			

Fiche fournisseur			
Code	FR013	RCS	
Nom	DRAGAN	Siren	
Famille	Fnrs Fournitures		
Adresse		**Contacts rattachés**	
Adresse	155 avenue des Chartreux	Nom	RAVON Leïla
CP	13005	Fction	Ass. admin. ventes
Ville	MARSEILLE	Mobile	06 69 36 58 25
Pays	France	E-mail	
Tél	04 91 49 88 71	Web	
Fax	04 91 34 75 67	**Conditions de vente**	
Frais fixes administratifs : 1,46 € HT Livraison franco de port sous 10 jours Paiement par chèque à 30 J. Escompte 2 % si comptant			

3 Préparez le bon de commande au fournisseur Dragan (Docs 1 à 3, Annexes 1 et 2).

Doc 3 Extrait du catalogue Dragan

Référence	Désignation	Unité*	PU HT
COT-5X5-D 	SACHET COTON 500 CARRÉS 5 × 5	1 sachet	8,00 €
MOUCH-40-D 	BOÎTES 100 MOUCHOIRS PURE OUATE BLANCS	Lot de 40 boîtes	36,10 €

Référence	Désignation	Unité	PU HT
CHARL-BL-10-D 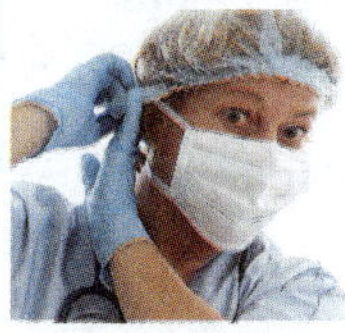	BOÎTES CHARLOTTES NON TISSÉES × 100 BLANCHES	Lot de 10 boîtes	90,00 €
DRAP-EX-12-D 	ROULEAUX DRAP EXAMEN H50 × 38	Lot de 12 rouleaux	36,66 €

* Unité de conditionnement du produit (packaging).

Annexe 2 Le bon de commande n° 147 destiné au fournisseur Dragan

Océaform

Allée des Isles - 17600 SAINTES
Tél. : 05 46 77 25 27
Fax : 05 46 77 25 50
oceaform@gmail.com

Commande n° ……… **À** ……… **, le** ………

Référence	Désignation	Unité	Quantité	PU HT	Montant HT
				Total HT	

Conditions de livraison : ………

Conditions de paiement : ………

En sus, frais fixes : 1,46 € HT

SARL au capital de 50 000 € - APE 9602B - Siret : 321 699 455 000 12

4 Complétez le planning de suivi des commandes (Annexe 3).

Annexe 3 Extrait du planning de suivi des commandes

Commandes			Livraison					Retard	Régul. livraison		
Date	Mode et n°	Fournisseur	Prévue le	Reçue le	N° BR	Incomplète	Colis refusés	Date de la relance	2e date	Reçue le	N° BR
15/11	Internet	Esthélib	20/11					25/11	30/11	02/12	12541
21/11	Fax	Dorel	01/12	30/11	5425	✓		30/11	05/12	04/12	
…	…	…	…	…	…	…	..	…	…	…	
07/12	Internet	Aire Beauté	21/12								

Mission 2 Réceptionner les marchandises

Dans le cadre de sa politique de qualité, Océaform a mis en place une procédure de réception des livraisons. Cette procédure a pour but d'éviter au maximum les anomalies, sources de désagrément, de perte de temps et bien souvent de litige.
Le 10 décembre, Myriam Salem vous confie la réception de la livraison du fournisseur Simone Mahler. Elle vous remet la procédure à suivre, vous recommandant la plus grande vigilance.

5 **Surlignez sur la lettre de voiture les points de contrôle prévus à la remise des colis (Doc 4, Annexe 4).**

6 **Contrôlez l'état extérieur des colis reçus du fournisseur Simone Mahler et complétez la lettre de voiture (Docs 4 et 5, Annexe 4).**

Une lettre de voiture est un document émis par un transporteur qui donne des détails et des instructions concernant l'expédition d'un lot de marchandises. En règle générale, il affiche les noms de l'expéditeur et du destinataire, le point d'origine de l'envoi, sa destination et son itinéraire.

Doc 4 Le protocole qualité pour la réception des livraisons

❶ Contrôles du destinataire	+ du nombre de colis	Avec la lettre de voiture
Océaform		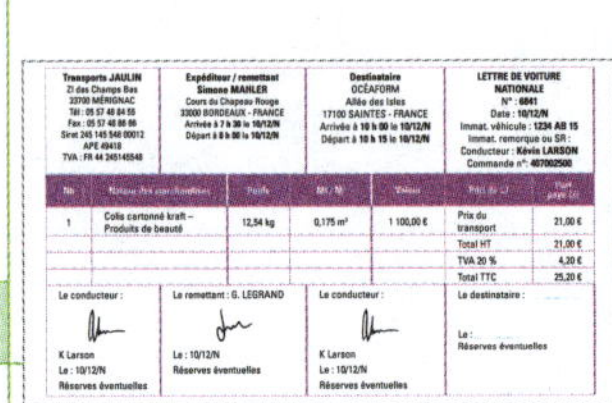

❷ Contrôle de l'état extérieur des colis

Colis en bon état		ACCEPTER SOUS RÉSERVES	Mentionner « Sous réserves de l'ouverture des colis ». Le transporteur laisse les marchandises et repart.
Colis partiellement ouvert ou abîmé		ACCEPTER SOUS RÉSERVES	Indiquer en réserves les défauts constatés. Les colis sont ouverts en présence du transporteur et l'état des marchandises vérifié.
Colis détérioré ou présentant un signe de casse à l'intérieur	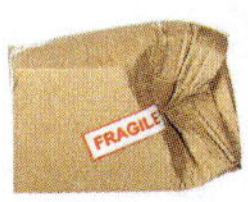 	REFUSER	Mentionner en réserves les raisons du refus. Restituer le(s) coli(s) au transporteur. Confirmer les réserves par LRAR à envoyer au transporteur (+ copie au fournisseur) sous 3 jours.

❸ Contrôle des marchandises livrées

Pointages :	contenu des colis  + produits commandés	avec le bon de réception 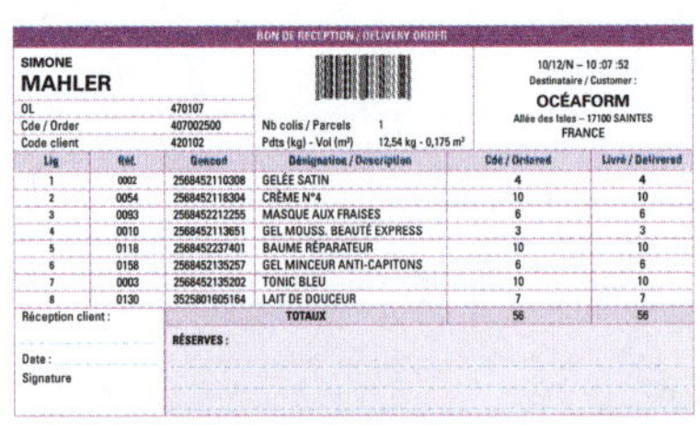	Si CONFORME : Mettre les articles en stock. / Si ÉCARTS : Faire une réclamation au fournisseur.
État des marchandises	Si articles dégradés 		REFUSER Indiquer les « réserves » sur le bon de réception (articles refusés et raisons). Renvoyer les articles au fournisseur.

❹ Compléter le bon d'entrée pour l'enregistrement en stock.

Doc 5 La livraison Simone Mahler

Annexe 4 La lettre de voiture

Transports JAULIN ZI des Champs Bas 33700 MÉRIGNAC Tél : 05 57 48 84 55 Fax : 05 57 48 86 66 Siret 245 145 548 00012 APE 49418 TVA : FR 44 245145548	**Expéditeur / remettant** **Simone MAHLER** Cours du Chapeau Rouge 33000 BORDEAUX - FRANCE Arrivée à **7 h 30** le **10/12/N** Départ à **8 h 00** le **10/12/N**	**Destinataire** OCÉAFORM Allée des Isles 17100 SAINTES - FRANCE Arrivée à **10 h 00** le **10/12/N** Départ à **10 h 15** le **10/12/N**	**LETTRE DE VOITURE NATIONALE** N° : **6841** Date : **10/12/N** Immat. véhicule : **1234 AB 15** Immat. remorque ou SR : Conducteur : **Kévin LARSON** Commande n°: **407002500**

Nb	Nature des marchandises	Poids	Ml / M³	Valeur	Port dû ❑	Port payé ☒
1	Colis cartonné kraft – Produits de beauté	12,54 kg	0,175 m³	1 100,00 €	Prix du transport	21,00 €
					Total HT	21,00 €
					TVA 20 %	4,20 €
					Total TTC	25,20 €

Le conducteur :	Le remettant : G. LEGRAND	Le conducteur :	Le destinataire : ....

K Larson Le : 10/12/N Réserves éventuelles	Le : 10/12/N Réserves éventuelles	K Larson Le : 10/12/N Réserves éventuelles	Le : .... Réserves éventuelles ....

7 Contrôlez les marchandises reçues et listez les anomalies rencontrées (Docs 4, 6 et 7, Annexes 1 et 5).

....

Doc 6 Le contenu du colis

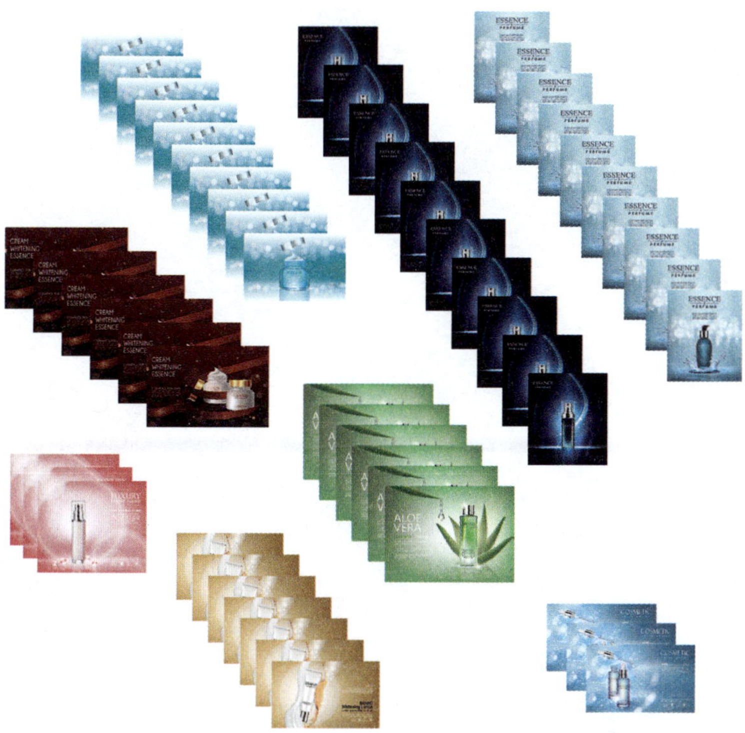

Doc 7 Extrait du catalogue Simone Mahler

Réf.		Désignation	PU HT
0002		GELÉE SATIN	8,00 €
0003		TONIC BLEU	9,00 €
0010		GEL MOUSSANT BEAUTÉ EXPRESS	7,00 €
0054		CRÈME N°4	20,00 €
0093		MASQUE AUX FRAISES	14,00 €
0118		BAUME RÉPARATEUR	20,50 €
0130		LAIT DE DOUCEUR	10,25 €
0158		GEL MINCEUR ANTI-CAPITONS	23,25 €

Annexe 5 Le bon de réception

BON DE RÉCEPTION / DELIVERY ORDER

SIMONE
MAHLER

OL	470107
Cde / Order	407002500
Code client	420102

Nb colis / Parcels 1
Pdts (kg) - Vol (m^3) 12,54 kg - 0,175 m^3

10/12/N – 10:07:52
Destinataire / Customer :
OCÉAFORM
Allée des Isles – 17100 SAINTES
FRANCE

Lig	Réf.	Gencod	Désignation / Description	Cdé / Ordered	Livré / Delivered
1	0002	2568452110308	GELÉE SATIN	**6**	**3**
2	0054	2568452118304	CRÈME N° 4	10	10
3	0093	2568452212255	MASQUE AUX FRAISES	6	6
4	0010	2568452113651	GEL MOUSS. BEAUTÉ EXPRESS	3	3
5	0118	2568452237401	BAUME RÉPARATEUR	10	10
6	0158	2568452135257	GEL MINCEUR ANTI-CAPITONS	6	6
7	0003	2568452135202	TONIC BLEU	10	10
8	0130	3525801605164	LAIT DE DOUCEUR	7	7
			TOTAUX	56	56

Réception client : ....

Date : ....

Signature

RÉSERVES : ....

8 Indiquez les mesures à prendre (Doc 4). ....

....

9 Procédez aux mesures à prendre (Doc 8, Annexes 5 et 6).

Doc 8 La formulation d'une réclamation

1. Présenter l'objet du litige
2. Décrire précisément les faits (dates, références, produits, prix)
3. Motiver le désaccord
4. Demander réparation

Annexe 6 Le mail de réclamation

De : ....

À : ....

Objet : ....

....

10 Complétez le bon d'entrée n° 1845 (Annexes 6 et 7).

Annexe 7 Le bon d'entrée

Bon d'entrée n° ....

Fourn.	....	Date	....
Réf.	**Qtés**	**Réf.**	**Qtés**
....	....	....	....
....	....	....	....
....	....	....	....
....	....	....	....

Signature :

Mission 3 Contrôler les factures fournisseurs

Vous avez reçu une réponse favorable à votre courriel de réclamation. Le fournisseur Simone Mahler vous accorde une remise de 10 % à titre de geste commercial.
Le 12 décembre, vous recevez la facture correspondant à la commande réceptionnée.
Myriam Salem vous charge de son contrôle.

11 **Surlignez sur la facture les mentions obligatoires prévues par la loi (Docs 9 et 10).**
12 **Contrôlez les articles facturés et les calculs réalisés (Docs 2, 7 et 10, Annexes 5 et 8).**
13 **Identifiez les conditions de vente appliquées.**

Doc 9 Les informations légales

economie.gouv.fr — Le portail de l'Économie, des Finances, de l'Action et des Comptes publics

Mentions obligatoires d'une facture : tout savoir !

BERCY INFOS ENTREPRISES

- **Date d'émission de la facture**
- **Numéro de la facture**
- **Date de la vente ou de l'achèvement de la prestation**
- **Identité du vendeur ou prestataire de services :** dénomination sociale, adresse du siège social, adresse de facturation (si différente), numéro de Siren ou Siret, code NAF, forme juridique et capital social (pour les sociétés), numéro RCS et ville du greffe d'immatriculation (pour les commerçants), numéro au répertoire des métiers et département d'immatriculation (pour les artisans)
- **Identité du client :** nom, adresses (facturation et livraison)
- **Numéro du bon de commande,** si préalable à l'achat
- **Numéros d'identification à la TVA,** du vendeur comme du client professionnel (si redevable de la TVA). Non obligatoire pour les factures ≤ à **150 € HT**
- **Désignations et décompte des produits et services rendus :**
  – nature, marque, référence des produits. Matériaux fournis et main – d'œuvre pour les prestations ;
  – dénomination précise, quantité, prix unitaire ou taux horaire hors taxes.
- **Taux de TVA applicables.** Si différents taux, ils doivent apparaître de manière claire par lignes
- **Réduction de prix :** rabais ou remise accordés. Sont exclues les opérations d'escompte non prévues sur la facture
- **Somme totale à payer hors taxe (HT) et toutes taxes comprises (TTC)**
- **Les conditions de paiement :** date ou délai de paiement, taux de pénalités en cas de non paiement à la date inscrite sur la facture, montant de l'indemnité forfaitaire pour frais de recouvrement en cas de retard de paiement (40 €)

Doc 10 La facture Simone Mahler

SIMONE MAHLER

FACTURE 470100271
12/12/N

SIÈGE SOCIAL :
Cours de Chapeau Rouge 33000 BORDEAUX – France
SERVICES ADMINISTRATIFS ET COMMERCIAUX
Bureaux : 18 rue Ferrère - 33 BORDEAUX
Tél. : (33) 05 56 00 57 57 – Fax : (33) 05 56 44 40 50
E-mail : simonemahler@simonemahler.net
Réf. commande client : CDE n° 407002500 du 08/12/N

M. Pierre ZINETTI
OCÉAFORM
Allée des Isles
17100 SAINTES
N° AR 14700267
N° BL LIV - 47107
Code client : 420102

Code	Article	Qté	P.U.	% Rem	P.U. net	Total HT
0002	GELÉE SATIN	6	8,00	10 %	7,20	43,20
0003	TONIC BLEU	10	9,00	10 %	8,10	81,00
0010	GEL MOUSSANT BEAUTÉ EXPRESS	3	7,00	10 %	6,30	18,90
0054	CRÈME N°4	10	20,00	10 %	18,00	180,00
0093	MASQUE AUX FRAISES	6	14,00	10 %	12,60	75,60
0118	BAUME RÉPARATEUR	10	20,50	10 %	18,45	184,50
0130	LAIT DE DOUCEUR	7	10,25	10 %	9,23	64,58
0158	GEL MINCEUR ANTI-CAPITONS	6	23,25	10 %	20,93	125,55
2003	TONIC BLEU CAB	1	23,15	100 %	0,00	0,00
2102	BEAUME RÉPARATEUR CAB	1	20,50	100 %	0,00	0,00
2127	VITAFIBRINE BUSTE CAB	2	18,60	100 %	0,00	0,00
2755	CRÈME N°4 CAB	1	29,00	100 %	0,00	0,00

À régler par virement 928,00 € le 28/02/N+1
Pénalités de retard de 2%. Indemnité forfaitaire de 40 € pour frais de recouvrement en cas de retard de paiement.
SARL au capital de 450 000 € – Code NAF 245C – RCB 434 522 355
N°TVA intracommunautaire : FR44 434522355

TOTAL HT	773,33
TVA 20%	154,67
TOTAL TTC	928,00
NET À PAYER	**928,00 €**

Annexe 8 Le contrôle des calculs

✓ ✗	**Montant HT Crème n° 4 :** $20 \times 10\ \% = 2 \rightarrow 20 - 2 = 18$ $\rightarrow 18 \times 10 = 180$ OU $10 \times (20 \times 0{,}9) = 180$ **Montant facturé :** 180,00 €
✓ ✗	**Montant HT Gelée Satin** ....
✓ ✗	**Total HT** ....
✓ ✗	**Montant TVA** ....
✓ ✗	**Total TTC** ....

14 **Indiquez les remarques éventuelles (Doc 10) :** ....

Le processus d'achat

Synthèse

SYNTHÈSE RÉDIGÉE foucherconnect.fr/24ago45

QCM foucherconnect.fr/24ago46

1 Les modalités de réapprovisionnement

QUOI ?	**Articles à réapprovisionner si :**	**Stock réel < Stock minimum**
COMMENT ?	**Quantité à réapprovisionner =**	**Stock maximum – Stock réel**

Les différents procédés de passation de commande :

Par courrier Par bon de commande	Par téléphone Par télécopie	Par mail	Par le formulaire du site internet de l'entreprise

2 La réception des marchandises

1. Contrôles :

– Destinataire
– Nombre de colis
– État extérieur des colis

Lettre de voiture (document transporteur)

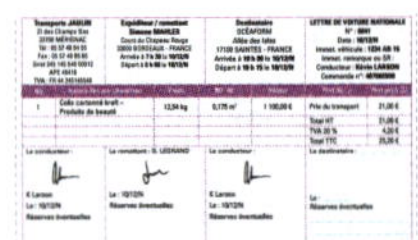

– État des marchandises livrées
– Articles et quantités livrées, conformément à la commande

Bon de réception (document fournisseur)

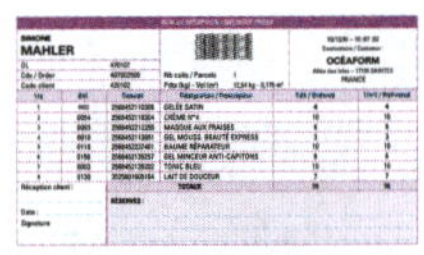

2. Traitements :

CONFORME → Livraison acceptée et mise en stock

NON CONFORME →

- Livraison refusée en tout ou partie :

- Réserves et/ou réclamation

3 Le contrôle des factures fournisseurs

La facture doit permettre d'identifier :

- le fournisseur ;
- le client ;
- les éléments facturés ;
- les conditions de vente.

Elle doit respecter les mentions prévues par la loi.

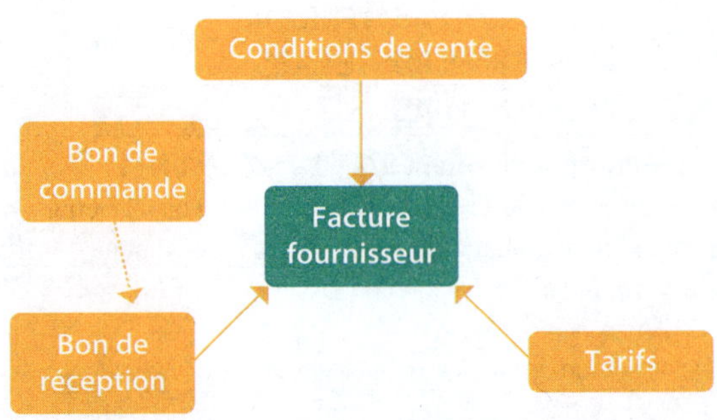

Réaliser : calculer

CO-INTERVENTION
• Maths

Appli

Traiter la réception des commandes

Vous travaillez toujours au service des achats d'Océaform.
Le 15 décembre au matin, Myriam Salem est en déplacement. Vous vous chargez de réceptionner la commande passée au fournisseur Dragan, dont vous avez reçu la facture par mail. Vous vérifiez le contenu des colis et la conformité du bon de livraison et de la facture. En cas d'erreurs, Myriam vous a demandé de remplir une fiche d'anomalies qu'elle étudiera à son retour.

1 **Procédez au contrôle des marchandises reçues (Doc, Annexe 1).**

2 **Contrôlez la facture du fournisseur Dragan (Doc, Annexe 1 et fichier Dossier18_Appli_Facture-Dragan.pdf).**

Vous vous appuierez :
- **sur les tarifs en vigueur au moment de la commande (Mission 1, Doc 3).**
- **sur les conditions de vente prévues (Mission 1, Doc 2).**

3 **Complétez la fiche d'anomalies si nécessaire (Annexe 2).**

#FICHIER
foucherconnect.fr 24ago50

Doc Extrait commande Dragan n°147

Commande n° 147		À SAINTES, le 08 décembre N	
Référence	**Désignation**	**Unité**	**Qté**
COT-5 × 5-D	Sach. coton 500 carrés 5 × 5	1 sachet	24
MOUCH-40-D	Btes 100 mouchoirs blancs	Lot 40 btes	1
CHARL-BL-10-D	Btes charlottes blches × 100	Lot 10 btes	1
DRAP-EX-12-D	Rlx drap examen h50 × 38	Lot 12 rlx	2
Conditions de livraison : Livraison franco de port sous 10 jours			
Conditions de paiement : Paiement comptant avec escompte 2 %			

Annexe 1 Le bon de réception

BON DE RÉCEPTION N°25847

DRAGAN	OL	25847	Code client	524	Destinataire	**OCÉAFORM** Allée des Isles 17100 SAINTES FRANCE
	Cde	147	Nb colis	2		
	Vol (m³)	0,25	Pdts (kg)	8,15		
		15/12/N – 11:18				

Lig	Ref	Gencod	Désignation / Description	Cdé	Livré
1	COT-5X5-D	2568452110308	SACHET COTON 500 CARRÉS 5 × 5	24	24
2	MOUCH-40-D	2568452118304	MOUCHOIRS PURE OUATE BLANC 100 × 40 BOÎTES	4	4
3	CHARL-BL-10-D	2568452212255	CHARLOTTE NON TISSÉ × 1000 BLANCHE	10	10
4	DRAP-EX-12-D	2568452113651	DRAP EXAMEN H50 × 38 MT 52 × 2 RL 2 PL COLLÉ	2	2
Réception client :	TOTAUX			40	40
.... Date : .... Signature	**RÉSERVES :**				

Annexe 2 La fiche d'anomalies du 15/12/N

Fournisseur : ....

Documents contrôlés : ❑ Bon de livraison n° .... ❑ Facture de doit n° ....
❑ Facture d'avoir n° .... ❑ Relevé de factures n° ....

Anomalies constatées

	Anomalies de livraison constatées sur :	Solutions :
Marchandises :	❑ article erroné :	....
	❑ article oublié :	....
	❑ article cassé ou abimé :	....
	❑ erreur de quantité :	....
	....	....
	....	....

	Anomalies de facturation constatées sur :	Propositions :
Marchandises :	❑ quantités :	....
	❑ référence article :	....
	❑ prix :	....
Condi de vente :	❑ réductions :	....
	❑ frais accessoires :	....
	❑ modalités de règlement :	....

Si les erreurs ont des répercussions sur le **net à payer** : refaire les calculs ci-dessous.

....
....
....
....
....

Auto-évaluation des compétences

Dans le cadre du traitement des achats…	Compétence non maîtrisée	Compétence insuffisamment maîtrisée	Compétence maîtrisée	Compétence bien maîtrisée
➜ Je sais identifier les produits et les quantités à réapprovisionner.	Je ne sais pas identifier les produits à réapprovisionner. ☐	J'ai besoin d'aide pour identifier les produits et les quantités à réapprovisionner. ☐	Je sais identifier les produits, mais commets des erreurs sur les quantités. ☐	J'identifie en totale autonomie les produits à réapprovisionner. ☐
➜ Je sais préparer la commande des produits à réapprovisionner.	Je ne sais pas préparer la commande. ☐	J'ai besoin d'aide pour préparer la commande. ☐	Je sais préparer la commande, mais commets des erreurs ou des oublis. ☐	Je prépare la commande sans erreur, en totale autonomie. ☐
➜ Je sais contrôler les marchandises reçues et émettre les réserves éventuelles.	Je ne sais pas contrôler les marchandises. ☐	Je sais contrôler les marchandises, mais ne sais pas émettre les réserves éventuelles. ☐	Je contrôle les marchandises sans erreur, mais ai besoin d'aide pour émettre les réserves. ☐	Je contrôle les marchandises et émets les réserves, sans erreur, en totale autonomie. ☐
➜ Je sais contrôler les articles (en qualité et quantité) et les calculs sur une facture fournisseur.	Je ne sais pas contrôler une facture fournisseur. ☐	J'ai besoin d'aide pour contrôler les articles facturés et vérifier les calculs. ☐	Je contrôle parfaitement les éléments facturés, mais ai besoin d'aide pour vérifier les calculs. ☐	Je contrôle parfaitement les éléments facturés et vérifie les calculs en totale autonomie. ☐

19 Régler les factures fournisseurs

Compétences
> CC3 Mettre en œuvre et contrôler le processus administratif

Océaform

- Depuis sa création en 2008, le centre de remise en forme Océaform n'a eu de cesse de se réinventer.
- Forte de ses succès précédents, Océaform offre désormais, dans un lieu imprégné de nature, entre lac et forêt et à deux pas de l'océan, un éloge à la lenteur et une invitation à savourer l'instant sous la forme d'une retraite « Zen & yoga » de 5 jours.
- Au cœur d'un domaine atypique et chaleureux, le programme allie des pratiques de yoga, de paddle yoga, de méditation, de respiration et des outils pensés pour s'apaiser : « Zen & yoga » propose de calmer l'esprit et renouer avec son corps, avec une devise qui résume bien l'idée : « Libérez votre esprit, nous prenons soin de votre corps ».
- En effet, du temps est également prévu pour profiter de la nature, lire, et… ne rien faire, mais aussi déguster des mets végétariens et savoureux. Ceux qui le souhaitent peuvent participer à l'élaboration des repas, et à la cueillette qui la précède. Chaque activité donne l'occasion de se reconnecter à la nature et à soi-même. C'est une expérience humaine apaisante dans un décor spectaculaire.

Allée des Isles
17100 SAINTES
✆ 05 46 77 25 27
📠 05 46 77 25 50
oceaform@gmail.com
www.oceaform.saintes.fr

Organigramme

foucherconnect.fr 24ago44

Chiffres-clés

2008
Création d'Océaform à Saintes

2015
Proposition de soins à domicile et en collectivité

2020
Création du « Studio », formule de *coaching* sportif en ligne

2022
Mise en place de la solution « Forme & moi ».

2024
Création de la retraite « Zen & yoga »

Vos missions

Vous prolongez votre PFMP dans l'entreprise Océaform, aux côtés de Myriam Salem, responsable des achats.
Après analyse des factures fournisseurs, le service des achats se charge de leur règlement. Il traite les règlements au comptant, réalisés dès réception de la facture, et les règlements à crédit, effectués à une date ultérieure. Ces derniers font l'objet d'un suivi précis dans un échéancier.

Mission 1 **Identifier les modalités des règlements fournisseurs**

Mission 2 **Traiter les règlements des factures fournisseurs**

Mission 3 **Contrôler les règlements fournisseurs**

Missions

Mission 1 Identifier les modalités des règlements fournisseurs

Myriam Salem vous confie le traitement du règlement des factures à payer.
Le 6 février, elle vous remet trois factures de fournisseurs. Elle vous charge d'identifier les modalités de règlement (échéance, mode de règlement) et d'enregistrer dans l'échéancier les factures réglées à crédit.

1 **Surlignez sur chaque facture les informations nécessaires à l'analyse des règlements : nom du fournisseur, numéro et date de la facture, montant à régler, mode et date de règlement (Doc 1).**

2 **Enregistrez les factures concernées dans l'échéancier des dettes fournisseurs (Doc 1, Annexe 1).**

Doc 1 Les factures fournisseurs à traiter

SIMONE
MAHLER

FACTURE
FAC 470100271
31/01/N

Mme JAOUI Nadia
OCÉAFORM
Allée des Isles
17100 SAINTES

Code client : **420102**
Réf. commande client : **CDE 30/01/N**

N° AR **14700267**
N°BL LIV - **407007800**

Code	Article	Quantité	Prix net	Rem. en %	Total HT
0002	GELÉE SATIN	12	8,00		96,00
0005	GELÉE SATIN	6	14,25		85,50
0010	GEL MOUSSANT BEAUTÉ EXPRESS	6	7,00		42,00
0054	CRÈME N° 4	3	20,00		60,00
0055	CONTOUR PRESTIGIEUX	3	21,00		63,00
0093	MASQUE AUX FRAISES	3	14,00		42,00
0099	MASQUE ACIDIFIANT N° 9 EXFOLIL	3	10,25		30,75
9131	LAIT DE DOUCEUR	2	3,70	100 %	0,00
				TOTAL HT	604,50
				TVA 20 %	120,90
				TOTAL TTC	725,40
				NET À PAYER	**725,40 €**

À régler par virement 725,40 €
le 31/03/N

IED

Vente par correspondance
aux comités d'entreprise, collectivités et coopératives
Tél. : 01 48 79 58 20
Fax : 01 48 79 58 28
4bis, rue Anatole Sigonn
93153 LE BLANC-MESNI
Site : www.ied-fr.com - E

ADRESSE DE FACTURATION
Institut OCÉAFORM
Mme JAOUI Nadia
Allée des Isles
17100 SAINTES

SARL au capital de 40 000 € - RCS BOBIGNY 441 708 500
Code APE : 526A – N° de TVA : FR73 441 708 500

CODE CLIENT	N° FACTURE	DATE	N° PAGE
0070528	N° 48133	04/02/N	1

RÉFÉRENCE	DÉSIGNATION	QUANTITÉ	PU TTC	REM %	MONTANT TTC
313-0722-29	Serviette de toilette 50 × 100 uni orange	2	6,00		12,00
315-0725-24	Maxi drap de bain 100 × 150 uni vert anis	2	18,00		36,00
322-0847-37	Drap de plage 100 × 180 berlingot	2	22,00	25,00 %	33,00
322-0847-36	Drap de plage 100 × 180 madras	2	22,00	25,00 %	33,00

ADRESSE DE LIVRAISON	Conditions de paiement		
Institut OCÉAFORM	Date limite de paiement **14/02/N**	**Montant livré TTC**	114,00 €
Allée des Isles		**Montant facturé TTC**	114,00 €
17100 SAINTES		**Dont TVA 20 % incluse**	19,00 €
		NET À PAYER	**114,00 €**

Coupon de règlement (à joindre au règlement) :

Facture n° 48133
Client n° 70528 – Océaform

Mode de règlement : chèque
Montant à payer : 114,00 euros

Doc 1 Les factures fournisseurs à traiter (suite)

THALGO Cosmectic

LABO THALGO COSMETIC S.A.
DOMAINE DES CHATAIGNIERS – ROUTE NATIONALE 7
83520 ROQUEBRUNE-SUR-ARGENS
TÉL. 04 94 19 73 73 – FAX 04 94 81 60 12 – www.thalgo.fr
S.A. AU CAPITAL DE 1 455 677 € - C.C.P. PARIS 8776-29 A –
RC. FREJUS B 652 029 719
N° TVA INTRACOMMUNAUTAIRE FR 07 652 029 719

FACT N° 40114352

INSTITUT OCÉAFORM
Allée des Isles
17100 SAINTES

Date : 02-02-N	Code client : 103560	Cond. règlement : 30 j. fin de mois	Représentant : BOR

Code article	Désignation	Qté	Unité	Prix unitaire	TVA	Montant
KT257501	CRÈME BIO-PROTECTRICE 250 ML	5	UNI	36,00 €	7	180,00 €
KT240002	CRÈME OVALE PARFAIT 250 ML	5	UNI	49,00 €	7	245,00 €
VT226001	MASQUE FONDANT CONF. IMM. 50 ML	12	UNI	13,00 €	7	156,00 €
VT24002	CRÈME OVALE PARFAIT 50 ML	15	UNI	25,50 €	7	382,50 €
VT225001	CRÈME CONFORT GOURMAND 50 ML	12	UNI	20,00 €	7	240,00 €
VT186001	CRÈME D'EXCEPTION 50 ML	6	UNI	55,00 €	7	330,00 €
VT258001	MASQUE BIO-APAISANT 50 ML	10	UNI	12,50 €	7	125,00 €
VT257501	CRÈME BIO-PROTECTRICE 50 ML	12	UNI	19,00 €	7	228,00 €
VT376501	CONCENTRÉ MINCEUR TSLIM 150 ML	12	UNI	24,00 €	7	288,00 €
VT394503	GEL BIODÉPYL 50 ML	10	UNI	12,25 €	7	122,50 €
VT272001	GEL TENSEUR J. REGARD 15 ML	10	UNI	17,50 €	7	175,00 €
TT136002	TEST CR GOM. PUR DOUCEUR 50 ML	1	UNI	0,00 €	7	0,00 €

Nombre total d'articles livrés 110

Base HT	Code TVA	% TVA	Montant TVA
2 224,80 €	7	20,00 %	444,96 €
	9	5,5 %	
Montant total TVA			444,96 €

Mode de règlement : PRÉLÈVEMENT AUTOMATIQUE

Date d'échéance : 30-03-N

Brut HT	2 472,00 €
Remise 10 %	247,20 €
Escompte	
Net HT	2 224,80 €
TVA	444,96 €
Net à payer	**2 669,76 €**

Annexe 1 L'échéancier des dettes fournisseurs

Date facture	Fournisseur	N° facture	Net à payer	Mode de règlement	Échéance	Réglée le...	Mode
03/01	Euro Info	413450	53,82	Prélèvement	17/01/N	17/01/N	Prélèvement
05/01	Agglo Saintes	555847	267,30	Internet	15/02/N	....	....
18/01	Rese	649532	1 825,28	TIP	15/02/N	....	....
23/01	SFR	6891248	21,93	Prélèvement	07/02/N	07/02/N	Prélèvement
...	...	...	...	...	...	...	...
....	....	....	....	....	....		
....	....	....	....	....	....		

3 **Indiquez à quel moment il faudra mettre à jour cet échéancier.**

....

....

....

Mission 2 Traiter les règlements des factures fournisseurs

Océaform dispose de deux comptes bancaires, l'un au CIC et l'autre à la BPACA, deux agences situées à Saintes.
Le 12 février, Myriam Salem vous confie le règlement des factures fournisseurs arrivant à échéance.

1. Le règlement par chèque

4 Complétez le chèque à présenter à la signature en règlement de la facture payée au comptant (Doc 1, Annexe 2).

Annexe 2 Le chèque du compte CIC

Chèque n°537979 Ordre .... Date ....
Objet .... Montant ....

CIC
Banque CIAL

€

Payer contre ce chèque non endossable ....
sauf au profit d'une banque, d'une Caisse d'Epargne ou d'un établissement assimilé — somme en toutes lettres

....

À ....

Payable en France
17 cours National
17100 SAINTES

N° de compte 655586241793
OCEAFORM
Allée des Isles
17100 SAINTES

A ....
Le ....
Signature

Chèque n° 537979 — Série 655586241793 — Chèque n°537979

5 Annotez la date et le numéro du chèque sur la facture correspondante (Doc 1).

2. Le règlement par virement bancaire

Myriam vous remet la facture relative à l'enlèvement des ordures ménagères, à payer à l'agglomération de Saintes.
Le règlement se faisait auparavant sur le site internet www.agglo-saintes.fr. Afin de gagner du temps dans la procédure, Myriam a décidé d'opter pour le paiement par virement bancaire. Elle vous demande de procéder à la transaction. Vous vous connectez à la plateforme de la Banque populaire Aquitaine centre Atlantique (BPACA).

6 Enregistrez le fournisseur Agglomération de Saintes comme nouveau bénéficiaire dans la partie prévue à cet effet (Doc 2, Annexe 3).

7 Procédez à l'enregistrement du virement bancaire dans la rubrique correspondante (Annexe 3).

8 Annotez la date et le mode de règlement sur la facture (Doc 2).

9 Mettez à jour l'échéancier des dettes fournisseurs (Annexe 1).

Doc 2 La facture de l'agglomération de Saintes

Saintes
COMMUNAUTÉ D'AGLOMÉRATION

Redevance d'enlèvement des ordures ménagères incitative
Facture pour la période du 01/07/N-1 au 31/12/N-1

Date limite de paiement : 15/02/N

Communauté d'agglomération de Saintes
4 avenue de Tombouctou
BP 90316 – 17100 SAINTES CEDEX
Mes références :
N° client : 1845
N° facture : 555847
Date de la facture : 05/01/N

Institut Océaform
À l'attention de Mme JAOUI Nadia
Allée des Isles
17100 SAINTES

Désignation	Période de service	Quantité	Prix unitaire	Montant
PART FIXE PÉRIODE EN COURS				***267,30 €***
Accès au service	Du 01/07/N-1 au 31/12/N-1	6 mois	9,17 €	55,02 €
Forfait au volume du bac installé – 2 bacs 500L	Du 01/07/N-1 au 31/12/N-1	6 mois	35,38 €	212,28 €
		NET À PAYER		***267,30 €***

MODALITÉS DE PAIEMENT

Vous pouvez payer cette somme sur Internet en vous connectant sur h
informations suivantes : **Identifiant collectivité : 003650**

Par virement bancaire sur le compte courant du comptable en charge (

IBAN : FR76 3000 2007 59C1 7300 000 030 / BIC : BDFEFRPPCCT

Pour faire un virement, il faut :
- se connecter à son compte en banque ;
- enregistrer le fournisseur comme bénéficiaire ;
- transférer la somme due sur le compte du fournisseur.

Annexe 3 La plateforme de la BPACA

BANQUE POPULAIRE
AQUITAINE CENTRE ATLANTIQUE

MON ESPACE | MES COMPTES | MES OPÉRATIONS

CHOISISSEZ VOTRE UNIVERS
FONCTION PUBLIQUE

Déconnexion

Mes opérations
- Informations
- Virements
- Présentation
- Entre les comptes de mon abonnement
- Vers un tiers
- Consulter, Annuler ou Modifier
- Gérer mes bénéficiaires
- Mes prélèvements
- Règlements SEPAmail
- Commande de chéquier
- Opposition
- Crédit renouvelable
- Bourse
- Commander CADO Carte
- Cours des devises

Création d'un bénéficiaire

Informations bénéficiaire

Nom/raison sociale* : ....
Adresse : ....
Adresse Email : ....

Informations banque

Pays du compte* : ....
IBAN : .... | .... | .... | .... | .... | .... | ....

Préparation d'un virement

Compte à débiter

Compte à débiter* : Compte courant 54845866525

Bénéficiaire

✓ Seuls les bénéficiaires activés peuvent faire l'objet d'un virement

Bénéficiaire* : ....

Informations sur le virement

L'Eurovirement SEPA offre les mêmes caractéristiques que le virement national à un tarif identique vers tous les pays membres de la zone SEPA, dont la France.

Catégorie : Eurovirement SEPA
Montant* : .... EUR - Euro▼
Motifs du virement* : ....
Référence bénéficiaire : ....
Référence émetteur : ....

3. Le règlement par titre interbancaire de paiement (TIP)

Myriam vous charge du règlement de la facture de la Rese, fournisseur d'eau, par TIP, à partir du compte BPACA.

10 **Surlignez sur la facture les modes de règlement proposés (Annexe 4).**

11 **Précisez les modalités du règlement par TIP.**

....

12 **Complétez le TIP à présenter pour signature à Myriam (Doc 3, Annexe 4).**

13 **Annotez la facture en indiquant la date et le mode de règlement utilisé (Annexe 4).**

14 **Mettez à jour l'échéancier des dettes fournisseurs (Annexe 1).**

Doc 3 RIB BPACA

BP AQUITAINE CENTRE ATLANTIQUE

Titulaire du compte **Mme NADIA JAOUI – OCÉAFORM** **ALLÉE DES ISLES** **17100 SAINTES**	Ce relevé est destiné à être remis, sur leur demande, à vos créanciers ou débiteurs appelés à faire inscrire des opérations à votre compte (virements, paiements de quittances, etc.). Son utilisation vous garantit le bon enregistrement des opérations en cause et vous évite ainsi des réclamations pour erreurs ou retards d'imputation.

Relevé d'identité bancaire

IBAN (International Bank Account Number)	BIC (Bank Identification Code)
FR76 1090 7005 0754 8458 6652 548	**CCBPFRPPBDX**

Code Banque	Code Guichet	N° du compte	Clé RIB	Domiciliation
10907	**00507**	**54845866525**	**48**	**BPACA SAINTES**

Annexe 4 La facture Rese

Rese

www.rese.fr
131 cours Genêts - SAINTES
TVA FR OH 251 701 819
SIRET 251 701 819 000 38
APE 3600Z

Occupant et adresse du lieu desservi :
Institut Océaform
Allée des Isles
17100 SAINTES

RESE LES ESTUAIRES
2 RUE NICOLAS APPERT
17250 PONT-L'ABBÉ-D'ARNOULT

....
....

Institut Océaform
Allée des Isles
17100 SAINTES

Votre espace client : www.rese.fr
Mon nom : OCEAFORM
Ma référence : 025477

Comment régler votre facture ?
Par TIP : datez et signez le TIP. Renseignez vos coordonnées bancaires si elles ne sont pas indiquées. Joignez un RIB
Par chèque bancaire : à l'ordre de RESE accompagné du TIP non signé et non agrafé.
Par prélèvement automatique : auprès de votre Service Client de proximité
Par carte bancaire : sur votre espace client www.rese.fr

FACTURE
Réf. facture : 19 649532A du 18/01/20N

Consommation (estimation)	**953 m³**
Abonnement du 01/01 au 30/06/N	229,70 TTC
Acompte sur consommation	1 595,58 TTC
TOTAL FACTURE €	**1 825,28 €**
Dont TVA 5,5 %	*95,16 €*
Total à payer € au 15/02/20N	**1 825,28 €**

Utilisation du TIP :
Datez, signez et envoyez le TIP dans l'enveloppe jointe dûment affranchie. Ajoutez un RIB, RIP ou RICE si vos coordonnées bancaires ne sont pas renseignées sur le TIP ou si elles ont changé.
Ne jamais modifier le TIP. Ne pas utiliser de trombone. Ne pas plier, ne pas agrafer.

Mandat de prélèvement SEPA ponctuel : en signant ce formulaire de mandat, vous autorisez le créancier à envoyer des instructions à votre banque pour débiter votre compte, et votre banque à débiter votre compte conformément aux instructions du créancier. **Votre signature vaut autorisation de débiter, à réception, votre compte pour le montant indiqué.**

DATE et LIEU **SIGNATURE**

....
....

ÉTAB.	GUICHET	COMPTE	CLÉ
....	....	....	....

Joindre un RIB

Institut Océaform
Allée des Isles
17100 SAINTES

Montant :
1 825,28 €

TIP SEPA
Référence Unique de Mandat :
TIPSEPA123878876768762145
ICS : FR74ZZZ458541
Référence : 649532
Créancier : RESE

CENTRE D'ENCAISSEMENT
DES FINANCES PUBLIQUES
59885 LILLE CEDEX 9

351137700192 NADIA JAOUI 1090711524786245874521
941122554500041 666100000000554871125445694214554 54712

4. Le règlement en ligne par carte bancaire

Myriam vous charge de passer une commande de fournitures par Internet auprès du fournisseur Jeunesse Jouvence Beauté. Vous vous êtes connecté(e) au compte de l'entreprise et avez déposé les articles demandés dans le panier. Il vous reste à procéder au règlement.

15 **Procédez au règlement de l'achat de fournitures réalisé auprès du fournisseur JJB (Docs 4 et 5, Annexes 5 et 6).**

Doc 4 Le contrôle du panier

JJBeauté By ManzaBe

Bienvenue Nadia JAOUI
10 produits 168,34 €

Produit	Description	PU	Qté	Total
	Bandeau éponge	5,58 €	5	27,90 €
	10 tongs blanches antidérapantes M	11,40 €	1	11,40 €
	Housse de table cp blanche 190 × 63 × 7	39,12 €	2	78,24 €
	Tablier dos nu noir	25,40 €	2	50,80 €
	Total des produits			**168,34 €**
	Frais de transport			**5,95 €**
	Sous-total			**174,29 €**
	Montant TVA 20 %			**34,86 €**
	TOTAL			**209,15 €**

Doc 5 Carte bancaire Océaform

Annexe 5 La sélection du mode de paiement

	VEUILLEZ CHOISIR VOTRE MÉTHODE DE PAIEMENT	
☐	VIREMENT BANCAIRE	Payer par virement bancaire (le traitement de la commande sera plus long)
☐		Payer par chèque (le traitement de la commande sera plus long)
☐	CB	Payer par carte bancaire

Lors d'achats par Internet, l'entreprise opte pour un règlement par carte bancaire en dessous de 400 €. Au-delà, un virement bancaire sera réalisé.

Annexe 6 La saisie des références bancaires

montant → **paiement** → **confirmation**

confirmer votre paiement

paiement 100 % sécurisé

Les champs marqués d'un * sont obligatoires

JJ Beauté

Montant de votre paiement :		**209,15 €**
Type de carte*	▼	CB MasterCard VISA PAIEMENT SÉCURISÉ
Numéro de carte*	▼	
Date d'expiration*	Mois ▼ Année ▼	
Numéro de contrôle*		Il s'agit des 3 derniers chiffres figurant au dos de votre carte de paiement.

Mission 3 Contrôler les règlements fournisseurs

Certains règlements sont déclenchés automatiquement par les fournisseurs (prélèvements, TIP) et Myriam Salem n'a pas toujours le temps de les contrôler.
Elle vous remet un extrait du grand-livre des fournisseurs qui détaille l'ensemble des opérations enregistrées au débit et au crédit des comptes concernés.
Elle vous charge de procéder au contrôle par lettrage de trois comptes fournisseurs.

16 **Contrôlez les transactions bancaires enregistrées dans les comptes des trois fournisseurs en procédant au lettrage des opérations (Docs 6 et 7, Annexe 7).**

Doc 6 Info comptable

Lettrage de l'opération dans le compte du fournisseur :

Libellé de l'écriture	Débit	Lettrage	Crédit
CPTE 401002 SIMONE MAHLER			
Fact Simone Mahler 470100		A	722,98 €
Virement à Simone Mahler	722,98 €	A	

Règlement du fournisseur

Dette au fournisseur

Le **lettrage** d'un compte fournisseur consiste à rapprocher :
– la somme correspondant au règlement ;
– le ou les achats correspondants.
Les opérations non lettrées peuvent être dues :
– à une erreur de saisie (dans la somme ou le numéro de compte) ;
– à un règlement anticipé avec déduction d'un escompte.
Dans ces cas, il faut procéder à une correction comptable.
Sinon, et s'il ne s'agit pas d'une dette dont le règlement est prévu ultérieurement, il faut contacter le fournisseur.

Doc 7 Extraits des fiches fournisseurs

Fournisseurs	Modes de règlement
Simone Mahler	Virement à 60 jours
Thalgo	Prélèvement automatique à 30 jours fin de mois Comptant par chèque avec escompte de 2 %
Klapp	Règlement en 3 fois : 1/3 à réception de la facture, 1/3 à 30 jours, 1/3 à 60 jours

Annexe 7 Grand-livre des comptes fournisseurs

Période du 01/07/N-1 au 31/01/N

Jrl	Date	Libellé de l'écriture	Montant débit	Lettrage	Montant crédit	Solde cumulé
	401004	KLAPP				
HA	08/07/N-1	Fact Klapp 66390074169		…………	1 009,56 €	– 1 009,56 €
BQ	02/08/N-1	N/chq n° 7961 à Klapp Fact 4169	336,52 €	…………		– 673,04 €
BQ	02/09/N-1	N/chq n° 7984 à Klapp Fact 4169	336,52 €	…………		– 336,52 €
BQ	02/10/N-1	N/chq n° 7999 à Klapp Fact 4169	336,52 €	…………		0,00 €
HA	21/10/N-1	Fact Klapp 66390074568		…………	660,69 €	– 660,69 €
BQ	27/10/N-1	Prélèvement Klapp	220,33 €	…………		– 440,36 €
BQ	27/11/N-1	Prélèvement Klapp	202,33 €	…………		– 238,03 €
BQ	27/12/N-1	Prélèvement Klapp	220,03 €	…………		18,00 €
			1 652,25 €		1 670,25 €	18,00 €

Annexe 7 Grand-livre des comptes fournisseurs (suite)

Jrl	Date	Libellé de l'écriture	Montant Débit	Lettrage	Montant Crédit	Solde cumulé
	401002	**SIMONE MAHLER**				
HA	12/07/N-1	Fact Simone Mahler 470100...		....	722,98 €	– 722,98 €
BQ	12/09/N-1	Virement à Simone Mahler	722,98 €	....		0,00 €
HA	04/10/N-1	Fact Simone Mahler		....	1 509,65 €	– 1 509,65 €
HA	20/11/N-1	Fact Simone Mahler 470500...		....	1 310,52 €	– 2 820,17 €
BQ	04/12/N-1	Virement à Simone Mahler	1 509,65 €	....		– 1 310,52 €
BQ	20/12/N-1	Virement à Simone Mahler	1 310,52 €	....		0,00 €
BQ	30/01/N	Prélèvement THALGO	903,85 €	....		903,85 €
			4 447,00 €		**3 543,15€€**	**903,85€€**
	401001	**THALGO**				
HA	28/05/N-1	Fact THALGO n° 40108854		....	2 519,73 €	– 2 519,73 €
HA	08/06/N-1	Fact THALGO n° 40109026		....	1 981,73 €	– 4 501,46 €
HA	16/06/N-1	Fact THALGO n° 40109028		....	83,60 €	– 4 585,06 €
HA	30/06/N-1	Fact Avoir THALGO n° 40110375	65,66 €	....		– 4 519,40 €
BQ	30/06/N-1	Prélèvement THALGO	2 519,73 €	....		– 1 999,67 €
HA	01/07/N-1	Fact THALGO n° 40110618		....	113,67 €	– 1 999,67 €
HA	26/07/N-1	Fact THALGO n° 40112631		....	2 062,08 €	– 2 113,34 €
BQ	30/07/N-1	Prélèvement THALGO	1 999,67 €	....		– 4 175,42 €
HA	18/08/N-1	Fact THALGO n° 40114352		....	1 088,28 €	– 2 175,75 €
BQ	30/08/N-1	Prélèvement THALGO	2 175,75 €	....		– 3 264,03 €
HA	06/09/N-1	Fact THALGO n° 40115653		....	366,01 €	– 1 088,28 €
HA	12/09/N-1	Fact THALGO n° 40115896		....	1 053,95 €	– 1 454,29 €
HA	12/09/N-1	Fact THALGO n° 40115897		....	911,36 €	– 2 508,24 €
BQ	30/09/N-1	Prélèvement THALGO	1 088,28 €	....		– 3 419,60 €
HA	10/10/N-1	Fact THALGO n° 40118213		....	794,50 €	– 2 331,32 €
HA	30/10/N-1	Fact THALGO n° 40119748		....	852,51 €	– 3 125,82 €
BQ	30/10/N-1	Prélèvement THALGO	2 331,32 €	....		– 1 647,01 €
HA	15/11/N-1	Fact THALGO n° 40112777		....	1 000,54 €	– 2 647,55 €
HA	18/11/N-1	Fact THALGO n° 40112860		....	594,51 €	– 3 242,06 €
HA	19/11/N-1	Fact THALGO n° 40112861		....	40,37 €	– 3 282,43 €
BQ	30/11/N-1	Prélèvement THALGO	1 647,01 €	....		– 1 635,42 €
HA	12/12/N	Fact THALGO n° 40113468		....	78,94 €	– 1 714,36 €
BQ	19/12/N	Chèque n° 193321 à THALGO	77,36 €	....		– 1 637,00 €
HA	26/12/N	Fact THALGO n° 40113469		....	903,85 €	– 2 540,85 €
BQ	30/12/N	Prélèvement THALGO	1 635,42 €	....		– 905,43 €
			13 540,20 €		**14 445,63 €**	**– 905,43 €**

17 **Complétez le relevé des anomalies des règlements fournisseurs (Annexe 8).**

Annexe 8 Le relevé des anomalies des règlements fournisseurs

Anomalies constatées	Propositions de résolution
....	....
....	....
....	....

19 Les règlements fournisseurs

Synthèse

Synthèse rédigée foucherconnect.fr/24ago48

QCM foucherconnect.fr/24ago49

1 Les modalités de règlement

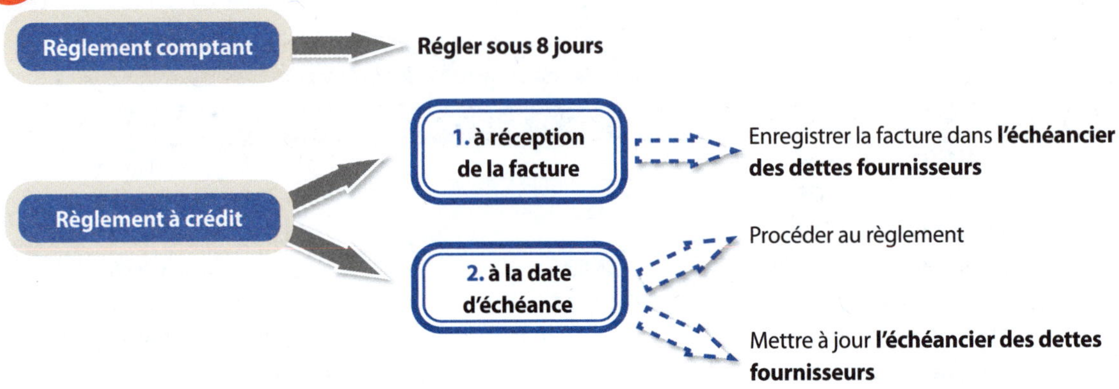

2 Le traitement des règlements fournisseurs

Quelques jours avant la date d'échéance ou à réception de la facture si le paiement s'effectue au comptant, il faut procéder au règlement par :

Chèque	Carte bancaire	Virement	TIP	Prélèvement
• Rempli par le titulaire d'un compte bancaire (appelé tireur), il donne l'ordre à son établissement financier (le tiré) de payer à vue une somme déterminée au bénéficiaire désigné.	• Permet de régler, **immédiatement ou en différé (fin du mois)**, les achats réalisés directement chez les fournisseurs ou sur Internet.	• Permet de verser une somme de son compte au profit d'un autre compte. Pour réaliser cette opération, il lui faut remplir un **ordre de virement**, soit sur un formulaire papier, soit *via* Internet.	• Mandat à usage unique signé par le client pour autoriser le prélèvement du montant dû. Il indique le montant de la facture à laquelle il correspond et son usage ne vaut **que** pour cette facture.	• Une **autorisation de prélèvement** accordée à certains fournisseurs leur permet de prélever directement les sommes dues sur le compte bancaire.

Il faut veiller à :
– indiquer le règlement sur la facture (date et référence du règlement) ;
– mettre à jour l'échéancier des dettes fournisseurs.

3 Le traitement des règlements fournisseurs

Afin d'éviter les erreurs et les oublis de règlement, il faut contrôler les comptes fournisseurs en réalisant un lettrage. Il s'agit de rapprocher :
– les opérations bancaires / les règlements ;
– la ou les factures de doit ou d'avoir correspondantes.

Appli 1 Traiter les règlements par chèque

Vous continuez votre PFMP au service des achats d'Océaform et poursuivez le traitement des règlements.
Myriam Salem a reçu un devis de Jeunesse Jouvence Beauté en réponse à une demande d'achat portant sur une baignoire d'hydromassage. Nadia Jaoui a donné son accord et signé le devis qui est à retourner accompagné du chèque d'acompte.
Elle vous remet également la facture du fournisseur Dragan qui sera payée au comptant pour profiter de l'escompte.
Le 25 février, Myriam a consulté la trésorerie de l'entreprise afin de procéder avlements.
Elle vous remet les soldes des comptes bancaires du CIC et de la BPACA, ainsi que les chéquiers de l'entreprise.

Réaliser : calculer
CO-INTERVENTION
• Maths

1. **Complétez les chèques en règlement des dettes fournisseurs afin de les présenter à la signature (Docs 1 à 3, Annexes 1 et 3).**
2. **Annotez les documents réglés.**
3. **Apposez sur chaque chèque un post-it explicatif de votre démarche : calculs réalisés, choix du compte (Annexes 2 et 4).**

Doc 1 La note de Myriam Salem

Avoirs en banque au 25 février :
CIC : 925,34 €
BPACA : 12 231,15 €

Doc 2 Le devis Jeunesse Jouvence Beauté

JJBeauté By ManzaBe

Jeunesse Jouvence Beauté
45 rue des Frères Flavien
75020 PARIS

2jb@free.fr
Téléphone : 01 40 30 44 11
Fax : 01 40 30 40 65

N° devis : 9658
Date devis : 23/02/N

DEVIS
Devis valable 2 mois

Acceptation : date et signature
Le 24/02/N

OCÉAFORM
Allée des Isles
17100 SAINTES
05 46 77 27 25

Description	Qté	Prix Unitaire HT	Montant HT
Baignoire d'hydromassage rectangulaire	1	4 744,00 €	**4 744,00 €**

Règlement par chèques :	**Total**	**4 744,00 €**
Acompte de 30 % du TTC au retour du devis	**Montant TVA 20 %**	**948,80 €**
Solde à réception	**Règlement**	0,00 €
Livraison sous 30 jours après réception du devis	**Net à payer**	**5 692,80 €**

SARL au capital de 10 000 € - SIREN : 410 246 730 00049

Doc 3 La facture Dragan

DRAGAN
155 avenue des Chartreux
13004 MARSEILLE
N° SIRET : 43190551200015
NAF : 511T
Téléphone SERGE : 04 91 49 88 71
Télécopie : 04 91 34 75 67

FACTURE	Numéro	Date	Client
	22512	25/02/N	524

Institut de beauté OCÉAFORM
Mme JAOUI
Allée des Isles
17100 SAINTES
Tél. : 05 46 77 25 27

Référence	Désignation	Qté	Px unitaire	Montant HT
COT-5X5-D	SACHET COTON 500 CARRÉS 5 × 5	24	8,00	192,00
MOUCH-40-D	MOUCHOIRS PURE OUATE BLANC 100 × 40 BOÎTES	1	36,10	36,10
CEL50063-2	PAPIER HYG EXTRA × 40 RLX	1	13,75	13,75
CHA-BLA-D	CHARLOTTE NON TISSÉ × 1000 BLANCHE	1	90,00	90,00
TANGA-INDI-D	TANGA SACHET INDIVIDUEL × 100	1	19,30	19,30
EURO-COLLE-D	DRAP EXAMEN H50 × 38 MT 52 × 12RL 2PL COLLE	3	36,66	109,98
DM-OFF	DRAP EXAMEN OFFERT	1	0,00	0,00
LESS-ATO-15-D	LESSIVE ATOMISÉE DESINF LINGE SAC 15 KG ANIOS	1	59,00	59,00
SUR-HA-D	SURFACES HAUTES SPRAY 750 ML DESINF SURFACES	2	8,00	16,00
FA	FRAIS FIXE ADMINISTRATIF	1	1,46	1,46

		TOTAL HT	537,59
REPRÉSENTANT	**Leïla RAVON**	**TVA 20 %**	107,52
		Total TTC	**645,11**

Dans le cas où le paiement n'interviendrait pas à la date prévue par les parties, le vendeur se réserve le droit de reprendre la chose livrée et de résoudre le contrat. ***En cas de paiement anticipé, application d'un escompte de 2 %.***
Tout retard de paiement engendre une pénalité calculée sur la base du taux d'intérêt légal en vigueur.

Coupon de règlement :
(à joindre au règlement)
Mode de règlement : **chèque**
Échéance : **25 avril N**

Facture n° : **22512**
Client n° : **524 – Océaform**

Annexe 1 Le chèque CIC à faire signer

Chèque n°537980

Ordre ....
Objet ....

Date ....
Montant ....

Banque CIAL

€

Payer contre ce chèque non endossable ....
sauf au profit d'une banque, d'une Caisse d'Epargne ou d'un établissement assimilé

somme en toutes lettres

....

À ....

Payable en France
17 cours National
17100 SAINTES

N° de compte 655586241793
OCEAFORM
Allée des Isles
17100 SAINTES

A ....
Le ....
Signature

Chèque n° 537980
Série 655586241793
Chèque n°537980

Annexe 2 La note pour le chèque CIC

Note :

Annexe 3 Le chèque BPACA

Chèque n°265847 Ordre .... Date ....
Objet .... Montant ....

BANQUE POPULAIRE

€

Payer contre ce chèque non endossable ....
sauf au profit d'une banque, d'une Caisse d'Epargne ou d'un établissement assimilé somme en toutes lettres

....

À ....

Payable en France

35 cours National
17100 SAINTES

N° de compte 654584112566

OCÉAFORM - Nadia JAOUI
Allée des Isles
17100 SAINTES

A ....
Le ....

Signature

Chèque n° 265847 Série 654584112566 Chèque n°265847

Annexe 4 La note pour le chèque BPC1

Note :

Appli 2 Traiter une erreur de règlement

Le 5 mars N, après contrôle de la comptabilité, Myriam Salem a constaté une erreur sur le montant prélevé par le fournisseur Thalgo en date du 28 février. Elle vous charge de contacter le fournisseur par courriel afin de l'alerter sur cette anomalie.

S'informer, informer : les circuits de l'information
CO-INTERVENTION
• Français

1. **Surlignez, sur l'extrait du compte Thalgo, les factures arrivant à échéance le 28 février N (Docs 1 et 3).**
2. **Indiquez le montant prélevé en date du 28 février (Doc 2).** ....
3. **Précisez le montant à prélever par le fournisseur (Doc 1).** ....
4. **Préparez sur texteur le corps du message à envoyer au fournisseur Thalgo (Docs 1 et 3).**

Doc 1 Un extrait du compte Thalgo

Jrl	Date	Libellé de l'écriture	Montant débit	L	Montant crédit	Solde cumulé
401001		THALGO				
AN	01/01/N	Report solde		H	903,85 €	– 903,85 €
HA	10/01/N	Fact THALGO n° 4011345			1 102,15 €	– 2 006,00 €
HA	16/01/N	Fact THALGO n° 40114223			824,47 €	– 2 830,47 €
HA	20/01/N	Avoir THALGO n° 4014285	247,17 €			– 2 583,30 €
BQ	30/01/N	Prélèvement THALGO	903,85 €	H		– 1 679,45 €
HA	02/02/N	Fact THALGO n° 40114352			1 091,42 €	– 2 770,87 €
BQ	28/02/N	Prélèvement THALGO	1 926,62 €			– 844,25 €

Doc 2 Un extrait du relevé de compte CIC

CIC Votre compte chèques n° 655586241793
IBAN : FR75 1215 8004 5800 6555 8624 1793

Date	Date valeur	Opération	Débit	Crédit
27/02	25/02	Chèque n° 537992	73,12	
28/02	28/02	PRLV SEPA THALGO 83520 ROQ 548745G45415584	1 926,62	
28/02	02/03	Remise de chèques		785,55
01/03	01/03	2802xx CB*****1548 Le Gourmet St Georges des Cx	154,68	

Doc 3 Un extrait de la fiche Thalgo

Contact : Annick BORDIN, commerciale
Mobile : 06 48 57 94 55
a.bordin@thalgo.fr
Conditions du règlement : prélèvement à 30 jours fin de mois

Auto-évaluation des compétences

Dans le cadre du traitement des achats…	Compétence non maîtrisée	Compétence insuffisamment maîtrisée	Compétence maîtrisée	Compétence bien maîtrisée
→ Je sais identifier les modalités de règlement d'une facture d'achat et mettre à jour l'échéancier des dettes fournisseurs.	J'ai besoin d'aide pour identifier les modalités de règlement sur une facture ou une fiche fournisseur. ☐	J'ai besoin d'aide pour identifier les modalités de règlement et mettre à jour l'échéancier. ☐	Je sais identifier les modalités de règlement, mais ai besoin d'aide pour mettre à jour l'échéancier. ☐	J'identifie en totale autonomie les modalités de règlement en choisissant le document approprié et mets à jour l'échéancier. ☐
→ Je sais procéder au règlement d'une facture fournisseur.	Je ne sais pas procéder au règlement d'une facture fournisseur. ☐	J'ai besoin d'aide pour traiter le règlement des factures fournisseurs. ☐	J'ai besoin d'aide pour traiter certains règlements fournisseur. ☐	Je traite le règlement des factures fournisseur en totale autonomie, quel que soit le mode de règlement retenu. ☐
→ Je sais contrôler les règlements fournisseurs par le lettrage.	Je ne sais pas lettrer un compte fournisseur. ☐	J'ai besoin d'aide pour lettrer un compte fournisseur et analyser les anomalies. ☐	Je sais lettrer un compte fournisseur et ai besoin d'aide pour analyser les anomalies. ☐	Je sais lettrer un compte fournisseur et analyser les anomalies en totale autonomie. ☐

20 Suivre un devis

Compétence
> CC3 Mettre en œuvre et contrôler les processus administratifs

Chausson Matériaux

- Chausson Matériaux est une entreprise indépendante et familiale, dirigée par Pierre-Georges et Philippe Chausson, qui distribue tous les matériaux nécessaires à la construction : plâtrerie, plafond, isolation, gros-œuvre, charpente, couverture, bois, menuiserie, carrelage, parquet, outillage professionnel, chimie du bâtiment.
- L'entreprise est engagée aux côtés de ses professionnels depuis près de 100 ans, avec plus de 475 points de vente installés sur toute la France pour un service de proximité.
- Renseignements juridiques

Dénomination sociale	Chausson Matériaux
Adresse	60 rue de Fenouillet 31140 Saint-Alban
SIREN	528 648 892
Activité (code NAF ou APE)	Commerce de gros (commerce interentreprises de bois et de matériaux de construction – 4673A)
Forme juridique	Société par actions simplifié
Capital social	249 553 798 €

60 rue de Fenouillet • 31140 Saint-Alban • chausson.fr

Vos missions

Vous travaillez dans l'agence récemment ouverte de Couëron, dans la région nantaise, située dans la ZAC des Hauts de Couëron, 38 rue de la Minée, 44220 Couëron.
Pour accompagner au mieux ses anciens clients et favoriser l'arrivée des nouveaux, l'entreprise Chausson Matériaux doit impérativement fournir un service et des produits de qualité au meilleur prix. Parmi les activités quotidiennes en lien avec les clients se trouve l'élaboration d'un document commercial : le devis.
Sous la responsabilité de Martine Fleuret, vous participez aux activités administratives relatives aux opérations commerciales.

Mission 1 **Répondre à un appel d'offres**

Mission 2 **Établir un devis**

Organigramme

foucherconnect.fr/24ago29

Chiffres-clés

5 500 collaborateurs à travers la France

Plus de **475 agences** dans toute la France.

52 000 références de matériaux de construction, d'outillage et de quincaillerie en stock

Missions

Mission 1 Répondre à un appel d'offres

Le 3 mars N, le service commercial a reçu un appel d'offres de l'entreprise A à Z concernant la réfection d'un appartement de l'agglomération nantaise. Martine Fleuret vous confie le dossier et vous transmet les documents nécessaires pour répondre à cet appel d'offres.

1 Complétez le tableau d'analyse de la situation commerciale (Docs 1 et 2, Annexe 1).

Doc 1 Un extrait de la liste des produits

Profilés métalliques

Montants	PUHT	HT/ML*
Dim. 48 × 35 mm – Long. 2,50 ml	2,50 €	1,00 €
Dim. 48 × 35 mm – Long. 3,00 ml	3,15 €	1,05 €
Dim. 48 × 35 mm – Long. 4,00 ml	4,20 €	1,05 €
Dim. 70 × 35 mm – Long. 2,50 ml	7,85 €	3,14 €
Dim. 70 × 35 mm – Long. 3,00 ml	9,50 €	3,17 €
Dim. 70 × 35 mm – Long. 4,00 ml	12,70 €	3,18 €
Dim. 90 × 35 mm – Long. 2,50 ml	10,21 €	4,08 €
Dim. 90 × 35 mm – Long. 3,00 ml	12,25 €	4,08 €
Dim. 90 × 35 mm – Long. 4,00 ml	16,30 €	4,08 €

Fourrures	PUHT	HT/ML
Dim. 47 × 17,5 mm – Long. 2,70 ml	2,80 €	1,04 €
Dim. 47 × 17,5 mm – Long. 3,00 ml	3,13 €	1,04 €
Dim. 47 × 17,5 mm – Long. 5,30 ml	5,50 €	1,04 €

Rails	PUHT	HT/ML
Dim. 48 × 30 mm – Long. 3,00 ml	2,80 €	0,93 €
Dim. 70 × 30 mm – Long. 3,00 ml	8,80 €	2,93 €
Dim. 90 × 30 mm – Long. 3,00 ml	11,25 €	3,75 €

Plaques et cloisons

Plaques plâtre standard 13 mm	PUHT	HT/M²
Plaque BA13 – Dim. 2,00 × 1,20 m	5,60 €	2,33 €
Plaque BA13 – Dim. 2,50 × 1,20 m	7,13 €	2,38 €
Plaque BA13 – Dim. 3,20 × 1,20 m	8,85 €	2,30 €

Plaques plâtre hydro 13 mm	PUHT	HT/M²
Plaque BA13 – Dim. 2,50 × 1,20 m	21,07 €	7,02 €
Plaque BA13 – Dim. 3,20 × 1,20 m	25,35 €	6,60 €

Isolations

Laine de verre Isover	PUHT	HT/M²
Rouleau Dim. 1,20 × 8,00 m – Ép. 100	42,35 €	4,41 €
Rouleau Dim. 1,20 × 4,50 m – Ép. 200	37,46 €	6,94 €
Rouleau Dim. 1,20 × 2,40 m – Ép. 320	39,63 €	13,76 €
Rouleau Dim. 1,20 × 2,00 m – Ép. 400	40,24 €	16,77 €

* ML : mètre linéaire

Laine de roche	PUHT	HT/M²
ROULROCK Dim. 1,20 × 2,40 m – Ép. 200	33,06 €	11,48 €
FIREROCK Dim. 0,60 × 1,00 m – Ép. 40	18,55 €	30,92 €
	PUHT	HT/KG
Laine à souffler JETROCK Sac de 20 kg	47,57 €	2,38 €

Doc 2 Les conditions générales de vente

Les tarifs sont applicables jusqu'au 31 décembre N.
Taux de TVA : 20 %.
Les particuliers peuvent bénéficier d'une remise, négociable en agence, en fonction du montant total de la commande.
Les professionnels bénéficient automatiquement d'une remise de 15 % sur le montant HT ou de 20 % s'il s'agit d'une première commande (nouveaux clients).
Règlement au comptant pour les particuliers et à 30 jours fin de mois pour les professionnels.
Livraison possible sur le chantier pour 50 € HT dans un délai d'une semaine maximum ou enlèvement gratuit et immédiat sur site.
Les éléments chiffrés transmis aux clients sont valables un mois.

Annexe 1 Le tableau d'analyse de la demande

Émetteur de l'appel d'offre et objectif visé	
Action à effectuer lorsque l'appel d'offres est complété	
La préparation de la commande peut-elle commencer ?	

2 Remplissez l'appel d'offres de l'entreprise A à Z reçu ce jour (Docs 1 et 2, Annexe 2).

Annexe 2 L'appel d'offres de A à Z

A à Z
1 rue Du Guesclin
44000 NANTES
Mobile : 06 07 94 19 54
E-mail : aaz_plaquiste@yahoo.fr
Siret : 479 860 439 00047 – NAF : 4331Z

À Chausson Matériaux
ZAC des Hauts de Couëron
38 rue de la Minée
44220 Couëron

Veuillez compléter le tableau ci-dessous puis nous transmettre le document par mail dans les plus brefs délais. Vous veillerez à n'omettre aucun renseignement pour que votre réponse puisse être prise en compte.

Désignation	Quantité	PUHT	Observations
Montants 48/35 en 3 ml	120		
Fourrures 47/17,5 en 5,30 ml	35		
Rails 48/30 en 3 ml	50		
Rouleau Isover 1,20/4,50 Ep. 200 mm	40		
Plaque plâtre standard BA13 320/120	60		
Les matériaux devront être livrés directement sur le chantier.			

Délai de livraison	Conditions de paiement	Transport HT	Réduction accordée

Je vous remercie d'accorder à notre demande toute l'attention qu'elle mérite et vous transmets mes salutations distinguées.

Jacques FATY
Chef d'entreprise

Offre effectuée le .... et valable jusqu'au ....
Signature du responsable (nom et fonction)

Mission 2 Établir un devis

1. Préparer un devis

Le 10 mars N, Martine Fleuret est contactée par Marcel Serpico, qui souhaite effectuer une estimation du coût des matériaux pour la rénovation de sa salle de bains. Vous êtes chargé(e) de la préparation du devis.

3 **Expliquez ce qu'est un devis.**

....

....

....

4 **Repérez les éléments déterminants des « conditions générales de vente » à retenir pour l'établissement du devis de M. Serpico (Docs 3 et 4).**

....

....

5 **Préparez le devis n° 6286 (Docs 1, 3 et 4, Annexe 3).**

Doc 3 Le courriel de M. Serpico

De :	marcel.serpico@gmail.com
À :	martine.fleuret@chausson-materiaux-coueron.com
Date :	10 mars N
Objet :	Devis Salle de bains
Pièces jointes :	

Bonjour Mme Fleuret,

Suite à notre conversation téléphonique de ce jour, je vous fais parvenir le détail des matériaux nécessaires à la rénovation de ma salle de bains :
– 14 Plaques BA13 Hydro – Dim. 2,50 × 1,20 m
– 35 Montants Dim. 70 × 35 mm – Long. 2,50 ml
– 6 Rails Dim. 70 × 30 mm – Long. 3,00 ml
– 5 Rouleaux ROULROCK Dim. 1,20 × 2,40 m – Ép. 200 mm

Ces matériaux devront être livrés à mon adresse personnelle.

Je vous remercie de me faire parvenir un devis dans les plus brefs délais.

Cordialement.

Marcel SERPICO

Doc 4 La fiche client de Marcel Serpico

FICHE CLIENT		
Coordonnées du client		
Nom : SERPICO		**CLIENT N° PA 1 375**
Prénom : Marcel		
Adresse : 12 rue de la Révolution		
Ville : 44000 NANTES		
Téléphone : 06 56 78 53 12		
Email : marcel.serpico@gmail.com		
Statut : Particulier		
Historique		
15/04/N-1	Réfection du garage	Facture n° 2543 : 1 356,89 €
25/09/N-1	**Remise de 10 % accordée sur les factures > 2 000 €**	
26/09/N-1	Création terrasse extérieure	Facture n° 6485 : 7 516,79 €
04/10/N-1	Matériaux supplémentaires	Facture n° 6543 : 274,50 €

Annexe 3 Le devis Serpico

Chausson Matériaux
Agence : Couëron
Tél. : 02 40 85 15 15

Adresse de livraison ou de chantier	Adresse de facturation
....	....

DEVIS N° .... DATE : ....

Livraison par nos soins ☐ Professionnel ☐
Enlèvement du client ☐ Particulier ☐

Préparateur : .... Chauffeur : ....

Désignation	Quantité	PUHT	Montant	Observations
....	....	....	....	
....	....	....	....	
....	....	....	....	
....	....	....	....	

Ce devis est valable	Total brut	....	Signature du client
soit jusqu'au	Remise ...... %	....	
Règlement :	Total net HT	....	
	Livraison HT	....	
	TVA ...... %	....	
	Total TTC	....	

Siège social : Chausson matériaux 60 rue de Fenouillet BP 35140 – 31142 SAINT ALBAN Cedex – SAS 249 553 798 € – RCS 528648892 – FR89645732974 – APE 4673 A

6 **Indiquez le nombre d'exemplaires du devis à établir et précisez les destinataires.**

....

7 **Précisez ce qui matérialise l'acceptation de l'offre.**

....

8 **Reproduisez sur tableur l'Annexe 3 pour permettre une automatisation des calculs. Enregistrez le fichier sous le nom « Devis_486.xlsx ».**

9 **Préparez, le 10 mars, le courriel à l'attention de M. Serpico en n'oubliant pas d'y joindre un exemplaire du devis (Annexe 4).**

Annexe 4 **Le courriel à l'attention de M. Serpico**

De :	
À :	
Date :	
Objet :	
Pièces jointes :	

10 **Indiquez ce que l'entreprise devra faire si le client ne répond pas favorablement à son offre.**

2. Corriger un devis

Martine Fleuret a reçu ce matin un appel téléphonique de la secrétaire de l'entreprise Gatard et Fils, cliente de longue date, qui paraissait très surprise du montant du devis qui lui a été envoyé le 6 mars N. En effet, le montant ne correspond pas à ce que lui avait été indiqué par téléphone. Vous êtes chargé(e) de vérifier ce devis.

11 **Relevez les anomalies du devis n° 462 (Docs 1, 2, 5 et 6).**

Doc 5 La fiche d'appel téléphonique

Appel reçu le : 10 mars N — à : 09 h15
De : Ent. Gatard et Fils — Pour : Martine Fleuret

Problème sur le devis n° 462. Les produits souhaités sont :
- 25 Plaques BA13 standard – Dim. 2,50 × 1,20 m
- 45 Montants Dim. 48 × 35 mm – Long. 4,00 ml
- 32 Rails Dim. 48 × 30 mm – Long. 3,00 ml
- 22 Rouleau Isover Dim. 1,20 × 2,40 m – Ép. 320

} Retrait au dépôt

Très urgent : renvoyer le devis par mail dans la journée.

Doc 6 Un extrait du devis n° 462 – Entreprise Gatard et Fils

Désignation	Quantité	PUHT (en €)	Montant (en €)	Observations
Plaques BA13 Hydro – Dim. 2,50 × 1,20 m	25	21,07	526,75	
Montants Dim. 48 × 35 mm – Long. 4,00 ml	45	4,20	189,00	
Rails Dim. 48 × 30 mm – Long. 3,00 ml	32	2,80	89,60	
Rouleau Isover Dim. 1,20 × 2,40 m – Ép. 320	220	39,63	8 718,60	
Ce devis est valable 1 mois soit jusqu'au 06 avril N Règlement : 30 jours fin de mois		Total brut	9 523,95	
		Remise	–	Signature du client
		Total net HT	9 523,95	
		Livraison HT	50,00	
		TVA 20 %	1 914,79	
		Total TTC	11 488,74	

12 **Éditez un nouveau devis (Annexe 5).**

Annexe 5 Le nouveau devis pour le client Gatard et Fils

Désignation	Quantité	PUHT	Montant	Observations
………………	………	………	………	
………………	………	………	………	
………………	………	………	………	
………………	………	………	………	
Ce devis est valable 1 mois soit jusqu'au ……………… Règlement : ………………		Total brut	………	Signature du client
		Remise ………	………	
		Total net HT	………	
		Livraison HT		
		TVA 20 %	………	
		Total TTC	………	

Le suivi d'un devis

Synthèse

SYNTHÈSE RÉDIGÉE foucherconnect.fr/24ago30

QCM foucherconnect.fr/24ago31

1 La réponse à un appel d'offres

Appel d'offres émis par le client → Réponse → **Proposition commerciale** de l'entreprise

La proposition commerciale consiste à fournir au client les informations relatives **aux tarifs et aux conditions de vente de l'entreprise**.

Appel d'offres ▶ Tarifs et conditions ▶ Offre chiffrée ▶ Envoi au client

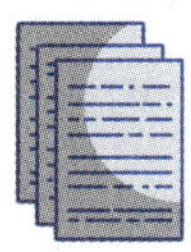
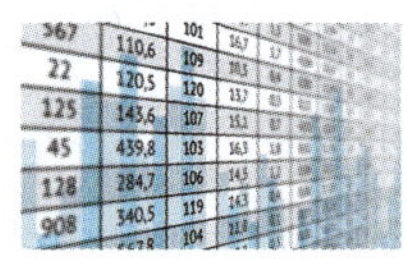

2 L'établissement d'un devis

Un devis permet **d'estimer** le montant d'un produit ou d'une prestation.

Demande du client ▶ Élaboration du devis ▶ Envoi au client pour accord ▶ Retour du devis avec signature ▼ Déclenchement de la commande

Appli 1 Établir un devis pour une prestation de transport

Vous travaillez au sein de l'entreprise Transport Sarrion, spécialisée dans le transport routier à La Rochelle. Pour se développer, l'entreprise recherche de nouveaux clients et multiplie les devis en réponse aux nombreux appels d'offres reçus.

1 Citez les éléments à prendre en compte pour fixer le tarif d'un transport (Doc 1).

....

2 Expliquez pourquoi les tarifs du transport routier ne sont pas homogènes.

....

3 Indiquez ce que peuvent faire les entreprises de transport pour réduire leurs coûts.

....

L'entreprise Sarrion a reçu ce jour un appel d'un nouveau client, la SARL Les deux mers, qui souhaite l'établissement d'un devis pour une livraison. Ce client potentiel est un important acteur économique de la région, ce qui permettrait à Transport Sarrion de stimuler son activité et de se faire connaître.

4 À partir des tarifs de l'entreprise Transport Sarrion et de la fiche d'appel téléphonique, établissez le devis à destination de la SARL Les deux mers (Docs 2 et 3, Annexe 1).

Doc 1 Le calcul du prix de transport routier de marchandises

Le prix du transport routier est fixé en fonction du poids, de la nature de la marchandise et de la distance à parcourir. La concurrence est très forte sur le réseau routier, ce qui engendre des tarifs assez variables d'une compagnie à l'autre. Si vous observez des tarifs très bas, n'en concluez pas que le service proposé est de moindre qualité. Certaines compagnies procèdent au groupage des marchandises, ce qui diminue les coûts de transport.

www.transporteur-marchandise.fr.

Doc 2 Les tarifs de l'entreprise Sarrion

Transport Sarrion • La FR, boulevard Wladimir Morch, 17000 La Rochelle • Tél. : 05 46 42 64 48

Tarifs HT Transport de palettes de 15 à 800 kg*

Prix TTC	Zone 1 Sud-Ouest	Zone 2 Sud-Est	Zone 3 Ouest	Zone 4 Paris / Est	Zone 5 Corse
de 15 à 19 kg	20,22 €	28,31 €	24,67 €	27,70 €	59,45 €
de 20 à 29 kg	23,11 €	32,35 €	28,19 €	31,66 €	67,94 €
de 30 à 39 kg	26,20 €	36,68 €	31,96 €	35,89 €	77,03 €
de 40 à 49 kg	29,16 €	40,82 €	35,58 €	39,95 €	85,73 €
de 50 à 59 kg	32,52 €	45,53 €	39,67 €	44,55 €	95,61 €
de 60 à 69 kg	33,38 €	46,73 €	40,72 €	45,73 €	98,14 €
de 70 à 79 kg	35,76 €	50,06 €	43,63 €	48,99 €	105,13 €
de 80 à 89 kg	36,32 €	50,85 €	44,31 €	49,76 €	106,78 €
de 90 à 99 kg	39,13 €	54,78 €	47,74 €	53,61 €	115,04 €
de 100 à 149 kg	53,47 €	74,86 €	65,23 €	73,25 €	157,20 €
de 150 à 199 kg	78,37 €	109,72 €	95,61 €	107,37 €	230,41 €
de 200 à 249 kg	94,04 €	131,66 €	114,73 €	128,83 €	276,48 €
> à 250 kg	97,08 €	135,91 €	118,44 €	133,00 €	285,42 €

* Les colis pour une même destination peuvent être regroupés dans un même camion. Il faut alors additionner le poids des différents colis pour n'en obtenir qu'un seul. Les devis sont valables 1 mois. TVA taux normal.

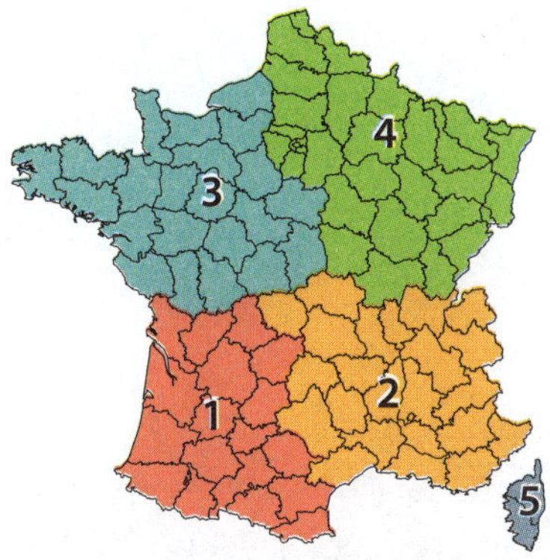

Doc 3 La fiche d'appel téléphonique

☒ Urgent

Fiche téléphonique – Message reçu

Appel reçu le : 13/05/N	à : 09:30
De : M. Philippeau	de : SARL Les deux mers
Service : Commercial	Téléphone : 05 46 79 32 16
Pour : Mme André	Service : Comptabilité

Message

Accorder une remise exceptionnelle de 15 % pour ce client important. Le dernier devis portait le n° 472.

Établir un devis rapidement pour les transports suivants :

– Transport pour Strasbourg : 2 colis de 25,50 kg et 52,75 kg
– Transport pour Bordeaux : 8 colis pour un poids total de 293, 23 kg
– Transport pour Nantes : 4 colis de 45,67 kg, 36,89 kg, 26,41 kg et 87,48 kg

Le client souhaite pouvoir régler à 30 jours fin de mois (délai validé par la direction).

Annexe 1 Le devis Les deux mers

Transport Sarrion
La FR, boulevard Wladimir Morch
17000 La Rochelle

DATE : ....

DEVIS N° ....

Désignation	Poids Total	Zone	Montant (en €)
Total :		Total brut	
		Remise	
		Total net HT	
		TVA 20 %	
		Total TTC	

Ce devis est valable ....

soit jusqu'au ....

Règlement : ....

Échéance : ....

Signature du client :

SARL au capital de 321 720 € – Tél : 05 46 42 64 48 – APE 4941A – SIRET 571 781 228 00119 – TVA intra FR 35769864531

Appli 2 Établir un devis pour la fourniture de matériaux

Vous travaillez au service comptabilité de la SARL Gastien et fils, spécialisée dans la maçonnerie, charpente et couverture. Cette petite entreprise située à Cagnes-sur-Mer dans le Var reçoit régulièrement des demandes de devis de la part de clients. Jacqueline Gastien, secrétaire comptable, vous transmet le dossier « Bodin » en date du 15 mai N pour que vous établissiez le devis.

Réaliser : calculer des longueurs

CO-INTERVENTION
• Maths

Établissez le devis n° 1567 (Docs 4 et 5, Annexe 2).

Doc 4 Le calcul du prix de transport routier de marchandises

Client n° 385	Description des travaux
Coordonnées *Nom :* BODIN *Prénom :* Jean-Claude *Adresse :* 78 allée des Romarins – 06800 Cagnes-sur-Mer *Tél. :* 04 93 56 42 35 *Courriel :* jc.bodin@hotmail.com *Règlement :* 30 % à la commande et le reste à la fin des travaux. **Caractéristiques du bien** Maison individuelle 9,5 m de long / 6,5 m de large / 6 m de haut. Toiture en 2 pans. Prévoir 1 naissance par pan, 2 coudes cintrés par naissance. Prévoir 2 manchons par pan. Au vu de la superficie de la toiture, une gouttière de diamètre 80 mm est suffisante.	***Réalisation de la couverture et de la zinguerie*** **Couverture :** – Volige traitée 150 × 14 mm L.4 m – Tuile Oméga 10 mistral **Zinguerie :** – Gouttière galva 1/2 – Naissance galva – Tuyau de descente galva – Coude cintré – Manchon galva *Compter 30 % de pente pour la couverture.* *Prévoir 5 % de perte pour la volige et les tuiles.* *Recouvrement des tuiles = 12 tuiles pour 1 m²* *Délais de livraison du chantier : 30 septembre N.* *Devis valable 2 mois.*

Doc 5 Un extrait des tarifs de la SARL Gastien et Fils

Tuiles	PUHT	Lot > 1 000
Tuile Oméga 10 mistral	2,05 €	1,74 €
Tuile Postel rouge vieilli	1,20 €	1,02 €
Tuile Perspective rouge	1,49 €	1,27 €
Tuile double Romane rouge sienne	1,60 €	1,36 €
Tuile Posifix Midi paille	1,10 €	0,94 €

Voliges	PUHT
Volige traitée 150 × 22 mm L.2,4 m	7,25 €
Volige traitée 105 × 14 mm L.3 m	3,40 €
Volige traitée 150 × 14 mm L.4 m	5,55 €

Main-d'œuvre	
Pose couverture	75 € m²
Pose volige	55 € m²
Pose zinguerie	50 € ml

Gouttières et accessoires	PUHT
Gouttière galva 1/2 ronde ø 100 mm L.2 m	14,90 €
Gouttière galva 1/2 ronde ø 80 mm L.2 m	10,90 €
Gouttière galva 1/2 ronde ø 100 mm L.4 m	29,90 €
Gouttière galva 1/2 ronde ø 80 mm L.4 m	21,90 €
Naissance galva ø 80 mm	19,90 €
Naissance galva ø 100 mm	21,90 €
Tuyau de descente galva ø 80 mm L.2 m	12,90 €
Tuyau de descente galva ø 100 mm L.2 m	15,90 €
Manchon galva ø 80 mm	3,70 €
Manchon galva ø 100 mm	3,90 €
Coude cintré ø 80 mm	6,50 €
Coude cintré ø 100 mm	7,90 €

Retrouvez par le calcul les éléments suivants :

- **Superficie de toiture : 80,275 m²** ……………………
- **Volige en unité : 140,48 soit 141 unités** ……………………
- **Tuile : 1011,46 soit 1 012 tuiles** ……………………
- **Gouttière : 5 de L. 4m** ……………………
- **Descente : 6 unités** ……………………

Annexe 2 Le devis Bodin SARL Gastien et Fils

Gastien et Fils
64 avenue de l'Océan
06800 Cagnes-sur-Mer

Devis n° ....   Fait le .... à ....

Fournitures			
Désignation	**Qté**	**PUHT**	**Montant HT**
	141		
	1 012		
	5		
	6		
		Total fournitures HT	

Main-d'œuvre			
Désignation	**Qté**	**PUHT**	**Montant HT**
	80,275		
		Total main-d'œuvre	

Observations : ....

Offre valable : ....

Règlement : ....

Total hors taxes	
Remise	
Total net hors taxe	
TVA 10 %	
Total TTC	

SARL au capital de 12 000 € – Tél : 05 46 53 12 98 – APE 6209Z – SIRET 49476277600016 – TVA intra FR 67436923146

Auto-évaluation des compétences

Dans le cadre de l'organisation de mon poste de travail…	Compétence non maîtrisée	Compétence insuffisamment maîtrisée	Compétence maîtrisée	Compétence bien maîtrisée
→ Je sais répondre à un appel d'offre.	Je ne sais pas répondre à un appel d'offre. ☐	Je sais ce que le client veut mais ne sais pas comment trouver l'information dans les documents de l'entreprise. ☐	Je sais trouver les informations mais je commets des erreurs. ☐	Je sais faire un appel d'offre sans me tromper. ☐
→ Je sais établir un devis.	Je ne sais pas faire un devis. ☐	Je sais trouver les informations mais je ne sais pas le calculer. ☐	Je sais trouver les informations mais je commets encore quelques erreurs. ☐	Je sais élaborer/corriger seul et sans erreur un devis. ☐

21 Prendre en charge la demande client

Compétences
> CC2 Organiser et planifier l'activité
> CC4 Traiter les flux physiques en relation avec les données de gestion

Chausson Matériaux

- Chausson Matériaux est une entreprise indépendante de distribution de matériaux de construction pour les particuliers comme pour les professionnels.
- La société possède plus de 475 agences généralistes et spécialistes :
  - des points de vente généralistes où elle distribue tous les matériaux nécessaires à la construction (menuiserie, gros-œuvre, carrelage, outillage professionnel…) ;
  - des points de ventes spécialisés : Chausson Carrelage, Chausson Façade et Chausson Bois Couverture ;
  - des salles d'exposition présentant les carrelages, parquets, terrasses, bardages…
- En plus de ses points de vente, elle propose aussi des services pour simplifier les chantiers des professionnels ou des particuliers.

60 rue de Fenouillet • 31140 Saint-Alban • chausson.fr

Vos missions

Après votre première expérience chez Chausson Matériaux auprès du service commercial de l'agence de Couëron, vous poursuivez votre apprentissage auprès de Franck Santini, le directeur logistique du site.
Vous avez ainsi l'opportunité d'avoir une vision d'ensemble du parcours d'une commande.

Mission 1 **Identifier les besoins du client**

Mission 2 **Répondre à la demande**

Mission 3 **Préparer une commande**

Organigramme

foucherconnect.fr 24ago32

Chiffres-clés

1921 : création de Chausson Matériaux à Toulouse

1973 à 1997 : développement autour de Toulouse, puis dans toute la région Sud-Ouest

2021 : avec le rachat des agences Réseau Pro Nord, Chausson Matériaux s'étend sur la France entière.

Missions

Mission 1 Identifier les besoins du client

Le 20 mars N, Martine Fleuret, du service commercial, a transmis le devis d'un nouveau client, M. Traoré, aux équipes chargées de préparer les commandes. Ce client a été prospecté par un commercial pour la réfection d'une salle d'eau et d'un cellier, impliquant l'isolation de combles.
Lors de la prospection, le client a souhaité inclure des exigences particulières qu'il a listées dans un mail envoyé au service commercial.

1 Complétez le tableau permettant de répertorier les mesures à envisager pour répondre aux demandes de M. Traoré (Docs 1 et 2, Annexe 1).

Doc 1 Le mail de M. Traoré

De :	adama.traore@hotmail.com
À :	martine.fleuret@chausson-materiaux-coueron.com
Date :	20 mars N
Objet :	Chantier TRAORÉ
Pièces jointes :	

Bonjour Mme Fleuret,

Je vous adresse ce mail pour souligner l'importance du respect des exigences établies lors de l'établissement du bon de commande.

La livraison des matériaux se fera le matin et doit impérativement être effectuée avant le 1er avril N car des artisans doivent intervenir dès le 3 avril N et nous ne pourrons pas reporter le début des travaux.

Je souhaite bénéficier d'une prime énergétique, les matériaux d'isolation doivent donc obligatoirement répondre aux critères de performances établis par le service Écologie et énergie de la Ville de Nantes.

De plus, la livraison nécessitera l'utilisation d'un engin particulier, type grue, car l'accès à ma propriété est très difficile et devra se faire par un chemin longeant mon jardin.

Je vous remercie de prendre en considération ces exigences et me tiens disponible pour toute question.

Cordialement.
Adama Traoré

Doc 2 Un extrait du bon de commande de M. Traoré

N° de produit	Désignation	Quantité	PU HT	Montant
1	Plaques BA13 Hydro Dim. 2,50 × 1,20 m	20	21,07 €	421,40 €
2	Montants Dim. 70 × 35 mm – Long. 2,50 ml	45	7,58 €	341,10 €
3	Rails Dim. 70 × 30 mm – Long. 3,00 ml	12	8,80 €	105,60 €
4	Rouleau Isover Dim. 1,20 × 2,40 m – Ép. 320	9	39,63 €	356,67 €

Annexe 1 Le tableau des exigences de M. Traoré

Exigences	Moyens disponibles / Solutions envisageables	Transmission d'information / Service concerné
....	....	....
....	....	....
....	....	....

2 **Préparez l'appel téléphonique au service Écologie et énergie de la ville de Nantes pour vous renseigner sur les critères de performance exigés pour l'obtention de la prime énergétique. Insistez sur l'urgence de la demande justifiant une réponse par mail, plus rapide (Doc 1, Annexe 2).**

Annexe 2 La fiche d'appel téléphonique

FICHE D'APPEL TÉLÉPHONIQUE

Émetteur :	....	**Destinataire :**	....
Date :	....	**Heure d'appel :**	....

....
....
....
....
....
....
....
....
....
....
....
....
....

3 **Imaginez la manière dont pourrait être archivé le bon de commande de M. Traoré dans l'arborescence informatique de l'agence.**

....
....
....
....

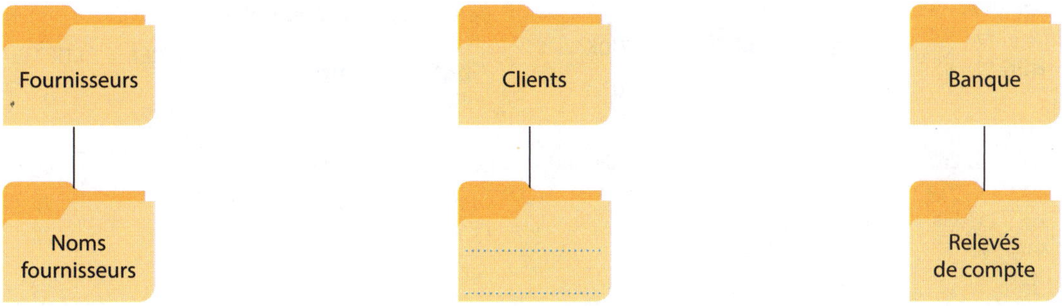

Mission 2 Répondre à la demande

Le 22 mars N, vous poursuivez le suivi de commande de M. Traoré. Franck Santini vous charge de vérifier que toutes les demandes de ce client pourront être satisfaites.

4 **Déterminez qui est chargé de la préparation de commande au sein de l'agence de Couëron.**

....

5 **Rappelez les missions de ces salariés (**Interview métier Magasinier(ère) & cariste **p. 333).**

....

....

....

1. Vérifier la disponibilité des stocks

6 **Vérifiez que tous les articles commandés par M. Traoré sont disponibles dans l'entrepôt de l'agence (**Doc 2**,** Annexes 3 et 4**).**

Annexe 3 La disponibilité des produits

Désignation	Q commandée	Q disponible
....	....	....
....	....	....
....	....	....
....	....	....

7 **Complétez sur chaque fiche de stocks les sorties correspondant à la commande de M. Traoré (BS n° 235,** Annexe 4**).**

Annexe 4 Un extrait des fiches de stocks

Plaques BA13 Hydro Dim. 2,50 × 1,20 m

Stock Maximum : *150*
Stock Minimum : *20*
Cellule de rangement : A 12 I

DATE	BON	n°	ENTRÉE	SORTIE	STOCK
			Q	Q	Q
01-mars	SI		100		100
04-mars	BS	206		40	60
12-mars	BS	218		35	25
15-mars	BE	103	125		150
19-mars	BS	229		35	115
....	....	....	....	....	....

Montants Dim. 70 × 35 mm – Long. 2,50 ml

Stock Maximum : *2 000*
Stock Minimum : *50*
Cellule de rangement : D 03 II

DATE	BON	n°	ENTRÉE	SORTIE	STOCK
			Q	Q	Q
01-mars	SI		1 500		1 500
04-mars	BS	206		167	1 333
11-mars	BS	212		250	1 083
18-mars	BS	225		164	919
....	....	....	....	....	....

Rouleau Isover Dim. 1,20 × 2,40 m – Ép. 320

Stock Maximum : *100*
Stock Minimum : *10*
Cellule de rangement : A 04 I

DATE	BON	n°	ENTRÉE	SORTIE	STOCK
			Q	Q	Q
01-mars	SI		50		50
06-mars	BS	208		12	38
13-mars	BS	219		20	18
....	....	....	....	....	....

Rails Dim. 70 × 30 mm – Long. 3,00 ml

Stock Maximum : *1 000*
Stock Minimum : *50*
Cellule de rangement : C 07 III

DATE	BON	n°	ENTRÉE	SORTIE	STOCK
			Q	Q	Q
01-mars	SI		570		570
04-mars	BS	206		40	530
10-mars	BS	210		70	460
17-mars	BS	222		100	360
....	....	....	....	....	....

8 **Observez la dernière fiche de stock « Rouleaux Isover » et indiquez ce qu'il convient de faire (Annexe 4).**

2. Vérifier la conformité des produits

Le 22 mars, vous recevez un mail du service Écologie et énergie de la ville de Nantes avec en pièce jointe le texte de référence pour pouvoir bénéficier de la prime énergétique.

9 **Déterminez si les matériaux se trouvant sur le devis de M. Traoré sont conformes aux critères de performance exigés (Docs 3 et 4).**

Doc 3 Un extrait du texte de référence « La prime énergétique »

[...] De plus, pour bénéficier de la prime énergétique, les travaux d'isolation des combles doivent répondre à des **critères de performances** :

- Planchers de combles perdus, rampants de toiture et plafonds de combles : **RT[1] ≥ 7 m².K/W**
- Isolation des rampants de toiture et des combles aménagés : **RT ≥ 6 m².K/W**
- Isolation des toitures terrasses : **RT ≥ 4,5 m².K/W**

1. *résistance thermique*

Service Écologie et énergie
Ville de Nantes

Doc 4 Les informations techniques sur la laine de verre « Isover »

Référence fournisseur	Épaisseur (mm)	Rés. thermique (m²K/W)	Largeur (m)	Longueur (m)
66826	400	10	1,2	2
64732	320	8	1,2	2,4
84913	300	7,5	1,2	2,6
92889	260	6,5	1,2	3
85496	240	6	1,2	3,5

3. Déterminer le moyen de transport

L'entreprise Chausson Matériaux dispose de plusieurs véhicules de transport pour effectuer les livraisons.

10 **Déterminez le véhicule le mieux adapté à la livraison de M. Traoré (Docs 1 et 5).**

....

....

Doc 5 La liste des véhicules de transport

Camion Tolé

Plateau coulissant

10 TG

3 TG

11 **Reportez sur le planning les dates possibles pour effectuer la livraison (Docs 1 et 6).**

Doc 6 Le planning de livraison

Conducteur	Mars																				Avril			
	22		23		24		25		26		27		28		29		30		31		1		2	
	M	AM	M	AM	M	AM	M	AM	M	AM	M	AM	M	AM	M	AM	M	AM	M	AM	M	AM	M	AM
Marc																								
JP																								

M = Matin
AM = Après-midi

Chauffeur en livraison (vert)
Chauffeur indisponible (bleu)
Fermeture de l'entreprise (gris)

4. Confirmer la prise en compte d'une demande

Le 22 mars N, en fin de journée, vous rendez compte de votre travail à Martine Fleuret et lui communiquez les informations obtenues précédemment pour répondre à la demande du client.

12 **Rédigez un mémo à l'attention de Martine Fleuret (Annexe 5).**

Annexe 5 Votre mémo

De : .... **À :** ....

Date : .... **Service :** ....

MÉMO

Objet : ....

....

....

....

....

....

....

....

....

Votre tuteur vous charge d'informer le client Traoré que sa demande a été prise en compte et que l'entreprise attend la confirmation de sa commande et la date de livraison souhaitée.

13 **Préparez le courrier à adresser à M. Traoré le 23 mars, en reprenant les différents points de sa demande et en joignant le texte de référence relatif à la prime énergétique (Annexe 6).**

Annexe 6 Le courrier adressé au client Traoré

Chausson Matériaux
ZAC des Hauts Couëron
38 rue de la Minée
44220 COUËRON

M. Adama Traoré
14 rue des Arts
44000 NANTES

Objet : .... Fait à ....

PJ : .... le ....

....
....
....
....
....
....
....
....
....
....
....
....
....
....
....
....
....
....
....
....
....
....
....
....
....

Siège social : Chausson Matériaux 60 rue de Fenouillet BP 35140 – 31142 SAINT ALBAN Cedex – SAS 249 553 798 €

Mission 3 Préparer une commande

Le 24 mars N, vous êtes affecté(e) dans l'entrepôt sous la responsabilité de Nathan Deschamps, qui vous charge de la préparation de la commande de M. Traoré.

14 **Complétez le planning de commande, sachant que M. Traoré souhaite être livré le 26 mars N à midi (Annexe 7).**

Annexe 7 Le planning de préparation de commandes

Préparateurs	24-mars									25-mars									26-mars			
	8 h	9 h	10 h	11 h	14 h	15 h	16 h	17 h	18 h	8 h	9 h	10 h	11 h	14 h	15 h	16 h	17 h	18 h	8 h	9 h	10 h	11 h
Nathan Deschamps																						
Changement																						

Livraisons prioritaires (ne peuvent être déplacées) — Livraisons importantes (peuvent être déplacées dans la demi-journée) — Livraisons normales (peuvent être déplacées d'une journée)

Info : Le temps de préparation de la commande « Traoré » sera de 3 heures. Évidemment, elle est prioritaire et devra être prête le 25 mars N au soir.

Nathan Deschamps vous présente un plan d'adressage. Il souhaite évaluer votre capacité à déterminer un itinéraire optimal avant de vous laisser en autonomie.

15 **Notez les numéros de produits dans les cellules de rangement du plan de l'entrepôt puis déterminez l'itinéraire optimal (Docs 7 et 8 et Annexe 4).**

16 **Complétez le bordereau de préparation de commande, sachant que le dernier bordereau de préparation portait le n° M-145 (Doc 2 et Annexe 8).**

Doc 7 Le plan d'adressage

Allée	Travée	Niveau
A	01	I
B	02	II
C	03	III

L'adressage est une méthode de localisation qui permet de repérer facilement les produits dans un entrepôt.

Doc 8 Le plan de l'entrepôt de l'agence de Couëron

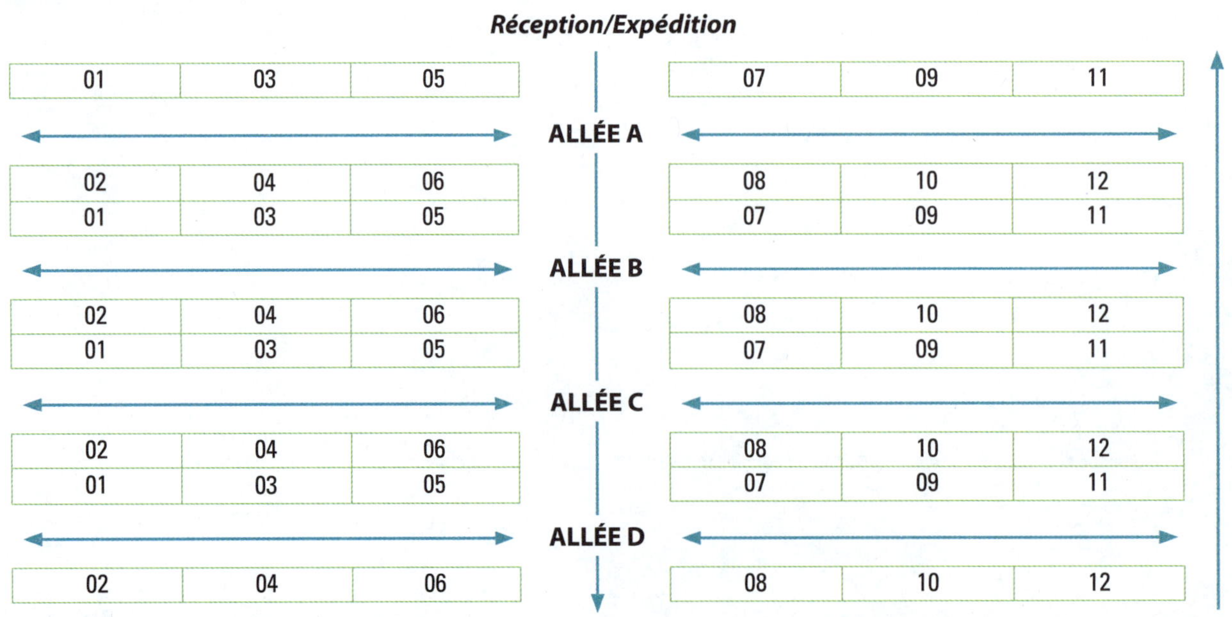

Attention *: Le sens de circulation doit absolument être respecté pour garantir la sécurité du personnel.*

Annexe 8 Le bordereau de préparation de commande

BORDEREAU DE PRÉPARATION DE COMMANDE N°		
Nom du client	N° et date du BC	Nom du préparateur
....	....	....

Désignation	Adresse de stockage	Q commandée	Q prélevée	Observations
....	....	....	....	....
....	....	....	....	....
....	....	....	....	....
....	....	....	....	....

Faire le point L'adressage

a. L'adresse de stockage est composée de :

☐ deux caractères ☐ trois caractères ☐ quatre caractères

b. L'adresse de stockage est :

☐ alphanumérique ☐ numérique ☐ alphabétique

c. L'allée est repérée par :

☐ un chiffre ☐ une lettre ☐ un chiffre romain

d. La travée est repérée par :

☐ un chiffre ☐ une lettre ☐ un chiffre romain

e. Le niveau est repéré par :

☐ un chiffre ☐ une lettre ☐ un chiffre romain

La prise en charge de la demande client

Synthèse

SYNTHÈSE RÉDIGÉE foucherconnect.fr/24ago33

QCM foucherconnect.fr/24ago34

1 L'identification des besoins

Une bonne prise en charge de la demande client nécessite tout d'abord d'identifier ses besoins (budget, caractéristiques de produits, mode et date de livraison…).

Le commercial doit pouvoir confronter les exigences du client avec les moyens dont il dispose (matériels, humains, de temps…) puis trouver des solutions.

Exigences clients → **Moyens** → **Solutions**

2 La réponse à la demande

Pour répondre à la demande, le magasinier-cariste doit vérifier la disponibilité des produits en stock et déterminer si les exigences du client pourront être satisfaites par l'entreprise.

Demande → **Produits en stock ?** → **Exigences clients** ✓ ✗

3 La préparation de la commande

Le magasinier-cariste :
- → Détermine un **itinéraire optimal** pour récupérer les produits dans l'entrepôt
- → Complète un bordereau de préparation

} Efficacité

Réception de la commande → Détermination d'un itinéraire optimal → Édition d'un bordereau de préparation

Applications

Appli 1 Préparer des commandes

Vous travaillez comme préparateur(trice) de commandes pour la centrale d'achats DistriAquitaine basée à Bordeaux (33000), qui fournit en marchandises l'ensemble des magasins Districoop de la région Nouvelle-Aquitaine.
Le 20 novembre N, vous recevez une commande de Districoop Niort dont vous êtes chargé(e) de la préparation pour un envoi le jour-même.

1 Complétez le bon de préparation n° BP 563 (Docs 1 et 2, Annexe 1).
2 Préparez le mail à envoyer à Districoop après les constatations que vous avez pu faire lors de la préparation de cette commande (Annexe 2).

Doc 1 Le bon de commande

Districoop Niort
365 avenue de Nantes
79000 Niort

DistriAquitaine
78 boulevard Gambetta
33000 Bordeaux

Bon de commande n° 563
Suivi par **Franck Mercier**
Mode de livraison : par route sous 8 jours

Niort,
Le 20 novembre N

Ligne de commande	Référence	Désignation	Quantité
3	HA217	Haricots verts Jardin Bio Sans sel – 660 g	35 unités
4	TG132	Thé glacé Fresh Tea Pêche – 6 × 25 cl	27 packs
8	MA049	Macédoine légumes Notre Jardin 530 g	63 unités
10	PA194	Pâtes Macaroni Panzani 500 g	165 unités
14	JU231	100 % pur jus d'orange Jafaden Sans pulpe – 6 × 1,5 L	63 packs

Districoop Niort – 05 49 63 57 64 – districoopniort@yahoo.com

Doc 2 La liste des produits

Référence	Désignation	Adressage	Stocks
CH116	Champignons Paris Notre Jardin Entiers – 460 g	202A	37 unités
HA163	Haricots verts Notre Jardin Extra fins – 440 g	202L	83 unités
HA217	Haricots verts Jardin Bio Sans sel – 660 g	202E	Rupture
JU026	Jus d'orange douce Andros Pressé – 1,5 L	101O	64 unités
JU162	Jus de pomme Andros Pommes pressées – 1,5 L	101G	Rupture
JU231	100 % pur jus d'orange Jafaden Sans pulpe – 6 × 1,5 L	101J	243 packs
LA013	Lait entier Délisse UHT – Brique : 6 × 1 L	304B	398 packs
LA261	Boisson lactée Candy up Chocolat – 6 × 20 cl	102B	78 packs
MA049	Macédoine légumes Notre Jardin 530 g	202C	58 unités
MA050	Macédoine de légumes Bonduelle 530 g	202J	204 unités
PA057	Pâtes Coudes Rayés Panzani 1 kg	201B	426 unités
PA124	Pâtes Papillons d'Alsace Nos Régions ont du Talent 250 g	201L	462 unités
PA194	Pâtes Macaroni Panzani 500 g	201D	285 unités
PC013	Hachis parmentier Côté table 1 kg	404K	84 unités
PC018	Plat moussaka Côté table 850 g	403D	54 unités
TG104	Thé glacé Lipton Ice Tea Pêche – 6 × 25 cl	101K	25 packs
TG132	Thé glacé Fresh Tea Pêche – 6 × 25 cl	101K	41 packs

Annexe 1 Le bon de préparation

BORDEREAU DE PRÉPARATION DE COMMANDE N°		
Nom du client	N° et date de la commande	Nom du préparateur ....

Réf.	Désignation	Adresse de stockage	Q commandée	Q prélevée	Observations
....	....	....	....	....	....
....	....	....	....	....	....
....	....	....	....	....	....
....	....	....	....	....	....
....	....	....	....	....	....

Annexe 2 Le courriel pour Districoop

De :	distriaquitaine@gmail.com
À :	....
Date :	....
Objet :	....
Pièces jointes :	

....

....

....

....

....

....

....

....

....

....

....

....

....

....

....

S'informer, informer : les circuits de l'information

CO-INTERVENTION
• Français

Appli 2 Préparer un voyage

L'agence de voyages Promovacances, située au centre commercial Mériadeck, 57 rue du Château d'Eau 33000 Bordeaux, propose plusieurs types de voyages (organisés, semi-organisés, sur mesure).
Vous travaillez sous la responsabilité de Marc Fazilleau, le chef d'agence, qui vous confie la préparation du dossier « Martin ».

1 **Expliquez l'intérêt de faire un QQOQCP pour l'agence de voyages (Doc 4).**

....

....

2 **Listez dans le tableau les contraintes de ce voyage (Doc 3, Annexe 3).**

3 **Créez sur tableur un budget listant toutes les dépenses du voyage puis recherchez sur Internet les tarifs permettant de compléter le tableau.**

....

....

....

4 **Présentez la fiche d'appel téléphonique pour réserver l'hôtel. Vous demanderez qu'une confirmation par mail soit envoyée à Marc Fazilleau (Doc 3, Annexe 4).**

Doc 3 Le mail reçu de M. Martin

De :	franckmartin@hotmail.com
À :	m.fazilleau@promovacances_meriadeck.com
Date :	4 février N
Objet :	Week-end à Barcelone
Pièces jointes :	

Bonjour M. Fazilleau,

Ma femme et moi vous demandons de nous organiser un voyage à Barcelone pour un week-end détente de 4 jours avec un départ le jeudi soir et un retour le lundi dans la journée.

La période importe peu car nous pouvons nous libérer facilement de nos obligations.
Certains de nos critères doivent impérativement être respectés pour que le voyage puisse se faire. Nous souhaitons résider dans un hôtel 3 étoiles minimum avec le petit déjeuner compris. Il devra se trouver proche de la Plaça de Catalunya car nous n'aurons pas de moyens de locomotion. Ne pas tenir compte des frais de repas et du budget pour les visites, nous nous chargerons d'organiser personnellement cette partie du week-end.

Le voyage étant court, nous souhaitons un trajet rapide pour éviter de perdre du temps dans les transports et pour ne pas arriver fatigués sur place. Vous devez évidemment prévoir tous les moyens de locomotion pour nous permettre d'arriver sereinement à l'hôtel.

Pour ce week-end, nous ne voulons pas dépasser un budget global de 1 000 €.

Merci de bien vouloir traiter notre demande dans les meilleurs délais.

Cordialement.
Franck Martin

Doc 4 Le QQOQCP

Le QQOQCP est une démarche qui consiste à recenser et analyser toutes les informations pertinentes disponibles en posant un maximum de questions : quoi, qui, où, quand, comment, pourquoi.
L'idée est de **réfléchir de manière constructive afin de faire ressortir les causes principales d'un problème, les raisons d'être d'un projet spécifique,** ou pour définir les grandes lignes d'un plan d'action, etc. Le questionnement peut se voir attribuer un axe supplémentaire important : le « combien ? » (coût, quantité…).

Annexe 3 La prise en charge de la demande

Quoi	....
Qui	....
Où	....
Quand	....
Comment	....
Pourquoi	....
Combien	....

Annexe 4 La préparation de l'appel téléphonique

FICHE D'APPEL TÉLÉPHONIQUE

Émetteur : .... **Destinataire :** ....

Date : .... **Heure d'appel :** ....

....

....

....

....

....

....

....

....

....

....

....

....

....

Auto-évaluation des compétences

Dans le cadre de l'organisation de mon poste de travail…	Compétence non maîtrisée	Compétence insuffisamment maîtrisée	Compétence maîtrisée	Compétence bien maîtrisée
→ Je sais identifier les besoins d'un client.	Je ne sais pas identifier les besoins d'un client. ☐	Je sais identifier des demandes simples mais pas les traiter. ☐	Je sais traiter des demandes simples mais pas les demandes complexes. ☐	Je sais identifier des demandes complexes, les traiter et anticiper les changements. ☐
→ Je sais préparer une commande.	Je ne sais pas préparer une commande. ☐	Je sais gérer partiellement une commande. ☐	Je sais gérer la quasi-totalité des documents nécessaire à la préparation d'une commande. ☐	Je sais préparer une commande en autonomie. ☐

22 Facturer et suivre les encaissements

Compétence
> CC3 Mettre en œuvre et contrôler les processus administratifs

Chausson Matériaux

- Pour Pierre-Georges et Philippe Chausson, les dirigeants experts du bâtiment de Chausson Matériaux, véhiculer des valeurs d'engagement, de respect et de confiance est primordial. Engagés auprès de ses clients depuis presque 100 ans, cette entreprise indépendante et familiale a à cœur de fournir un service de proximité à travers toute la France, tout en étant tournée vers l'avenir.
- Des points de vente généralistes aux points de vente spécialisés en passant par les salles d'exposition ou le site internet de vente en ligne, tous les matériaux nécessaires à la construction sont disponibles, et les commandes des plus pressés peuvent même être retirées sous une heure dans l'agence la plus proche de chez eux grâce au service Drive 1 h.

Chausson Matériaux
60 rue de Fenouillet
31140 Saint-Alban
chausson.fr

Vos missions

Vous poursuivez votre PFMP au service financier, sous la responsabilité de Thomas Ouvrard qui est en charge de la facturation et du suivi des encaissements des clients de l'agence de Couëron.

- Mission 1 Analyser une facture
- Mission 2 Assurer la facturation
- Mission 3 Encaisser et suivre les comptes clients

Organigramme

foucherconnect.fr/24ago76

Chiffres-clés

37 sites de production
11 usines bloc béton
4 sites gypso
15 centrales béton prêt à l'emploi
7 sites fabrication charpente

Répartition des ventes
57 % : gros-œuvre couverture
28 % : plâtrerie, isolation
10 % : menuiserie, carrelage, aménagement extérieur
5 % : outillage, libre-service

Missions

Mission 1 Analyser une facture

Le 14 mai N, Thomas Ouvrard édite la facture FA 05/245 du client SARL Mahé. Il vous demande de vérifier la cohérence des informations qui s'y trouvent.

1 Complétez le tableau d'analyse en vous aidant de la facture et de la fiche du client Mahé (Docs 1 et 2, Annexe 1).

Doc 1 La facture du client Mahé

Chausson Matériaux
ZAC des Hauts de Couëron
38 rue de la Minée
44220 Couëron

Angers, le 14 mai N

DOIT

SARL Mahé
140 rue Renée
44220 Couëron

Facture n° FA 05/245

Référence de client	Référence contrat	Mode de paiement	Échéance
411 MAHÉ	–	Virement	30 jours

Référence	Désignation	Q	PU	Réduction sur l'article	PU après réduction	Montant (€)
Réf. 1455	Sac ciment gris	8 sacs	6,00		6,00	48,00
Réf. 46431	Travertin pierre naturelle	25 m²	31,52		31,52	788,00
Réf. 49085	Plinthe travertin pierre naturelle	18 mL	11,11		11,11	199,98
Réf. 21357	Colle à carrelage (blanc)	6 sacs	18,49		18,49	110,94

TVA		
Base HT	**Taux**	**Montant**
1 138,57	20 %	227,71

Coupon à joindre au règlement	
FA 05/245	du : 14 juin N
411 MAHÉ	Montant : 1 366,28 €

Marchandises H.T.		1 146,92
Remise globale	5 %	57,35
Net commercial		1 089,57
Escompte	0 %	0,00
Net financier		1 089,57
Port		49,00
TVA	20,00 %	227,71
Net à payer		1 366,28

Siège social : Chausson Matériaux – 60 rue de Fenouillet BP 35140 – 31140 SAINT-ALBAN Cedex – SAS – 249 553 798 €
RCS 528648892 – FR89645732974 – APE 4673 A

Doc 2 La fiche du client Mahé

FICHE CLIENT	
411 MAHÉ	
Raison sociale : SARL MAHÉ	Remise commerciale habituelle de 5 % Règlement à 30 jours Frais de port 49 € HT, franco si commande supérieure à 1 000 € HT Escompte de 2 % si règlement comptant
Adresse : 140 rue Renée	
Ville : 44220 Couëron	
Téléphone : 06 56 98 71 42	
Email : carol.rousseau@sarl-mahe.com	

10 % de remise exceptionnelle sur les cintres

Annexe 1 Le tableau d'analyse de la facture

Nom du document	....
Date du document	....
N° de facture	....
Expéditeur	....
Destinataire	....
Nature de la vente	☐ Produit fini ☐ Marchandise ☐ Service
Référence du client	....
Somme à encaisser	....

2 Expliquez comment ont été déterminés le numéro de facture et la référence client.

....

....

....

....

3 Déterminez la situation dans laquelle l'entreprise peut accorder un escompte.

....

....

....

4 Relevez les éventuelles anomalies sur la facture FA 05/245 (Docs 1 et 2, Annexe 2).

Annexe 2 L'analyse des anomalies

	Erreur		Montant (en €)		Justification
	Oui	Non	Ancien	Nouveau	
Marchandises HT	☐	☐	....	....	....
Remise	☐	☐	....	....	....
Net commercial	☐	☐	....	....	....
Escompte	☐	☐	....	....	....
Net financier	☐	☐	....	....	....
Port	☐	☐	....	....	....
TVA	☐	☐	....	....	....
Net à payer	☐	☐	....	....	....

Mission 2 Assurer la facturation

Le 15 mai N, Thomas Ouvrard vous confie le dossier de la maçonnerie SARL Domus.
Il vous demande d'établir la facture correspondant à la livraison effectuée, puis de le contacter pour lui expliquer que le produit demandé « Brouette avec roue gonflable Obra 100 L charge utile 180 kg » est en rupture de stock.

5 Établissez la facture correspondant au bon de livraison (Docs 3 à 5, Annexe 3).

Doc 3 Le bon de livraison

Chausson Matériaux
ZAC des Hauts de Couëron
38 rue de la Minée
44220 Couëron

BL 05/250

SARL Domus
17 rue du Cormier
44220 Couëron

Référence client	Date commande	Numéro commande	Date de livraison
411 DOMUS	08/05/N	BC 05/250	12/05/N

Référence	Désignation	Q commandée	Q livrée	Observations
Réf. 15383	Bétonnière Obra 160 L	1	1	
Réf. 10795	Vis bois Rocket tête fraisée Torx 3,5 × 20 mm Lot 10 boîtes de 500	1	1	3 boîtes détériorées
Réf. 14938	Brouette avec roue gonflable Obra 100 L	3	2	Produit manquant
Réf. 14787	Seau caoutchouc Taliagom anse diamètre 5,3 mm	3	3	

Commentaires : *Le client accepte les bobines mais souhaiterait un rabais.*

Chausson matérieaux

Chausson matériaux 60 rue de Fenouillet BP 35140 – 31142 SAINT ALBAN Cedex – SAS – 249 553 798 €
RCS 528648892 – FR89645732974 – APE 4673 A

Doc 4 La liste des produits

Référence	Produit	PU HT
Réf. 15383	Bétonnière Obra 160 L	562,93 €
Réf. 14545	Bétonnière Obra 180 L	788,23 €
Réf. 14474	Bétonnière Obra 360 L	2 277,41 €
Réf. 10794	Vis bois Rocket tête fraisée Torx 3,5 × 20 mm – Boîte de 500	8,80 €
Réf. 10795	Vis bois Rocket tête fraisée Torx 3,5 × 20 mm – Lot 10 boîtes de 500	80,00 €
Réf. 10796	Vis bois Rocket tête fraisée Torx 3,5 × 20 mm – Lot 50 boîtes de 500	360,00 €

Référence	Produit	PU HT
Réf. 51753	Épandeur à béton à crochet Theard	35,76 €
Réf. 51755	Racloir bitume à crochet PERRIN	41,52 €
Réf. 14938	Brouette avec roue gonflable Obra – 100 L	77,99 €
Réf. 14942	Brouette à roue gonflable Altrad – 100 litres	95,36 €
Réf. 14783	Seau caoutchouc gradué Obra avec anse 7 mm	5,84 €
Réf. 14787	Seau caoutchouc Taliagom anse diamètre 5,3 mm	3,06 €

Doc 5 La fiche du client Domus

FICHE CLIENT	
411 DOMUS	
Raison sociale : SARL Domus	Remise commerciale habituelle de 5 % Règlement par chèque à 30 jours fin de mois Frais de port 49 € HT, franco si commande supérieure à 1 000 € HT. Escompte de 2 % si règlement comptant.
Adresse : 17 rue du Cormier	
Ville : 44220 Couëron	
Téléphone : 07 46 82 14 36	
E-mail : contact-domus@gmail.com	

Accorder un rabais de 20 % sur les vis.
Le client compte régler immédiatement.
Thomas Ouvrard

Annexe 3 La facture du client Domus

Chausson Matériaux
ZAC des Hauts de Couëron
38 rue de la Minée
44220 Couëron

DOIT

Facture n° FA 05/250

Référence de client	Référence contrat	Mode de paiement		
....	–	....		

Référence	Désignation	Q	Prix unit.	Réduction sur l'article	PU après réduction	Montant (€)
....	....	....	....		....	....
....	....	....	....	....	....	....
....	....	....	....		....	....
....	....	....	....		....	....

TVA		
Base HT	Taux	Montant
....	20 %	....

Coupon à joindre au règlement	
Facture :	du : ....
....	Montant : ....

Marchandises HT		....
Remise globale	....	....
Net commercial		....
Escompte	....	....
Net financier		....
Port		....
TVA	20,00 %	....
Net à payer		....

Chausson matériaux 60 rue de Fenouillet BP 35140 – 31142 SAINT-ALBAN Cedex – SAS 249 553 798 € –
RCS 528648892 – FR89645732974 – APE 4673 A

6 **Rappelez ce que sont un rabais et une rupture de stock.**

....

....

....

....

....

7 **Préparez l'appel téléphonique à adresser au client Domus suite à sa réclamation (Docs 6 et 7, Annexe 4).**

Doc 6 Le mail du client Domus

De :	contact-domus@gmail.com
À :	thomas.ouvrard@chausson-materiaux-coueron.com
Date :	14 mai N
Objet :	Réclamation livraison du 12/05
Pièces jointes :	

Bonjour M. Ouvrard,

Lors de la livraison du 12 mai N, nous avons constaté que le produit suivant manquait :

1 brouette avec roue gonflable Obra 100 L (réf. 14938)

Ce produit est indispensable à notre activité. Vous voudrez bien nous le livrer dès qu'il sera disponible.
Nous souhaitons aussi un rabais pour les 3 boîtes de vis détériorées sur le lot de 10.

Cordialement

Zia Miloudi
SARL Domus

Doc 7 Le mémo de Thomas

Le 14/05/N

Suite au mail reçu ce jour de la SARL Domus, il faut appeler le client pour lui signaler que nous sommes en rupture de stock et que malheureusement ce produit ne sera plus disponible (vente flash avant renouvellement de la gamme).

Bien entendu, il peut passer une autre commande pour un produit similaire sur lequel nous ferons un geste commercial.

Faire part de notre intention de lui accorder un rabais de 20 % sur les boîtes de vis.

Thomas Ouvrard
Responsable financier

Annexe 4 La fiche de préparation de l'appel téléphonique

Par : .... **Pour :** ....

Appel émis le : .... **Entreprise :** ....

....

....

....

....

....

....

....

....

....

Mission 3 Encaisser et suivre les comptes clients

1. L'encaissement des clients

Le 31 mai N, comme chaque fin de mois, Thomas Ouvrard effectue le suivi des comptes clients pour déterminer l'argent qui lui reste à encaisser et les clients qui accusent un retard de paiement.

8 Complétez le tableau d'analyse du RIB de Chausson Matériaux – Couëron (Doc 8, Annexe 5).

Doc 8 Le RIB de l'entreprise Chausson Matériaux – Couëron

ATLANTIQUE

RELEVÉ D'IDENTITÉ BANCAIRE

Ce relevé est destiné à tout organisme souhaitant connaître vos références bancaires pour domicilier des virements ou des prélèvements sur votre compte.

CA ATLANTIQUE VENDÉE **Intitulé du Compte** : Chausson Matériaux – Couëron
COUËRON ZAC des Hauts de Couëron
38 rue de la Minée
44220 Couëron

DOMICILIATION
Code établissement Code guichet Numéro de compte Clé de RIB
13306 00990 00077327830 91

IBAN (International Bank Account Number)
FR76 1330 6009 9000 0773 2783 091

BIC (Bank Identification Code)
AGRIFRPP833

Annexe 5 Le tableau d'analyse du RIB

Signification de l'acronyme « RIB »	....
Rôle du RIB	....
Nom de l'émetteur du document	....
Non du titulaire du compte	....
Signification d'IBAN et utilisation	....

9 Remplissez le bordereau de remise de chèques n° 42 avec les éléments que vous avez à votre disposition (Docs 8 à 10, Annexe 6).

Doc 9 La procédure de remise de chèques

Lors de la remise d'un ou plusieurs chèques, vous devez généralement renseigner un bordereau spécifique fourni par la banque, ou téléchargeable pour une banque en ligne. Ce document précise :
– les coordonnées bancaires du bénéficiaire ;
– le nom de la banque de l'émetteur, son nom et le montant en euros du chèque ;
– le total cumulé des chèques ;
– le nombre de chèques.
Une fois la remise de chèque effectuée, la banque en assure le traitement.

Doc 10 Les chèques du mois de mai

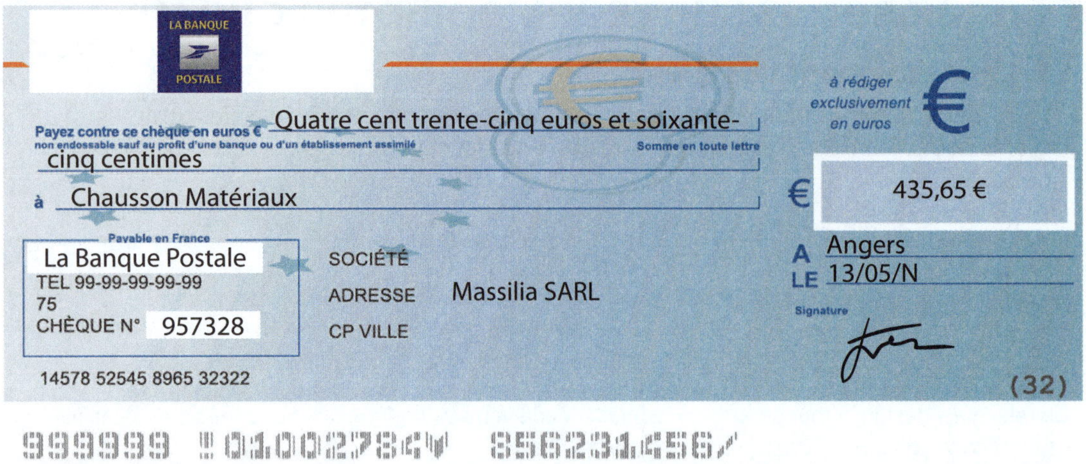
LA BANQUE POSTALE

Payez contre ce chèque en euros € Quatre cent trente-cinq euros et soixante-cinq centimes

non endossable sauf au profit d'une banque ou d'un établissement assimilé — Somme en toute lettre

à Chausson Matériaux

à rédiger exclusivement en euros €

€ 435,65 €

Payable en France

La Banque Postale
TEL 99-99-99-99-99
75
CHÈQUE N° 957328

SOCIÉTÉ
ADRESSE Massilia SARL
CP VILLE

A Angers
LE 13/05/N

Signature

14578 52545 8965 32322 (32)

999999 01002784 856231456

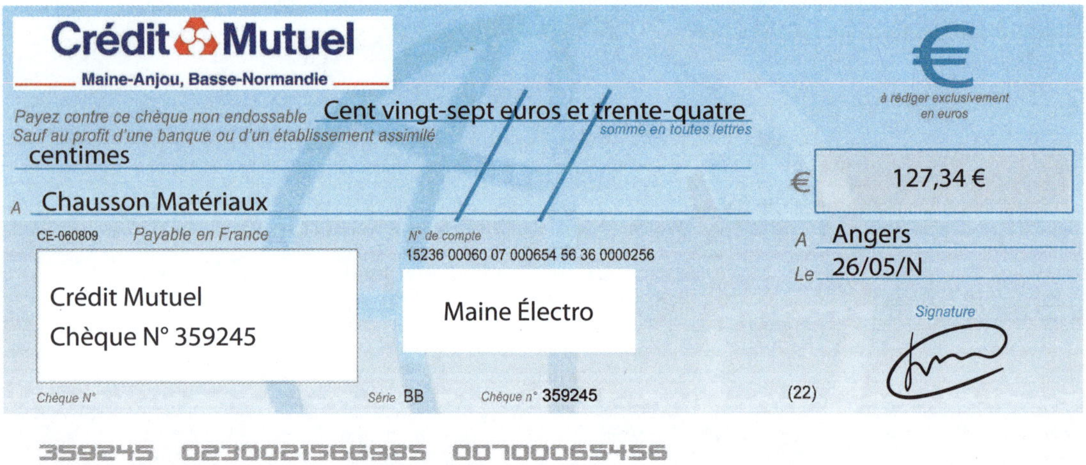
Crédit Mutuel
Maine-Anjou, Basse-Normandie

Payez contre ce chèque non endossable Cent vingt-sept euros et trente-quatre centimes

Sauf au profit d'une banque ou d'un établissement assimilé — somme en toutes lettres

A Chausson Matériaux

à rédiger exclusivement en euros

€ 127,34 €

CE-060809 Payable en France

N° de compte
15236 00060 07 000654 56 36 0000256

Crédit Mutuel
Chèque N° 359245

Maine Électro

A Angers
Le 26/05/N

Signature

Chèque N° — Série BB — Chèque n° 359245 — (22)

359245 0230021566985 00700065456

Annexe 6 Le bordereau de remise de chèques

CA ATLANTIQUE

BORDEREAU DE REMISE DE CHÈQUES

N° de compte :		N° remise :		Nb de chèques : ...
	Identification de l'émetteur	**N° Chèque**	**Nom de la banque**	**Montant**
1	Société Martin et Fils	564239	Crédit Mutuel	102,56 €
2	Entreprise Redien	045219	LCL	74,89 €
3	SARL Barcq	702415	Caisse d'épargne	173,78 €
4	....	....	....	....
5	....	....	....	....
6				
			Montant	....

2. Le suivi des comptes clients

Pour s'assurer que les clients ont bien réglé ce qu'ils doivent à l'entreprise, Thomas procède au lettrage des comptes clients chaque fin de mois.

10 **Rappelez comment est effectué le lettrage comptable et l'intérêt qu'en tire l'entreprise.**

....

....

....

....

....

11 **Indiquez la somme que doit le client Maine Électro à Chausson Matériaux au 30/04/N au 31/05/N (Annexe 7).**

....

12 **Réalisez le lettrage du compte client Maine Électro (Annexe 7).**

Annexe 7 Le compte client Maine Électro

411 MAIN – Maine Électro – Délais de paiement 30 jours						
Date	**Libellé**	**Débit**	**L**	**Crédit**	**L**	**Solde**
03/04/N	Facture 04/089 « Maine Électro »	163,78 €	A			163,78 €
09/04/N	Facture 04/103 « Maine Électro »	84,75 €	....			248,53 €
15/04/N	« Maine Électro » Ch. 523985			163,78 €	A	84,75 €
18/04/N	Facture 04/185 « Maine Électro »	251,35 €	....			336,10 €
25/04/N	Facture 04/203 « Maine Électro »	184,45 €				520,55 €
30/04/N	Virement « Maine Électro »			336,10 €	....	184,45 €
05/05/N	Facture 05/078 « Maine Électro »	127,34 €	....			278,68 €
08/05/N	Facture 05/124 « Mude Élec »	289,59 €				568,27 €
15/05/N	Facture 05/153 « Maine Électro »	99,18 €				667,45 €
22/05/N	« Maine Électro » Ch. 359245			127,34 €	....	573,22 €
			Solde au 31/05/N			573,22 €

13 **Justifiez le fait que certains éléments ne soient pas lettrés.**

....

....

....

....

....

14 **Préparez le mail à envoyer au client Maine Électro (Annexe 8).**

Annexe 8 Le mail pour l'entreprise Maine Électro

De :	stagiaire@chausson-materiaux-coueron.com
À :	contact@maine-electro.com
Date :	31 mai N
Objet :	....
Pièces jointes :	

....

....

....

....

....

....

....

....

....

....

La facturation et le suivi des encaissements

Synthèse

SYNTHÈSE RÉDIGÉE foucherconnect.fr/24ago77

QCM foucherconnect.fr/24ago78

1 L'établissement de la facture

La facture est un document essentiel dans l'activité de l'entreprise. Elle s'appuie sur le bon de livraison (BL) et est toujours constituée des éléments suivants :

Expéditeur →

Chausson Matériaux
ZAC des Hauts de Couëron
38 rue de la Minée
44220 Couëron

Angers, le 14 mai N ← Facture

DOIT

SARL Mahé ← Destinataire
140 rue Renée
44220 Couëron

Facture n° FA 05/245

Référence de client	Référence contrat	Mode de paiement	Échéance
411 MAHÉ	–	Virement	30 jours

Référence	Désignation	Q	PU	Réduction sur l'article	PU après réduction	Montant (€)
Réf. 1455	Sac ciment gris	8 sacs	6,00		6,00	48,00
Réf. 46431	Travertin pierre naturelle	25 m²	31,52		31,52	788,00
Réf. 49085	Plinthe travertin pierre naturelle	18 mL	11,11		11,11	199,98
Réf. 21357	Colle à carrelage (blanc)	6 sacs	18,49		18,49	110,94

← Informations sur les produits

TVA		
Base HT	**Taux**	**Montant**
1 138,57	20 %	227,71

Coupon à joindre au règlement	
FA 05/245	du : 14 juin N
411 MAHÉ	Montant : 1 366,28 €

Marchandises H.T.		1 146,92
Remise globale	5 %	57,35
Net commercial		1 089,57
Escompte	*x* %	0,00
Net financier		1 089,57
Port		49,00
TVA	20,00 %	227,71
Net à payer		1 366,28

Siège social : Chausson Matériaux – 60 rue de Fenouillet BP 35140 – 31140 SAINT-ALBAN Cedex – SAS – 249 553 798 €
RCS 528648892 – FR89645732974 – APE 4673 A

Bon de livraison ▶

Montant HT
– Réductions commerciales

Net commercial
– Réduction financière

Net financier + port
+ TVA

TTC

▶ Envoi de la facture

2 L'encaissement et le suivi des comptes clients

Les clients peuvent régler leurs dettes selon différents modes de paiement :
- chèques
- espèces
- virements
- TIP
- CB

Un suivi rigoureux des comptes clients doit être effectué régulièrement pour éviter les impayés ou les retards de paiement.
Le lettrage consiste à rapprocher la ou les factures du ou des règlements correspondants, au moyen d'une même lettre.

Applications

pix Mes compétences numériques
1.3. Traiter des données
Niv. 2 Insérer, saisir et trier des données dans un tableur pour les exploiter
Niv. 3 Automatiser un traitement de données

Appli 1 Établir une facture

Vous travaillez dans l'entreprise Chasse Pêche Coutellerie, grossiste en articles de pêche et de chasse à Quimper. Vous êtes en charge de la facturation au sein du service administratif, sous la responsabilité de Marc Charrier.

Réaliser : expérimenter en particulier à l'aide d'outils numériques

CO-INTERVENTION
• Maths

1 **Automatisez la facture, sur tableur, en insérant des formules de calcul.**
2 **Établissez ensuite la facture n° FA 03/352 à partir du bon de livraison et de l'extrait des tarifs de l'entreprise (Docs 1 et 2).**

Doc 1 Le bon de livraison du client Lefèvre

Chasse Pêche et Coutellerie
70 route de Brest
29000 QUIMPER

Lefevre Yann
1 impasse Jolais
29000 QUIMPER

DATE : 22/03/N

Bon de livraison n° BL 03/352 pour la commande BC1524

Référence	Désignation	Quantité	Observation
CA643	Canne Shimano Aernos	3	
CA185	Canne Penn Ally boat	5	1 canne refusée (cassée)
MO231	Moulinet Shimano Aerlex	2	
PI057	Rapala Mini Pince Coupante	12	2 articles manquants
CO008	Daiwa Couteau flottant	8	

Livrée le 22/03/N
Signature :

Doc 2 Extrait des tarifs de l'entreprise Chasse Pêche Coutellerie

Réf.	Désignation	PU HT (en €)
CA023	Canne Mitchell Advanta boat	64,90
CA643	Canne Shimano Aernos	119,90
CA185	Canne Penn Ally boat	199,90
MO523	Moulinet Mitchell	94,90
MO231	Moulinet Shimano Aerlex	125,90
MO078	Moulinet Penn Affinity II	179,90

Réf.	Désignation	PU HT (en €)
LE173	Leurres Flashmer	13,95
LE083	Leurres Jackson Athlete	28,00
PI057	Rapala Mini Pince Coupante	11,35
PI154	Rapala Pince Peson rmws	30,70
CO012	Flashmer Couteau fermant	6,95
CO008	Daiwa Couteau flottant	5,45

TVA au taux normal.
Ce client bénéficie d'une remise habituelle de 10 % sur l'ensemble des produits.
Promotion exceptionnelle de 20 % en mars sur les couteaux et pinces.
La livraison est forfaitaire pour un montant de 15 € HT.
Mode et délai de règlement : par chèque au comptant.

Marc Charrier décide d'accorder une remise supplémentaire de 5 % sur les « Cannes Penn Ally Boat » pour compenser la casse constatée sur cette livraison.

Appli 2 Effectuer le suivi clients

Vous êtes recruté(e) au service financier de l'entreprise Couleurs de Tollens, localisée au 15 rue de la Couture – 59290 Wasquehal. Cette entreprise est spécialisée dans les peintures et produits de décoration (papier peint, parquet), revêtements pour murs ou sols, et outillage. Rolande Van De Beck, responsable du service financier, vous confie le suivi des comptes clients.

1 Complétez le bordereau de remise de chèques avec les chèques reçus cette semaine (Doc, Annexe 1).

Le 30 juin N, Rolande Van De Beck vous demande de réaliser le lettrage du compte client et de lui faire remonter les éventuelles anomalies.

2 Déterminez le montant que doit le client Tendance Peinture à Couleurs de Tollens au 30/06/N puis réalisez le lettrage (Doc, Annexe 2).

....

3 Notez les anomalies relevées dans le mémo à transmettre à Rolande Van De Beck (Annexe 3).

Doc Les chèques reçus

La Banque Postale
Payez contre ce chèque en euros : Deux cent quatre-vingt-cinq euros et quatre-vingt-dix centimes
à Couleurs de Tollens
285,90 €
La Banque Postale
N° ch : 745285
SOCIÉTÉ ADRESSE CP VILLE : SARL GIRARD
LE 10/04/N
14578 52545 8965 32322
(32)
999999 !010027847 856231456/

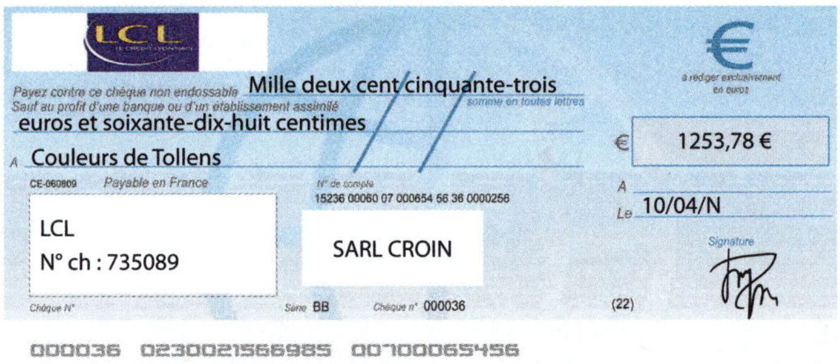
LCL
Payez contre ce chèque non endossable : Mille deux cent cinquante-trois euros et soixante-dix-huit centimes
A Couleurs de Tollens
1253,78 €
LCL
N° ch : 735089
SARL CROIN
Le 10/04/N
15236 00060 07 000654 56 36 0000256
000036 0230021566985 00700065456

Crédit Mutuel
Maine-Anjou, Basse-Normandie
Payez contre ce chèque non endossable : Quatre cent quatre-vingt-six euros et soixante-dix-neuf centimes
A Couleurs de Tollens
486,79 €
Crédit Mutuel
N° ch : 264312
Tendance Peintures
Le 12/04/N
15236 00060 07 000654 56 36 0000256
000036 0230021566985 00700065456

La Banque Postale
Payez contre ce chèque en euros : Huit cent cinquante-six euros et trente-cinq centimes
à Couleurs de Tollens
856,35 €
La Banque Postale
N° ch : 408173
SOCIÉTÉ ADRESSE CP VILLE : Peinture et déco
LE 13/04/N
14578 52545 8965 32322
(32)
999999 !010027847 856231456/

BANQUE POPULAIRE
Payez contre ce chèque non endossable : Deux cent soixante-quinze euros et quatre-vingt-dix centimes
A Couleurs de Tollens
275,90 €
Banque Populaire
N° ch : 463421
Crepelle Franck
Le 15/04/N
15236 00060 07 000654 56 36 0000256
000036 0230021566985 00700065456

Annexe 1 **Le bordereau de remise de chèques**

Crédit Mutuel
Maine-Anjou, Basse-Normandie

BORDEREAU DE REMISE DE CHÈQUES

N° de compte : 8299082364		N° remise : 53		Nbr de chèques : ....
	Identification de l'émetteur	**N° chèque**	**Nom de la banque**	**Montant**
1	....	....	....	....
2	....	....	....	....
3	....	....	....	....
4	....	....	....	....
5	....	....	....	....
6				
			Montant	....

Annexe 2 **Extrait du compte client Tendance Peinture**

411789 – Tendance Peinture Délai de paiement 30 jours / Escompte 2 % si règlement comptant						
Date	**Libellé**	**Débit**	**L**	**Crédit**	**L**	**Solde**
01/05/N	A Nouveau	1 235,75	....			1 235,75
05/05/N	Facture 1234 « Tendance Peinture »	683,90	....			1 919,65
15/05/N	Virement 5372554			1 235,75	....	683,90
19/05/N	Facture 1325 « Tendance Peinture »	378,34				1 062,24
22/05/N	Facture 1425 « Tendance Peinture »	793,89	....			1 856,13
28/05/N	Virement 5377295			683,90	....	1 172,23
31/05/N	Facture 1590 « Tendance Peinture »	412,50	....			1 584,73
05/06/N	Ch 283746 « Tendance Peinture »			1 206,39	....	378,34
10/06/N	Facture 1735 « Tendance Peinture »	1 696,53				2 074,87
10/06/N	Ch 738251 « Tendance Peinture »			1 662,60		412,27
15/06/N	Facture 1857 « Tendance Peinture »	2 515,36	....			2 927,63
18/06/N	Avoir 245 « Tendance Peinture »			215,46	....	2 712,17
20/06/N	Facture 1978 « Tendance Nature »	3 621,75				6 333,92
22/06/N	Facture 2002 « Tendance Peinture »	452,48				6 786,40
27/06/N	Ch 384913 « Tendance Peinture »			2 299,90	....	4 486,50
				SOLDE AU 30/06/N		**4 486,50 €**

Attention : un problème de livraison nous a contraints à reprendre 215,46 € de marchandises sur la facture n° 1857. Cet avoir sera déduit du montant à payer.

La facture d'avoir est une facture créée pour rectifier une autre facture. Elle comportera un solde négatif qui viendra diminuer le montant de la facture initiale.

Annexe 3 **Les anomalies relevées**

MÉMO	
De :	À : ....
Le :	Objet : ....

....
....
....
....
....
....
....
....
....
....
....
....
....

Auto-évaluation des compétences

Dans le cadre de l'activité normale d'un service…	Compétence non maîtrisée	Compétence insuffisamment maîtrisée	Compétence maîtrisée	Compétence bien maîtrisée
➜ Je suis capable d'assurer la facturation.	Je ne maîtrise pas les éléments et les calculs de base d'une facture. ☐	Je suis capable de repérer les principaux éléments d'une facture, mais ne maîtrise pas parfaitement les calculs. ☐	Je repère les éléments de la facture et maîtrise les calculs, mais pas les complexités et les aléas. ☐	Je suis capable d'assurer la facturation dans son ensemble même lorsqu'il y a des complexités et des aléas. ☐
➜ Je suis capable de communiquer *via* différents supports.	Je ne sais pas faire. ☐	Je rencontre des difficultés pour adapter les supports de communication aux situations rencontrées. ☐	Je gère quasiment toutes les situations avec la plupart des supports de communication. ☐	Je sais utiliser plusieurs supports de manière professionnelle dans des situations complexes. ☐

Scénario 1
L'organisation d'un salon

#Compétences
foucherconnect.fr/24ago52

Fiche d'identité de l'entreprise

Le groupe **Olano** est une entreprise française de transports de marchandises spécialisée dans le transport frigorifique, la logistique frigorifique et le stockage. Elle transporte au quotidien tout ce qui est périssable : produits surgelés, produits carnés (viande en pendu), produits frais (chocolat, fruits et légumes) et produits de la mer (marée). Le groupe est un acteur incontournable de la chaîne logistique du froid en tant que prestataire de services en transport et logistique avec 60 implantations en Europe.

Champs d'action géographique

Dénomination sociale	Olano Organisation Transport
Statut juridique	SAS (société par actions simplifiée)
Siren	399 595 719
Code APE	5229B
Capital	1 136 100 euros

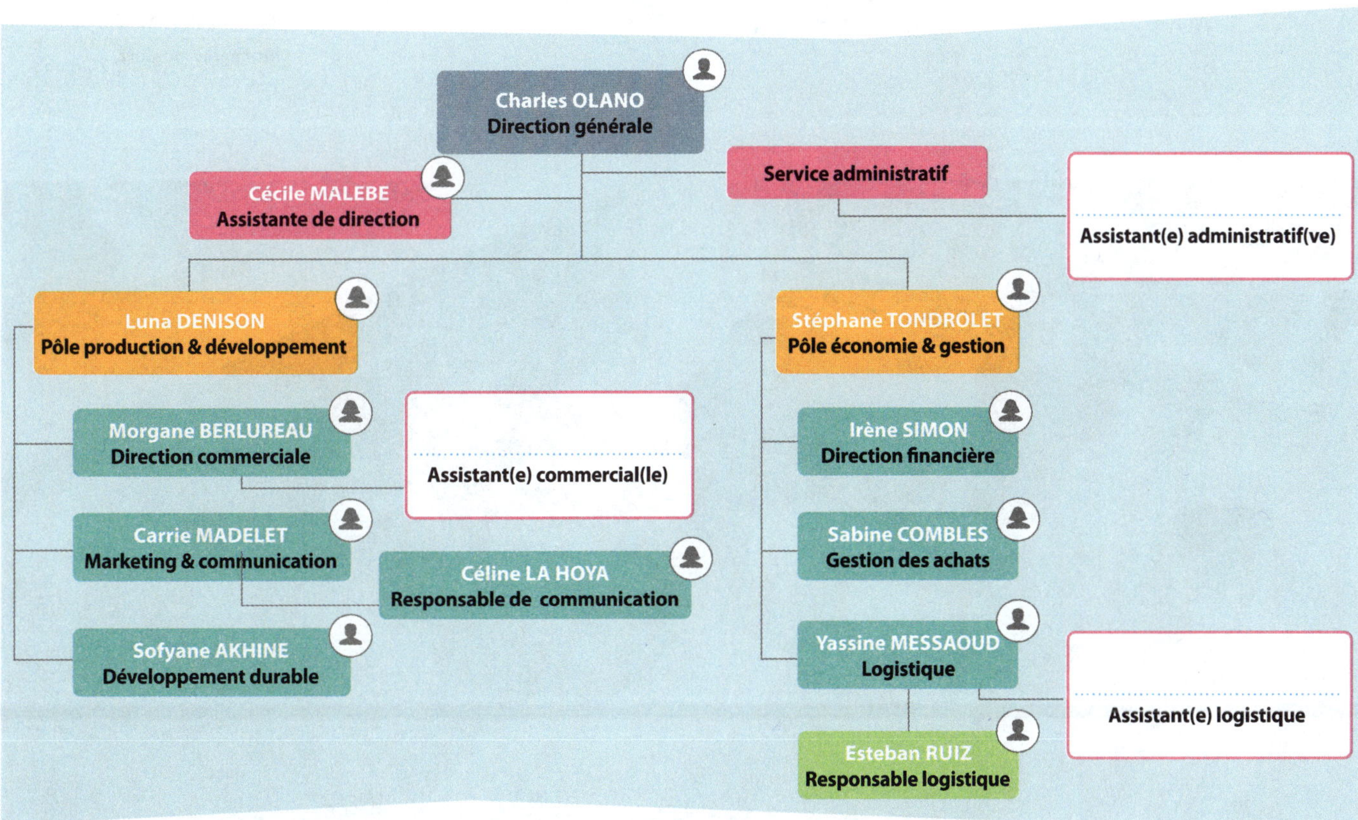

Contexte professionnel

Dans le cadre de l'organisation par l'entreprise du salon annuel de promotion des métiers du transport et de la logistique, plusieurs des services sont mobilisés pour organiser cet événement et assurer sa réussite ainsi que le recrutement de nouveaux salariés grâce aux offres d'emploi des entreprises participantes.

Vous êtes stagiaire au sein de la structure dans le cadre de votre formation. À cette occasion, vous êtes associé(e) à l'organisation de ce salon. Vous prenez connaissance des missions qui vous sont confiées, selon le service où vous êtes affecté(e).

Planification des activités

Assistant(e) administratif(ve)	❶ Rédigez le courrier d'invitation aux entreprises (Doc 1). ❷ Réalisez le flyer d'annonce de la journée (Docs 2 et 3). ❸ Uniformisez la présentation des premières offres d'emplois que vous venez de recevoir et qui seront affichées le jour du salon (Docs 4 et 5).	Texteur
Assistant(e) logistique	❶ Rédigez le courrier de réservation du matériel (Docs 6 et 7). ❷ Réalisez le plan de la salle, sous forme de croquis puis sous forme numérique (Docs 8 et 9, Annexe 1). ❸ Élaborez la fiche de sécurité qui sera affichée le jour du salon annuel de l'entreprise (Docs 10, 11 et 12).	Texteur
Assistant(e) commercial(le)	❶ Réservez une des salles du parc des expositions de Bordeaux (Docs 13 et 14). ❷ Commandez les fournitures nécessaires à l'organisation du pot d'accueil (Docs 15 et 16). ❸ Réservez le matériel sonore (Docs 17 et 18, Annexes 2 et 3).	Texteur Internet Messagerie électronique

Dossier de réservation à compléter en ligne, Parc des expositions de Bordeaux
foucherconnect.fr/24ago53

Activités de l'assistant(e) administratif(ve)

Doc 1 Les consignes de Cécile Malebe

De :	c.malebe@olano.com
À :	assistant.adm@olano.com
Objet :	Consignes courrier invitation aux entreprises
Date :	6 janvier N
P.J. :	Courrier_type.pdf

Bonjour,

Vous êtes chargé(e) de rédiger la lettre type qui sera envoyée à l'ensemble des entreprises répertoriées dans notre fichier « Entreprises partenaires ».
Ces entreprises connaissent déjà la finalité et les modalités d'organisation de notre salon puisqu'elles participent depuis plusieurs années à cet événement. Je vous remercie de tenir compte des consignes suivantes.

Fond du courrier
Objet : tenue de stands, Salon des métiers du transport et de la logistique
Informer les destinataires de la date et du lieu : le 16 mars N de 9 h 30 à 16 h 30 au Parc des expositions de la ville de Bordeaux.
Indiquer que nous les invitons à tenir un stand ce jour-là afin de promouvoir les métiers du transport et de la logistique, que l'accueil est prévu dès 8 h autour d'un café offert, avec la possibilité d'installer leur stand.
Insérer un coupon-réponse en fin de courrier afin qu'ils nous informent de leur participation, ou non, avant le 12 janvier N.
Préciser que nous restons à leur disposition pour toutes précisions complémentaires. Les remercier de leur collaboration.
Signature : la direction

Forme du courrier
Police : Arial, taille 11, interligne 1,15 cm, marges normales.
Mettre en gras notre raison sociale, police 16.
Le courrier sera adressé en publipostage.
Par conséquent, présenter les variables relatives à l'adresse de la manière suivante :
RAISON SOCIALE (en gras)
ADRESSE
CP VILLE
Au-dessous, faire une insertion de date automatique.
Mettre en gras la date, les horaires et le lieu du salon et centrer.

Merci.

Courrier_type.pdf

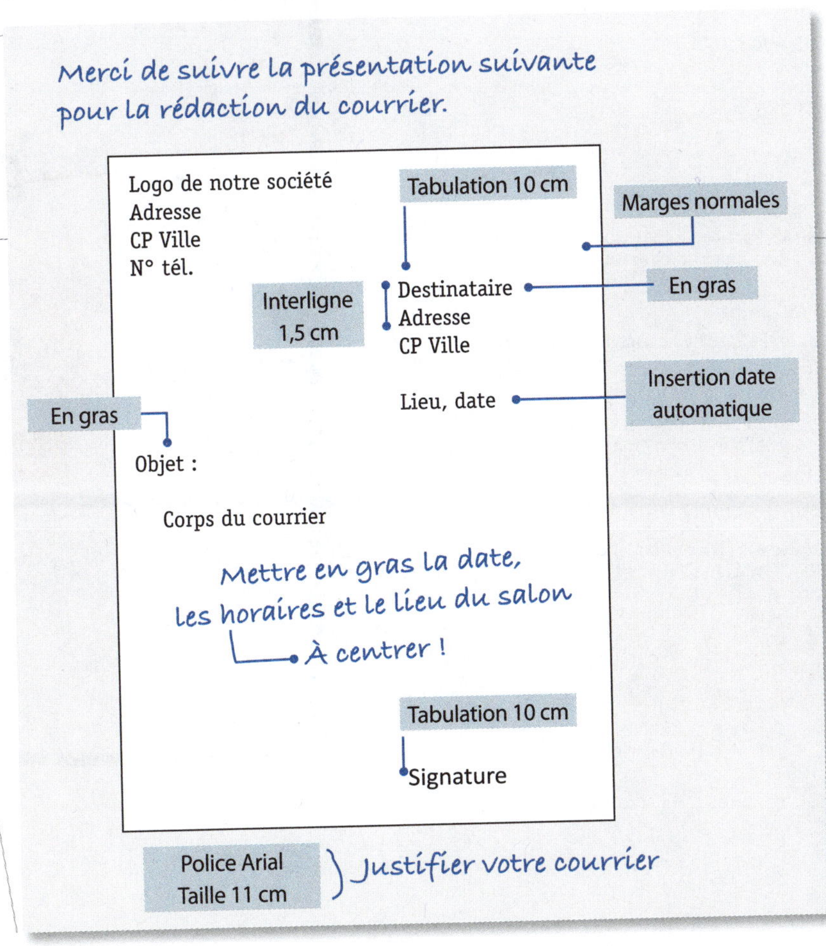

Doc 2 Le programme du salon

De :	marketing-communication@olano.com
À :	assistant.adm@olano.com
Objet :	Programme salon annuel
Date :	6 janvier N
P. J. :	Plan_acces-salon.jpg

Bonjour,
Il faudrait concevoir la maquette du programme de la journée pour notre salon du 16 mars prochain.
Je vous rappelle le contenu de l'événement, arrêté lors de notre dernière réunion de planification :

9 h 30 – 9 h 45	Le mot du directeur
9 h 45 – 12 h 30	Accueil des participants sur les stands
12 h 30 – 13 h 30	Déjeuner libre
13 h 45 – 14 h 15	Conférence sur les métiers du transport
14 h 15 – 14 h 45	Conférence sur les métiers de la logistique
14 h 45 – 16 h 00	Accueil des participants sur les stands
16 h 15 – 16 h 30	Discours de clôture par le directeur

Ce programme doit être réalisé au format A5, marges étroites.
Insérez une bordure de page ; des couleurs rappelant la nature sont à privilégier.
N'hésitez pas à insérer des images et des couleurs.

Insérez en bas de page le plan d'accès que vous trouverez ici.

Nous nous occuperons de l'envoi à notre imprimeur.

Cordialement,
Céline, service Communication

Doc 3 Le plan d'accès au salon

ADRESSE
PARC DES EXPOSITIONS
Cours Charles Bricaud
33 300 Bordeaux

EN VOITURE
Sortie rocade 4 – 4A- 4B Parc des Expositions - direction Bordeaux Lac
PARKING GRATUIT à proximité immédiate

EN TRAMWAY
Ligne C - direction et arrêt Parc des Expositions de Bordeaux

EN TRAIN
Arrivée Gare Saint Jean puis transports en commun : direct Tram C
Depuis la Gare : voiture 20 min - tram 40 min

EN AVION
Depuis l'aéroport Bordeaux - Mérignac
Navette bus 30'DIRECT ou Liane 1+ vers la gare puis tram ligne C
Station de taxis à l'arrivée
Voiture : 20 min

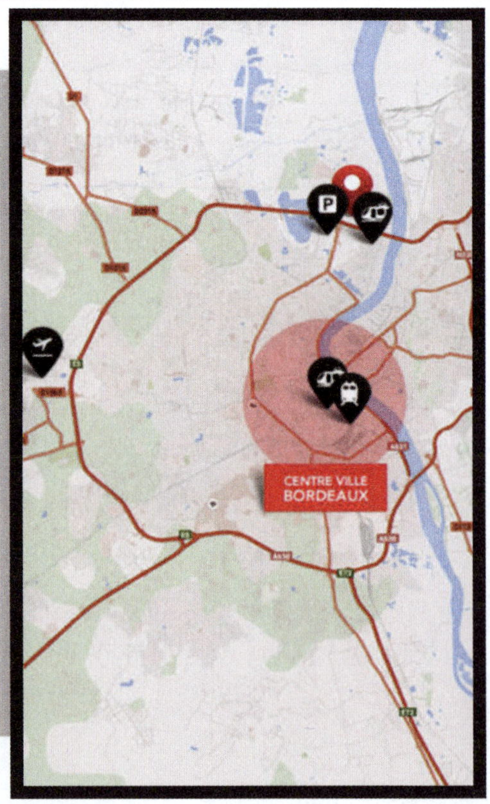

Doc 4 Une note de la direction au service administratif

Merci de traiter ces premières offres d'emploi qui seront affichées lors de notre salon annuel des métiers du transport et de la logistique.

Afin d'en faciliter la lecture, je vous remercie de bien vouloir en uniformiser la présentation.

À votre disposition pour vous aiguiller, vous pouvez vous servir des trames réalisées pour l'organisation des salons antérieurs.

Merci.

La direction

Doc 5 Les offres d'emploi réceptionnées

OFFRE D'EMPLOI n° 1

Responsable d'exploitation/production (H/F)

Missions :

– Garantir le respect des règles d'hygiène, de sécurité et d'environnement des activités humaines et des moyens techniques de l'exploitation.

– Superviser la ligne de production afin d'atteindre les objectifs de productivité tout en maîtrisant les coûts, les délais et la qualité des produits sortants.

– Gérer les stocks en amont et en aval en collaboration avec la logistique afin de garantir un niveau de stock suffisant pour satisfaire les clients.

Rémunération : 38 k€ – 42 k€

Formation : vous êtes issu(e) d'une formation de type bac + 5 minimum dans la *supplychain** ou dans la production industrielle, vous avez au moins 10 ans d'expérience en tant que responsable d'exploitation/production dans l'industrie de production.

Compétences : vous avez des compétences managériales, le sens de la communication, des qualités relationnelles pour manager des équipes et vous aimez travailler dans un milieu de haute technologie. Pragmatique, réactif(ve) et rigoureux(se), vous êtes fait(e) pour réussir dans cette nouvelle mission.

Poste à pourvoir à Nogent-sur-Oise.

Contact : atlanticexpress@contact.org M. Sedki

**Supplychain* : gestion de la chaîne d'approvisionnement.

OFFRE D'EMPLOI n° 2

Responsable logistique (H/F)

Rattaché(e) à la direction logistique, vous prenez en charge l'ensemble de la gestion de l'entrepôt (plateforme d'éclatement vers les sites de distribution). Poste à Bayonne.

Missions :

– Pilotage quotidien de l'ensemble du site logistique.
– Gestion des plannings.
– Gestion et optimisation des flux.
– Communication entre l'entrepôt et les différents services.

Formation/expérience : vous justifiez d'au moins 5 ans d'expérience en tant que responsable logistique.

Compétences : véritable manager opérationnel(le), vous êtes reconnu(e) pour vos qualités relationnelles. Votre exigence et votre implication à faire progresser l'entreprise dans une logique d'amélioration continue (WMS, 5S, 6 sigma…) sont fortement appréciées.
La maîtrise de l'anglais courant est indispensable.
Salaire attrayant et primes garanties.

Contact : sarrion@contact.org Mme Burlier

Doc 5 **Les offres d'emploi réceptionnées (suite)**

OFFRE D'EMPLOI n° 3

Responsable approvisionnement (H/F)

Missions :

Gérer et améliorer l'interface logistique avec la production et les fournisseurs.

Ainsi, vous participez et animez les réunions de PDP et travaillez sur le PIC. Vous êtes le garant du niveau de stock, du taux de service et des appels de livraison fournisseur. Vous mettez en place et pilotez les procédures de gestion des flux de produits et d'informations vers les fournisseurs. Vous assurez aussi la gouvernance du service afin de maîtriser les délais donnés aux clients (OTIF) et d'assurer la satisfaction des clients. De plus, vous définissez les politiques d'approvisionnement avec le responsable supplychain. Dans votre quotidien, vous êtes aussi en charge de promouvoir des chantiers d'amélioration continue.

Rémunération : 35 k€ – 45 k€

Formation : bac + 3 minimum en logistique, vous justifiez d'une expérience professionnelle d'au moins 3 ans dans des fonctions d'approvisionnement et de planification. La connaissance du secteur industriel est nécessaire, et vos expériences précédentes vous ont permis de travailler en flux tendu sur de grandes séries. Du fait du contexte international de l'entreprise, vous devez maîtriser l'anglais.

Poste à Rennes

Contact : loomisfrance@contact.org M. Simon

OFFRE D'EMPLOI n° 4

Coordinateur logistique (H/F), poste à Rungis

Vous serez rattaché(e) au responsable logistique européen. Vous devrez vous assurer de la mise à disposition des marchandises dans les délais impartis.

Organisation et suivi des transports :

- Interaction avec les différents services, le back-office et les opérateurs externes.
- Gestion des flux de marchandises.
- Contact avec les transitaires et partenaires à l'international.
- Gestion des livraisons client *via* SAP et Excel.
- Mission de veille à la satisfaction des clients et au respect de la réglementation des transports (dédouanement).

Rémunération : 20 k€ – 24 k€

Formation/expérience : vous êtes issu(e) d'un bac + 2 minimum en logistique ou transport avec au moins une première expérience à un poste similaire (fret maritime, messagerie, transports route, entrepôt) chez un transitaire ou logisticien.

Compétences : vous maîtrisez impérativement l'anglais courant (lu, écrit, parlé) ainsi que les outils informatiques (Excel). Vous aurez des déplacements en filiales à prévoir (France et étranger).

Vous êtes autonome avec une forte capacité à anticiper et gérer les priorités.

transportssudre@contact.org Mme Lichet

Prénom : ....
Nom : ....

Activités de l'assistant(e) logistique

Doc 6 Les consignes de Esteban Ruiz

De :	e.ruiz@olano.com
À :	assistant.log@olano.com
Objet :	Location de matériel
Date :	6 janvier N
P. J. :	Catégories de matériel

Bonjour,

Lors de la dernière réunion d'organisation du salon annuel de notre entreprise, il nous a été confié la rédaction du courrier de demande de location du matériel nécessaire à la tenue des stands.
Merci de vous en charger pour un envoi par voie postale : Mairie de Bordeaux, service logistique, Hôtel de Ville, 33000 Bordeaux.
Nous aurons besoin d'emprunter 80 tables, 200 chaises, 10 grilles d'affichage ; rappeler au service logistique le contexte de cette location.
Je vous ai coché sur le catalogue en pièce jointe les catégories que nous souhaiterions réserver, merci de lui préciser les références.
La livraison du matériel doit avoir lieu le 16 mars N, à 7 h, au Parc des expositions, cours Charles-Bricaud, 33000 Bordeaux.
Précisez-lui de nous adresser la facture au service Gestion-finances de notre entreprise.

Merci.
Esteban RUIZ

Doc 7 Les matériels proposés par la mairie

Nos modèles de chaises	Nos modèles de tables	Nos panneaux d'affichage
Modèle classique  ☐	Modèle professionnel  ☐	Modèle Maléa 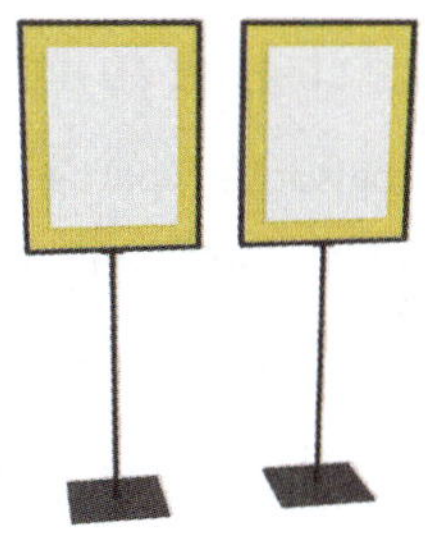 ☐
Modèle scandinave  ☐	Modèle Zik 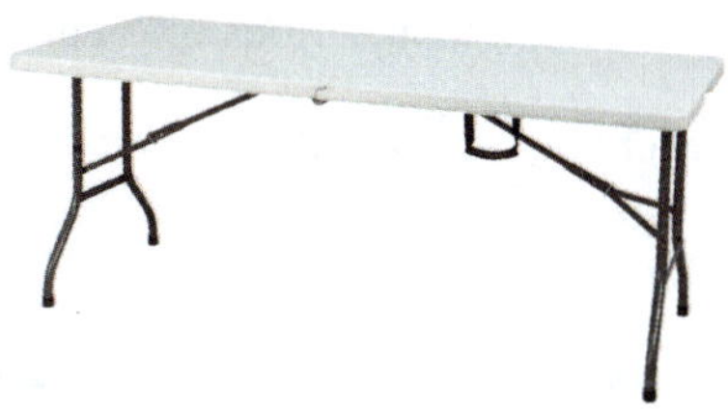 ☐	Modèle Sorious 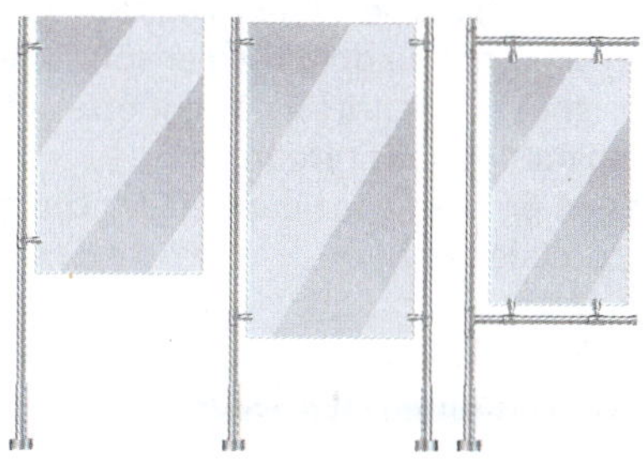 ☐
Modèle Stühlen  ☐	Modèle Solus  ☐	Modèle Invictus 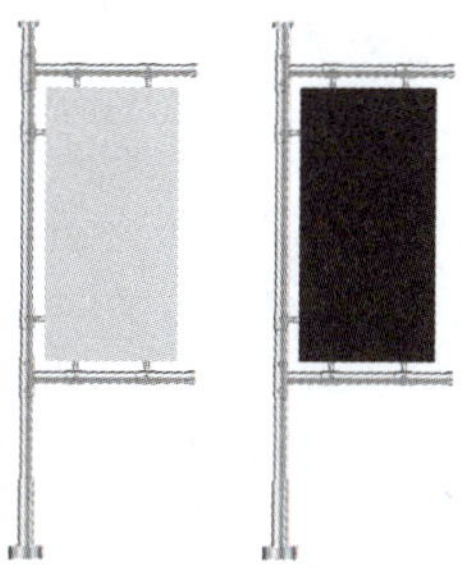 ☐

Doc 8 Le compte rendu de réunion (extrait)

[...]

II. Disposition du salon

• L'an passé, 60 entreprises partenaires ont répondu positivement à notre invitation à tenir un stand lors de notre salon. Cette année, nous prévoyons la même affluence. Par conséquent, il est nécessaire de prévoir 80 tables, 200 chaises (le service logistique se charge de la location auprès de la mairie).

• Pour des raisons de sécurité, il est impératif de respecter une certaine disposition (cf. mail du parc des expositions).

• Nous devons adresser au service logistique du parc notre plan afin qu'il valide la disposition du salon.

Il faut prévoir un espace-conférence pour les deux intervenants de l'après-midi sur les métiers de la logistique et du transport, avec une longue table et 4 rangées de chaises pour le public.

• Les entreprises s'installeront les unes après les autres selon leur heure d'arrivée (pas de stand nominatif) : prévoir sur le plan 2 zones pour les entreprises exposantes.

• Penser à prévoir un espace pour l'affichage des offres d'emploi.

• Nous proposerons également un espace buffet, avec des petits fours, et du café à disposition.

Doc 9 Le courriel du parc des expositions

De :	logistique@parc-exposition.com
À :	direction@olano.com
Objet :	Disposition salle
Date :	Le 6 janvier N

Madame, Monsieur,

Suite à la réservation de notre salle des expositions, nous vous transmettons des éléments d'informations complémentaires nécessaires au respect des mesures de sécurité.
Aucun exposant ne doit installer son stand face aux ouvertures. Votre plan de salle ainsi que votre fiche « Consignes de sécurité » doivent être affichés pour les exposants. Nous vous adressons un plan de salle vierge, à compléter et nous retourner.
En cas de problème majeur, veuillez contacter l'agent de sécurité, M. Balie, au 07 74 73 02 15.
Bien cordialement,

Le service logistique
Parc des expositions Bordeaux

Prénom : ....
Nom : ....

Doc 10 Les consignes d'Esteban Ruiz, responsable logistique

J'ai pris quelques notes lors de mon entretien avec la direction concernant les consignes de sécurité.

Proposez-moi une affiche « Consignes de sécurité » en vous appuyant sur les critères que je vous laisse.

Insérez des couleurs vives, pour attirer l'attention ainsi que les pictogrammes que je vous ai envoyés par mail.

Transmettez-moi votre proposition par courriel. Merci !

Doc 11 Les notes d'Esteban

Affichage de sécurité

Titre : « Consignes de sécurité »

Contenu :

- picto interdiction de fumer
- picto incident → prévenir immédiatement l'agent de sécurité (n° tel)
- picto accident → contacter les pompiers
- picto incendie → en cas d'incendie, utiliser les extincteurs
- picto évacuation → utiliser l'issue de secours

Insérer en pied de page nos coordonnées

Doc 12 Le mail d'Esteban

De :	e.ruiz@olano.com
À :	assistant.log@olano.com
Objet :	Disposition salle à respecter
Date :	6 janvier N

Bonjour,

Comme convenu, voici les pictogrammes à utiliser pour l'affiche de sécurité. Il vous suffit de les copier puis les coller sur votre page de travail.

Bon courage.
Esteban Ruiz

Picto interdiction de fumer

Picto incident électrique

Picto accident

Picto incendie

Picto évacuation

Annexe 1 Le croquis du plan de la salle

Légende Entrée salle Ouvertures Portes

Prénom : ....
Nom : ....

Activités de l'assistant(e) commercial(e)

Doc 13 La demande de réservation d'une salle

De :	direction@olano.com
À :	assistant.com@olano.com
Objet :	Réservation salle parc des expositions
Date :	6 janvier N
P. J. :	Dossier_Location-salle.docx, Instructions_Dossier-location.docx

Bonjour,

Je vous joins le dossier de réservation du Parc des expositions de la ville de Bordeaux pour notre salon du 16 mars prochain.
Merci de le compléter en vous appuyant sur les instructions et compléments d'informations joints également au présent mail.
Je vous remercie de me le retourner pour validation.

Cordialement,
Charles Olano

Doc 14 Les instructions pour la location

Instructions pour compléter le dossier de réservation

RÉSERVER LA SALLE LUNÉORE

Identification organisateur → nom de l'organisateur : mettre notre dénomination sociale, personne morale ; apposer mon nom pour le responsable légal.

Il est attendu environ 350 personnes, pour une ouverture du salon à 9 h 30 et une fin annoncée à 16 h 30. Pour la description de l'événement, préciser qu'il s'agit d'un salon annuel dans le but de promouvoir les métiers du transport et de la logistique. Indiquer que les exposants seront des entreprises issues de ces secteurs d'activité.

Configuration de la salle → nous optons pour une salle type Conférence, puisque nous aménagerons nous-mêmes nos stands.

Assurance → notre société d'assurance est la MAIF, au 200 avenue Salvador-Allende, 79000 Niort, assurée au nom de notre entreprise. N° contrat : B0075 89P, validité : depuis le 25 septembre N.

Laisser vide la partie « signature » que je compléterai.

Doc 15 La commande de Morgane Berlureau

Bonjour,

Notre service est chargé d'effectuer une commande en ligne pour offrir un pot d'accueil à nos exposants (environ 80 personnes). Pouvez-vous réaliser une recherche des produits souhaités sur www.leclercdrive.fr et me faire une copie d'écran du panier final ?

Je procéderai à la validation et au règlement.

Je vous ai laissé sur le bureau la check-list. Le montant de la commande ne doit pas excéder 400 €.

Merci de m'envoyer le résultat de votre travail par mail à m.berlureau@olano.com.

Doc 16 Ma check-list commande en ligne

- *Thé glacé × 4*
- *Jus d'orange × 5*
- *Jus multivitaminé × 4*
- *Pack d'eau × 2*
- *Assortiment petits fours sucrés × 4*
- *Café moulu 1 kg × 1*
- *Essuie-tout × 4 rlx*
- *1 kg de sucre en morceaux*
- *Biscuits salés pour apéritif (un assortiment de sachets/boîtes)*

Doc 17 Les consignes de votre collaboratrice

Contactez notre partenaire « TechnicaEvent Bordeaux » afin de savoir s'ils ont des sonos disponibles pour le 16 mars prochain. Nous souhaiterions une location pour la journée avec une installation par un technicien. Pensez à demander leurs tarifs.

Nous avons besoin d'une sono qui puisse émettre du son pour 250-300 personnes.

N'oubliez pas de choisir également un micro sans fil, impérativement.

Afin de valider la réservation, établissez une confirmation écrite.

Merci.

Prénom : ....
Nom : ....

Doc 18 **Les matériels de Technica Event Bordeaux**

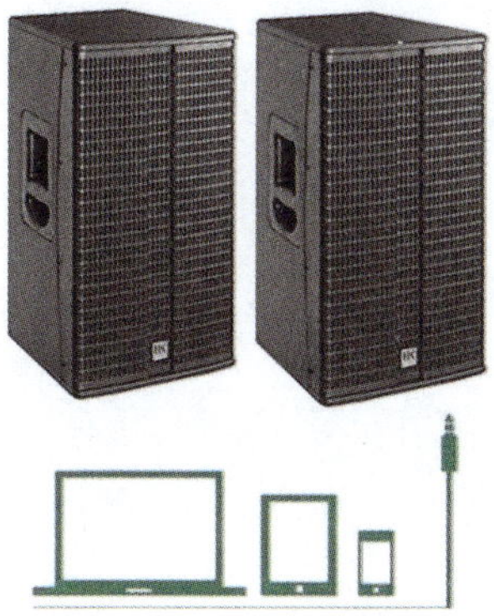

LOCATION SONO 100/200 PERSONNES
229 €/jour et /week-end

- 2 enceintes très haut de gamme HK LINEAR 3 112 FA
- 1 000 W (RMS) par enceinte
- Branchement sur table de mixage ou platine
- Les LINEAR 3 sont connues pour offrir une grande polyvalence d'utilisation et une puissance adaptée pour tous types de groupes de musique et DJ.
- Pied d'enceinte et câblage fournis.

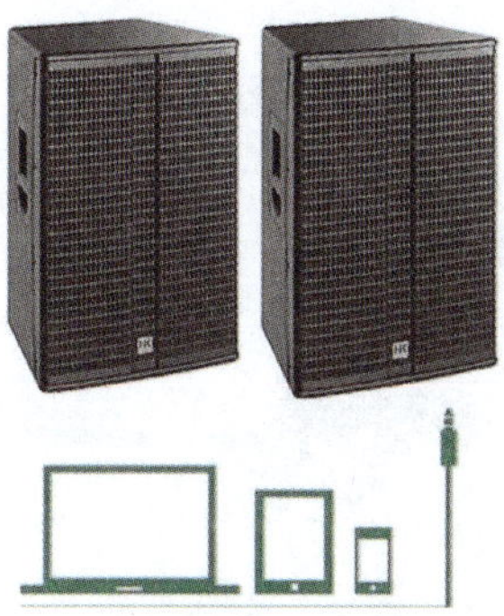

LOCATION SONO 200/300 PERSONNES
249 €/jour et /week-end

- 2 enceintes très haut de gamme HK LINEAR 3 115 FA
- 1 200 W (RMS) par enceinte
- Branchement sur table de mixage ou platine
- Les LINEAR 3 sont connues pour offrir une grande polyvalence d'utilisation et une puissance adaptée pour tous types de groupes de musique et DJ.
- Pied d'enceinte et câblage fournis.

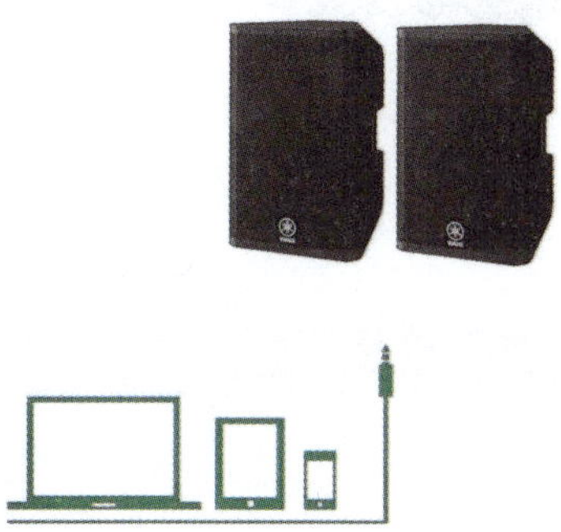

LOCATION SONO 50 PERSONNES
99 €/jour et /week-end

- 2 enceintes amplifiées Yamaha DXR10 1 400 W
- Branchement direct pour un ordinateur, un téléphone, etc.
- Pied d'enceinte et câblage fournis.

LOCATION MICRO
10 €/jour et /week-end

- Micro Shure SM58
- Microphone dynamique filaire
- Pied de micro et câblage fournis

LOCATION MICRO SANS FIL
30 €/jour et /week-end

- Micro Shure SM58
- Systèmes utilisables en simultané par bande
- Fonction Quick Scan sélectionnant la meilleure fréquence
- Pied de micro et câblage fournis

Annexe 2 L'appel téléphonique au Technica Event Bordeaux

Technica Event Bordeaux, Cyril à votre écoute. Que puis-je faire pour vous ?

Annexe 3 Le choix du matériel pour la location

Références sonos	Nombre de personnes	Tarif	Choix
			☐
			☐
			☐

LOCATION MICRO
10 €/jour et /week-end
- Micro Shure SM58
- Microphone dynamique filaire
- Pied de micro et câblage fournis ☐

LOCATION MICRO SANS FIL
30 €/jour et /week-end
- Micro Shure SM58
- Systèmes utilisables en simultané par bande
- Fonction Quick Scan sélectionnant la meilleure fréquence
- Pied de micro et câblage fournis ☐

Scénario 2
La gestion des ÉPI

#Compétences
foucherconnect.fr/24ago54

Fiche d'identité de l'entreprise

Fondée en 1949 par Rémy Gautier, l'entreprise **STG** (Société des transports Gautier) est spécialisée dans le transport routier de proximité de marchandises générales, la messagerie frigorifique et la logistique des produits frais et ultrafrais (viande, volaille, fruits, charcuterie, boulangerie, pâtisserie, produits surgelés, produits laitiers, plats préparés, boissons…).
De nombreuses opérations de croissance externe ont permis à STG de développer son maillage sur tout le territoire français.
Son rayon d'action national s'est élargi pour s'étendre dès 1989 à toute l'Europe grâce au partenariat avec l'allemand Nagel Group.

SAS au capital de 200 000 €
SIRET : 493 035 349 00023
Surface entrepôts : 2 800 m²

NAF : Transports routiers de fret de proximité (4941B)
TVA : FR07493035349
Surface stockage ambiant : 80 m²

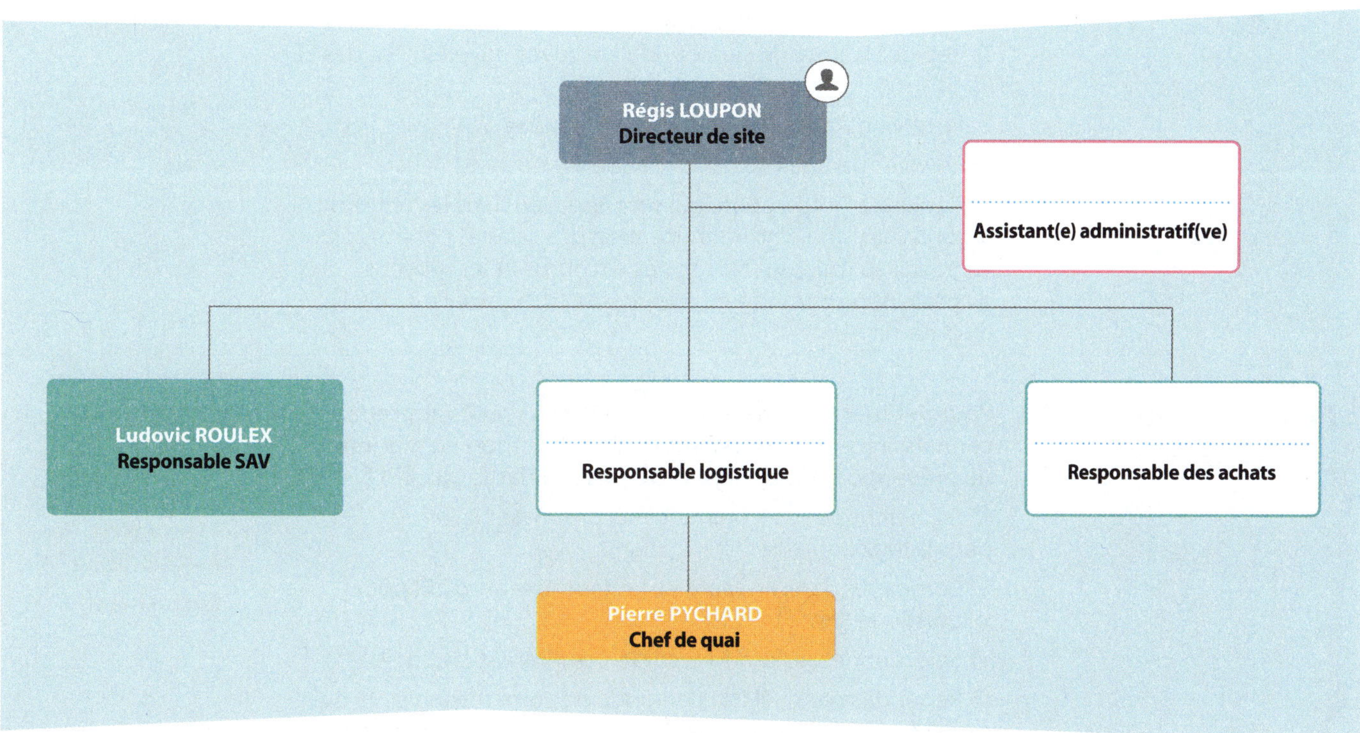

Contexte professionnel

Régis Loupon vient de réunir le conseil social et économique (CSE) de l'entreprise. De nombreux points ont été abordés, notamment ceux relatifs à la santé, à la sécurité et aux conditions de travail. Il a été constaté que le nombre des accidents du travail du fait du non-port ou du port incorrect des équipements de protection individuelle (ÉPI) est en forte augmentation. Des actions ont été décidées, tels l'achat de nouveaux équipements, la réalisation d'affiches informant des règles de sécurité, l'organisation de réunions de sensibilisation… Régis Loupon vous demande de suivre le dossier dans les différents services concernés.

Planification des activités

Assistant(e) administratif(ve) …………………… ……………………	**Régis Loupon vous charge de traiter certaines tâches décidées lors du CSE et destinées à réduire le nombre des accidents du travail consécutifs au non-port ou au mauvais usage des ÉPI.** ❶ Prenez en note le message téléphonique de Régis Loupon (Doc 1, Annexe 1). ❷ Préparez le plan de l'appel téléphonique destiné au responsable du service logistique afin de recenser les besoins en ÉPI (Doc 2, Annexe 2). ❸ Concevez l'agenda numérique partagé qui vous permettra de déterminer la date de réunion à programmer avec le service logistique (Doc 3). ❹ Envoyez votre proposition de date de réunion par mail à Régis Loupon (Doc 3, agenda numérique). ❺ Concevez l'affiche destinée à rappeler aux salariés leurs obligations en matière de port des ÉPI (Annexe 1, site INRS).	Audio Bloc-notes Internet Agenda numérique Messagerie électronique Canva Texteur
Responsable logistique …………………… ……………………	**Vous êtes contacté(e) par l'assistant(e) administratif(ve) qui vous confie la réalisation de tâches dont l'objectif est la réduction des accidents du travail consécutifs au non-port ou au port incorrect des ÉPI (Doc 4).** ❶ Rédigez la note de service relative au renouvellement des ÉPI (Doc 4). ❷ Recensez, dans un tableau, les demandes d'ÉPI (Docs 5 et 6). ❸ Envoyez par mail ce tableau au service achats. ❹ Concevez l'infographie qui sera apposée dans les entrepôts frigorifiques, afin d'attirer l'attention des salariés confrontés au travail au froid, sur les risques encourus et les moyens de prévention à mettre en œuvre (site INRS, espace-CHSCT) (Docs 7 à 9).	Texteur Tableur Messagerie électronique Canva Internet
Responsable des achats …………………… ……………………	**Pour débuter la journée, vous relevez vos mails et prenez connaissance des demandes de Régis Loupon en matière de prévention des accidents de travail relatifs aux ÉPI (Doc 10).** ❶ Recherchez des e-commerçants proposant la vente d'ÉPI pour la logistique (Doc 10). ❷ Comparez, dans un tableau, les fournisseurs d'ÉPI pour la logistique (Doc 10). ❸ Sélectionnez les produits sur le site internet choisi (Doc 11). ❹ Répondez par mail à la demande de votre responsable qui souhaite recevoir une copie d'écran du panier des achats, sans oublier de mettre en copie le service logistique (Doc 10). ❺ Schématisez, sous forme de logigramme, la procédure des achats dans l'entreprise (Docs 12 à 16).	Internet Tableur Texteur Messagerie électronique Lucidchart

Prénom : ....
Nom : ....

Activités de l'assistant(e) administratif(ve)

Annexe 1 Ma prise de notes

Doc 1 Le message de Régis Loupon

#Audio
foucherconnect.fr/24ago55

Doc 2 Les notes de Régis Loupon

De :	directeur.site@stg.fr
À :	assistant.adm@stg.fr
Objet :	Notes réunion
P. J. :	Notes_CSE.docx

Bonjour,
Vous trouverez ci-joint mes notes prises lors de la réunion du CSE.

Bonne journée.
Cordialement,

Régis LOUPON
Directeur de site
STG

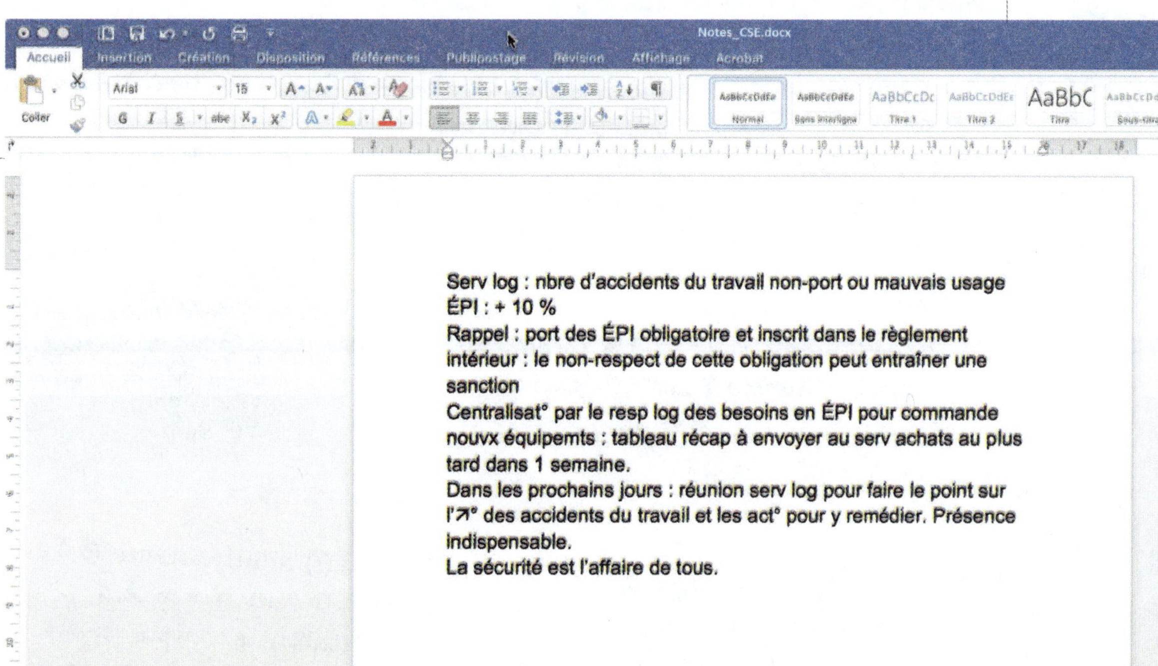
Notes_CSE.docx

Serv log : nbre d'accidents du travail non-port ou mauvais usage ÉPI : + 10 %
Rappel : port des ÉPI obligatoire et inscrit dans le règlement intérieur : le non-respect de cette obligation peut entraîner une sanction
Centralisat° par le resp log des besoins en ÉPI pour commande nouvx équipemts : tableau récap à envoyer au serv achats au plus tard dans 1 semaine.
Dans les prochains jours : réunion serv log pour faire le point sur l'↗° des accidents du travail et les act° pour y remédier. Présence indispensable.
La sécurité est l'affaire de tous.

Annexe 2 Votre bloc-notes

Focus outil

La méthode CROC aide à bien préparer son message téléphonique.

Doc 3 Les disponibilités du service logistique pour la réunion

Lundi de 8 h à 12 h, mardi de 8 h à 12 h et de 14 h à 18 h, le mercredi matin, le jeudi après-midi et le vendredi matin.
L. Roulex

Mardi de 8 h à 12 h, mercredi toute la journée, jeudi matin, vendredi matin.
P. Pychard

Lundi de 8 h à 12 h et de 14 h à 18 h, mardi après-midi, mercredi de 10 h à 12 h, jeudi après-midi, vendredi après-midi.
M. Vopret

Lundi matin et de 16 h à 18 h, mardi et mercredi toute la journée, vendredi de 10 h à 12 h.
H. Enoul

Jeudi après-midi, lundi et mardi toute la journée, mercredi de 10 h à 12 h et de 14 h à 16 h, vendredi matin.
G. Nofir

Lundi de 8 h à 12 h et de 14 h à 16 h, mardi de 8 h à 10 h et de 14 h à 16 h, mercredi et jeudi toute la journée, vendredi après-midi.
T. Troll

L'assistant(e) administratif(ve) assistera à la réunion et sera chargée d'établir le compte rendu. Il(elle) est libre tous les matins et tous les après-midis de 14 h à 16 h.

Prénom : ....
Nom : ....

Activités du responsable logistique

Doc 4 L'appel téléphonique de l'assistant(e) administratif(ve)

Bonjour [*Prénom élève 2*], c'est [*Prénom élève 1*], l'assistant(e) administratif(ve).

Bonjour [*Prénom élève 1*].

M. Loupon souhaite que tu fasses le point sur les besoins en renouvellement des ÉPI avec ton équipe. Il faut envoyer par mail le tableau récapitulatif des besoins au service achats au plus tard dans une semaine.

D'accord, mais pourquoi ?

M. Loupon sort d'une réunion avec le CSE et le nombre d'accidents du travail consécutifs au non-port ou au port incorrect des ÉPI a augmenté de 10 %. Il faudrait rappeler que le port des ÉPI est obligatoire et inscrit dans le règlement intérieur et que le non-respect de cette obligation peut entraîner une sanction.

Effectivement, c'est inquiétant.

De plus, la semaine prochaine, une réunion est prévue avec M. Loupon et tout le service logistique pour faire le point sur l'augmentation des accidents du travail et les actions à mettre en place pour y remédier. La présence de tous est indispensable.

Merci [Prénom élève 1]. Je vais rédiger une note de service pour informer les collègues et je fais le nécessaire pour les ÉPI. Je pense aussi qu'on pourrait réaliser une affiche relative aux risques et aux moyens de prévention pour les salariés qui sont confrontés au travail au froid, car il y a eu un accident la semaine dernière. Bonne journée. Au revoir.

Bonne journée [*Prénom élève 2*]. Au revoir.

Doc 5 La trame du tableau récapitulatif des besoins en ÉPI

BESOINS EN ÉPI

Service :

Date :

Désignation	Taille	Couleur	Quantité

Voici le modèle du tableau à reproduire et à compléter.

Doc 6 Les besoins en ÉPI déposés sur le bureau du responsable logistique

1 Casquette anti-heurt base-ball noir
2 T-shirts manches longues jaunes taille XXL
1 paire de chaussures de sécurité basses en cuir taille 46
2 paires de gants de manutention taille 10
2 paires de gants de travail tactiles taille 10
L. Roulex

1 Casquette de travail anti-heurt couleur Denim
2 T-shirts haute visibilité manches courtes jaunes taille XL
1 paire de chaussures de sécurité en cuir T. 44
2 paires de gants de manutention anti-froid taille 9
P. Pychard

1 CASQUETTE ANTI-HEURT – NOIR
2 T-SHIRTS MANCHES LONGUES HAUTE VISIBILITÉ JAUNES XL
1 PAIRE DE CHAUSSURES DE SÉCURITÉ EN CUIR T. 44
2 PAIRES DE GANTS DOCKER MANUTENTION CUIR T. 10
H. ENOUL

1 Casquette anti-heurt – Noir
2 T-shirts manches longues haute visibilité jaunes XL
1 paire de chaussures de sécurité basses en cuir T. 42
2 paires de gants docker manutention cuir T. 10
M. Vopret

1 Casquette anti-heurt base-ball noir
2 T-shirts haute visibilité manches courtes jaunes XL
1 paire de chaussures de sécurité en cuir T. 44
2 paires de gants maîtrise toute fleur T. 8
G. Nofir

1 CASQUETTE DE TRAVAIL ANTI-HEURT COULEUR DENIM
2 T-SHIRTS MANCHES LONGUES HAUTE VISIBILITÉ JAUNES TAILLE XL
1 PAIRE DE CHAUSSURES DE SÉCURITÉ BASSES EN CUIR TAILLE 44
2 PAIRES DE GANTS DE MANUTENTION HIVER TAILLE 9
T. TROLL

Doc 7 Mes notes pour la réalisation de l'infographie

Sites de référence : www.inrs.fr ou www.espace-chsct.fr
Prévoir 2 colonnes : Risques encourus/Moyens de prévention (entre 7 et 9 de chaque).
Ne pas faire de phrases : l'information doit être visible au premier coup d'œil.
Infographie sur 1 recto.
Insérer des images.
Ne pas oublier de signaler les sources à la fin du document.

Doc 8 L'infographie

Une infographie peut prendre la forme d'un diagramme, d'une cartographie ou de tout type de schéma explicatif destiné à mettre en image des informations.
Le but d'une infographie est de faire comprendre par l'image.
Au format numérique, elle peut se présenter comme une longue affiche que l'on parcourt en faisant défiler l'écran.

Doc 9 Un exemple d'infographie sur la logistique

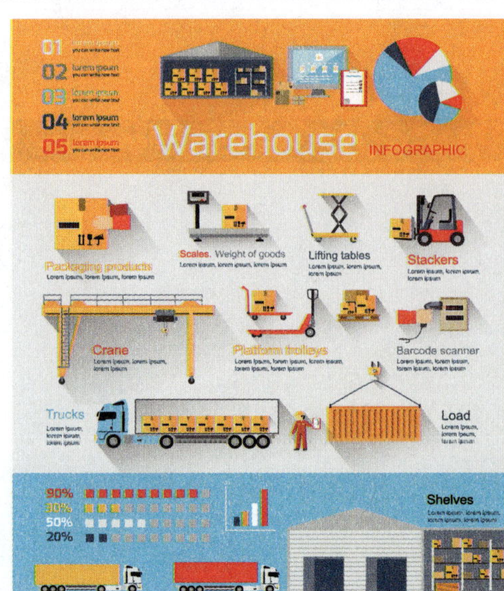

Prénom : ....
Nom : ....

Activités du responsable achats

Doc 10 Le mail du directeur de site

De :	directeur.site@stg.com
À :	responsable.achats@stg.com
Objet :	Achat ÉPI

Bonjour,

Je sors de la réunion avec les membres du CSE. Le nombre des accidents du travail du fait du non-port ou du port incorrect des ÉPI est en augmentation. Il est indispensable d'inverser la tendance. Aussi, j'ai demandé au responsable du service logistique de faire le point sur ses besoins afin de procéder au renouvellement des ÉPI. Il doit vous envoyer par mail un tableau récapitulatif pour son service.

Vous voudrez bien rechercher les sites qui vendent des ÉPI pour la logistique et les lister dans un tableau en faisant apparaître les frais de port, les conditions de livraison, les délais de paiement ainsi que les remises accordées. Vous choisirez celui qui offre des remises intéressantes.

Je souhaite ensuite connaître le montant des achats à effectuer sur le site qui aura été sélectionné. Vous me transmettrez la copie d'écran du panier par mail, ainsi qu'au responsable du service logistique pour qu'il puisse pointer et vérifier qu'il n'y a pas d'erreur.

De plus, il faudrait préparer un schéma qui permette à chaque responsable de service de connaître la procédure suivie pour effectuer des achats de fournitures d'exploitation*, car je suis souvent interpellé à ce sujet. Il y avait eu une note de service... mais apparemment elle n'est pas explicite !

Bon courage et bonne journée.

R. Loupon

* Fournitures d'exploitation : objets ou substances qui sont utilisés dans le cadre de l'activité de l'entreprise, mais qui ne rentrent pas dans la composition des produits fabriqués.

Doc 11 Les besoins du service logistique en ÉPI

BESOINS EN ÉPI

Service :

Date : *date du jour*

Désignation	Taille	Couleur	Quantité
Casquette de travail anti-heurt		denim	2
Casquette anti-heurt base-ball		noir	2
Casquette anti-heurt		noir	2
T-shirt haute visibilité manches courtes	XL	jaune	4
T-shirt manches longues haute visibilité	XXL	jaune	2
T-shirt manches longues haute visibilité	XL	jaune	6
Chaussures de sécurité en cuir	44		3
Chaussures de sécurité basses en cuir	46		1
Chaussures de sécurité basses en cuir	42		1
Chaussures de sécurité basses en cuir	44		1
Paire de gants de manutention anti-froid	9		2
Paire de gants de manutention	10		2
Paire de gants de travail tactiles	10		2
Paire de gants docker manutention cuir	10		4
Paire de gants maîtrise toute fleur	8		2
Paire de gants de manutention hiver	9		2

Doc 12 La procédure d'achat des fournitures d'exploitation chez STG

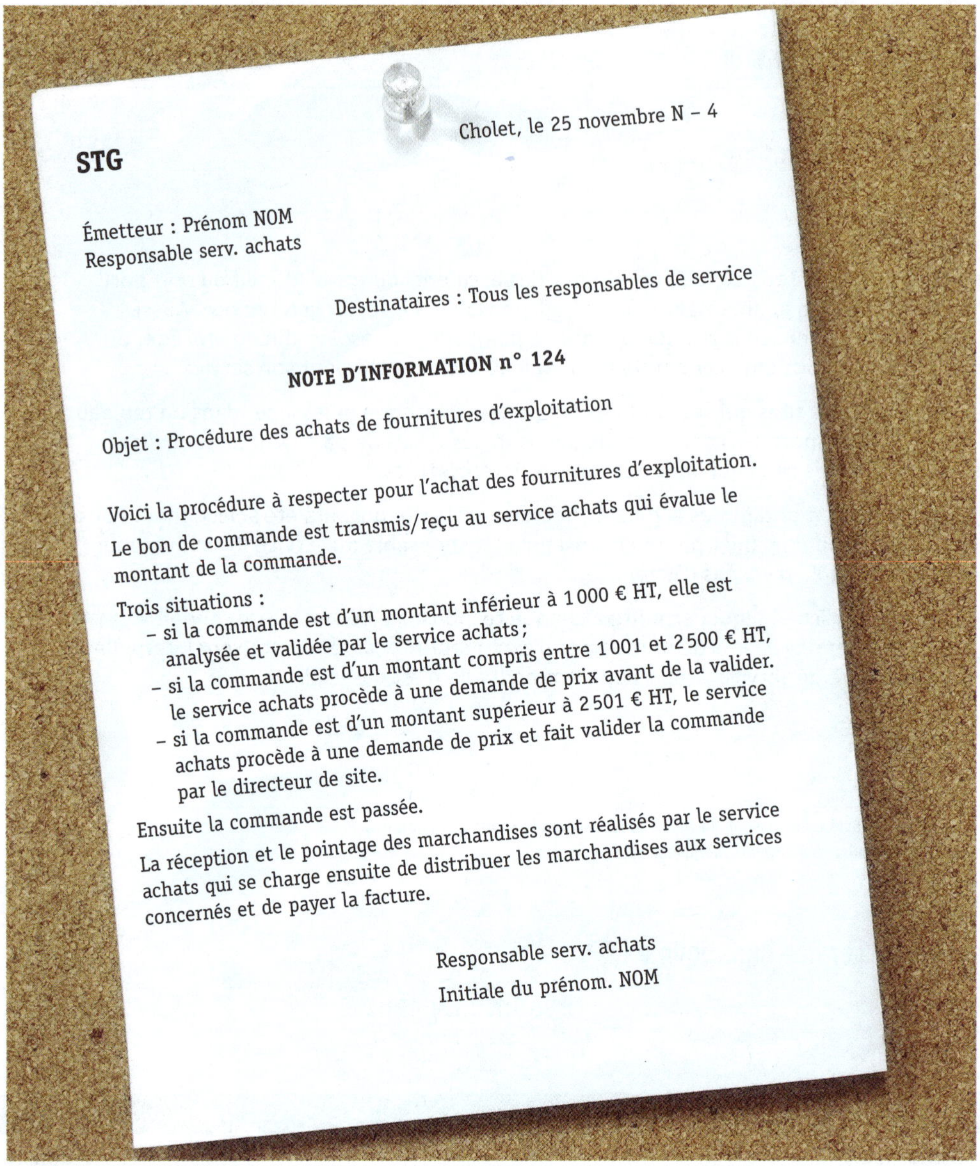

Cholet, le 25 novembre N – 4

STG

Émetteur : Prénom NOM
Responsable serv. achats

Destinataires : Tous les responsables de service

NOTE D'INFORMATION n° 124

Objet : Procédure des achats de fournitures d'exploitation

Voici la procédure à respecter pour l'achat des fournitures d'exploitation.

Le bon de commande est transmis/reçu au service achats qui évalue le montant de la commande.

Trois situations :
- si la commande est d'un montant inférieur à 1 000 € HT, elle est analysée et validée par le service achats ;
- si la commande est d'un montant compris entre 1 001 et 2 500 € HT, le service achats procède à une demande de prix avant de la valider.
- si la commande est d'un montant supérieur à 2 501 € HT, le service achats procède à une demande de prix et fait valider la commande par le directeur de site.

Ensuite la commande est passée.

La réception et le pointage des marchandises sont réalisés par le service achats qui se charge ensuite de distribuer les marchandises aux services concernés et de payer la facture.

Responsable serv. achats
Initiale du prénom. NOM

Doc 13 Le logigramme utilisé chez STG

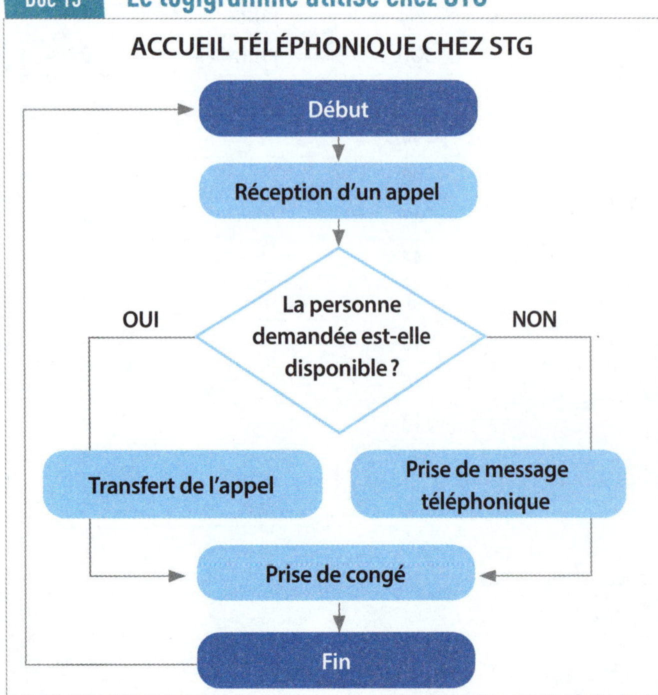

Doc 14 Qu'est-ce qu'un logigramme ?

C'est un schéma qui représente un processus, de façon claire et facile à comprendre. Ce peut être un simple graphique dessiné à la main, mais aussi un schéma élaboré par ordinateur, qui représente plusieurs étapes d'une procédure.

Doc 15 Faire un logigramme avec Lucidchart

#Tuto
foucherconnect.fr/24ago56

Doc 16 Les symboles du logigramme

#Tuto
foucherconnect.fr/24ago57

Dossiers 5, 17 et 18

Scénario 3
La gestion des achats

#Compétences foucherconnect.fr/24ago92

Fiche d'identité de l'entreprise

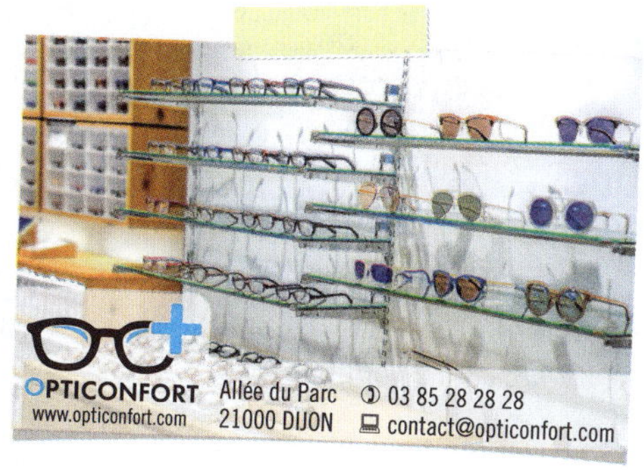

Localisée à Dijon, **OptiConfort** est une SARL (société à responsabilité limitée), créée en 2014 et spécialisée dans l'optique. Elle offre une large gamme de produits et de services liés à la vision : monture de lunettes pour homme, femme et enfant, verres correcteurs, lentilles de contact, réparations et accessoires (étuis, cordon), etc.

Son effectif est de 6 salariés. Joël Jandour, opticien, est le directeur général. Il a la responsabilité de la gestion de l'entreprise et du personnel.

Léo Vernat, responsable des achats, effectue la gestion des achats de produits et de fournitures nécessaires au fonctionnement d'OptiConfort. Il s'occupe de la relation avec les fournisseurs et de la négociation des contrats.

Cloé Phil, responsable administrative et logistique, a en charge la gestion des tâches administratives et de bureau (prise de rendez-vous, gestion des appels téléphoniques, etc.) ainsi que la gestion des plannings de suivi des commandes, la réception de la marchandise et la gestion des stocks.

Les trois opticiens sont en lien direct avec la clientèle pour les contrôles de vue, la vente de lunettes et de lentilles de contact ainsi que les réparations et réglages. Chacun gère ses dossiers clients.

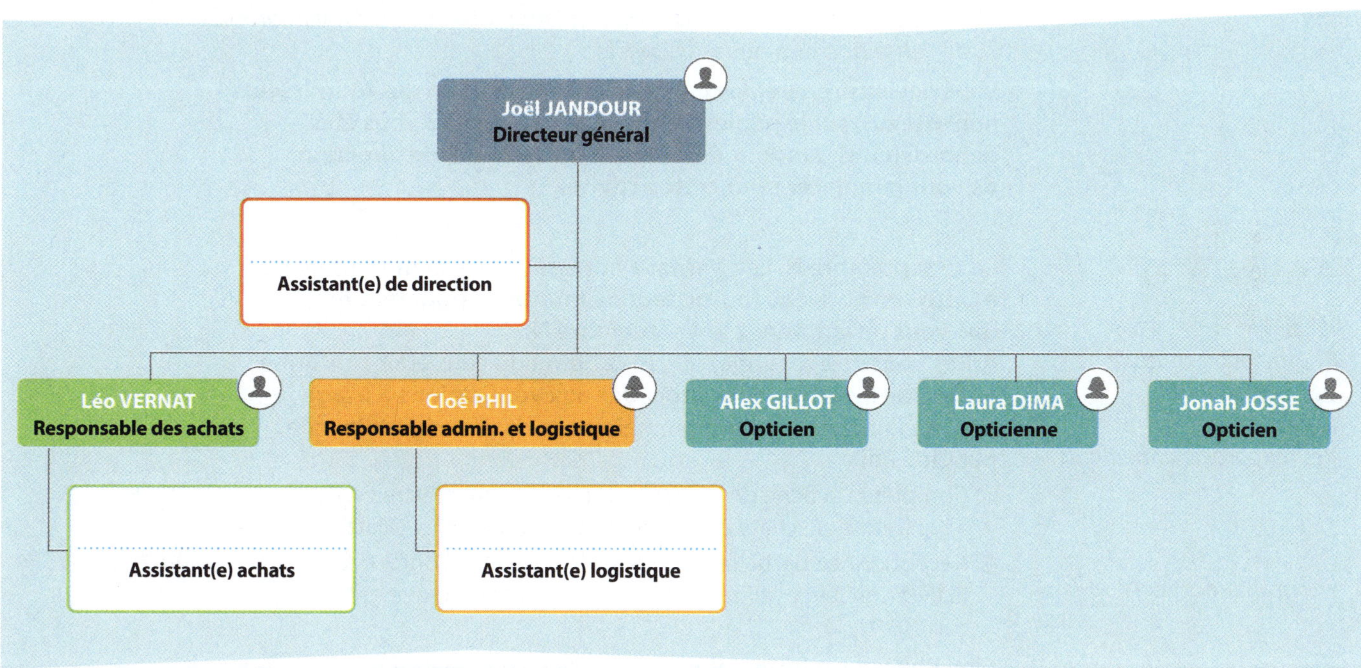

Contexte professionnel

Nous sommes le 2 septembre N. À cette période, l'activité est particulièrement intense.
Pour faire face à ce surcroît de travail, OptiConfort a dû faire appel à trois intérimaires :

- en remplacement de Léo Vernat, en congé paternité, Joël Jandour a recruté un(e) ancien(ne) stagiaire au poste d'assistant(e) achats qui connaît bien le fonctionnement du service, ce qui lui permettra d'être rapidement opérationnel(le) ;
- un(e) assistant(e) logistique, en support aux activités quotidiennes de Cloé Phil ;
- un(e) assistant(e) de direction, en soutien à Joël Jandour.

L'enseigne lumineuse doit être remplacée. Léo Vernat a lancé un appel d'offres auprès de trois entreprises spécialisées et centralisé les réponses obtenues ; il vous confie ce dossier.
En son absence, vous remettrez votre travail à Joël Jandour.
Prenez connaissance des missions qui vous sont confiées selon le service où vous êtes affecté(e).

Planification des activités

Assistant(e) achats *Chargé(e) des relations avec les fournisseurs* ………… ………… aa@opticonfort.com	**Le 2 septembre N,** ❶ Complétez le tableau de dépouillement des offres (Docs 1 à 7, Annexe 1). ❷ Sélectionnez le fournisseur qui remplit le mieux les critères de sélection (Annexe 1). ❸ Adressez un mail à votre supérieur hiérarchique en justifiant les raisons de votre choix, en y joignant le fichier de comparaison des offres (Annexe 2 et Annexe 1). **Le 4 septembre N, l'assistant(e) logistique vous remet une fiche de contrôle (Annexe 7) indiquant les anomalies qu'il(elle) a relevées à la réception de la livraison n° 2088057 du 3/09/N du fournisseur Optix. Du fait de l'absence de Léo Vernat, on vous charge de contacter le fournisseur pour lui signaler la ou les anomalies constatées afin qu'il corrige et régularise rapidement la situation.**	Excel Excel
	❹ Complétez la fiche de préparation d'un appel téléphonique (Doc 8, Annexe 7 et Annexe 3). **Le 6 septembre N, Joël Jandour a validé votre choix du fournisseur d'enseigne lumineuse.** ❺ Complétez la fiche de ce nouveau fournisseur (Doc 9, Annexe 4). ❻ Créez ensuite la fiche de ce fournisseur dans votre PGI. ❼ Informez ce fournisseur, par mail, qu'il a été choisi (mettez en copie l'assistant(e) de direction). Proposez-lui de planifier une réunion courant de semaine prochaine, selon ses disponibilités, afin de discuter des détails de la mise en place et de l'installation de l'enseigne lumineuse (Annexe 5). **Vous deviez préparer le courrier de réponse à l'un des fournisseurs non retenus, sur le papier à en-tête (Annexe 6), mais vous êtes débordé(e). M. Jandour demande à l'assistant(e) de direction de vous remplacer pour cette activité.**	PGI ODOO Word PGI ODOO
Assistant(e) logistique *Chargé(e) du contrôle des livraisons, de la gestion du stock et des réapprovisionnements* ………… ………… al@opticonfort.com	**Le 1er septembre N, Léo Vernat a adressé par mail une commande à Optix, un nouveau fournisseur de montures pour femmes, que vous réceptionnez le 4 septembre N.** **Après vous être assuré(e) que le contenu du colis était conforme au bon de livraison, vous procédez aux vérifications d'usage : pour ce faire, vous prenez connaissance des consignes laissées par Cloé Phil.** ❽ Complétez la fiche de contrôle que vous transmettrez ensuite à l'assistant(e) achats pour traitement (Docs 11 à 13, Annexe 7). ❾ Réceptionnez partiellement, dans la base OptiConfort du PGI, la livraison (avec reliquat) de cette commande créée en date du 1/09/N. **Cloé Phil vous informe que les conditions de paiement du fournisseur Optix ont changé : il faut le régler par virement à 30 jours fin de mois.** ❿ Modifiez la fiche du fournisseur dans le PGI Odoo à l'aide du mode opératoire réalisé par Cloé Phil (Doc 14). **Le 10 septembre, vous assistez Cloé Phil dans la gestion des stocks ; vous procédez aux réapprovisionnements. Pour vous aider dans cette mission, elle vous a imprimé l'état des réapprovisionnements issu du PGI Odoo (Annexe 8).** ⓫ Complétez l'extrait de l'état des réapprovisionnements (Doc 15, Annexe 8).	 Word PGI ODOO PGI ODOO Excel

	⑫ Déterminez les quantités à réapprovisionner, puis adressez un mail de commande au fournisseur Robans (Docs 15 et 16 et Annexe 9). ⑬ Préparez le bon de commande du fournisseur Steem (Docs 15 et 16 et Annexe 10). ⑭ Créez enfin les deux bons de commande dans votre PGI Odoo.	PGI ODOO
Assistant(e) de direction *Chargé(e) de la coordination de l'équipe et de l'aide à la prise de décisions* .... ad@opticonfort.com	**Le 6 septembre, vous êtes en copie du mail que l'assistant(e) achats a adressé au fournisseur Atelier Créa, sélectionné pour la pose de votre nouvelle enseigne lumineuse (Annexe 5). Alexandre Reignar, assistant commercial d'Atelier Créa, a répondu à ce mail dans les 5 minutes par un appel téléphonique dont vous avez pris note (l'assistant(e) achats n'étant pas disponible).** ⑮ Choisissez le créneau commun à M. Jandour et M. Reignar pour fixer une réunion – en visioconférence – entre ces deux professionnels (Docs 17, 18 et 19, Annexe 11). **M. Jandour souhaite que vous animiez cette réunion durant laquelle vous proposerez à M. Reignar une maquette de la future enseigne lumineuse du magasin.** ⑯ Entourez la maquette que vous choisissez de présenter à M. Reignar (Doc 17). ⑰ Préparez la réunion que vous venez de planifier en complétant la fiche de préparation de la visioconférence (Annexe 11). **L'assistant(e) achats est débordé(e). M. Jandour vous demande de le/la soulager et de préparer, à sa place, un courrier de réponse à l'un des fournisseurs non retenus, sur le papier à en-tête.** ⑱ Prenez connaissance des mails qui vous ont été transférés puis réalisez cette activité (Doc 6 et Annexe 2, Annexe 6). **Le 9 septembre au matin, vous recevez un mail de M. Jandour qui est en rendez-vous à l'extérieur. Il souhaite décorer le magasin pour les fêtes d'Halloween afin de créer une ambiance festive et d'attirer l'attention des clients pendant cette période spéciale.** ⑲ Rédigez une note de synthèse et déposez-la sur le bureau de M. Jandour qui l'étudiera à son retour (Docs 20 et 21, Annexe 12). ⑳ Joignez à cette note de synthèse le tableau de calcul des coûts prévisionnels qui intégrera des formules de calculs automatisées (Annexe 13).	 Word Word Word Excel

Activités de l'assistant(e) administratif(ve) des achats

Doc 1 Les consignes laissées par Léo Vernat

Le soleil et les intempéries ont endommagé l'enseigne lumineuse de notre magasin (dimensions : 2 900 mm × 500 mm). Il est temps de la changer. Le 16 août dernier, j'ai donc lancé un appel d'offres auprès de 3 fournisseurs spécialisés dans la conception et la pose d'enseignes lumineuses.

J'ai reçu leurs propositions.

Je vous confie ce dossier qui comporte :

- le mail de la société Arc Signal' ainsi que son projet numérique envoyé en pièce jointe ;
- la proposition d'OPS Communication envoyée par courrier ;
- le mail du fournisseur Atelier Créa ;
- le post-it laissé par M. Jandour exprimant ses attentes pour cette nouvelle enseigne lumineuse ;
- le tableau de comparaison des offres reçues.

Après études des propositions reçues, vous sélectionnerez l'offre adaptée à nos attentes en complétant le tableau de comparaison des offres.

En raison de mon absence, merci d'adresser votre proposition par mail à l'attention de M. Jandour.

Léo Vernat

Doc 2 Le post-it de M. Jandour

Je souhaite que cette nouvelle enseigne lumineuse soit en acier inoxydable et à faible consommation en énergie (LED en priorité).

Je suis attaché au respect des valeurs éthiques (écologie, environnement, etc.). Parmi les propositions que vous jugerez les plus intéressantes en termes de prix, il faudra également laisser la priorité au fournisseur le plus proche géographiquement de notre magasin (démarche RSE).

Pour cette raison, je vous ai préparé une carte de Dijon et des agglomérations environnantes.

Joël Jandour

Doc 3 La carte de Dijon et ses environs

foucherconnect.fr/24ago93

Doc 4 Le mail de la société Arc Signal'

De :	contact@arcsignal.fr
À :	leo.vernat.RA@opticonfort.com
Objet :	RE : Demande de prix
P. J. :	Projet_Arc-Signal.pdf

Bonjour monsieur Vernat,

Nous accusons réception de votre demande de prix et vous remercions de l'intérêt que vous portez à notre société.

Nous vous proposons une enseigne lumineuse élégante et moderne, rétroéclairée par des LED à faible consommation d'énergie. En pièce jointe, vous trouverez le détail chiffré de ce projet.

Nous restons à votre disposition pour tout renseignement complémentaire.

Cordialement,

Magda LENA
Responsable commerciale
Société Arc Signal'
☎ 06 25 25 62 63

Doc 5 La pièce jointe Projet_Arc-Signal.pdf

foucherconnect.fr/24ago94

Doc 6 La proposition d'OPS Communication

foucherconnect.fr/24ago95

Doc 7 Le mail d'Atelier Créa reçu le 25/08/N

De :	alexandre.reignar@ateliercrea.fr
À :	leo.vernat.RA@opticonfort.com
Objet :	RE : Demande de prix
P. J. :	ProjetchiffreArcSignal.pdf

Bonjour,

Pour faire suite à votre demande de prix, nous vous communiquons nos tarifs pour une enseigne lumineuse. Nous proposons une finition laquée de haute qualité avec un éclairage LED à faible consommation en énergie :

Désignation	Caractéristiques	Quantité	PU HT
LUMENS04X	Enseigne finition laquée acier inoxydable – LED faible consommation Dimensions : 2 900 mm × 500 mm	1	1 750 €
Déplacement		Forfait	100 €
Pose et installation		Forfait	1 250 €
Location de la plateforme d'élévation		Forfait	100 €

- Conditions de paiement : 30 jours FDM.
- Délai de réalisation à compter de l'acceptation : 3 semaines.
- Durée de validité de l'offre : 2 mois.
- Taux de TVA applicable : 20 %

N'hésitez pas à nous contacter pour tout renseignement complémentaire.
Cordialement,

Alexandre REIGNAR – Assistant commercial Atelier Créa
☎ 06 78 84 84 84 – 03 80 22 00 00
4 avenue Aristide-Briand 21000 DIJON
www.ateliercrea.fr

Doc 8 La fiche du fournisseur OPTIX issue du PGI ODOO

Doc 9 Les informations sur le nouveau fournisseur

TVA : FR31805675378 – SIRET : 343 718 586 08000
Banque : BNP PARIBAS – IBAN : FR76 3000 4000 0312 34 567 890 143
N° Compte fournisseur : 401ATE001

Annexe 1 Le tableau de comparaison des offres

foucherconnect.fr/24ago96

Annexe 2 Le mail justificatif à Joël Jandour

De : ....
À : ....
Objet : ....
P. J. : ....

....
....
....
....
....
....

Annexe 3 La fiche de préparation d'un appel téléphonique

foucherconnect.fr/24ago97

Annexe 4 La fiche fournisseur dans le PGI Odoo

- Fenêtre « Création Société »

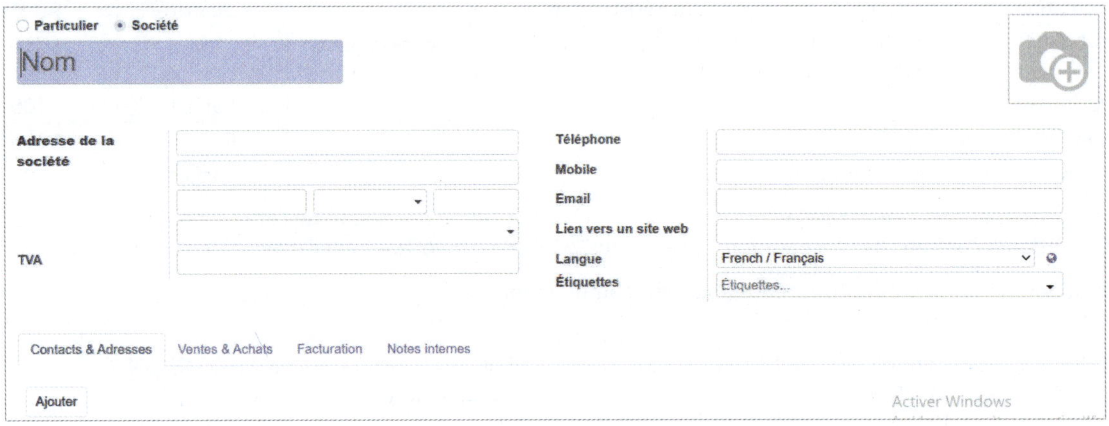

- Fenêtre « Contacts & Adresses »

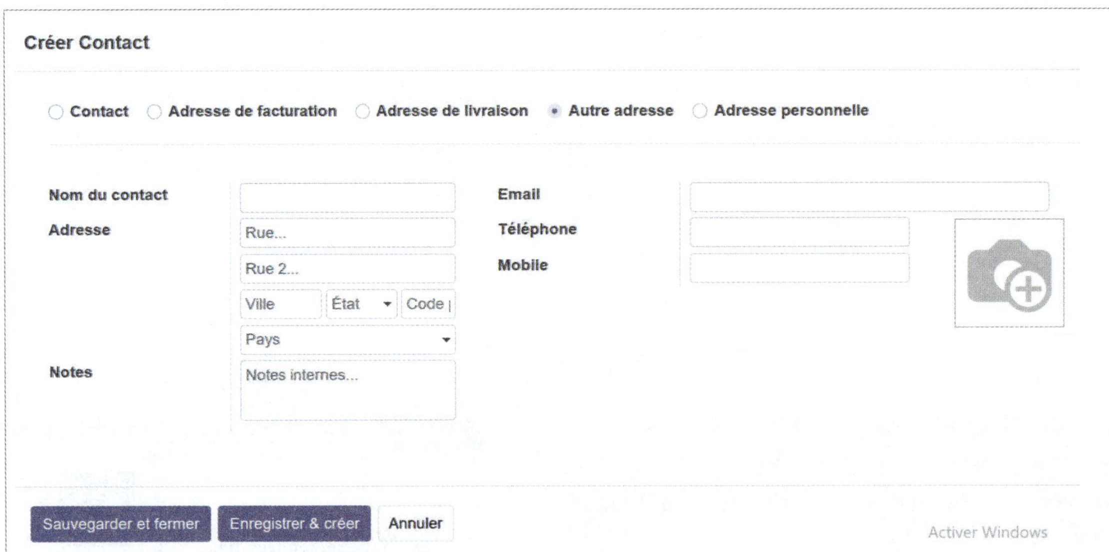

- Fenêtre « Ventes & Achats »

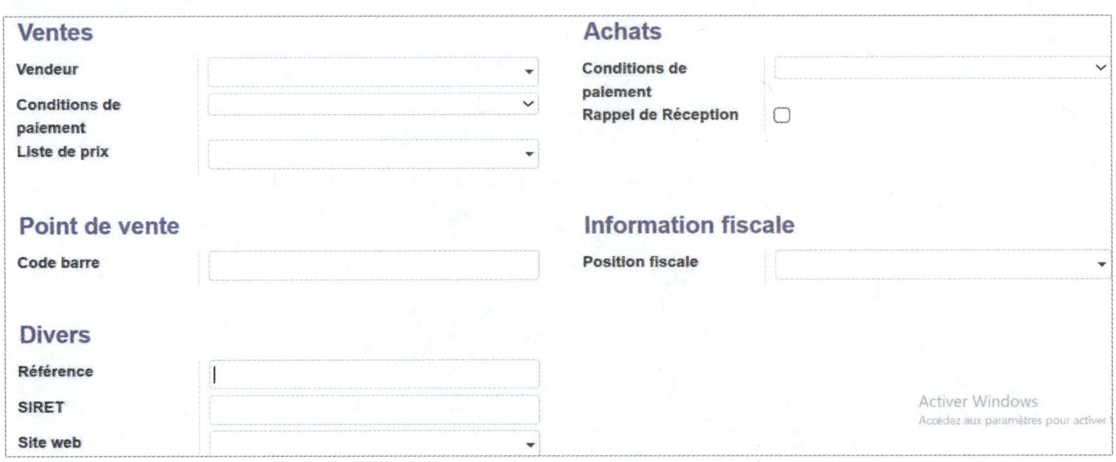

Prénom : ....
Nom : ....

Annexe 4 La fiche fournisseur dans le PGI Odoo (suite)

- Fenêtre « Facturation »

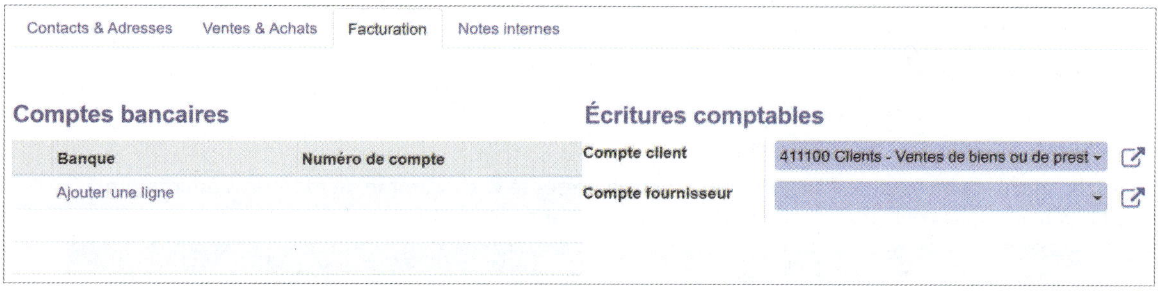

Annexe 5 Le mail adressé au fournisseur sélectionné

De :	....
À :	....
CC :	....
Objet :	....

Annexe 6 Le courrier de réponse au fournisseur non retenu

foucherconnect.fr/24ago98

Activités de l'assistant(e) logistique

Doc 10 La commande au fournisseur OPTIX France, le 1er/09/N

De :	leo.vernat.RA@opticonfort.com
À :	contact@optix.fr
Objet :	Commande de montures femmes

Bonjour,
Le 28 août dernier, votre commerciale – Mme Pitoiset – nous a présenté votre gamme de montures pour femme. Cette gamme nous plaît. Nous vous passons donc, ce jour, la commande suivante :

RÉFÉRENCE	QTÉ	DESCRIPTION	PU BRUT
FOM001	1	Monture femme 47-19 Argent	49,50
FOM002	2	Monture femme 50-19 Violet, or, rose	51,30
FOM003	2	Monture femme 48-21 Or, noir	52,62
FOM005	2	Monture femme 47-19 Or, rose, écaille	55,71
FOM009	1	Monture femme 47-19 Rouge dégradé	53,10
FOM010	2	Monture femme 48-18 Brun, or	53,10
FOM011	1	Monture femme 47-19 Rose dégradé	53,10
FOU038	2	Monture femme 47-20 Écaille, violet	54,00
FOU040	2	Monture femme 49-20 Écaille	55,71

Comme convenu avec Mme Pitoiset, les frais de « port, assurances et emballages » nous seront offerts.

Cordialement,
Léo Vernat
Responsable des Achats
OPTICONFORT

OPTICONFORT

Doc 11 Le bon de livraison n° BL2088057 du 03/09/N de la société OPTIX

foucherconnect.fr/24ago99

Doc 12 La facture n° FC1042857 du 03/09/N de la société OPTIX

foucherconnect.fr/24ago100

Doc 13 Les consignes laissées par Cloé Phil

Lors de la réception d'une commande, il faut procéder ainsi :
- vous vous assurez tout d'abord que le contenu du colis est conforme au bon de livraison (vérification de la casse éventuelle, comptabilisation des quantités livrées);
- vous devez ensuite contrôler la livraison en rapprochant le bon de livraison (ou bon de réception) de la commande passée (ou de l'accusé de réception de la commande);
- contrôlez également la facture correspondante si elle est jointe à la livraison (références et quantités à rapprocher avec la commande et le bon de livraison);
- pour vous aider à relever les éventuelles anomalies, j'ai créé une fiche de contrôle (relevé d'anomalies). Je vous demande de la compléter à chaque réception de marchandises.

Si nécessaire, une fois complétée, vous transmettez cette fiche à l'assistant(e) achats pour qu'il/elle signale rapidement au fournisseur, par téléphone, les dysfonctionnements afin qu'il corrige et régularise la situation.

Si la livraison est conforme, apposer la mention « Bon à payer » sur la facture, si celle-ci est jointe à la livraison.

Pour finir, vous pouvez stocker les articles dans l'arrière-boutique.

Cloé PHIL

Prénom : ....
Nom : ....

Doc 14 La mise à jour des conditions de paiement du fournisseur OPTIX

○ Particulier ● Société

OPTIX

OPTIX

Adresse de la société 24 rue de la Boudronnée
MORBIER Jura (FR) 39400
France

TVA FR23334175221

Téléphone
Mobile 0625625344
Email pitoiset@optix.fr
Lien vers un site web e.x. https://www.odoo.com
Langue French / Français
Étiquettes Étiquettes...

Contacts & Adresses | Ventes & Achats | Facturation | Notes internes

Ventes

Vendeur
Conditions de paiement
Liste de prix Liste de prix publique (EUR)

Achats

Conditions de paiement VIR30J
Rappel de Réception ☐

Point de vente

Code barre

Information fiscale

Position fiscale Domestique - France

Doc 15 Les consignes laissées par Cloé Phil sur le réapprovisionnement

Je vous charge de vérifier les réapprovisionnements. Voici comment procéder :
– j'ai édité un état des réapprovisionnements qui va vous permettre d'identifier les articles dont le stock minimum est atteint (stock réel < ou = au stock minimum d'alerte) ;
– pour rappel, voici le calcul qui doit vous aider à déterminer la quantité à réapprovisionner :

Quantité à réapprovisionner = Stock max. – Stock réel

Vous procéderez ensuite à la commande des quantités nécessaires auprès de nos fournisseurs concernés pour que le stock revienne à son maximum.
N.B. Dans notre secteur d'activité, nous commandons régulièrement les montures en petites quantités, car nous avons beaucoup de références en magasin et, par conséquent, une large gamme à proposer à nos clients.

Cloé PHIL

Doc 16 Les fiches fournisseurs ROBANS et STEEM

FICHE FOURNISSEUR — OPTICONFORT

Nom	ROBANS		
Code	FR008	RCS	317 857 002
Famille	Fnrs Monture	SIRET	31 785 700 200 068
Adresse		**Contact**	
Entrepôt	Allée des Dames	Nom	Élisabeth BROCAND
Bureau	19 rue Courtépée	Poste	Assistante commerciale
CP	91800	Port.	06 52 48 25 11
VILLE	BRUNOY	E-mail	contact@robans.net
Tél.	01 56 98 25 25	Site web	www.robans.com
Fax	01 56 98 25 26	**Conditions de vente**	
Livraison franco de port sous 72 heures – Paiement par virement 30 JFM			

FICHE FOURNISSEUR — OPTICONFORT

Nom	STEEM		
Code	FR012	RCS	Évry 317037431
Famille	Fnrs Etui	SIRET	31 703 743 100 021
Adresse		**Contact**	
Entrepôt	10 rue Delage	Nom	Jean-Marie SANOTTI
Bureau		Poste	Commercial
CP	91310	Port.	06 58 99 12 11
VILLE	LINAS	E-mail	contact@steem.fr
Tél.	01 64 25 58 97	Site web	www.steem.com
Fax	01 64 25 58 98	**Conditions de vente**	
Livraison franco de port sous 10 jours – Paiement comptant			

Annexe 7 La fiche de contrôle (relevé d'anomalies)

FICHE DE CONTRÔLE — OPTICONFORT	Service administratif et logistique
Date :	**Documents contrôlés :**
Fournisseur :	☐ Bon de livraison n° ....
Commande(s) n° :	☐ Facture n° ....
Date(s) commande(s) :	☐ Facture d'avoir n° ....

Livraison	Anomalie(s) constatée(s)	Observations/propositions
Date et heure de livraison	☐ Oui ☐ Non	....
Adresse de livraison	☐ Oui ☐ Non	....
Article cassé ou abîmé	☐ Oui ☐ Non	....
Article erroné	☐ Oui ☐ Non	....
Article manquant	☐ Oui ☐ Non	....
Autre anomalie de livraison	☐ Oui ☐ Non	....

Facturation	Anomalie(s) constatée(s)	Observations/propositions
Référence produit	☐ Oui ☐ Non	....
Quantité	☐ Oui ☐ Non	....
Prix	☐ Oui ☐ Non	....
Remise	☐ Oui ☐ Non	....
Frais	☐ Oui ☐ Non	....
Conditions de règlement	☐ Oui ☐ Non	....

Résultat/suite à donner :

- Si la livraison est conforme, apposer la mention « Bon à payer » sur la facture.
- Sinon, transférer la présente fiche au service achats pour régularisation.

Prénom : ....
Nom : ....

Annexe 8 Extrait de l'état des réapprovisionnements édité le 10/09/N

ARTICLE(S) À RÉAPPROVISIONNER EN FONCTION DU STOCK RÉEL – ÉDITION DU 10/09/N								
Référence article	Description	Catégorie	Stock réel	Stock min.	Stock max.	Qté en cde client	Qté à réappro.	PU d'achat
Fournisseur	ROBANS							
GL-RX3578V	Monture mixte 48-22 Or	Monture mixte	1	1	2		1	46,29
GL-RX3584V	Monture mixte 48-22 Gris	Monture mixte	0	2	3	2	....	46,29
GL-RX3582V	Monture mixte 49-20 Or	Monture mixte	0	1	2	1	....	44,06
GL-RX4246V	Monture mixte 49-19 Écaille	Monture mixte	1	1	2		....	46,29
Fournisseur	STEEM							
ET-04V1	Étui feutre gris	Étui	6	10	20		....	1,94
ET-04V3	Étui feutre marron	Étui	4	10	20		....	1,94
ET-05V2	Étui Croco rouge	Étui	15	20	25		....	3,50
ET-05V6	Étui Croco poignée bleu	Étui	16	20	25		....	3,67
ES-20X20	Essui verres 20 × 20 cm	Étui	35	40	60		....	0,75

Annexe 9 Le mail de commande au fournisseur ROBANS

De : ....
À : ....
Objet : ....

....
....
....

Référence	Description	Qté	PU Brut	Montant HT
GL-RX3578V	Monture mixte 48-22 Or	1	46,29	46,29
....	....	....	....	....
....	....	....	....	....
....	....	....	....	....
			TOTAL	....

....
....
....
....

Annexe 10 Le bon de commande n° 152 au fournisseur STEEM

Commande : ....
À : ....
Le : ....

Destinataire : ....
....
....
....

Référence	Description	Qté	PU Brut	Montant HT
ET-04V1	Étui feutre gris	....	1,94	....
....	....	....	....	....
....	....	....	....	....
....	....	....	....	....
....	....	....	....	....
			TOTAL HT	....

Livraison : ....
Paiement : ....

www.opticonfort.com – RCS Dijon B 481940330 – SIRET 48194033000017 – NAF 4778A

Activités de l'assistant(e) de direction

Doc 17 Les consignes de M. Jandour et la note relative au visuel de l'enseigne lumineuse

Je vous remercie de planifier, de préparer et d'animer une réunion en visioconférence avec l'assistant commercial d'Atelier Créa concernant le choix du visuel de notre future enseigne lumineuse :

- Commencez par bloquer un créneau d'une heure maximum pour une réunion en visioconférence;

Je vous rappelle que je débute mes journées de travail à 9 heures. Je vous laisse consulter mon agenda partagé pour trouver un créneau commun.

- Je souhaite que vous choisissiez le visuel de notre future enseigne lumineuse parmi 3 propositions (maquettes) : je vous ai laissé une note à cet effet.

Lors de cette réunion en visioconférence, il faudra donc proposer à l'assistant commercial d'Atelier Créa le visuel que vous aurez retenu et savoir s'il lui sera possible de le réaliser.

Joël Jandour

NOTE relative au visuel de notre future enseigne lumineuse	
Voici 3 propositions (maquettes) du visuel de notre future enseigne lumineuse :	MAQUETTE n° 1 OPTICONFORT — J. Jandour Votre opticien
MAQUETTE n° 2 OPTICONFORT — J. Jandour Votre opticien	MAQUETTE n° 3 OPTICONFORT — J. Jandour Votre opticien
Le fond du bandeau de l'enseigne doit comporter :	– Notre logotype. – Le texte suivant : « J. Jandour, votre opticien ».
La couleur du texte « J. Jandour, votre opticien » :	Choisir celle qui se rapproche le plus de notre charte graphique (logotype en dégradé de bleu).
La police de caractères du texte « J. Jandour, votre opticien » :	Choisir celle qui se rapproche, au plus près, du nom de notre marque sur notre logotype.

Prénom : ....

Nom : ....

Doc 18 L'agenda partagé de M. Jandour du lundi 9 au vendredi 13 septembre N

Doc 19 Les disponibilités de M. Reignar

M. Reignar est disponible pour une réunion la semaine prochaine (semaine du lundi 9 au vendredi 13 septembre N), mais il ne travaille pas après 18 heures et n'est pas disponible le mardi 10 septembre après-midi.

Doc 20 La commande au fournisseur OPTIX France, le 1er/09/N

De :	joel.jandour.RA@opticonfort.com
À :	prenom.nom.AD@opticonfort.com
Objet :	Décoration du magasin durant la période d'Halloween

Bonjour,

Je souhaite décorer notre magasin pendant la période d'Halloween pour un **budget maximum de 200 € HT** (nous pourrons réutiliser cette décoration plusieurs années de suite), car, en plus de créer une atmosphère accueillante pour nos clients, cela peut également être l'opportunité de promouvoir nos produits optiques. J'ai quelques idées :
- **décoration du magasin :** des toiles d'araignées créeront une atmosphère de maison hantée, des citrouilles (symbole d'Halloween) pourront être disposées dans tout le magasin ;
- **éclairage :** des bougies LED seront disposées au niveau de l'atelier, pour créer une ambiance tamisée ;
- **vitrine :** des stickers autocollants de sorcières pourront orner la vitrine ;
- **petits articles à offrir à nos clients :** des ballons gonflables noirs seront distribués aux enfants de nos clients.

Le fournisseur RÉTIF semble réunir tous mes critères de sélection pour l'achat de ces produits (proximité géographique de notre magasin pour réduire notre empreinte carbone et un bon rapport qualité/prix).

Je souhaite que vous réalisiez le **calcul du coût prévisionnel de ces achats** : pour vous aider dans votre mission, je mets à votre disposition un **extrait du catalogue en ligne du fournisseur RÉTIF**. Si vous n'y trouviez pas tous les articles recherchés, je vous invite à consulter le **site internet du fournisseur : www.retif.eu**.

Vous m'adresserez le fruit de votre travail sous forme d'une note de synthèse qui présentera :
- **le fournisseur RÉTIF** (coordonnées, adresse mail...) ;
- **les produits sélectionnés :** désignation, caractéristique, référence, prix, visuel...
- **les conditions générales de vente** proposées par ce fournisseur.

Vous joindrez – en annexe à cette note de synthèse – un **tableau de calcul des coûts prévisionnels réalisé sous Excel** (avec insertion de formules de calculs automatisées).

Avec mes remerciements anticipés pour votre collaboration,

OPTICONFORT
Cordialement,
Joël Jandour
Directeur général – OptiConfort

Doc 21 Extrait du catalogue en ligne de l'entreprise RÉTIF

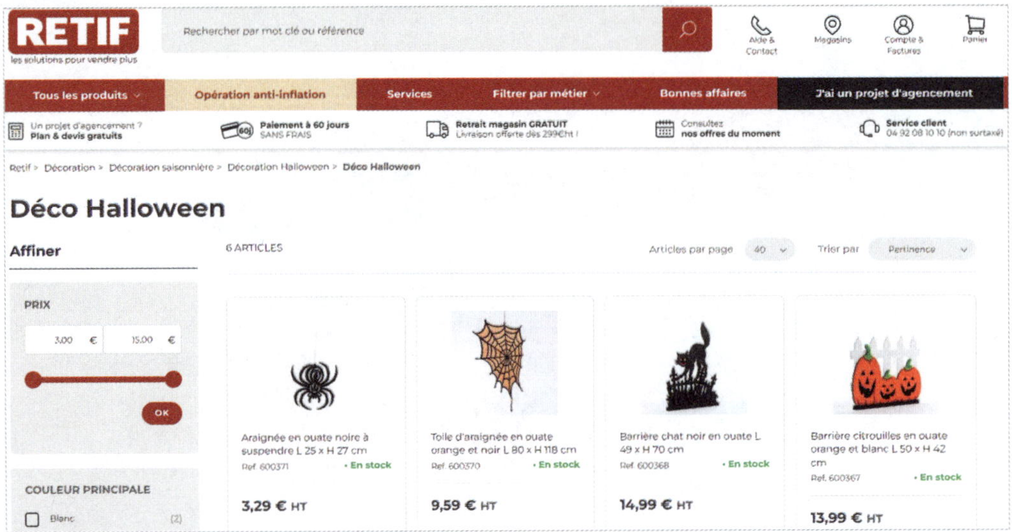

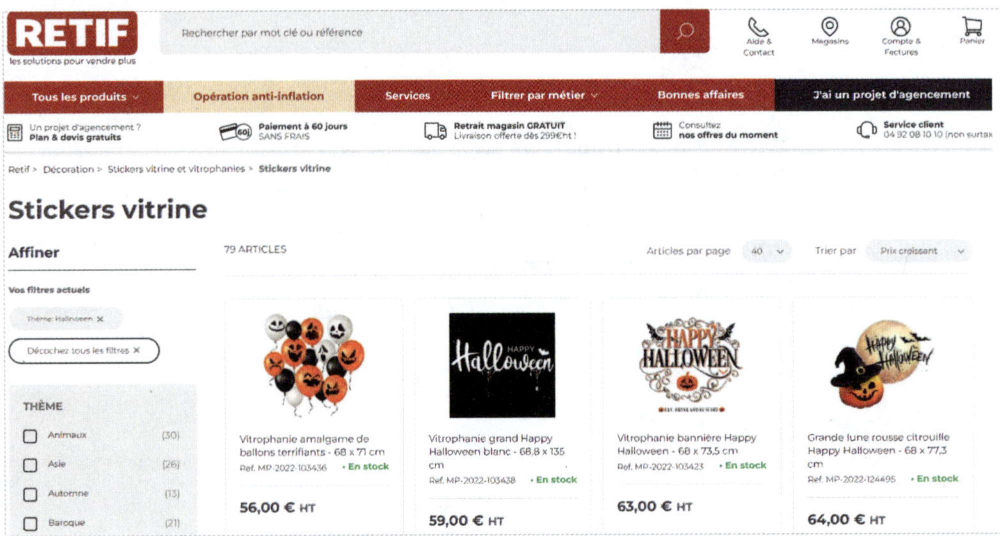

Prénom : ....
Nom : ....

Annexe 11 La préparation de la visioconférence

FICHE DE PRÉPARATION DE VISIOCONFÉRENCE

OPTICONFORT

Émetteur : ....

....

Organisateur : ....

Date de la visioconférence : ....

....

Heure de début : ....

Durée : ....

Nom du destinataire : ....

Société : ....

Service : ....

Objet de la réunion en visioconférence :

....

Lien de connexion généré et à envoyer à chacun des participants : ....

Participants à la visioconférence + leur adresse e-mail :

- ....
- ....
- ....

Déroulé de la visioconférence :

....

Résultat/suite à donner

....

Jour et créneau choisi :

....

....

Annexe 12 La note de synthèse « Décoration d'Halloween »

NOTE DE SYNTHÈSE N° ....

OPTICONFORT

Émetteur :		Date :	
Destinataire :		Objet :	

TITRE DE CIVILITÉ : ....

INTRODUCTION : ....

DÉVELOPPEMENT :

1. Informations concernant le fournisseur RÉTIF

....

2. Produits sélectionnés

Catégorie	Désignation	Caractéristiques	Référence	Prix unitaire HT	Visuel
Décoration d'intérieur					

Éclairage					
Vitrine					
Articles à offrir					

3. Conditions générales de vente du fournisseur :

....

CONCLUSION : ....

FORMULE DE POLITESSE : ....

Signataire : ....

Fonction : ....

Annexe 13 Le calculs des coûts prévisionnels des décorations d'Halloween

DÉCORATION HALLOWEEN DU MAGASIN						
COÛT PRÉVISIONNEL						
Catégorie	Désignation	Caractéristiques	Référence	Prix unitaire	Quantité	Total HT
Décoration d'intérieur						
Éclairage						
Vitrine						
Articles à offrir						
					TOTAL HT	

Scénario 4
La gestion des ventes

#Compétences
foucherconnect.fr/24ago58

Fiche d'identité de l'entreprise

Spécialisée dans le transport routier et la logistique 3PL*, Provence Distribution Logistique accompagne ses clients sur l'ensemble de la chaine d'approvisionnement. L'entreprise est basée à Brignoles dans le Var depuis sa création en 2009. Elle est fortement implantée dans la région PACA (Provence-Alpes-Côte d'Azur).

*La logistique tierce partie, ou **3PL** pour « ***Third-party logistics*** », est l'externalisation de la chaîne d'approvisionnement d'une entreprise.

Dénomination sociale	Provence Distribution Logistique
SIRET (siège)	51019513400026
Activité (Code NAF ou APE)	Transports routiers de fret de proximité (4941B)
Forme juridique RCS	SASU Société par actions simplifiée à associé unique
Tranche d'effectif	20 à 49 salariés
Capital social	300 000 €

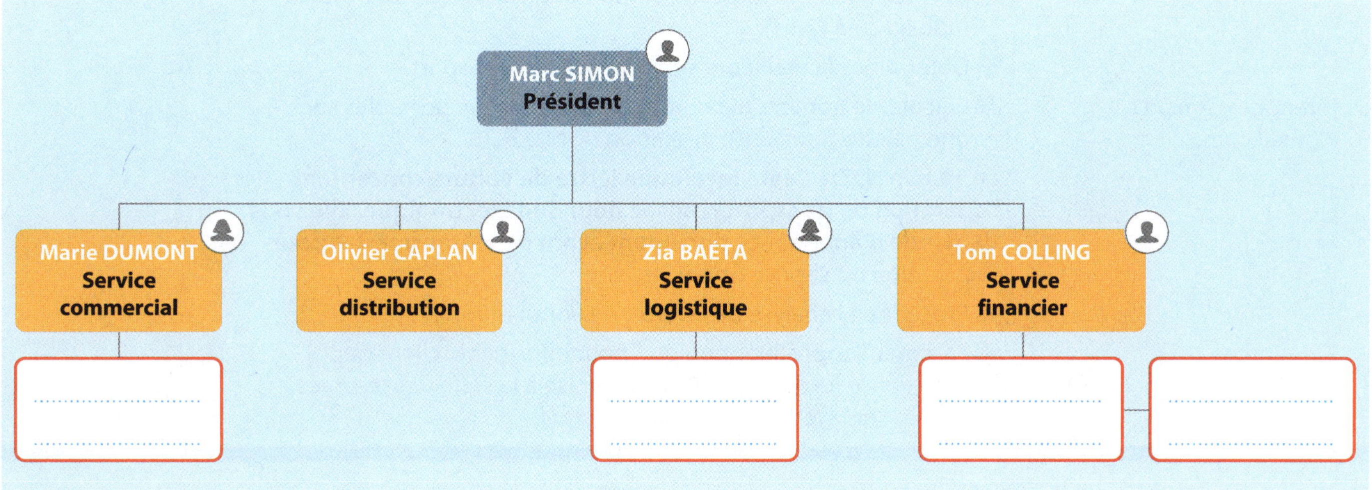

Contexte professionnel

Provence Distribution Logistique a récemment poursuivi le développement de sa couverture géographique par l'acquisition d'une nouvelle entreprise, la société MDL, basée à Nîmes (Gard), ce qui lui permet d'étendre sa zone de distribution.
Vous êtes recruté(e) à l'un des services de l'entreprise.

Planification des activités

L'entreprise fait de plus en plus appel à des CDD intérimaires pour pallier les augmentations ponctuelles d'activité. Elle a recruté 4 CDD pour répondre à ses besoins :
- un collaborateur pour le service commercial ;
- un collaborateur pour le service logistique ;
- deux collaborateurs pour le service financier.

Service commercial *En charge des relations clients.* Recrutement : 1 CDD .... (prenom.nom)_PDL @gmail.com	**Marie Dumont a décidé de créer une fiche d'information sous la forme d'un mémo pour expliquer rapidement et simplement aux intérimaires la méthode de tarification dans le transport, et plus particulièrement la notion de « poids volumétrique ».** ❶ Présentez sur texteur le mémo d'après les consignes de Marie Dumont (Doc 1). **Le 3 juin N, Marie vous confie le dossier du client Sud Électronique, qui souhaite un devis pour un transport.** ❷ Calculez le poids volumétrique de cette livraison pour pouvoir compléter le devis (Docs 1 et 2, mémo). ❸ Établissez le devis 06/025 pour le client Sud Électronique en vous appuyant sur le mail reçu et les tarifs appliqués par l'entreprise (Docs 2 et 3, Annexe 1). ❹ Insérez les formules nécessaires dans le devis informatique (Devis informatique.xlsx).	Texteur Tableur
Service logistique *En charge de l'expédition des marchandises et de la gestion des stocks.* Recrutement : 1 CDD .... (prenom.nom)_PDL @gmail.com	**Le 13 juin N, vous êtes chargé(e) de la palettisation pour le transport du matériel informatique du client Sud Électronique. Cette opération est importante car elle permet d'optimiser le transport de marchandises.** ❶ Reproduisez le tableau comparatif de la palettisation sur texteur (Annexe 2). ❷ Prenez connaissance des caractéristiques de la palettisation puis complétez le tableau comparatif de la palettisation sur le tableau créé (Doc 4). ❸ Déterminez la meilleure solution pour le transport. ❹ Calculez le nombre maximum de cartons transportables sur une palette pour cette opération (Annexe 2). **Le 14 juin N, Zia Baéta reçoit une lettre de voiture concernant l'opération de transport réalisée pour Sud Électronique. Elle vous demande d'analyser ce document avant de le transmettre pour facturation au service financier.** ❺ Procédez à l'analyse de la lettre de voiture (Doc 5, Annexe 3). ❻ Préparez l'appel téléphonique pour informer le client que l'entreprise lui accorde 20 % de remise à la suite des réserves émises sur la lettre de voiture (Annexe 4).	Texteur Texteur Texteur

Service financier *En charge de la facturation et du suivi des encaissements clients.* Recrutement : 2 CDD .... (prenom.nom)_PDL @gmail.com	**Le 15 juin N, vous devez établir la facture pour l'opération de transport du 14 juin N.** ❶ Reproduisez sur tableur la facture en insérant les formules de calculs nécessaires (Annexe 5). ❷ Enregistrez la facture sous le nom « Modele_Facture ». **Tom Colling laisse à votre attention la lettre de voiture et les tarifs de l'entreprise (Docs 3 et 5).** ❸ Renseignez-vous auprès du service logistique sur les suites à donner concernant les réserves émises par le client (Service logistique, question 6). ❹ Complétez la facture avec les éléments recueillis puis enregistrez-la sous le nom « Facture_06_153 » (Annexe 5). **L'entreprise accompagne aussi ses clients dans la gestion logistique des produits en proposant un vaste espace de stockage ainsi que son expertise dans la préparation des commandes.** **Le 20 juin N, Tom Colling reçoit en rendez-vous un client intéressé par la sous-traitance d'une partie de son activité. Vous êtes chargé(e) de procéder à la facturation au 30/06/N.** ❺ Préparez la facture n° 06/645 (Docs 3 et 6, Annexe 6).	Tableur Tableur
.... (prenom.nom)_PDL @gmail.com	**Le 30 juin N, Tom Colling vous confie le suivi des comptes clients et la gestion de la trésorerie. Plusieurs opérations sont à réaliser comme l'encaissement des chèques, le lettrage des comptes clients et le suivi du compte bancaire.** **Vous devez remettre les chèques de la deuxième quinzaine de juin en banque (Doc 7).** ❶ Reproduisez le bordereau de remise de chèques, insérez une formule de calcul et enregistrez votre travail sous le nom : « Bordereau_remise_chèques_CA » (Annexe 7). ❷ Complétez le bordereau de remise de chèques n° 64. ❸ Entourez la somme que doit le client Sud Électronique à Provence Distribution Logistique au 30/06/N (Annexe 8). ❹ Surlignez dans le compte client « Sud Électronique » les éléments correspondant à la facture 06/153 et à la remise de chèques (Annexe 8). ❺ Réalisez le lettrage du compte client « Sud Électronique » (Annexe 8). ❻ Justifiez, sous le compte client, le fait que certains éléments ne soient pas lettrés (Annexe 8). ❼ Rédigez le mail à envoyer au client Sud Électronique (Annexe 9).	Tableur Messagerie électronique

Activités du service commercial

Doc 1 Les consignes de Marie Dumont

Merci de créer un mémo sur la méthode de tarification dans le transport structuré en deux points : définition du poids volumétrique et méthode de calcul.

Pour vous aider à rédiger le mémo, vous pouvez vous aider de la vidéo suivante :

VIDÉO foucherconnect.fr/24ago59

Vous adopterez une présentation très claire pour faciliter la consultation du mémo.

Doc 2 Le mail de Sud Électronique

De :	contact@sudelectronique.com
À :	PDL@gmail.com
Date :	3 juin N
Objet :	Devis à établir

Bonjour Mme Dumont,

Pouvez-vous établir rapidement un devis pour un transport de Marseille à Nîmes prévu pour le 14 juin N ?
La prestation concerne le chargement, le transport et le déchargement de 6 palettes (caractéristique palette en mètre : L 0,8 – l 1,2 – H 1,56) de matériels informatiques à livrer à l'entreprise Microconcept, route de la Sablière 30000 Nîmes, au départ de Sud Électronique, 39 rue Gaston de Flotte 13012 Marseille.

Cordialement
Jean Dubreuil

Doc 3 Les tarifs HT de Provence Distribution Logistique

Poids volumétrique	VAR	Zone A	Zone B
Entre 0 et 10 kg	25 €	30 €	38 €
Entre 11 et 50 kg	28 €	34 €	42 €
Entre 51 et 100 kg	30 €	36 €	45 €
Entre 101 kg et 500 kg	35 €	42 €	53 €
Entre 501 et 1 000 kg	40 €	48 €	60 €
Entre 1 001 et 2 000 kg	48 €	58 €	72 €
Entre 2 001 et 3 000 kg	57 €	68 €	86 €

Zone A : Alpes Maritimes, Bouches du Rhône, Vaucluse
Zone B : Gard, Hérault

Stockage site de Brignoles Prix HT au m²		
Superficie de stockage	**Classique**	**Tempéré**
Entre 0 et 25 m²	5,60	7,84
Entre 26 et 50 m²	5,40	7,56
Entre 51 et 75 m²	5,20	7,28
Entre 76 et 100 m²	5,00	7,00
Entre 101 et 150 m²	4,75	6,65
Entre 151 et 200 m²	4,50	6,30

Main-d'œuvre HT	
Forfait Pilotage des appros	125,00 € / mois
Forfait Gestion de stocks	175,00 € / mois
Forfait Préparation de commande	250,00 € / mois
Chargement / Déchargement	15,00 € Unité
Arrimage	Gratuit
Opération de transport Express par un véhicule dédié et un chauffeur agréé.	50 € Var
	75 € Zone A
	100 € Zone B

Les prestations annexes de transport effectuées par l'entreprise sont principalement des opérations de chargement et de déchargement. L'arrimage des marchandises dans le véhicule de transport est de la responsabilité exclusive du conducteur.

Prénom : ....
Nom : ....

Annexe 1 Le devis pour le client Sud Électronique

....
....
....
....

DEVIS n° ....

....
....
....

DATE : ....
Lieu de chargement : ....

Mode de Transport : ....
Lieu de déchargement : ....

Désignation	Poids volumétrique	Zone	Montant (en €)
....	....	....	....
....	....	....	....
....	....	....	....
....	....	....	....
Total :	....	Total HT	....
		TVA 20 %	....
		Total TTC	....

Ce devis est valable un mois et doit nous être retourné signé pour engager la prestation.	SIGNATURE DU CLIENT

SASU au capital de 300 000 € - Tél : 04 94 72 02 60 - APE 4941B - SIRET 510 195 134 00026 - TVA intra FR 35769864531

Activités du service logistique

Doc 4 Les caractéristiques de palettisation

Palettes Europe non gerbables
Dimension en cm : 120 / 80
Hauteur maximum : 150

Dimension des cartons standards
Hauteur : 30 Largeur : 34,5 Longueur : 54,5

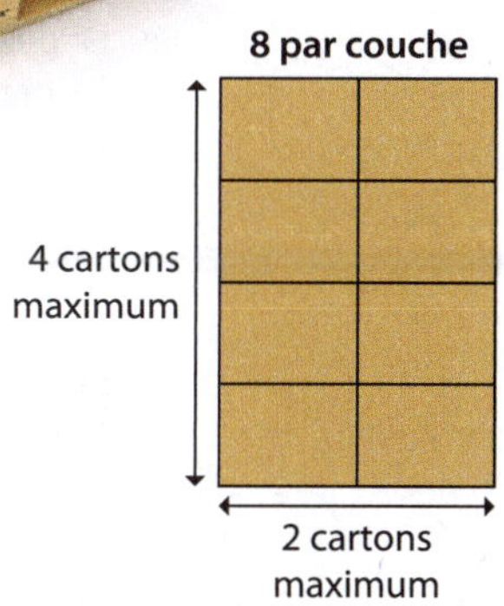

La palettisation consiste à placer les marchandises sur une palette afin de leur assurer une protection optimale, puis à la cercler à l'aide d'un film de palettisation.

Annexe 2 Le tableau comparatif de palettisation

	Solution 1		Solution 2	
Longueur (120 cm)	120 / 34,5	....	120 / 54,5	....
Largeur (80 cm)	80 / 54,5	....	80 / 34,5	....
Nombre total de cartons par couche		....		....

Nombre maximum de couches par palette	....
Nombre maximum de cartons par palette	....

Doc 5 La lettre de voiture

Transporteur	Transport payé par :	Destinataire	Expéditeur	Lettre de voiture nationale
Provence Distribution Logistique	Prix du transport			N° 6534
1940 av. des Chênes verts 83170 BRIGNOLES	Contre remboursement			Date : 14/06/N
	Taxes diverses			Immat. Véhicule : AZ - 675 – RT
	Frais accessoires			Immat. Remorque : TR - 297 – DT
	Total HT			Conducteur : Kévin Mercier
	TVA			Devis N° 06/025
	Total TTC			

Nombre	Nature des marchandises	Poids	ML/M3	Valeur	
6	Palette Matériels informatiques		9 m^3		*Instructions :* Livraison avant 9 heures. M. Lery 06 79 43 12 65
					Donneur d'ordres : Sud Électronique Marseille Jean Dubreuil 07 56 34 18 90

Palettes : Europe ☐ Autres : 80 x 120 ☐ 100 x 120 ☐	Chargées 6 palettes	Rendues 6 palettes	Livrées 6 palettes	Rendues 6 palettes	Non Rendues	Marchandise dangereuse ☐ Transport sous température dirigée ☐

Expéditeur / Remettant	Destinataire / Lieu de livraison
Sud Électronique 39 Rue Gaston de Flotte 13012 Marseille Arrivée à 06 h 30 Le 14/06/N Départ à 07 h 00 .... Le 14/06/N	Microconcept Route de la Sablière 30000 Nîmes Arrivée à 10 h 00 Le 14/06/N Départ à 10 h 30 .... Le 14/06/N
Prestations annexes :	**Prestations annexes :** Déchargement par le conducteur

Le conducteur :	Le remettant :	Le conducteur :	Le destinataire :
Kévin Mercier	Sud Électronique	Kévin Mercier	Microconcept
Le 14/06/N	Le 14/06/N	Le 14/06/N	Le 14/06/N
Réserves éventuelles :	Réserves éventuelles :	Réserves éventuelles :	Réserves éventuelles : Retard de livraison 1 palette abîmée (refusée). Cartons enfoncés sur le côté gauche.

Lorsqu'une marchandise est reçue, il faut procéder à une vérification. Le destinataire peut alors se rendre compte qu'elle ne correspond pas à ce qu'il avait commandé. Le réceptionnaire peut relever des « manquants totaux ou partiels », des avaries ou un retard. Il doit alors formuler des réserves. Les réserves doivent être datées, écrites, signées et accompagnées d'un cachet commercial.

Prénom : ....
Nom : ....

Annexe 3 Votre tableau d'analyse

Titre du document	
Date	
Expéditeur	
Destinataire	
Client (Donneur d'ordre)	
Transporteur	
Nom du conducteur	
Marchandise transportée	
Nature des réserves émises par Microconcept	
Responsable des dommages	
Conséquences pour l'entreprise	

Annexe 4 La fiche d'appel téléphonique

Par : .... **Pour :** ....

Appel émis le : .... **Entreprise :** ....

Activités du service financier

Annexe 5 La facture de transport

....
....
....
....

DOIT

....
....
....

DATE : ....

Facture N° ....

Mode de Transport : .... Lettre de voiture n° ....

Lieu de déchargement : .... Lieu de déchargement : ....

Désignation	Poids volumétrique	Zone	Montant (en €)
....	....	....	....
....	....	....	....
....	....	....	....
....	....	....	....
Total :	....	Total brut	....
		Remise	....
		Total net HT	....
		TVA 20 %	....
		Total TTC	....

SASU au capital de 300 000 € - Tél : 04 94 72 02 60 - APE 4941B - SIRET 510 195 134 00026 - TVA intra FR 35769864531

Doc 6 Un extrait du contrat de sous-traitance

Après avoir reçu M. Tomassini en rendez-vous ce jour, il a été convenu ce qui suit :

L'entreprise Provence Distribution Logistique assurera pour la SARL Tomassini basée au 25 avenue de la République – 83000 TOULON la fonction de sous-traitant. En cette qualité, les rôles suivants lui sont attribués :
- mise à disposition d'un espace de stockage d'une surface de 120 m² (4/5 en classique et 1/5 en tempéré) sur le site de Brignoles ;
- pilotage des approvisionnements ;
- gestion de la préparation des commandes.

Les opérations de stockage et de logistique font l'objet d'une facturation sur la base d'un forfait mensuel.
Les opérations de transport seront effectuées par la SARL Tomassini sauf situation exceptionnelle.
La facturation aura lieu en fin de mois et regroupera toutes les prestations fournies à la SARL Tomassini.

Prénom : ....
Nom : ....

Annexe 6 La facture de sous-traitance

....
....
....
....

DOIT

....
....
....

DATE : ....

Facture N° ....

Désignation	Quantité	Prix unitaire	Montant (en €)
		Total brut	
		Remise	
Règlement par virement.		Total net HT	
		TVA 20 %	
		Total TTC	

SASU au capital de 300 000 € - Tél : 04 94 72 02 60 - APE 4941B - SIRET 510 195 134 00026 - TVA intra FR 35769864531

Doc 7 Les chèques du mois de juin N

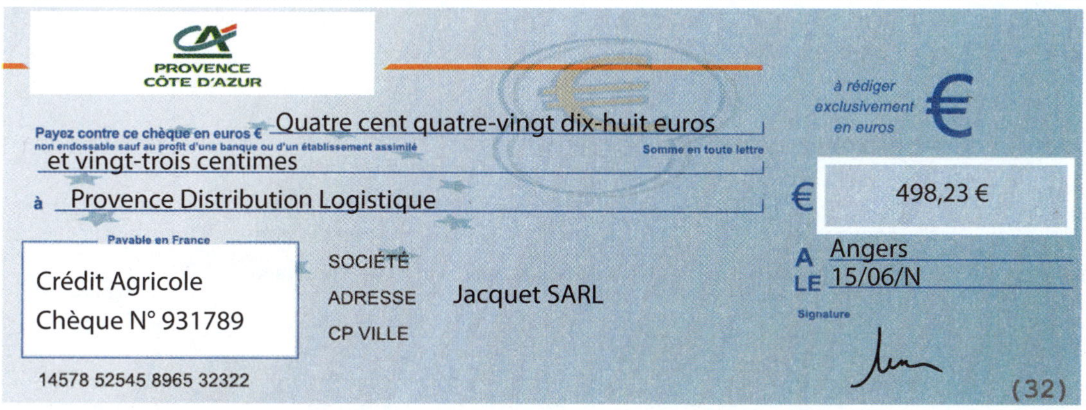
PROVENCE CÔTE D'AZUR

Payez contre ce chèque en euros € Quatre cent quatre-vingt dix-huit euros
non endossable sauf au profit d'une banque ou d'un établissement assimilé
Somme en toute lettre
et vingt-trois centimes
à Provence Distribution Logistique

à rédiger exclusivement en euros

€ 498,23 €

A Angers
LE 15/06/N

Signature

Payable en France
Crédit Agricole
Chèque N° 931789

SOCIÉTÉ
ADRESSE Jacquet SARL
CP VILLE

14578 52545 8965 32322

(32)

999999 010027847 856231456

Crédit Mutuel
Maine-Anjou, Basse-Normandie

Payez contre ce chèque non endossable Cent vingt-sept euros et trente-quatre
Sauf au profit d'une banque ou d'un établissement assimilé
somme en toutes lettres
centimes
A Provence Distribution Logistique

à rédiger exclusivement en euros

€ 127,34 €

CE-060809 Payable en France
N° de compte
15236 00060 07 000654 56 36 0000256

Crédit Mutuel
Chèque N° 359245

Sud Électronique

A Angers
Le 22/06/N

Signature

Chèque N° Série BB Chèque n° 359245 (22)

359245 0230021566985 00700065456

Doc 7 Les chèques du mois de juin N (suite)

LA BANQUE POSTALE

Payez contre ce chèque en euros € Huit cent soixante-cinq euros et vingt-cinq centimes
non endossable sauf au profit d'une banque ou d'un établissement assimilé
Somme en toute lettre

à Provence Distribution Logistique

à rédiger exclusivement en euros €

€ 865,25 €

A Angers
LE 25/06/N

Payable en France
La Banque Postale
TEL 99-99-99-99-99
75
CHÈQUE N° 672514

SOCIÉTÉ
ADRESSE Coop du Sud
CP VILLE

Signature

14578 52545 8965 32322

(32)

999999 ⑈01002784⑆ 856231456⑇

BANQUE POPULAIRE +X

Payez contre ce chèque non endossable Mille deux cent quarante-cinq euros
Sauf au profit d'une banque ou d'un établissement assimilé
somme en toutes lettres
et quatre-vingt six centimes

A Provence Distribution Logistique

à rédiger exclusivement en euros €

€ 1 245,86 €

CE-060809 Payable en France

Banque Populaire
Chèque N° 359543

N° de compte
15236 00060 07 000654 56 36 0000256

SA Legall

A Angers
Le 18/06/N

Signature

Chèque N° Série BB Chèque n° 359543 (22)

359543 0230021566985 00700065456

Annexe 7 Le bordereau de remise de chèques

BORDEREAU DE REMISE DE CHÈQUES

PROVENCE CÔTE D'AZUR

N° de compte : 00005632896		N° remise :		Nbr de chèques : ......
	Identification de l'émetteur	**N° Chèque**	**Nom de la banque**	**Montant**
1				
2				
3				
4				
5				
			Montant	

Prénom : ....
Nom : ....

Annexe 8 Le compte client « Sud Électronique »

411067 - Sud Électronique – Délais de paiement 30 jours					
Date	Libellé	Débit	L	Crédit	Solde
05/05/N	Facture 05/095 Sud Électronique	225,9	....		225,9
12/05/N	Facture 05/108 Sud Électronique	48,4	....		274,3
08/05/N	Sud Électronique Ch 523985		....	225,9	48,4
20/05/N	Facture 05/154 Sud Électronique	275,94	....		324,34
25/05/N	Facture 05/189 Sud Électronique	134,68			459,02
30/05/N	Virement Sud Électronique		....	324,34	134,68
09/06/N	Facture 06/057 Sud Électronique	127,34 €	....		262,02
15/06/N	Facture 06/124 Mude Élec	294,49			556,51
17/06/N	Facture 06/153 Sud Électronique	97,92			654,43
22/06/N	Sud Électronique Ch. 359245		....	127,34	527,09
				Solde au 30/06/N	527,09 €

Annexe 9 Le mail au client Sud Électronique

De :	....
À :	contact@sudelectronique.com
Date :	30 juin N
Objet :	....
Pièces jointes :	

Interview métier 1

Assistant(e) de gestion

LINE : ***Bonjour Mme Lefebvre. Dans le cadre de notre intégration en seconde professionnelle, nous constituons pour notre classe une base de fiches métiers. Accepteriez-vous de répondre à quelques questions ?***
ANAÏS : Je suis à ton écoute…

LINE : ***Quel est votre métier et en quoi consiste-t-il ?***
ANAÏS : Je suis l'assistante de gestion de la crèche Baybies. Je m'occupe un peu de tout : de la communication, des tâches administratives, de la comptabilité...

LINE : ***Quelles sont vos principales missions ?***
ANAÏS : Je suis multitâche ! Je traite les dossiers clients (inscriptions, contrats, factures, règlements...) et les relations avec les fournisseurs. J'assure les tâches administratives courantes (téléphone, courrier, plannings) et la communication, notamment sur le site internet et les réseaux sociaux...

LINE : ***Vous faites également de la comptabilité. Pouvez-vous m'expliquer ?***
ANAÏS : J'enregistre les factures d'achats et de ventes dans le logiciel comptable, et j'assure la gestion de la trésorerie.

LINE : ***Et qui s'occupe de la gestion du personnel ?***
ANAÏS : C'est mon directeur. Moi, je l'assiste dans les tâches courantes : les formalités, le suivi des absences et des congés, et chaque mois la préparation de la paie…

LINE : ***Mais comment faites-vous pour vous y retrouver ?***
ANAÏS : Je dois être très organisée et très rigoureuse. J'utilise de nombreux outils informatiques. Ce métier exige d'être polyvalent et de savoir s'adapter. Il faut avoir le sens du relationnel, sans oublier une parfaite connaissance de l'entreprise et de son secteur d'activité.

LINE : ***Est-ce un métier difficile ?***
ANAÏS : Pas du tout, c'est un métier très riche. Les journées sont bien remplies. Je suis fière du travail que j'accomplis car je viens véritablement en appui de tous les personnels de la structure.

LINE : ***Quel est votre parcours professionnel ?***
ANAÏS : Après mon bac pro Gestion-Administration, j'ai suivi un BTS GPME en alternance dans une entreprise de menuiserie. Une fois mon diplôme en poche, ils m'ont proposé un CDI. J'y suis restée 5 ans avant d'avoir cette opportunité de travailler chez Baybies. J'avais envie de changement.

À partir de l'entretien ci-contre, complétez votre fiche d'analyse.

Quelles sont les qualités requises ?

....

Ce qui me plaît :

....

Ce qui me plaît moins :

....

Quelle orientation faut-il privilégier à la fin de la seconde pour exercer ce métier ?

....

Pour en savoir +

Vidéo : Assistant(e) de gestion, découvrir un métier – 2 min 19
Fiche de poste : Assistant(e) de gestion en PME/PMI

foucherconnect.fr/24ago82

nterview métier 2

Assistant(e) administratif(ve)

ÉVA : ***Bonjour Kenza. Je suis en 2de bac pro GATL. Je dois réaliser un diaporama sur le métier d'assistant(e) administratif(ve). Pouvez-vous m'accorder un peu de votre temps ?***
KENZA : Je suis à ton écoute…

ÉVA : ***Quel est votre cadre de travail ?***
KENZA : Je suis salariée chez Nidec Leroy Somer, une entreprise industrielle. Je travaille dans un open-space, en collaboration avec mes collègues des autres services.

ÉVA : ***En quoi consiste votre métier ?***
KENZA : J'assiste mon supérieur hiérarchique dans la réalisation de différentes tâches administratives. Je m'occupe de l'accueil des visiteurs, la prise de rendez-vous, la rédaction de documents professionnels, la préparation de réunions de travail, l'organisation de déplacements…

ÉVA : ***Et que préférez-vous faire ?***
KENZA : J'apprécie beaucoup le côté relationnel avec les collègues ou les partenaires externes. J'aime aussi organiser les déplacements (trajets, réservations…). Je dois tout anticiper et cela rend mes journées de travail très variées !

ÉVA : ***Et ce que vous trouvez le moins intéressant ?***
KENZA : Le classement des dossiers, tâche peu gratifiante, mais pourtant indispensable : en cas de litige ou d'anomalie, il est essentiel de pouvoir retrouver rapidement le document dont on a besoin !

ÉVA : ***D'après vous, quelles qualités doit-on posséder pour être un(e) bon(ne) assistant(e) administratif(ve) ?***
KENZA : Il faut être rigoureux(se), avoir le sens de l'organisation, de l'analyse et de la synthèse, être autonome, avoir un bon niveau d'orthographe et d'anglais… J'oubliais, il faut aussi, bien sûr, avoir de bonnes qualités relationnelles et faire preuve de discrétion. La maîtrise des outils bureautiques est indispensable.

ÉVA : ***Quels diplômes avez-vous obtenus ?***
KENZA : Après mon bac pro Gestion administration, l'ancien bac pro AGOrA, j'ai obtenu un BTS Assistant de gestion PME-PMI.

À partir de l'entretien ci-contre, complétez votre fiche d'analyse.

Quelles sont les qualités requises ?

....

....

....

....

....

....

....

Ce qui me plaît :

....

....

....

....

....

Ce qui me plaît moins :

....

....

....

....

....

Quelle orientation faut-il privilégier à la fin de la seconde pour exercer ce métier ?

....

....

....

en savoir +

Vidéo : Le métier d'assistant(e) administratif(ve) – 5 min 13
Vidéo : Témoignage : assistante de direction – 2 min 20
Fiche de poste : Assistant(e) administratif(ve)

foucherconnect.fr/24ago83

Interview métier 3

Assistant(e) en ressources humaines

Luc : ***Bonjour Gabrielle. Je suis en 2de bac pro GATL et j'envisage d'être assistant en ressources humaines. Pourriez-vous me donner quelques informations sur votre métier ?***
Gabrielle : Avec plaisir. Je vous écoute.

Luc : ***Je souhaiterais que vous me parliez de votre espace de travail.***
Gabrielle : Je travaille chez Océaform, un institut de beauté doté d'un complexe sportif novateur. Je dispose d'un bureau fermé à côté de celui du directeur des ressources humaines.

Luc : ***Quelles sont les tâches qui vous sont confiées ?***
Gabrielle : Globalement les mêmes tâches que celles traitées par l'assistante administrative, mais plus spécialisées dans les ressources humaines. Je suis amenée à aider le DRH dans le recrutement. J'interviens dans la préparation de la paie, la gestion des absences et des congés et aussi l'organisation des actions de formation. En fait, mon domaine d'activité est très varié : je gère le dossier du salarié de son entrée dans l'entreprise à son départ.

Luc : ***Qu'est-ce que vous appréciez le plus ?***
Gabrielle : C'est un poste polyvalent qui me permet d'être en relation constante avec tous les collaborateurs de l'entreprise.

Luc : ***Et ce qui vous semble le plus difficile ?***
Gabrielle : Il est parfois difficile de maintenir une bonne ambiance de travail, surtout quand l'entreprise rencontre des difficultés et qu'il est nécessaire de licencier. Il faut savoir prendre du recul et ne pas se laisser submerger par ses sentiments.

Luc : ***D'après vous, quelles sont les qualités essentielles pour exercer ce métier ?***
Gabrielle : Il faut être rigoureux(se), méthodique, organisé(e) et surtout faire preuve d'aisance relationnelle et de discrétion.

Luc : ***Pouvez-vous me parler de votre parcours scolaire ?***
Gabrielle : Après mon bac pro Gestion administration, j'ai obtenu un BTS SAM, Support à l'action managériale. Ensuite, je me suis spécialisée en passant une licence pro Droit, économie option gestion des ressources humaines.

À partir de l'entretien ci-contre, complétez votre fiche d'analyse.

Quelles sont les qualités requises ?

....

....

....

....

Ce qui me plaît :

....

....

....

....

....

....

....

Ce qui me plaît moins :

....

....

....

....

....

....

Quelle orientation est à privilégier à la fin de la seconde pour exercer ce métier ?

....

....

....

Pour en savoir +

Vidéo : Le métier d'assistant(e) des ressources humaines chez Dalkia – 1 min 34
Fiche de poste : Assistant(e) en ressources humaines

foucherconnect.fr/24ago84

Assistant(e) comptable

Arthur : *Bonjour Florence. Je suis en stage au service achat d'Océaform. Pourriez-vous me dire en quoi consiste votre travail d'assistante comptable ?*
Florence : Oui, bien sûr. Que voulez-vous savoir ?

Arthur : *Tout d'abord, quel est le rôle du service financier ?*
Florence : Le service financier veille à la situation financière de l'entreprise : il analyse les comptes, étudie les stratégies envisagées, établit les budgets…

Arthur : *Et vous, en quoi consiste votre travail ?*
Florence : Je m'occupe principalement de la comptabilité courante et du suivi de la trésorerie. Au quotidien, j'enregistre les achats, les ventes, les transactions bancaires. Je procède aux règlements des fournisseurs, je remets en banque l'argent reçu des clients. Et puis, chaque mois, je rassemble les informations nécessaires à la préparation des bulletins de salaire, des déclarations sociales et fiscales.

Arthur : *Qu'est-ce qui vous plaît le plus dans votre métier ?*
Florence : J'aime être en relation permanente avec les différents services, mais aussi avec de nombreux partenaires. J'ai une visibilité sur tout ce qui se passe chez Océaform et je peux même signaler d'éventuels dysfonctionnements.

Arthur : *Est-ce que c'est un métier difficile ?*
Florence : C'est un métier relativement calme, qui demande de la concentration, mais il y a bien des périodes plus tendues où il faut tenir les délais, comme en fin de mois avec la préparation de la paie ou en période de bilan. Là, il ne faut pas se laisser déborder et savoir prioriser ses tâches.

Arthur : *Quelles sont les qualités requises pour exercer ce métier ?*
Florence : Il faut aimer les chiffres, être rigoureux(se) et précis(e), autonome et organisé(e). Il faut aussi avoir le sens des responsabilités, et être à l'aise avec l'outil informatique.

Arthur : *Et quelle formation faut-il ?*
Florence : Le minimum, c'est un bac avec de la compta, mais les entreprises embauchent davantage avec un BTS Comptabilité et gestion ou un DUT Gestion des entreprises et des administrations. Moi, j'ai le BTS.

À partir de l'entretien ci-contre, complétez votre fiche d'analyse.

Quelles sont les qualités requises ?

……………………………………………………………
……………………………………………………………
……………………………………………………………
……………………………………………………………

Ce qui me plaît :

……………………………………………………………
……………………………………………………………
……………………………………………………………
……………………………………………………………
……………………………………………………………
……………………………………………………………

Ce qui me plaît moins :

……………………………………………………………
……………………………………………………………
……………………………………………………………
……………………………………………………………
……………………………………………………………
……………………………………………………………

Quelle orientation faut-il privilégier à la fin de la seconde pour exercer ce métier ?

……………………………………………………………
……………………………………………………………
……………………………………………………………

en savoir +

Vidéo : Beau travail : aide-comptable – 1 min
Fiche de poste : Assistant(e) comptable

foucherconnect.fr/24ago85

Interview métier 5

Affréteur(se)

Capucine : *Bonjour Adrien. Je suis en 2de bac pro GATL. Je dois réaliser une affiche sur le métier d'affréteur(se). Pouvez-vous répondre à quelques questions ?*
Adrien : Oui, bien sûr ! De quelles informations as-tu besoin ?

Capucine : *Pouvez-vous m'expliquer vos conditions de travail ?*
Adrien : Je suis salarié chez Easydis, spécialisée dans la livraison des enseignes du groupe CASINO. Je travaille dans un bureau organisé en open-space afin de communiquer facilement avec mes collègues.

Capucine : *À quoi ressemble votre « journée type » ?*
Adrien : Cela commence toujours par une demande de transport de marchandises. J'en identifie alors la nature pour trouver le moyen de transport approprié (avion, navire, camion…), avec le meilleur rapport qualité/prix et surtout dans le respect des délais. Ensuite, j'assure toutes les tâches administratives découlant de ces opérations : réaliser les devis, préparer les dossiers, traiter les ordres des chargeurs, établir les factures et gérer les litiges éventuels entre le client et le transporteur…

Capucine : *Quelles tâches appréciez-vous le plus ?*
Adrien : Tout me plaît ! Mais si je dois choisir, ce serait le contrôle de la bonne exécution du transport, car c'est indispensable de satisfaire mon client. J'aime aussi communiquer avec les différents partenaires.

Capucine : *Et celles qui sont le moins motivantes ?*
Adrien : Le contrôle des factures des transporteurs, ainsi que le classement des bons de livraison, c'est parfois ennuyeux. Toutefois, ces tâches sont indispensables pour le suivi des dossiers, notamment la réalisation des factures et donc… des règlements des clients !

Capucine : *D'après vous, quelles sont les qualités pour s'épanouir dans ce métier ?*
Adrien : Elles sont nombreuses ! Il est nécessaire d'avoir une certaine aisance relationnelle, d'être réactif(ve), dynamique, autonome, et d'avoir le sens de l'organisation. Il faut aussi bien connaître le droit des transports, le droit des affaires, le droit international et surtout parler anglais ! La maîtrise de l'outil informatique et des technologies de l'information et de la communication est un atout.

Capucine : *Quel est votre parcours scolaire ?*
Adrien : Après mon bac pro Logistique, j'ai obtenu un BTS Transport par alternance chez Easydis, puis j'y ai été engagé en CDI.

À partir de l'entretien ci-contre, complétez votre fiche d'analyse.

Quelles sont les qualités requises ?

………………………………………………………………

Ce qui me plaît :

………………………………………………………………

Ce qui me plaît moins :

………………………………………………………………

Quelle orientation faut-il privilégier à la fin de la seconde pour exercer ce métier ?

………………………………………………………………

Pour en savoir +

Vidéo : Le métier d'affréteur – 2 min 58
Fiche de poste : Affréteur(se)

foucherconnect.fr/24ago86

Agent(e) de transit

Gabriel : *Bonjour Mireille. Je prépare un article sur les métiers du transport pour le journal du lycée. Auriez-vous du temps à m'accorder pour répondre à quelques questions ?*
Mireille : Oui, avec plaisir. Qu'est-ce que tu aimerais savoir ?

Gabriel : *Tout d'abord, quel est votre métier ?*
Mireille : Je suis agente de transit chez Kuehne+Nagel depuis quatorze ans. L'entreprise est présente dans une centaine de pays, dont la France. Nous proposons une large gamme de services en transport international, en prestations douanières et en solutions d'entreposage et de distribution.

Gabriel : *Quelles sont vos principales missions ?*
Mireille : J'effectue les opérations administratives douanières ou commerciales liées à l'acheminement des marchandises selon la réglementation en vigueur. Je gère les importations ou exportations pour le compte de différents clients, depuis l'expéditeur jusqu'au destinataire, en passant par les agents des compagnies de transport et ceux de la douane.

Gabriel : *Qu'est-ce que vous appréciez le plus ?*
Mireille : C'est le fait de travailler avec l'international, d'être en contact avec des personnes de différentes cultures. Et puis, les journées de travail ne se ressemblent pas. Au bout de dix ans, je découvre et j'apprends encore chaque jour. C'est un milieu où il existe beaucoup d'imprévus, donc de défis à relever !

Gabriel : *Et le moins intéressant ?*
Mireille : Je dirais les impératifs de délai de livraison, qui génèrent des tensions, mais il faut savoir les gérer !

Gabriel : *Quelles sont les qualités pour exercer ce métier ?*
Mireille : Il faut être réactif(ve), savoir gérer les imprévus et le stress, avoir des qualités relationnelles, des compétences en informatique et maîtriser une ou plusieurs langues étrangères, dont l'anglais.

Gabriel : *Quels diplômes avez-vous obtenus ?*
Mireille : Après l'obtention de mon bac pro Transport, l'ancien nom de l'OTM, j'ai continué en BTS TPL, qui s'appelle Gestion des transports et logistique associée (GTLA) maintenant.

Gabriel : *Et quelles sont les évolutions possibles ?*
Mireille : Avec mon expérience, je peux occuper différents postes. Moi, ce qui m'intéresserait, ce serait de devenir cheffe du service transit maritime.

À partir de l'entretien ci-contre, complétez votre fiche d'analyse.

Quelles sont les qualités requises ?

....

....

....

....

....

....

....

Ce qui me plaît :

....

....

....

....

Ce qui me plaît moins :

....

....

....

....

Quelle orientation faut-il privilégier à la fin de la seconde pour exercer ce métier ?

....

....

....

....

en savoir +

Vidéo : Le métier d'agent(e) de transit – 2 min 39
Fiche de poste : Agent(e) de transit

foucherconnect.fr/24ago87

Interview métier 7

Déclarant(e) en douane

Bouchra : ***Bonjour Mike, je viens d'intégrer une formation au bac pro GATL. Nous devons interviewer des professionnels issus de ce domaine d'activité afin de l'exposer à notre classe. Voudriez-vous partager votre expérience avec moi ?***
Mike : Oui, bien sûr. Que veux-tu savoir ?

Bouchra : ***Dans un premier temps, pouvez-vous m'expliquer en quoi consiste votre métier ?***
Mike : Je suis déclarant en douane, j'ai en responsabilité la déclaration en douane des marchandises. La douane est une administration qui joue un rôle de contrôle et de protection des flux de marchandises.
Ma profession consiste donc à assurer le passage des marchandises aux frontières pour le compte de l'entreprise. Je fournis aux douaniers les documents nécessaires au transport entre les différents pays.

Bouchra : ***Pouvez-vous m'indiquer vos missions principales ?***
Mike : Je dois assurer la liaison entre l'entreprise et la douane. Selon la nature des marchandises, je m'occupe du traitement de différents documents à produire tels que les contrats d'assurance, les certificats sanitaires… Je conseille les clients sur le respect des normes et des réglementations européennes. Je veille aussi à l'exécution des formalités douanières à l'exportation et l'importation. Pour résumer, ma mission consiste à assurer le bon déroulement de la procédure de dédouanement…

Bouchra : ***Quel est le niveau d'études requis pour exercer votre métier ?***
Mike : Au minimum un bac + 2, un BTS Transport ou commerce international, ou encore un BUT Management de la logistique et du transport (ex-DUT GLT).

Bouchra : ***Faut-il être doté de compétences particulières ?***
Mike : Pour toute la partie contrôle, il faut être très rigoureux(se) et avoir une réelle capacité de mémorisation, maîtriser parfaitement la législation douanière, les procédures de dédouanement et le droit international des affaires. Le droit, c'est d'ailleurs ce que je préfère.
De réelles compétences en gestion et en encadrement sont aussi nécessaires, sans oublier une bonne maîtrise de l'outil informatique. Et comme nous travaillons à l'international, il faut maîtriser l'anglais !

À partir de l'entretien ci-contre, complétez votre fiche d'analyse.

Quelles sont les qualités requises ?

…………………………………………

…………………………………………

…………………………………………

…………………………………………

Ce qui me plaît :

…………………………………………

…………………………………………

…………………………………………

…………………………………………

Ce qui me plaît moins :

…………………………………………

…………………………………………

…………………………………………

…………………………………………

Quelle orientation faut-il privilégier à la fin de la seconde pour exercer ce métier ?

…………………………………………

…………………………………………

…………………………………………

…………………………………………

…………………………………………

…………………………………………

…………………………………………

Pour en savoir +

Vidéo : Déclarant(e) en douane – 2 min 10
Fiche de poste : Déclarant(e) en douane

foucherconnect.fr/24ago88

Magasinier(ère) cariste

Judith : *Bonjour Xavier. Accepteriez-vous d'être interviewé sur votre métier ?*
Xavier : Oui, bien sûr ! Je t'écoute.

Judith : *Tout d'abord, pouvez-vous me parler de votre métier ?*
Xavier : Je suis magasinier cariste chez Nidec Levoy Somer depuis quinze ans. Quand un camion arrive, je réceptionne les marchandises, les transporte au lieu de stockage. Je charge aussi les marchandises pour l'expédition.

Judith : *Pouvez-vous m'expliquer vos missions ?*
Xavier : Je réalise des opérations de manutention de marchandises à l'aide de chariots, en respectant les règles de sécurité et d'hygiène. Je réceptionne et contrôle la conformité des marchandises transportées. J'interviens sur toute la chaîne logistique, de la réception à l'expédition en passant par le stockage et la préparation de commandes.

Judith : *Qu'est-ce qui vous plaît le plus dans votre métier ?*
Xavier : Le fait d'être toujours en mouvement, car des camions arrivent, d'autres repartent, et je ne vois pas le temps passer. Et puis, je me sens utile, car grâce à mon travail, les produits arrivent en bon état.

Judith : *Quelles sont les qualités nécessaires pour exercer ce métier ?*
Xavier : Il faut être organisé(e), réactif(ve), consciencieux(se), et à l'écoute. Et il faut être vigilant(e) aussi, surtout quand on conduit les chariots !

Judith : *Quel est votre parcours professionnel ?*
Xavier : J'ai un CAP OOL, Opérateur/opératrice logistique, et un bac pro Logistique. J'ai validé le CACES au lycée durant ma formation. Lors de mon dernier stage de terminale, un CDD de trois mois m'a été proposé pour l'été, et puis j'ai été embauché en CDI.

Judith : *Et il est possible d'évoluer dans ce métier ?*
Xavier : Bien sûr ! Un magasinier peut devenir chef de quai, chef d'équipe logistique ou gestionnaire de stocks. C'est ce que je vise d'ici un an ou deux d'ailleurs !

À partir de l'entretien ci-contre, complétez votre fiche d'analyse.

Quelles sont les qualités requises ?

....

....

....

....

Ce qui me plaît :

....

....

....

....

....

Ce qui me plaît moins :

....

....

....

....

....

Quelle orientation faut-il privilégier à la fin de la seconde pour exercer ce métier ?

....

....

....

....

....

en savoir +

Vidéo : Magasinier(ère) cariste – 2 min 40
Fiche de poste : Magasinier(ère) cariste

foucherconnect.fr/24ago89

Interview métier 9

Préparateur(rice) de commandes

Lise : ***Bonjour Ava. Je prépare un article sur les métiers de la logistique. Vous êtes préparatrice de commande, n'est-ce pas ? Pourriez-vous me dire en quoi cela consiste ?***
Ava : Oui, bien sûr. Que voulez-vous savoir ?

Lise : ***Pour commencer, vous pourriez me parler de votre environnement de travail.***
Ava : Je travaille dans un entrepôt logistique, chez Stock AZ, une entreprise qui gère les stocks et les envois de produits de nombreuses enseignes de vente à distance, comme Les 3 Suisses ou La Redoute.

Lise : ***En quoi consiste exactement votre travail ?***
Ava : Eh bien, je prépare pour l'expédition les commandes des clients en fonction des bons de commande reçus. C'est une activité qui peut paraître simple, mais elle ne l'est pas autant qu'on le croit ! Il faut toujours veiller à ce que le client soit satisfait de son colis : qu'il reçoive les bons produits dans les délais prévus.

Lise : ***Qu'est-ce qui vous plaît le plus dans votre métier ?***
Ava : C'est justement de pouvoir me dire que grâce à moi, il y a partout dans le monde des gens contents de recevoir leur colis en temps voulu !

Lise : ***Et le moins ?***
Ava : Les cadences sont parfois soutenues, surtout lors des périodes de pics de commandes, comme pour le Black Friday ou lors des soldes. Mais ce sont aussi des périodes où l'entreprise recrute beaucoup et où l'on peut rencontrer de nouveaux collègues, les faire profiter de notre expérience.

Lise : ***Quelles qualités faut-il avoir pour exercer ce métier ?***
Ava : Il faut être rigoureux(se) et organisé(e). Une erreur et c'est toute la chaîne logistique qui peut s'arrêter.

Lise : ***Et en ce qui concerne la formation ?***
Ava : J'ai commencé par un CAP Opérateur/Opératrice logistique puis j'ai poursuivi en bac pro Logistique en apprentissage chez Stock AZ. D'ici quelques années, j'espère devenir responsable d'équipe logistique, on verra !

À partir de l'entretien ci-contre, complétez votre fiche d'analyse.

Quelles sont les qualités requises ?

....

....

....

Ce qui me plaît :

....

....

....

....

....

....

....

Ce qui me plaît moins :

....

....

....

....

....

....

....

Quelle orientation faut-il privilégier à la fin de la seconde pour exercer ce métier ?

....

....

....

Pour en savoir +

Vidéo : Le métier de préparateur(rice) de commandes – 2 min 54
Fiche de poste : Préparateur(rice) de commandes

foucherconnect.fr/24ago90

nterview métier 10

Gestionnaire de stocks

CHARLES : ***Bonjour Mathilde. Je suis en 2de bac pro GATL. Je dois réaliser une présentation du métier de gestionnaire de stocks. Vous pouvez m'aider ?***

MATHILDE : Oui, avec plaisir. Allons-y !

CHARLES : ***Pouvez-vous me préciser dans quelles conditions et quel environnement vous travaillez ?***

MATHILDE : Je travaille chez Nidec Leroy Somer, une entreprise spécialisée dans la fabrication de moteurs électriques pour l'industrie. J'ai un bureau, mais je dois aussi me déplacer dans l'entrepôt pour y effectuer des contrôles visuels.

CHARLES : ***Quelles activités caractérisent le mieux votre métier ?***

MATHILDE : Ma mission principale est de coordonner le stockage des marchandises et optimiser les stocks pour en minimiser le niveau sans risquer la rupture… Pour cela, je réalise le suivi des ventes afin d'anticiper les réapprovisionnements, tiens les plannings de livraison, supervise le transport des marchandises, vérifie la qualité et la conformité des marchandises reçues, organise l'espace de stockage afin de faciliter le passage des manutentionnaires…

CHARLES : ***En quoi votre métier vous plaît-il ?***

MATHILDE : C'est un métier dans lequel il n'y a pas de temps mort ! Je suis en relation permanente avec les commerciaux et les fournisseurs. Une grosse part de mon travail relève du domaine administratif, mais je suis souvent amenée à aller dans l'entrepôt. Je dois tout mettre en œuvre pour éviter la rupture de stock.

CHARLES : ***Et quelle est la « facette » de votre métier qui vous plaît le moins ?***

MATHILDE : Gérer les situations d'urgence, comme les retards de livraison, les ruptures d'approvisionnement ou erreurs de commande… Ces tâches sont très stressantes ! Le rythme soutenu aussi et il faut faire preuve de diplomatie.

CHARLES : ***Quel est le « candidat idéal » pour ce métier ?***

MATHILDE : Il aurait un sens relationnel développé, serait organisé, rigoureux, réactif… Il saurait faire preuve de sang-froid et utiliser des logiciels spécifiques. L'anglais est aussi nécessaire.

CHARLES : ***Et vous, quel a été votre parcours scolaire ?***

MATHILDE : J'ai fait un bac pro Logistique, puis obtenu un BTS Méthodes et exploitations logistiques !

À partir de l'entretien ci-contre, complétez votre fiche d'analyse.

Quelles sont les qualités requises ?

…………………………………………

…………………………………………

…………………………………………

…………………………………………

…………………………………………

…………………………………………

Ce qui me plaît :

…………………………………………

…………………………………………

…………………………………………

…………………………………………

Ce qui me plaît moins :

…………………………………………

…………………………………………

…………………………………………

…………………………………………

Quelle orientation faut-il privilégier à la fin de la seconde pour exercer ce métier ?

…………………………………………

…………………………………………

…………………………………………

…………………………………………

en savoir +

Vidéo : Le métier de gestionnaire de stocks – 2 min 42

Fiche de poste : Gestionnaire des stocks

foucherconnect.fr/24ago91

Crédit iconographique
© stock.adobe.com

Conception graphique : Hung Ho Thanh / Émilie Brochier
Mise en page et infographies : Rue des éditeurs

NB – MS – GG / JV
Mars 2024

PAPIER À BASE DE FIBRES CERTIFIÉES

FOUCHER s'engage pour l'environnement en réduisant l'empreinte carbone de ses livres. Celle de cet exemplaire est de :
1.5 kg éq. CO_2
Rendez-vous sur www.editions-foucher-durable.fr

Achevé d'imprimer en Italie par L.E.G.O. S.p.A. - Lavis (TN)
Dépôt légal n° 17193-4/01 - Mars 2023